DEAR KOREAN READER,
I HOPE YOU WILL PAY IT FORWARD
WITH KINDNESS.

— CATHERINE R[illegible]
DECEMBE[illegible]

물고기에게
물에 관해 묻는 일

HAVE YOU SEEN LUIS VELEZ?

물고기에게
물에 관해 묻는 일

캐서린 라이언 하이드 장편소설 ◆ 이진경 옮김

뒤란

차 례

1부
10월, 루이스 프로젝트

한국 독자들에게

안녕하세요?

제 작품이 한국에서 출간된다는 기쁜 소식을 들었습니다. 한국에서 제 장편소설 『트레버 Pay it Forward』가 영화(「아름다운 세상을 위하여」)로 개봉된 이래 눈에 띄게 제 작품에 대한 관심이 늘었습니다. 작품을 좋아해주는 한국 독자가 있어 아주 행복하답니다.

지난해에 새롭게 발표한 『물고기에게 물에 관해 묻는 일』을 읽기 전에 작품의 배경을 아시면 조금이나마 도움이 될 듯싶네요.

미국은 근래 들어 구성원들이 서로를 어떻게 사랑할 것인지를 다시 배울 필요가 있는 듯합니다. 우리의 도움을 기다리는 사람들이 있음을 상기시키려는 바람으로 저는 이 작품 『물고기에게 물에 관해 묻는 일』을 썼습니다. 우리가 이웃에게 먼저 말을 걸고 낯선 사람들을 알고자 할 때 겉으로 보이는 차이는 줄어들고 마침내 사라질 것입니다. 왜 우리는 이토록 서로를 두려워하게 된 걸까요? 잘은 모릅니다만 소통이야말로 닫힌 문을 여는 열쇠가 아닐까 생각해봅니다.

제 아버지의 할머니가 유대인이었고, 제1차 세계대전이 끝난 지 얼마 되지 않아 폴란드에서 미국으로 이주해 왔습니다. 그 때문에 할머니는 히틀러의 제3제국에 편입되는 미래로부터 벗어날 수 있게 되었습니다. 저는 제2차 세계대전이 끝난 뒤에 태어났지만 그래도 제가 반은 유대인이며 만약 그곳에 그대로 있었더라면 어떤 일을 겪었을지 익히 알고 있습니다. 이 작품의 밀리 할머니와 그 가족처럼 아주 아슬아슬하게 피할 수도 없었을 것입니다. 저는 이 일을 아주 생생하게 느끼고 있습니다. 그래서 저는 어떤 형식이든 혐오가 초래할 수 있는 결말이 얼마나 심각하고 치명적인지를 항상 절감하고 있습니다. 저는 레이먼드와 같은 젊은 흑인이 어떻게 느끼는지는 사실 잘 알지 못합니다. 그러나 그 또한 인간이기에 상상하기 어렵지는 않습니다.

저는 여러분이 이 책을 읽은 뒤 생각하고 논의해주기를 바랍니다. 독자 여러분이 주변 사람들을 새로운 빛 속에서 볼 수 있도록 이 책이 도움이 되기를 바랍니다. 우리는 모두 '하나의 세계'라는 공동체에 몸담고 있습니다. 우리는 서로를 돌볼 수 있으며, 그렇게 된다면 우리 모두의 삶은 한층 더 나아질 것입니다. 저는 한 권의 책으로 이룰 수 있는 일이 그리 많지 않다는 것을 잘 알고 있습니다. 그러나 이 작품으로 여러분이 조금이나마 친절해지는 용기를 얻는다면 정말 좋겠습니다. 그것으로 이 작품은 제 몫을 다하는 것 아닐까 생각합니다.

레이먼드, 그리고 밀리 할머니와 함께 떠나는 여행이 부디 즐거우시기를 바랍니다.

건강하시기를 빌며,
2020년 12월 캐서린 라이언 하이드

CATHERINE RYAN HYDE

1부

10월,
루이스 프로젝트

1. 그 눈

—

레이먼드는 현관문을 열고 나갔다. 복도를 따라가서는 계단 난간에 섰다. 4층에서 아파트 1층 로비까지 길게 이어진 사각 계단통이 내려다보였다. 로비에는 아무도 없었다.

아침이다. 층마다 복도 끝에 난 창문을 통해 계단통까지 햇살이 쏟아져 들어오고 있었다. 닦은 지 오래된 창문의 바깥은 다른 건물들만 흐릿하게 보일 뿐 그저 눅눅하고 괴괴했다.

잠시 뒤 1층 로비에 안드레의 얼굴이 나타났다. 그가 레이먼드를 올려다보았다. 레이먼드는 손을 흔들어 기다리라는 신호를 보냈다.

그러고 다시 집으로 들어갔다.

전날 밤 야간 근무를 마치고 이제 막 집에 온 새아빠는 식탁에 앉아 신문 스포츠 면을 읽으며 커피를 마시는 중이다. 아직 학교도 다니지 않는 막내 여동생은 시리얼을 먹고 있다. 시리얼 씹는 리듬에 맞춰 숟가락으로 그릇을 두드렸다. 여동생이 레이먼드를 쳐다보며 웃어 보였다.

"안녕? 레이, 레이 오빠."

"잘 잤어, 클라리사?"

다른 두 여동생은 벌써 학교에 갔을 시간이다.

레이먼드는 찬장 안 상자에서 그라놀라 바를 꺼내 주머니에 넣었다. 그러곤 최대한 눈에 띄도록 애쓰며 새아빠의 신문 앞에 섰다.

반응이 없다.

먹혀들 것으로 생각했다. 큰 키는 한눈에 드러나는 레이먼드의 특징이다.

레이먼드가 목을 가다듬었다.

여전히 반응이 없다.

레이먼드는 아직도 그를 '아빠'라 부르지 않았다. 지금까지 한 번도. 에드라고 불러도 좋다고 했지만 그렇게 부르기도 편치 않았다.

"음……." 레이먼드가 입을 열었다.

에드가 신문을 내리더니 그를 바라보았다. 그러고 기다렸다.

"저 혹시……."

"뭐? 말을 해야 알지."

"학교에서 점심 사 먹게 돈 좀 주세요."

에드가 한숨을 쉬었고, 레이먼드는 돈을 타내지 못하리라는 걸 직감했다.

"똑같은 말을 도대체 몇 번이나 반복해야겠니? 엄마가 만들어준 점심을 먹는 게 돈이 훨씬 덜 들어."

"엄만 점심 도시락을 만들어놓지 않았어요."

에드가 신문을 식탁에 내려놓았다. 일어서서 성큼성큼 걸어가 냉장고 문을 활짝 열어젖혔다. 레이먼드는 그가 무얼 하려는지 알아차렸다. 그렇지만 왜 그가 냉장고 냉기가 모두 빠져나가는 것도 아랑곳 않고 우두커니 서 있기만 하는지는 알 수 없었다. 갈색 종이봉투에 담겨 있어야 할 점심은 없었다. 그건 분명한 사실이었다. 그런데도 뚫어져라 보면 점심 도시락이 나타나기라도 하는 걸까?

클라리사가 시리얼 그릇에 숟가락을 떨어뜨려 식탁 위로 우유가 튀었다. 아이는 갑자기 잠옷 차림으로 알래스카 툰드라 지역에 내팽개쳐지기라도 한 듯 작은 팔로 몸을 감싸 안고 "으흐흐." 진저리를 쳤다.

에드는 냉장고 선반에서 볼로냐소시지를, 냉장고 문 안쪽에서 머스터드 소스를 꺼냈다.

레이먼드는 한숨이 절로 나왔다. 자신이 먹을 점심을 즐거운 마음으로 직접 만들 수도 있었다. 그러나 그럴 때마다 새아빠는 고기와 치즈를 너무 많이 넣는다며 타박을 했다.

"늦겠어요."

"1분도 안 걸려."

"안드레가 기다리고 있어서요."

"급하다 그러면 먼저 가라고 그래. 매일 개랑 같이 갈 건 없잖아."

"오늘이 마지막 날이에요."

에드의 손이 멈췄다. 빵 봉지를 열려다 멈춘 것이다. 그가 어깨 뒤로 레이먼드를 보았다.

"그건 또…… 무슨 말이니?"

"말씀드렸잖아요." 그곳이 어디든, 다른 곳으로 순간 이동을 할 수 있으면 좋겠다고 생각하며 레이먼드가 대답했다.

"기억이 안 나네."

당연히 안 나시겠죠. 듣지도 않았으니.

"이사 가요."

"그래? 그럼 지하철 타고 가서 만나면 되겠네. 다 큰 녀석이. 혼자서 지하철 타고 갈 정도는 됐잖아. 진짜 넌 이제 다 컸어. 취직을 해도 될 정도로. 난 16살 때부터 일을 시작했다. 넌 친구를 찾아가서 만나면 돼."

에드는 모든 대화에 취직이란 말을 끼워 넣는 신기한 능력이 있다.

"캘리포니아로 가요."

"아, 들은 것 같기도 하네." 에드가 말했다.

그는 칼로 빵에 머스터드 소스를 잔뜩 발랐다. 그 위에 소시지 하나를 올리고 다른 빵 조각으로 덮었다. 그런 뒤 비닐봉지에 집어넣고, 식탁 위 바구니에 있는 시들어 빠진 오렌지를 집었다. 그러고는 학교와 집을 스무 번도 더 오갔음 직한 갈색 종이봉투에 두 가지를 모두 담았다.

"개만 가니? 아니면 가족도 함께?" 에드가 봉투를 건네며 물었다.

물론 가족도 함께. 안드레는 아직 17살도 채 되지 않았다. 그런데 어떻게 혼자서 이사를 간단 말인지? 어쩌면 이렇게 말할지도 모른다. "나 때는 말이야……."

"가족하고 같이요."

"내가 잘 가라고 안부 전하더라고 해라."

"알았어요. 그럴게요."

레이먼드는 책이 든 가방을 들고 현관으로 갔다. 한쪽 어깨에 가방을 걸치며 현관문을 활짝 열었다. 그 바람에 문 뒤에 있던 안드레를 거의 넘어뜨릴 뻔했다. 레이먼드는 안드레가 뒤로 넘어지지 않도록 한쪽 팔을 잡았다. 안드레가 중심을 잡은 걸 확인하자 팔을 놓았다. 둘은 잠깐 그대로 서 있었다. 지각임을 모두 알기는 했지만.

"어?" 레이먼드가 입을 열었다. 머리 두 개 정도는 족히 더 작은 친구를 내려다보았다. "여기 있었네?"

"인마, 내가 기다린다는 걸 깡그리 잊은 줄 알았다."

"아니야, 미안해. 너도 아는 사람한테 점심값 받아내려다가."

둘은 한 번에 두 계단씩 같이 뛰어내려 갔다.

"뻔해. 알아맞혀볼까? 그 사람이 샌드위치를 만들어줬지?" 안드레가 물었다.

"그래."

"내용물이 거의 들어 있지도 않은 샌드위치?"

"아주 비슷해."

둘은 3층 계단참에 내려섰다. 난간을 잡고는 몸을 휙 돌렸다. 그러고는 다시 아래층으로 계단을 뛰어내려 갔다.

"그런 다음 *자긴* 16살 때 일을 시작했다고 말했겠지."

레이먼드는 자신이 웃고 있음을 느꼈다. 자주 느끼는 감정이 아니기에 특별했다. 처음에는 그 감정이 좋았다. 그러다 안드레가 떠나고 나면 무척 보고 싶을 거라는 생각이 불쑥 떠올랐다.

레이먼드는 입을 다문 채 2층으로 내려갔다.

그는 겉으로 드러나는 신체적인 것을 내면으로 느끼는 경험을 종종 하곤 했다. 그렇게밖에 설명할 길이 없었다. 기묘하게도 자신이 키가 너무 크다는 게 느껴지고는 했다. 때때로 자신의 목울대가 너무 도드라지게 튀어나왔다는 게 느껴지기도 했다. 아니면 자신의 구부정한 어깨에서 내면의 눈을 뗄 수가 없었다. 또는 자신의 표정, 예컨대 꾹 다문 입의 모양도 느낄 수 있었다. 마치 자신이 자기 바깥에서 항상 자신을 관찰하고 있는 것처럼 느끼고는 했다.

2층에 거의 다 내려오자 그 모든 느낌과 함께 자기 눈에 담긴 슬픔도 느껴졌다. 그에게 느낌이란 늘 불편한 것이었다. 그 어떤 느낌도 결코 내키지 않았다.

다시 난간을 잡고 돌 때 레이먼드는 자신을 불러 세우는 아주 늙은 여자의 목소리를 들었다.

"저기요?"

레이먼드는 멈추었다. 안드레는 계속 내려갔다.

복도에 나이 많은 분이 서 있었다. 아주 나이 많은 할머니다. 레이먼드는, 아흔 살은 되지 않았을까 생각했다. 할머니는 꽃무늬가 있는 물 빠진 평상복 차림이었다. 수건용 천으로 만든 흰색 슬리퍼. 눈처럼 하얗게 센 머리카락은 뒤로 돌려 한 가닥으로 땋아 내린 상태다. 할머니의 눈은 마치 레이먼드를 보고 있는 것처럼 계단 쪽을 향해 있었다. 그러나 사실은 아니었다. 보고 있지 않았다. 눈에 초점이 잡혀 있지 않았다. 레이먼드가 시야의 정면에 서 있는데도 보지 못하는 듯했다.

그 모습은 레이먼드에게 오싹한 느낌을 안겼다. 마치 나이 든 노부인의 머릿속이 정상이 아니기라도 한 것처럼.

안드레가 몸을 돌려 돌아와 레이먼드의 긴팔 셔츠 소맷자락을 잡고 흔들었다.

"빨리 가자."

"저기요?" 자신의 정면에 누군가가 있는지 없는지도 모르겠다는 듯 노부인이 다시 말을 걸었다.

예. 정상이 아니시군요.

"그냥 가자. 걸어." 안드레가 속삭였다.

"아직 거기 있나요?" 노부인이 물었다.

"예. 레이먼드예요. 레이먼드 재페. 4층에 살아요."

안드레가 손으로 머리를 감싸 쥐고 한숨을 쉬었다.

"루이스 벨레즈라고 알아요?" 노부인이 물었다. "그 사람을 본 적이 있나요?"

"아뇨, 그러니까…… 부인, 전 그분을 몰라요."

"아, 이런." 노인이 말했다.

안드레가 레이먼드의 팔을 잡고 힘껏 당겼다.

"뭐 해, 자식아. 지각이야."

그 말이 레이먼드의 정신을 번쩍 들게 했다. 그래서 다시 움직였다.

"죄송해요." 레이먼드가 안드레와 1층으로 내려가며 등 뒤로 말했다.

"무슨 말을 하려는 거였을까?" 차갑고 흐린 아침 공기 속으로 발을 내디디며 안드레가 물었다. 둘은 아파트 앞 계단을 내려가 거리로 나섰다.

"모르겠어."

"그 할머니 미친 것처럼 보이던데."

"왜 그렇게 생각해?" 이유를 설명할 수는 없지만 레이먼드는 그 할머니를 두둔하고 싶었다.

"그 두 눈 말이야. 눈이 왜 그렇겠어? 우리가 앞에 있는지 없는지도 모르던데. 안 그래?"

"그래. 그건 나도 알아차렸어. 조금 이상하다 생각했어." 레이먼드가 말했다.

둘은 한동안 말없이 걸었다. 반 블록쯤 걷는, 긴 시간이었다.

레이먼드에게 다시 그런 일이 일어나고 있었다. 자기 신체에 대한 과도한 의식. 우선 그는 가방 끈에 걸쳐놓은 엄지손가락을 보았다. 그런데 팔꿈치가 너무 많이 튀어나와 있는 걸 느낄 수 있었다. 그래서 계속 걸으며 두 손을 청바지 주머니에 깊이 찔러 넣었다. 그런데도 여전히 팔꿈치가 걸리적거리는 느낌을 받았다. 양손을 늘어뜨리고 걸어도 팔꿈치를 의식하지 않을 수가 없었다. 팔은 어떻게 해도 정상적으로 느껴지지 않았다.

더 최악은 이 마지막 날 안드레에게 무언가를 말하고 싶다는 것이었다. 간단한 말. *이사 가면 보고 싶을 거야.* 그러나 입을 뗄 수가 없었다.

레이먼드는 마침내 숨을 크고 깊게 들이쉬고 내쉰 다음 억지로 말을 내뱉었다. "난……," 입을 연 이상 문장을 마무리해야 했다. "……네가 캘리포니아로 가지 않으면 좋겠다."

"나도 그래." 안드레가 말했다.

길을 걸으며 레이먼드가 친구를 내려다보았다. 안드레는 레이먼드보다 훨씬 작다. 키뿐 아니라 여러 가지로. 그러나 그는 무척 다부지다. 겉모습부터 보기 좋고, 신체의 모든 부분이 서로 정확하게 딱 들어맞는 것처럼 보인다. 그리고 그 각 부분들은 무엇을 해야 하는지를 늘 정확히 알고 있는 것 같다. 그의 몸은 운동으로 다져졌다. 그의 피부는 훨씬 더 까맣다. 그는 제 나름으로 완벽하다. 그는 자기 자신과 딱 맞춤하다. 레이먼드는 그 점이 부러웠다.

레이먼드는 다시 고개를 들어 앞을 보았다.

둘은 길모퉁이에 있는 버려진 건물을 따라 나란히 걸었다.

"안 돼." 안드레가 말했다. "레이먼드, 안 돼. 지각이라고."

"참치 캔 가져왔어. 그것만 놓고 가자."

"집에 가는 길에 주면 되잖아. 그런다고 그놈이 죽진 않아."

"암컷이야. 진짜."

"알았어. 그녀가 죽진 않아."

"그래도 배고플 텐데."

"널 만나기 전엔 더 많이 배를 곯았어."

"그래. 그 말이 맞겠다. 처음엔 고양이가 나한테 다가오게 하는 데도 한참 걸렸어. 그래서 그땐 그냥 두고 나왔지."

"그러다가 다른 고양이가 가로채 가면? 아님 쥐 새끼들이?"

"그랬을지도 몰라."

레이먼드는 말과는 달리 어깨 뒤로 자꾸 돌아보았다. 둘은 길을 건넜다. 귀퉁이를 돌고 나서야 건물이 눈에서 사라졌다.

"생각 좀 해봐. 참치 캔을 안 사면 넌 점심을 사 먹을 수도 있잖아."

안드레가 말했다.

"그렇진 않아. 참치는 싸."

"그렇다 치자. 근데 네 친아빠가 준 돈은 어쩌고?"

"다 썼지."

"참치 사느라?"

"아냐. 그래, 그냥 조금은. 맞아. 거의 다 썼지."

레이먼드와 안드레는 학교에서 집으로 갈 때도 함께 걸었다. 천천히. 보통 때보다 훨씬 더 느리게. 레이먼드는 전에 이 길을 걸었던 누구보다도 더 느릴 거라 생각했다. 세계 신기록을 세울 것 같았다. 발을 끌며 천천히 걷기 부문의 금메달.

왜 그렇게 걷는지에 대해 둘은 누구도 언급하지 않았다. 사실 말할 필요조차 없었다.

버려진 건물과 나란히 걸을 때 두 친구는 여기에서 헤어져야 한다는 걸 알기에 걸음을 더 늦춰야만 했다. 그런데 더 천천히 걸을 순 없었기에 멈추어 섰다.

"너 가봐야……." 안드레가 입을 열었다. 그는 말을 끝맺지도, 고양이를 언급하지도 않았다. 그럴 필요가 없었다.

"그래." 레이먼드는 자신이 감옥에 갇혀 있음을 깨달으며 대답했다. 느끼는 감정을 표현하지 못하는 무능함이 자신의 존재를 견고하게 가두고 있었다. 답답한 나머지 거의 숨을 쉬기도 어려웠다. 그리 놀랄 만한 일도 아니었다. 그러나 결정적으로, 벽은 꽉 막혀 있다. "괜찮아." 감옥을 부술 어떠한 방법도 여전히 없었지만, 그는 덧붙였다.

"나중에 봐." 안드레가 말했다.

"그래." 레이먼드가 말했다. "만약……. 아니다. 다시 보진 못하겠지?"

"아냐. 다시 볼 거야, 인마. 다 잘될 거야. 스카이프 할게."

"아, 스카이프. 맞아. 알았어. 그럼 되겠네."

"그러니까, 영원히 헤어지는 건 아니야. 그냥……."

"곧바로 스카이프 할게." 레이먼드가 말했다.

친구는 어정쩡 손을 흔들고 어정쩡 인사를 하고는 몸을 집 쪽으로 돌렸다. 레이먼드네 집을 지나 한 블록도 못 미쳐 그의 집이 있다. 이제 24시간도 안 돼 더는 안드레네 집이 아닐 것이다.

레이먼드는 인도에 꼼짝 않고 서서 그가 가는 모습을 지켜보았다. 그때 레이먼드의 자기 인식—자의식이라 하는 것이 더욱 적합한—이 통제할 수 없을 지경으로 날뛰었다. 모든 얼굴 근육의 움직임을 느낄 수 있었다. 근육의 움직임이 모두 부자연스러웠다.

레이먼드는 자신의 상반신이 나머지 반쪽과 관계없이 길 아래쪽의 안드레를 쫓아가려고 반란을 시도하듯 몸을 앞으로 잔뜩 기울이고 있는 것처럼 느꼈다. 비록 어떤 말인지 상상할 수는 없었지만, 자신의 광대뼈조차 무언가 할 말이 있는 것처럼 느꼈다.

안드레가 뒤돌아보고 손을 흔들었다. 레이먼드는 응답했다.

그러고는 굳은 자세를 풀고 깨진 유리창을 통해 버려진 건물 지하로 미끄러져 들어갔다. 운동화가 콘크리트 바닥에 닿는 소리가 났다.

"야옹, 야옹, 야옹." 레이먼드가 불렀다. "이리 와. 야옹, 야옹, 야옹."

그는 너무 무거워 누구도 옮길 수 없을 것처럼 보이는 크고 딱딱한 석재 벤치에 앉았다. 벤치는 이상하게도 화려해 눈길을 확 끌었다. 사람이 앉는 부분에 나뭇잎 문양이 새겨져 있었는데, 그것이 레이먼드에게 아주 특별하게 여겨졌다. 자신의 삶에선 그 어떤 것도 이처럼 뚜렷한 이유 없이 화려하지 않기 때문이다. 오로지 장식만을 위해 존재하는 건 그의 삶에 없었다.

고양이가 벤치 위로 뛰어올라 그를 보고 가르릉거렸다. 아주 작은 고양이다. 새끼 고양이는 아니지만 어리고 작다. 몸은 길고 야윈 오렌지색 얼룩 고양이다. 생쥐가 내는 소리처럼, 아니면 몸집의 십분의 일 정도 되는 고양이가 우는 것처럼 울음소리가 가늘었다.

"알아. 내가 늦었지. 기다리게 해서 미안해."

그는 가방을 뒤져 고양이를 위해 가져온 걸 꺼냈다. 둥근 고리가 달린 작은 참치 캔이었다. 뚜껑을 따서 벤치 위에 놓아주었다.

잠시 동안, 고작 둘, 셋을 셀 동안이지만 고양이는 곧장 먹이로 달려들지 않았다. 대신 아주 짧게 애정을 표현했다. 레이먼드 옆으로 와 몸을 비벼댔다. 손으로 등을 쓸어주자 꼬리를 치켜세웠다. 꼬리가 털 달린 안테나처럼 꼿꼿하게 섰다. 허공에서 떨리고 있었다.

그러고는 참치 통조림에 얼굴을 파묻었다.

아주 짧은 순간이지만 고양이는 먹을 것보다 레이먼드를 선택한 셈이었다. 그 사실이 불러일으킨 행복감 덕에 레이먼드는 거의 울 것만 같았다. 어쩌면 이사를 가는 친구 때문인지도 몰랐고, 그 둘 다일 수도 있었다.

그는 울지 않았다. 결코 울지 않았다.

"이제 너랑 나만 남았네."

고양이는 입을 핥으면서 머리를 들어 진지하게 그를 올려다보았다. 그런 다음 다시 먹는 일에 집중했다.

레이먼드는 난간을 잡고 몸을 끌어당기면서 천천히 계단을 올랐다. 온몸에 진이 다 빠져 기력이 전혀 남아 있지 않은 느낌이었다.

2층 바닥과 그의 머리 높이가 비슷해질 때쯤 아침에 보았던 할머니를 다시 보았다. 그리고 말소리가 들렸다. 할머니는 꽃무늬 치마 앞으로 손을 꽉 마주 잡고 있었다.

"레이먼드? 4층에 사는?" 할머니가 물었다.

그 눈이 또다시 레이먼드가 없는 엉뚱한 곳을 두리번거리는 듯했다. 어림잡아서. 그조차 정확하지 않게.

"예, 부인. 저예요." 레이먼드가 답했다.

"나는 혹시나……."

레이먼드가 2층 바닥으로 올라서서 할머니가 있는 쪽으로 복도를 몇 발짝 걸었다. 머릿속 목소리가 그러지 말라고 말하고 있었다. 안드레가 함께 있었다면 역시 그러지 말라고 했을 것이다. 레이먼드 머릿속에서 원하지 않는 충고를 하고 있는 목소리 역시 아마도 안드레일 것이다. 그렇지만 이 목소리의 진짜 주인은 머릿속 목소리가 쓸데없는 충고를 하고 있다고 생각했다. 이 할머니를 두려워하는 건 어리석은 일인 듯했다. 그는 완전히 노쇠한 노인일 뿐이다. 만약 레이먼드가 피할 작정이라면 몸을 돌려 한 번에 두 계단씩 올라가기만 하면 할머니가 계단참에 닿기도 전에 안전하게 집으로 들어갈 수 있을 것 같았다. 더듬거리는 모습으로 보아 그가 계단을 찾기도 전에 집으로 안전하게 들어가 있을지도 몰랐다.

"무슨 일이세요, 부인?" 레이먼드는 돌아서 가고 싶은 마음만큼 그에게 가까이 다가서며 물었다.

"내 말을 들어줘서 고맙다. 대부분의 사람들은 듣지를 않아. 그냥 서둘러 지나가지. 내가 질문이라도 하면 더 빨리 지나가고. 때로는 왜 모두 서로 무서워할까 궁금하단다. 아니면…… 사실…… 아니다. 난 사실 궁금하지 않아. 이유를 알거든. 그래도 자꾸 생각하게 돼. 그건 부끄러운 일이야."

레이먼드는 말 속에 다른 억양의 흔적이 있음을 알아차렸다. 명확하지는 않았다. 오래전에 사용했던 말의 흔적 같은 것이었다. 그는 억양을 구분하는 데 서투르긴 했지만, 희미하게 유럽 사람의 억양이 들렸다.

"오늘 아침에는 죄송했어요. 학교에 늦었거든요."

눈을 뚫어져라 봤지만 할머니는 알아차리지 못했다. 두 눈은 충혈되고 눈물이 고여 있었다. 맑아야 할 눈자위가 잔뜩 흐려 있었다. 레이먼드는 눈에만 문제가 있는 건지도 모르겠다는 생각이 들었다. 정신은 날카롭고 명료하며, 단지 말 그대로 눈만 기능을 제대로 못 하는 것이라 짐작했다.

"충분히 이해해. 나는 그저……. 너는 부모님하고 같이 살지? 4층에서?" 할머니가 물었다.

"예, 맞아요. 엄마랑 새아빠랑 살아요."

"어쩌면 그분들은 루이스 벨레즈를 아실지도 모르겠다. 모르실 수도 있고. 사람들은 이 건물 안을 오가면서도 서로 말을 걸지 않거든. 우리를 봐. 오늘 아침까지는 서로 한마디도 나눠본 적이 없었잖아. 루이스 벨레즈는 날 도우려고 4년도 넘게 여기로 왔고, 잘 지내는지 살펴봐주었어. 일주일에 적어도 세 번은. 그래서 난 여기 사는 누군가가 그를 보았을지 모른다는 생각을 떨쳐버릴 수가 없구나."

"저는 몰라요." 레이먼드가 말했다. "부모님께 여쭤볼게요."

말은 그렇게 했으나 가능성이 희박하다고 생각했다.

"그래주면 정말 고맙겠다. 그리고 조금이라도 아는 것이 있다고 하시면 내게 와서 말해주렴."

"그럴게요."

레이먼드는 방향을 돌려 계단 쪽으로 걸었다. 난간에 닿아 한 발을 계단 위로 옮겼을 때 다시 목소리가 들려왔다.

"아주 사려 깊은 젊은이구나."

레이먼드는 얼어붙었다. 발을 다시 내려놓았다. 말이 불러일으킨 감정에 집중하자 자기 자신 속에 그 말들이 자리를 잡았다. 고양이가 먹을 걸 제쳐두고 먼저 다가왔던 그 짧은 순간에 느낀 감정과 아주 흡사했다. 아니, 그보다 이상하게 낯선 느낌이었다. 따뜻하게 받아주는. 그러나 익숙하지 않은 느낌이었다.

"고맙습니다. 좋게 말씀해주셔서."

레이먼드는 그렇게 말하고 계단을 올라갔다.

"버터 좀 다오." 새아빠가 말했다.

레이먼드는 말소리를 듣기는 했지만 그저 멀리서 희미하게 들리는 듯했다. 낱말들의 뜻을 적절하게 연결할 생각을 하지 않았다. 결정적으로 새아빠가 자신에게 말을 했다는 걸 깨닫지 못했다.

"레이먼드, 무슨 일 있니? 어릴 때 종종 그랬던 것처럼 눈 뜨고 자는 것처럼 보인다." 엄마가 말했다.

"죄송해요."

레이먼드는 자기 접시 앞에 놓인 버터 접시를 들어 왼쪽으로 건넸다. 이제 10살인, 반쪽 동생 가운데 나이가 가장 많은 론다가 접시를 받아서 아무 말 없이 옆으로 전달했다. 레이먼드는 론다가 속으로 자신을 비웃고 있지나 않을지 살피며 기다렸다. 어떤 말도 할 수가 없었다. 결코 소통할 수가 없었다. 론다와 이제 8살이 된 웬디는 서로 대화를 나누게 되고부터 레이먼드에게는 거의 이해할 수 없는 아이들이 되었다. 그들은 둘이서만 쉴 새 없이 떠들 뿐 그에게는 말을 거는 법이 없다. 식구 중 가장 어린 클라리사만이 일관되게 레이먼드에게 아는 척을 했고 관심을 기울였다.

"오늘 학교에서는 어땠어?" 엄마가 물었다.

저녁 자리에는 꽤 여럿이 있으니 레이먼드는 엄마가 자신에게 물었다고 생각하지 않았다.

"누구, 저요?"

"그래, 아들. 너 말이야."

"그냥. 오늘 안드레와 마지막 날이었어요."

"맞아, 그렇다 했지." 엄마가 말했다. 엄마는 탈색한 금발 머리를 손가락으로 쓸어 넘겼다. 무언가를 생각할 때 엄마가 하는 버릇이다.

에드와 달리 엄마는 듣기는 한다. 그러나 곧 잊어버린다.

"그럼, 다른 친구들이 있잖아." 엄마가 말했다.

없다. 한 명도 없다.

"예."

고양이뿐이다.

"그래도 안됐다." 엄마가 덧붙였다.

레이먼드는 무언가 말하려고 입을 열었다. 그러나 여전히 무얼 말해야 할지 알 수 없었다. 그는 한편으로 자신에게 중요한 무언가를 말하고 싶었다. 엄마가 말한 것보다 더 중요한 무언가가 말이 되어 나오려고 꿈틀댔다. 하지만 자신이 그런 말을 한다는 건 있을 수 없는 일인 듯했다. 한 번도 해본 적이 없었다.

"혹시 루이스 벨레즈라는 사람 알아요?" 먼저 엄마를 보고, 이어서 에드를 보며 물었다.

"루이스 벨레즈, 그런 이름은 정말 많이 들어본 것 같은데. 루이스 벨레즈란 이름의 남자랑 같이 일한 것 같아. 아, 잠깐만. 아니다. 그 사람은 루이스 바스케즈다."

"난 *호세* 벨레즈란 사람은 알아." 에드가 말했다. 놀라울 정도로 도움이 되지 않는 말이었다. 다른 사람이 말했다면 놀랐겠지만 에드이기에 놀랍지도 않았다. 에드는 도움이 안 되는 사람이었다.

레이먼드는 왜 알려고 하는지, 루이스 벨레즈라는 사람이 자신과 어떤 관계가 있는지 물어주기를 기다렸다. 궁금해하거나 혹은 무슨 관계인지 관심을 보여주기를. 그러나 잠시 뒤, 그런 걸 기대한 자신을 탓했다. 그토록 오랜 세월을 겪고서도.

"넌 어때, 딸? 학교 말이야." 엄마가 관심을 론다로 돌리며 물었다.

론다는 그저 어깨를 으쓱해 보일 따름이었다.

레이먼드의 머릿속은 이미 식탁을 떠났다. 전화번호부나 온라인으로 찾아봐야겠다고 생각했다. 루이스 벨레즈는 도대체 몇 명이나 될까? 두 명? 스물네 명? 이백 명? 그러다 왜 그 할머니는 이런 생각을 하지 않았을까 궁금했다. 눈 때문인가? 그래도 전화번호부의 도움을 받을 수는 있지 않았을까?

그는 왜 할머니가 이 문제를 스스로 해결할 수 없었는지 논리적인 이유를 꿰맞출 수가 없었다.

할머니가 앞서 말한 것이 그의 머릿속에서 툭 튀어나왔다.

날 도우려고 4년도 넘게 여기로 왔고, 잘 지내는지 살펴봐주었어.

이 말은 할머니에게 도움이 필요하다는 걸 뜻했다. 그리고 살펴봐주는 것도. 그리고 지금은 그를 도와주거나 살펴봐줄 사람이 아무도 없다는 것도 뜻했다.

2. 홍차

—

레이먼드는 아침 8시 30분 조금 지나 문을 두드렸다.

할머니가 문 열기를 두려워하리라 예상했다. 조심스러운 목소리로 밖에 누구냐고 물으리라 생각했다. 그러나 곧장 여러 잠금장치를 푸는 소리가 들렸다. 할머니 나이를 생각하면 이상하리만치 빨랐다.

할머니가 문을 활짝 열어젖혔다.

"루이스? 자네야?"

그렇게 물으면서 레이먼드의 얼굴을 바로 올려다보았다.

"아니요, 부인. 죄송해요. 저예요, 레이먼드."

"4층에 사는?"

"예. 죄송해요. 잠을 깨운 게 아니면 좋겠네요."

이 말이 어리석은 것임을 레이먼드는 금세 깨달았다. 할머니를 잠에서 깨운 게 아님이 명백했다. 할머니는 흰 줄무늬가 있는 파란색 평상복을 입고 있었고, 슬리퍼가 아닌 진짜 신발을 신고 있었기 때문이다. 신발은 간호사들이 주로 신는 흰색 신발이었다. 새로 땋아 내린 머리는 어깨 위까지 내려와 있었다.

땋아 내린 머리칼의 모습까지 몸짓이라 할 수 있다면 그 모습은 놀라울 정도로 젊은 몸짓으로 레이먼드에게 각인되었다. 머리가 완전히 백발이었음에도 그 머리는 할머니에게도 젊은 시절이 있었음을 떠올리게 해주었다.

"천만에. 아니야. 나는 해도 뜨기 전에 일어나거든. 그래, 뭘 좀 알아냈니? 부모님은 뭘 아시든?"

"아니에요, 부인. 죄송해요."

할머니 얼굴이 꺾이는 게 보였다. 죄의식과 자기혐오 사이의 그 무엇이 통증과도 같은 감각으로 레이먼드 몸속에 차올랐다. 아마도 후자에 한층 가까울 것이다. 무언가를 알게 되면, 만약 엄마나 새아빠가 루이스 벨레즈에 관해 아는 게 있으면 오겠다고 했었다. 만약 어떤 것도 알아낸 것이 없고 아무것도 모른다면 먼저 그것부터 말해야 했다. 문이 열리기 전에.

"죄송해요." 레이먼드가 다시 말했다.

"필요 이상으로 미안해하는구나." 할머니가 말했다. "게다가 너는 이렇게 와주었잖니. 대부분은 그렇게 하지 않아. 대부분은 서둘러 지나가지. 내가 가까이 다가가려 할수록 더 바삐 지나쳐 가. '아, 몰라요.'라고 말해. 입술로 말하지 않고 서두르는 행동으로 보여주지. 그들은 '당신은 내 가족이나 친구가 아니에요. 당신은 내 공동체가 아니랍니다. 당신은 그들이지요. *우리*가 아니라.'라고 해. 그리고 내가 누구나 알고 있는 경계선을 넘어 그들에게 말을 건 행동 자체가 두려움을 안겨줬다는 사실을 아주 잘 알아. 그게 요즘 사람들 모습이야. 4층에 사는 레이먼드, 어서 들어오렴. 다만 어떤 것도 옮기지 말라는 부탁만은 해둬야겠다. 의자를 끌어낸 채 그대로 둔다면 오늘 중으로 내가 그 의자에 부딪혀 넘어질 거야. 모든 것이 내가 예측하는 곳에 정확하게 그대로 있어야만 하거든."

둘은 잠깐 조용히, 꼼짝도 않고 서 있었다. 레이먼드는 안으로 들어가지 않았다. 안으로 들어갈 준비가 되어 있지 않았다.

할머니 너머로 집 안을 들여다보았다. 털실로 짠 작은 담요가 낡은 소파 뒤에 세심하게 접혀 놓여 있었다. 소파 팔걸이에는 레이스가 달린 덮개가 있었다. 둥근 고가구 탁자 위에는 더 많은 덮개가 있었다.

"제가 여길 들른 이유가 있어요."

"그래, 말해보렴. 넌 착한 젊은이니까 여기로 와준 거야. 그런데 뭔가 더 특별한 게 있는 모양이구나."

"말씀하신 걸 생각해봤어요. 그랬더니 생각을 멈출 수가 없었어요. 부인은 루이스 씨가 도와주러 왔고 살펴봐주었다고 하셨어요."

"그래, 그가 그랬지. 4년도 넘게."

"그런데 지금은 사라졌단 말이죠?"

"슬프게도 그렇지."

"그럼 지금은 도와줄 사람이 아무도 없겠네요. 상황을 살펴봐 줄 사람도요."

"맞아. 넌 아주 반듯한 청년이구나, 레이먼드. 처음부터 알았지. 난 사람을 아주 잘 보거든."

레이먼드는 체중을 한쪽 발에 실었다가 다른 쪽 발에 옮기기를 반복했다. 할머니의 다정한 말들로 불편해진 마음을 다스리는 자신만의 방식이었다. 그는 그런 말들을 좋아했다. 그러나 그 말들이 자신의 내면에 들어와 좋게 느껴진다는 바로 그 사실이 또 그것대로 그를 불편하게 했다.

"그분이 할머니를 어떻게 도왔나요?"

어떤 여자가 계단으로 내려왔다. 사십 대쯤 돼 보였다. 검은 머리칼. 그 여자는 이마를 잔뜩 찌푸렸다. 레이먼드는 그 까닭을 알 수 없었다. 여자는 고개를 들어 그곳에서 노부인과 말을 나누고 있는 그를 올려다보았다. 그리고 그곳에 있는 노부인을 보았다. 그 여자는 눈길을 거두더니 빨리 아래층으로 내려갔다.

아, 레이먼드는 생각했다. *할머니가 말씀하셨던 걸 알겠어요.*

"루이스는 날 은행과 시장에 데려가주었어. 말을 하고 보니 우습네."

레이먼드가 말을 하려고 입을 열었다. 그러나 할머니가 말을 이어갔다.

"난 하얀 지팡이를 가지고 있어. 그리고 그걸 어떻게 사용하는지 잘 알지. 비록 태어나면서부터 시각장애인은 아니었지만 지팡이를 아주 능숙하게 다뤄. 내가 걱정하는 건 오히려 사람들이야. 옛날에는 사람들이 이 붉은 띠가 있는 흰색 지팡이(이용자가 시각장애인임을 나타내는 지팡이—옮긴이)를 보면 존중해줬어. 모든 사람이 그 의미를 알고 있었지. 자동차는 내 뒤에서 한참을 기다려주고는 했어. 사람들은 내 앞을 가로막지 않으려고 조심했고. 나를 전혀 모르는 사람들이 내가 길을 건널 수 있도록 도우려고 기꺼이 하던 일을 멈추어주곤 했단다. 그런데 지금은 누구도 그걸 알지도 못하고 개의치도 않아. 아니면 그저 주의를 기울이지 않는 걸 수도 있고. 휴대전화를 들여다보기에도 너무 바쁘잖아. 마지막으로 혼자 거리로 나섰을 때가 4년도 더 전이야. 누군가가 내 앞으로 끼어들어 오는 바람에 발이 걸려 넘어졌어. 손목이 부러졌지. 정말 끔찍했다. 오른쪽 손목이었는데. 나는 물건을 잡을 수도, 병뚜껑을 열 수도 없었어. 수표에 서명할 수도 없었고. 단지 간신히 굶어 죽지 않을 정도로 연명해야 했지. 그때 어떤 프로그램에서 루이스를 자원봉사자로 보내줬어. 그런데 얼마 지나지 않아 그 프로그램은 기금을 다 썼고 문을 닫았어. 더는 운영되지 않았지. 그런데 루이스는 그 뒤로도 계속 나를 도우러 와준 거야. 그때 이후로 난 혼자서 길거리로 나가지 않아. 나가는 게 두려워."

"그러니까……." 레이먼드에게 수많은 질문이 떠올랐다. 하나만 뽑아내기가 어려웠다. "……루이스 씨가 안 온 건…… 얼마나 됐나요?"

"17일."

"그럼 남아 있는 음식은 전혀 없어요?"

"닭고기랑 쌀로 만든 통조림 수프가 캔에 절반쯤 있어. 그저께부터 그걸 먹기 시작했지. 그게 마지막 음식이고, 그래서 매일 그걸 사분의 일로 나눠서 먹고 있다."

"그게 부인이 드신 것 전부예요? 지난 이틀 동안? 하루에 통조림 수프 사분의 일요?"

"사실 얼마나 오래 버틸 수 있을지 알 수가 없구나." 할머니가 간단하게 대답했다. "하지만 지금은 걸어 나갈 수 있을지 장담하지 못할 정도로 약해진 듯싶어. 누군가의 도움을 받더라도 말이야."

"좋아요. 부인, 흰 지팡이를 가져오세요. 그리고 지갑도요. 제가 우선 그라놀라 바를 드릴게요. 이걸로 먼저 기력이 좀 회복되시면 같이 슈퍼마켓에 가요."

"은행이 먼저란다. 그러지 않으면 슈퍼에서 아무것도 살 수 없거든."

"알았어요. 그럼 은행 먼저 가요."

할머니는 두 손을 마주 잡고 꽉 쥐었다. 그러더니 얼굴 앞에 두 손을 모았다. 흐린 눈을 질끈 감았고, 머리를 들었다. 마치 복도 천장을 보기라도 하듯이. 그러나 눈은 감겨 있었다. 그러고 다시 눈을 뜨고. 눈을 감고 뜨는 것이 무슨 차이가 있을까?

"제 기도들에 응답해주셔서 고맙습니다." 할머니가 말했다. 그러고는 레이먼드가 있을 법한 곳으로 얼굴을 돌렸다. "그리고 4층에 사는 레이먼드, 내 기도에 응답해줘서 고맙다. 들어가서 몇 가지 물건을 챙겨 오마. 그런 다음 출발하자."

"이해가 잘 안 되는 게 있어요." 함께 은행에서 나와 걸어가면서 레이먼드가 말했다. 그는 왼쪽 팔꿈치를 쑥 내밀고 있었다. 아주 과장되게.

오른손으로는 작은 바퀴가 달린 식료품 카트를 끌었다.

"뭐든 물어보렴." 할머니가 말했다.

레이먼드는 아침 공기가 서늘하고 청명하게 느껴졌다. 자동차 배기가스 냄새가 나는 데다 하수구 틈으로 악취가 새어나오고 있었고, 카레를 요리하는 냄새까지 났다. 그러나 그 냄새들조차 그날은 새롭다는 느낌이 들었다.

"부인은 앞이 전혀 안 보이세요?"

"거의 완전히. 지금 바로 내 앞에서 네가 시야를 가로질러 걸어간다면 누군가가 지나가고 있다는 걸 알 수는 있어. 네 모습을 그림자처럼 윤곽만 볼 수 있거든. 흐릿하게. 그것도 아주 밝은 빛 속에 있을 때 명암 대비가 주는 이점 덕분이지."

"그럼 학교 끝나고…… 제가 어제 계단을 올라가고 있을 때……."

"그래, 기억해."

"그게 저라는 걸 아셨잖아요."

"그래, 알았지. 사람마다 발걸음 소리가 다 다르거든. 사람들의 걸음걸이로도 많은 걸 알 수 있어. 발걸음 소리가 아무리 비슷해도 내가 다 구분할 수 있다는 뜻은 아니야. 어떤 사람들은 정말 비슷하기도 하고. 하지만 네 발걸음 소리는 아주 독특해. 왜 그런지 말해줄까? 너한테선 유독 신발 한쪽을 끄는 소리가 나."

"저한테서요?"

"그래."

둘은 한동안 말없이 길을 따라 걸었다. 고통스러울 정도로 천천히. 레이먼드와 안드레가 함께 걷는 마지막 길임을 알았을 때 걸었던 것보다 더 느리게. 레이먼드는 자신의 발걸음 소리를 들으려고 애썼다. 그러나 세상이 조용하지가 않았다. 자동차 엔진이 부르릉거리는 소리, 그보다 더 크게 으르렁거리는 버스 엔진 소리, 빵빵거리는 경적 소리가 뒤죽박죽 섞인 것이 그가 들을 수 있는 전부였다.

반 블록 정도 걸은 다음 그는 결국 포기했다.

자신보다 더 어린 남자애 셋이 귀퉁이에서 미친 듯이 달려오고 있었고, 경찰차 사이렌 소리가 뒤따라왔다.

"여기서 멈춰야겠어요." 레이먼드는 할머니 팔을 가볍게 끌어당기며 말했다. "신호가 바뀔 때까지 기다려야겠어요. 건널목을 건너면 부인 바로 앞에 모퉁이가 있어요."

"넌 이 일에 아주 능숙하구나." 할머니가 말했다.

"제가요? 그리 어렵지도 않은걸요."

"오, 아니야. 어렵지. 주의를 기울여야만 하고."

신호가 바뀌었다. 그들은 앞으로 움직였다.

"턱이 나오면 말씀드릴게요. 지금요."

그들은 차도로 내려섰다. 여전히 천천히, 아주, 아주 천천히.

레이먼드는 신호가 다시 바뀌기 전까지 길을 다 건널 수 없으리라는 걸 알았다. 운전하는 사람들은 이 상황을 그저 감내해야만 할 것이다. 그들은 기다리는 수밖에 없을 것이다.

그러나 신호가 바뀌기 전부터 승용차와 택시 들이 횡단보도를 지나가고 싶어 안달하며 모퉁이를 돌기 시작했다. 차 한 대가 그들 뒤를 휙 지나갔다. 비록 차선을 넘나들며 멀찍이 지나가긴 했지만. 그 뒤 택시 한 대가 덜컥거리며 점점 다가왔다. 부릉, 끽. 부릉부릉, 끼익.

레이먼드가 식료품 카트를 잡은 채로 오른손을 높이 치켜들었다. 택시 운전사에겐 위협적이었을 것이다. 택시의 보닛 위에 카트를 떨어뜨린다면 최소한 페인트칠에 손상을 입힐 것이다.

택시는 아슬아슬하게 뒤쪽 차들까지 멈춰 서게끔 제자리를 지켰다.

"위로 올라서세요. ……지금요." 그가 말했다.

레이먼드와 할머니가 인도 위로 올라서자 택시는 타이어 긁히는 굉음을 내며 달려 나갔다. 어깨 너머로 그 운전수가 속도를 내며 가운뎃손가락으로 욕하는 걸 보았다.

레이먼드는 심호흡을 했다. 발아래 보도처럼 단순한 것이 이렇게나 고마웠던 적이 없었다.

"이해가 안 되는 게 또 있어요. 음식을 배달해주는 데가 있잖아요. 피자를 배달시킬 수도 있고요. 전화가 있다면요. 전화가 있으세요?"

"그럼, 전화는 있지."

"우리 집에선 늘 피자를 배달시켜 먹어요. 하긴, 지금 사는 아파트에선 피자를 주문한 적이 한 번도 없네요. 새아빠가 돈을 주지 않거든요. 가게에서 음식을 사 먹는 것보다 직접 해 먹는 게 훨씬 싸다고 말해요. 그렇지만 아빠랑 같이 있을 땐 피자를 주문해요. 전 격주로 주말에 아빠 집에서 지내려고 가요. 그럼 우린 온갖 음식을 배달시켜 먹어요."

"네 아빠는 편안하시니?"

"편안하냐고요? 무슨 말씀인지 모르겠어요."

"재정 상태 말이다. 그런 뜻에서."

"아. 그래요. 예, 새아빠처럼 동전까지 긁어모을 필요는 없어요. 미드타운의 정말 좋은 아파트에 살아요. 그래요, 잘살아요."

"그렇다니 이해가 되는구나. 너무 비싸기 때문에 나도 레스토랑 음식을 배달시키진 않아. 그래도 지난 며칠 동안은 할 수 있기만 했다면 분명 그렇게 했을 거다. 왜 할 수 없었는지 정말 모르겠니?"

"음……." 레이먼드는 자신이 그 이유를 알아야 할 것 같았다. 할머니의 말투가 그랬다. 그러나 머릿속에는 아무것도 떠오르지 않았다. "예, 모르겠어요."

"나는 은행에 갈 방법이 없었어. 그래서 음식값을 낼 돈이 없었지."

"아. 저는 부인이 신용카드나 체크카드, 뭐 그런 걸 갖고 계실 거라 생각했어요."

"지금은 그랬어야 한다는 생각이 들어. 그저 내 방식대로만 해왔어. 아주 오랫동안 뭐든 현금으로 지불하는 게 좋다고 생각해왔지. 지금은 내 완고함이 문제라는 걸 알아."

둘은 한동안 말없이 함께 걸었다. 환전소와 값싼 기념품 가게를 지났다. 그 뒤 길모퉁이에 있는 슈퍼마켓의 차양이 보였다. 인도 쪽으로 슈퍼마켓 문이 열려 있었다.

"아파트에서 다른 집들의 현관문을 두드려보기도 했단다." 할머니가 말했다. "내가 사는 층에서만 두드리긴 했지만. 왜냐면 계단이 무섭거든. 계단을 혼자서 오르내리는 걸 말하는 거야. 예전엔 모든 이웃을 알고 지냈어. 친구들이 있었지. 그런데 아무래도 내가 너무 오래 산 것 같다. 우리 건물에서 내가 알고 지냈던 모든 사람이 이젠 다 이사를 갔어. 그리고 나랑 가장 친하게 지냈던 이웃 친구 셋이 지난 두 달 사이에 죽고 말았고. 그렇게 오랜 세월이 지난 지금 이곳에 이렇게 혼자 있는 게 너무 이상하고 슬퍼. 지금 거기 사는 사람들은 누구도 낯선 사람에게 문을 열어주지 않더구나. 어쨌든 지금은 그 문 뒤에 아무도 살고 있지 않은 거랑 다를 바가 없어. 이웃이라고는 해도 예전과 느낌이 달라. 경험으로 알 수 있지. 그런데 시장이 타임스퀘어를 깨끗하게 만들고 싶어 했다는 것 알지? 그래서 거기에서 일어날 여지가 있는 범죄들을 서쪽으로 몰아냈지. 불행하게도 우리가 그 피해자가 된 거야."

"여기서는 얼마나 사셨어요?"

"67년."

"67년요?" 거의 비명 같은 외침이 튀어나왔다. "우리 부모님이 태어나기도 전부터네요! 우리 *할아버지 할머니*가 태어나기도 전부터고요, 67년은…….” 그러다 레이먼드는 입을 다물었다. 생각 없이 터져나온 말이 부끄럽게 느껴졌다. “죄송해요.”

“넌 죄송해하는 데 너무 많은 시간을 쓴다, 4층에 사는 레이먼드. 그럴 필요 없어 보이는데.”

“제가 좀 무례했잖아요.”

“내가 늙었다는 걸 모를 거라 생각하면 무례했다고 하는 게 맞겠지.”

“겉은 레몬 바닐라 맛이고 사이사이에 초코 크림이 들어간 웨이퍼를 사면 좋겠는데.”

“여기 있네요.” 레이먼드가 진열대에서 상자를 집어 카트에 담았다. “저도 이거 좋아해요.”

“잘됐네. 너도 좋아해서 다행이다. 집에 가면 홍차랑 같이 이걸 먹으면 되겠다. 그때 굳이 뭘 먹을지 얘기하지 않아도 되겠네. 당연히 그렇게 해야지. 만약 네가 학교에 지각만 하지 않는다면.”

“오늘 토요일이에요.”

“그래? 일을 하지 않으면 요일 같은 걸 신경 쓰지 않는단다. 우습지? 그러니까 오늘이 토요일이란 말이지? 그럼 핑계가 없겠구나.”

“부인 댁 안에 있는 어떤 물건도 옮기지 않겠다고 약속할게요.” 레이먼드가 커피와 홍차가 있는 진열대 앞 통로를 걸으면서 말했다.

레이먼드는 홍차를 좋아하지 않지만 한잔 마셔볼 작정이었다. 그리고 차를 좋아하지 않는다는 걸 비밀로 할 생각이었다.

"고맙구나. 그렇게 할 거라고 믿어." 할머니가 말했다.

"예, 부인. 전 그게 부인께 중요한 까닭을 아니까요."

"나를 계속 부인이라고 부르지 않아도 괜찮아. 너무 딱딱하게 느껴지는데."

"성함을 모르니까요."

할머니가 갑자기 멈춰 섰다. 그래서 레이먼드도 설 수밖에 없었다. 둘은 서로 팔짱을 끼고 있었기 때문이다. 게다가 홍차를 골라야 하는 진열대 앞이기도 했다. 몇 걸음만 더 갔다면 지나쳐버렸을 것이다.

"그렇구나. 네가 모르는 게 당연하지. 내가 미안하구나. 그러려고 한 건 아니지만 내가 무례했네. 내 이름은 밀드레드 구터만이야."

"그럼 어떻게 부르는 게 좋을까요?"

"밀드레드 할머니가 좋겠다. 아니면 그냥 밀리. 루이스는 날 밀리라고 불렀어. 아니면……. 정말 받아들일 수가 없구나. 내가 그에 관해 말할 때 계속 과거 시제로 말하고 있다. 그때마다 그걸 고쳐 다시 말하고. 어떻게 된 영문인지 모르니까. 그렇지만 안 좋은 예감이 들어. 아무 일도 없었다면 전화를 하거나 찾아왔을 거거든. 할 수 있다면 말이야. 그건 내가 분명히 알아."

"그분 전화번호를 가지고 있진 않으셨어요?"

"물론 휴대전화 번호가 있었지. 그런데 그가 사라진 것과 동시에 갑자기 서비스가 불가능하다고 나오더라고. 그 모든 일이 계속 꺼림칙한 느낌을 줘."

"그분을 찾으려고 전화번호부를 찾아본 적은 있으세요? 그분 집에 전화가 있을 수도 있고, 아니면 새 휴대전화 번호가 생겼거나요."

"루이스는 집 전화가 없다고 말한 적이 있어. 전화국에 새 휴대전화 번호가 있느냐고 여러 번 물어봤고, 이름이 같은 사람들을 찾아내기도 했지. 그런데 전화를 받은 모든 루이스들이 내가 찾는 루이스가 아니었어. 어떤 번호는 없는 번호이기도 했고. 며칠 동안 애써보기는 했는데 아무것도 얻은 게 없구나."

그들은 한동안 말없이 가만히 서 있었다. 서로 팔에 팔을 걸고. 레이먼드는 아무 말도 하지 않았다. 기운을 북돋울 어떤 말도 떠오르지 않았기에. 나쁜 암시처럼 느껴졌다.

"그럼 우리 홍차를 고르러 갈까?" 밀리가 말했다.

"여기가 홍차 진열대 앞이에요."

"아, 잘됐네. 난 진한 홍차를 좋아해. 잉글리시 브렉퍼스트나 아이리시 브렉퍼스트."

"두세 가지 브랜드가 있네요. 어떤 걸 좋아하세요?"

"가장 싼 걸 가장 좋아하지." 밀리가 대답했다.

레이먼드는 부엌에서 텅 빈 선반을 보며 밀리와 나란히 섰다. 밀리는 모든 찬장 문을 활짝 열었고, 숨을 천천히 가다듬으며 함께 해야 할 일을 앞두고 서 있었다. 마치 마라톤 경주를 하기 전에 마음의 준비를 하듯.

"모든 것이 제자리에 있는 게 아주 중요하단다. 빠짐없이 다시 찾을 수 있도록 내가 알아둬야 하거든."

"무슨 말씀인지 알겠어요."

"과자는 저기. 우리가 먹고 남는 게 있다면." 조리대 위 작은 단지를 찾아 손으로 더듬으며 밀리가 말했다. "양상추랑 다른 샐러드용 채소들은 냉장고 채소 칸에 넣어야 돼. 닭다리랑 아이스크림은 냉동실에. 어쩌면…… 아이스크림을 냉동실에 넣어야 하는 건 너도 알겠지."

"예, 알아요." 레이먼드는 대답한 다음 일을 시작했다.

"샐러드드레싱하고 우유는 냉장고 문 안쪽 선반에 두어주렴."

"그럴게요."

"아, 그리고 잊어버리기 전에 말해둘게. 탁자에 앉을 때 말이야, 창문 가까이에 있는 의자를 쓰렴. 그게 루이스 의자였어. 카펫에 테이프를 붙여둔 표시가 보일 거야. 의자를 다 쓰고 난 다음 다시 놓아둘 때 어디에 둬야 하는지를 정확하게 알려주지."

"알았어요." 레이먼드가 말했다.

"물건 정리를 전부 너 혼자서 할 것까진 없어. 한 번에 하나씩 건네주면서 그게 뭔지만 알려줘. 아이스크림처럼 분명한 건 말해주지 않아도 저절로 알게 되지만."

"예, 같이 정리해요." 레이먼드가 말했다.

둘은 둥근 탁자에 함께 앉았다. 레이먼드는 테이블보의 섬세한 레이스를 손가락으로 쓰다듬어보았다. 그러고 찻잔을 들어 눈을 감고 음미하듯 한 모금 마셨다.

"이야. 좋은데요."

"그렇다면 다행이네."

"달콤해요."

"설탕을 두 스푼 넣었거든."

"우유도 넣으셨어요?"

"그래. 우리 어머니가 캠브릭 차라고 부르던 차야. 그런 이름이라고 배웠는데, 왜 그렇게 부르는진 모르겠다. 내게 위로나 격려가 필요할 때 타주시곤 했지. 그걸 마시고 조금 지나면 행복하게 해주는 무언가가 차오르는 느낌이 들었어. 아니면 아주 조금 행복해질 때도 있었고. 내가 처한 상태에 따라 달랐지."

레이먼드는 한 모금 더, 이번에는 조금 더 많이 마셨다. 그랬더니 조금 나아지는 느낌이 드는 듯도 했다.

"이런 차를 좋아하게 될 거라고는 생각하지 않았어요. 커피처럼 조금 씁쓸할 거라 생각했거든요."

"네 건 아주 강하게 타지는 않았단다. 내 거하고는 다르지."

둘은 1~2분간 조용히 차를 마셨다.

밀리의 아파트 안은 어두웠다. 전등은 전혀 켜지 않은 채였다. 생각해보니 전등을 켤 필요가 없었다. 빛은 얇은 커튼을 거쳐 길 쪽 창에서 들어오는 것이 전부였다.

레이먼드는 아파트 안이 지저분할 거라 짐작했다. 혹은 적어도 먼지투성이일 거라고. 그러나 절대 그렇지 않았다.

“그래 젊은이, 너에 관해 얘기해보렴.” 밀리가 생각에 잠긴 레이먼드를 깨우며 말했다. “널 그렇게 불행하게 하는 게 뭔지 얘기해봐.”

“불행하다고 말씀드린 적 없는데요.”

“말하지 않아도 알지.”

그는 들키고 말았다는 사실에 당황한 나머지 잠시 어쩔 줄 몰라 속으로 전전긍긍했다. 눈먼 할머니의 집에 왔는데 모든 걸 다 내보였다는 게 기묘하게 느껴졌다.

“글쎄요……, 너무 많아서. 하나를 딱 집어 말하기 어려워요.”

“그럼 두세 가지라도 말해보렴.”

“마치 저는…….” 레이먼드는 오랫동안 말을 멈추었다. 적어도 자신에게만큼은 그 순간이 길게 느껴졌다. 눈을 감고 바깥의 자동차 소리를 들었다. “저는 어디서든, 거기와 잘 안 맞는다는 느낌이 들어요.”

“어딘가에는 맞아야만 하는데.”

“그런 생각이 안 들어요.”

“4층에 사는 네 가족은 어떠니?”

“그게 어쩌면 가장 안 맞는 걸 거예요.”

“왜 그런지 말해줄래? 나로선 어떤지 상상할 수가 없구나.”

“글쎄요. 무엇보다…… 그들은 전부 백인이에요.”

이어지는 침묵 속에서 갑자기 자신의 피부색에 대해 밀리가 전혀 알지 못하고 있었거나 그 비슷한 것조차 염두에 두지 않고 있었다는 사실이 레이먼드를 내리쳤다. 이제 알게 된 지금 밀리가 어떻게 생각할지 걱정스러웠다. 레이먼드는 이전에 만난 사람들 중에, 그 정보와 마주치기 전에 자신을 알게 된 사람이 있었는지 생각해보았다. 아마도 없는 듯했다.

"입양된 거니?" 밀리가 물었다.

"아뇨. 아빠는 흑인이고 엄마는 백인이에요. 그런데 이혼했어요. 그다음에 엄마가 백인인 새아빠랑 재혼했고, 아이를 셋 낳았어요. 모두 여자아이예요."

"네가 다르다고 생각하는 점이 무엇이든 그들이 널 사랑한다는 건 알아야 돼."

레이먼드는 캠브릭 차를 마시면서 잠깐 말없이 있었다.

"어떤 말도 하기 싫은가 보구나." 밀리가 말했다.

"그냥, 생각하고 있어요."

"그들이 널 사랑한다고 생각하렴."

"그치만 그게 문제가 아니에요. 문제는 제가 사랑받는다고 느끼는가 하는 거예요. 보통은 그렇지 않거든요. 별로 그렇지 않아요. 막내 여동생은 절 사랑한다고 생각해요. 다른 두 여동생은 모르겠어요. 잘 모르긴 하지만, 어떤 점에선 사랑하는 게 맞겠죠. 그렇지만 그걸 우스운 방식으로 표현해요. 걔들은 자기들끼리만 어울려요. 흑인이고 백인이기 때문이라고는 생각지 않아요. 그 이유가 전혀 아닐 수도 있고요. 둘은 여자고 전 남자라 그럴 수도 있겠죠. 그런데 새아빠 말이에요. 새아빠는 분명 절 사랑하지 않아요. 싫어하지도 않고요. 그저 어쩔 수 없이 받아들이고 있는 것 같아요. 엄마를 만났을 때 했던 약속 때문에 같이 사는 거죠. 물론 딸들은 사랑해요. 왜냐하면 딸들은……. 아시잖아요? 자기 애들이니까요."

"엄마는 어떠시니?"

"엄만 그저 바빠요. 네 아이 키우느라. 온종일 일도 해야 하고. 그런데 사실 전 이런 말을 해서는 안 돼요. 아마 저한테 문제가 있는 걸 거예요. 식구들 간에 흔히 있는 문제인데, 제가 그걸 괜찮다고 느끼지 않는 거겠죠."

"꼭 그렇지만은 않을 거야. 쿠키를 하나도 안 먹었네." 밀리가 말했다.

"아, 먹는 걸 깜박했네요."

밀리가 쿠키 세 개를 집어서 레이먼드 앞의 작고 멋진 사기 접시에 놓았다. 푸른 꽃무늬가 새겨진, 추측건대 아주 오래된 접시였다. 대대로 전해져온 것임이 분명했다.

"아이들은 늘 문제가 자신에게 있다고 느껴. 제대로 보살핌을 받지 못하면 자신에게 무언가 결점이 있다고 생각하지. 그런데 대부분은 그렇지가 않아. 집 안 곳곳에 아주 많은 사랑이 넘쳐흐른다면 너도 느끼겠지. 아마 알 거야."

레이먼드는 대답 전에 쿠키를 한 입 베어 물고 조심스럽게 씹었다.

"자녀분들은 있으세요?"

"아니. 난 아이가 없어. 그렇지만 나 역시 아이였으니 알고 있지. 내 어린 친구, 내가 이건 말해야겠다. 너 혼자의 책임은 아니지만 그래도 난 네가 그들에게 사랑을 줘야 한다고 말하고 싶다. 그들이 느낄 수 있을 정도로 큰 사랑을 말이야. 왜냐하면 네가 먼저 시작하는 건 얼마든지 가능하거든. 누군가는 먼저 시작해야만 하는 일이야. 그게 너여야 한다는 게 공평한 건 아니지. 하지만 언제나 마찬가지야. 삶은 늘 공평하지가 않아."

"전 그렇게 생각해본 적은 없어요." 레이먼드는 그의 충고가 이 시점에 딱 들어맞는 것 같다는 생각은 들지 않았다. 그 시작이 바로 자신이어야 한다는 게 공평하지 않다는 말엔 기꺼이 동의했다.

"그래, 생각해보고 말해줘."

레이먼드는 생각을 이어가는 동안, 아니면 어쨌든 생각하려고 애쓰면서 쿠키 두 개를 더 먹었다. 어쩐 일인지 머릿속이 자꾸만 멍해졌다.

"제가 그 방법을 아는지조차 모르겠어요." 그가 잠시 뒤에 말했다.

"그래, 그건 문제다. 맞아, 이상적으로는 부모가 먼저 손을 내밀어. 그럼 아이가 사랑의 감정을 깨닫고는 현실적으로 사랑을 어떻게 줘야 할지를 배우게 되지. 그렇게 해서 감정을 나눌 수 있어. 그런데 대부분의 부모는 사실 그런 걸 몰라. 그러니 모르는 걸 어떻게 아주 잘 가르칠 수가 있겠니. 지금이라도 네 부모님이 그런 걸 할 수 있을까? 네가 지금 당장 행복해질 방도가 없어서 유감이구나, 레이먼드. 아마도 교대로 행복한가 보다. 어제 나는 불행했는데 오늘은 아주 좋아. 왜 그런지는 알겠지? 분명 알 거야."

"먹을 음식을 마련했으니까요."

"그래, 먹을 걸 가졌기 때문이야. 그리고 하나 더, 내가 음식을 당연히 주어지는 것으로 여기며 자랐다는 걸 알게 됐고, 그렇게 당연하다고만 여기면 안 된다는 것도 알게 됐기 때문이야. 아니면 적어도 내가 가진 음식에 대해 기억해야 한다는 걸 알았어. 내가 앞으로 어떻게 해야 하는지는 차츰 알게 되겠지. 그뿐만 아니라 나는 널 만나서 행복해. 네가 날 슈퍼에 데려가주었기 때문만은 아니야. 다른 누군가가 나를 슈퍼에 데려갔을 수도 있고, 그들을 만나서 행복할 수도 있었을 거야. 하지만 그냥 그게 전부였을 거야. 누구를 만났느냐에 따라 달라지거든. 나는 너를 만나서 여러 이유로 행복해."

레이먼드는 피가 뜨거워지며 얼굴로 몰려들어 화끈거리는 걸 느꼈다.

"너에 대해 좋은 말을 할 때마다 넌 아주 조용해지는구나."

"익숙하지 않아서 그래요."

"그것 참 마음이 아프네."

이 말을 끝으로 밀리에겐 더 할 말이 남아 있지 않은 듯했다. 아니면 기꺼운 마음으로 나눌 수 있는 얘기들이. 어쨌든 그쪽으로의 대화는.

조금 뒤에 레이먼드가 물었다.

"어떻게 하시려고 했어요? 만약 제가 들르지 않았다면요."

"조만간 경찰에 전화하려고 했어. '나 같은 사람을 도울 수 있는 사람이 누구인지를 모르겠다. 그런데 나는 지금 그런 사람이 필요하다.'라고 말하려 했지. 내 생각에는 누구든 도와줄 수는 *있을 것* 같더라. 그걸 *하고 싶어 하는* 사람이 누구인지가 더 중요한 문제겠지. 아니면 911 비상 전화를 걸려고 했어. 굶어 죽을 지경인데 아파트에 가만히 앉아 있을 수는 없으니까. 만약 먹을 게 없다면 죽게 될 거고, 그건 비상사태가 분명하니까. 그래도 그렇게까진 하고 싶지 않더라. 어쩌면 루이스가 와줄지도 모르니까 한 이틀만 더 참아보자고 계속 생각했지. 나는 아침에 일어났을 때, 내가 기다림을 포기했다는 걸 나 자신한테나 다른 사람한테 인정하고 싶지 않았어. 아직도 마찬가지야."

루이스란 이름이 언급되자 집 안이 다시 조용해지는 걸 느꼈다. 추도사나 기도로 둘러싸인 것처럼 마음 깊이 울림을 남기는 침묵.

"이제 가봐야겠어요." 마지막 쿠키를 삼키고 레이먼드가 말했다. "어딜 가는지 누구한테도 말하지 않았거든요. 또 필요하신 게 없나 살펴보러 다시 올게요."

"그래주면 좋겠다. 고맙다, 레이먼드. 혹시 아니? 루이스가 돌아올지도 모르잖아. 어쩌면 저 문 앞에 서 있는 모습이 딱 보일지도 모르지. 그런 꿈들을 꾼단다. 아침에 일어날 때에도, 그리고 잠들 때에도. 루이스는 왜 자기가 더 빨리 오지 못했는지 매번 다른 이야기를 들려주지. 하지만 꿈속에서는 그게 전혀 중요하지 않아. 왜냐면, 어쨌든 돌아왔으니까."

밀리가 말을 멈추었다. 갑작스럽다는 생각이 들었다. 마치 더 말을 하려고 했는데 이야기가 입속 어딘가에 턱 걸려버린 것 같았다.

레이먼드는 복도에서 처음 마주친 날 그 모습대로 할머니가 손을 쥐어짜고 있는 모습을 지켜보았다. 바로 어제 있었던 일인데도 훨씬 더 오래전에 있었던 일인 듯 느껴졌다.

"그가 아픈 건 아닌지 정말 걱정이다."

"알아요. 할머니 마음이 어떨지 알아요."

레이먼드는 루이스 벨레즈가 어딘가에 있다면 반드시 알아내서 꼭 찾아드리겠다고 입 밖으로 말하지는 않았다. 정말로 루이스가 어디에 있는지 찾을 수 있는 사람이라면 그게 확인된 순간 자신이 찾아내리라는 것을 알았다.

4층으로 계단을 오르다가 그 소리를 들었다. 소리를 들어야겠다는 생각조차 하지 못하고 있었다. 그런데 갑자기 들렸다.

왼쪽 발을 옮길 때마다 가볍게, 지속적으로 끌리는 신발 소리를 레이먼드는 들을 수 있었다.

3. 여기서 나가자

레이먼드는 길모퉁이의 버려진 건물에서 지하로 가는, 깨진 창문 틈으로 뛰어내렸다. 다음 날 이른 아침이었다. 일요일. 희미하게 동이 트고 있었다.

지하실 바닥을 가로질러 몇 걸음 옮겨서는 고양이를 부르려고 입을 열려다가…… 하마터면 살아 숨 쉬는 사람과 부딪힐 뻔했다.

레이먼드는 놀라 비명을 지르며 그를 피했다. 꼼짝 않고 서서 진정하려 했지만 가슴은 더 두근거렸다.

"어째, 여자애처럼 비명을 지르네. 여자앤 줄 알았잖아." 그 사람이 말했다.

레이먼드와 또래로 보이는 백인 아이였다. 1살쯤 많을까. 키는 그리 크지 않으나 어깨가 떡 벌어진 체격이었다. 육중한 체격. 더 위험해 보였다. 사실 누군들 위험하지 않겠는가. 모직으로 된 소매에 가죽이 덧대 있는, 글자가 새겨진 재킷을 입고 있었다. 고등학교 운동부 아이들이 입는 것과 같은. 레이먼드가 아는 사람이었다. 같은 학교에 다니기 때문이다. 그렇지만 이름까지 알지는 못했다. 어쩌면 그는 어른일지도 몰랐다. 18살. 레이먼드는 단지 그가 두렵다는 것만 알았다.

"난 널 아는데." 그가 말했다.

"날 안다고?"

"화학 실험, 같이 듣지 않냐?"

"그런 것도 같아."

레이먼드는 그제야 호흡이 가라앉는 걸 느꼈다. 어쨌든 조금 나아졌다. 이 돌연한 마주침에서 살아남게 될 듯싶었다. 대화가 정상적인 꼴을 갖추는 듯했다.

"여기서 뭘 하는 거야?"

"아, 그게. 뭐 좀 쓸 만한 게 있나 해서……." 레이먼드는 고양이를 언급해서는 안 되겠다는 결정을 빠르고 본능적으로 내렸다. "……벤치 말이야. 저 돌 벤치. 마음에 들었거든. 얼마나 무거운가 보려고. 집에 가져갈 수 있을까 해서."

녀석은 뒤를 돌아보았고, 레이먼드는 안도의 한숨을 내쉬었다. 그들은 서로 너무 가까이 서 있었다. 거의 코가 닿을 만한 거리였다. 그 가까운 거리가 주는 스트레스가 레이먼드를 주눅 들게 했다.

녀석이 벤치로 걸어갔다. 손을 뻗어 한쪽 끝을 들어올리려 했다. 꼼짝도 하지 않았다.

"어휴. 그래, 잘해봐라."

"넌 여기서 뭐 해?"

레이먼드가 물었다. 묻자마자 즉각 괜히 물었다는 생각이 들었다. 다시 가슴이 두근거리기 시작했다.

"고양이를 찾고 있어."

레이먼드는 대꾸하지 않았다. 잠자코 있는 동안 차가운 감각이 귓가를 스쳐가는 듯했다.

녀석이 이어서 말했다.

"이 열린 창문으로 들락거리는 길고양이가 있어. 분명히 봤어. 여기 지하실에 사는 것 같아. 내가 잡을 수 있을지 보려고."

"왜 고양이를 잡으려고?" 레이먼드가 물었다. 자신의 목소리가 떨리는 걸 들을 수 있었다. 그 떨림이 녀석에게 전해지지 않기를 바랐다.

"내가 원하는 건 아냐. 메이슨 때문에. 너 메이슨 알지?"

"글쎄, 잘 모르겠어. 근데 갠 왜 고양이를 잡으려고 해?"

"그건 잘 몰라. 그렇지만 나는 그 녀석을 아니까, 네가 고양이가 아니란 게 천만다행이란 생각이 든다. 그 녀석이 아주 완전 기발하고 못된 실험을 하려고 해. 확실해. 그런데…… 넌 본 적 있어?"

"고양이?"

"응."

"그래, 봤어. 여기 내려오기 직전에. 그거 바깥 골목에 있던데." 고양이를 '그거'라 불러 마음이 언짢았다. 하지만 자신이 고양이에 대해 많이 알고 있다는 걸 들키고 싶지 않았다.

"나한테 겁먹었나 봐. 골목으로 잽싸게 뛰어가더니 오른쪽으로 갔어. 학교 쪽으로."

"고마워. 잡으러 가야겠다."

녀석은 깨진 창문의 문틀을 붙잡더니 매끄러운 동작으로 몸을 천천히 끌어올렸다. 그러곤 창턱에 배를 대고 잠시 쉬더니 한쪽 다리를 길 쪽으로 들어올렸다. 그렇게 그는 사라졌다.

레이먼드는 벤치로 다가가 손을 뻗었다. 자신을 지탱하며 앉기 위해. 다리가 후들거렸다. 평소엔 차 있던 배 속이 텅 빈 것처럼 느껴졌다. 차가운 돌 벤치에 앉아 두근거리는 심장과 가쁜 호흡을 진정시키려고 애썼다.

쓰레기로 가득 찬 종이상자에 눈이 갔다. 그 상자 안을 몽땅 비우면 쓸모가 있겠다는 생각이 먼저 들었다. 그런데 물에 젖어 튼튼해 보이지는 않았다. 금세 찢어지게 생겼다.

상자 위에 놓인 건 낡은 베갯잇이었다. 바느질한 곳이 터져 귀퉁이가 벌어져 있었다.

일어서서 다리에 힘이 실리는지 확인하면서 상자 쪽으로 걸어갔다. 그러고 베갯잇을 집어 들었다. 베갯잇은 쓸 만했다. 눈에 띄는 구멍은 없었다. 손에 들고 뒤집어가며 여기저기 살펴보았다. 써먹을 수 있나 꼼꼼히 살폈다.

작은 울음소리가 들렸다. 새끼 고양이였다.

"쉿. 그래, 나야. 조용히 해." 레이먼드가 속삭였다.

그는 소리가 들린 곳으로 갔다. 무릎을 꿇었다. 석고판이 떨어져나간 기둥 사이의 좁은 공간을 들여다보았다. 그 안에 고양이가 잡동사니로 작은 둥지를 얼기설기 만들어놓았다.

가만히 고양이를 들여다보았다. 고양이도 그를 마주 보았다.

"여기서 나가자."

레이먼드는 고양이가, 뭔가 이상하다는 표정으로 자신을 본다고 생각했다. 거의…… 뭔가를 알겠다는 듯. 문제가 무엇인지는 모를 것이다. 알 수도 없을 거고. 그런데도 무언가 문제가 있다는 걸 이해하는 듯했다. 레이먼드의 두려움을 알고 있는 것 같았다.

평소처럼 그를 반기려고 나오지도 않았다.

레이먼드는 기도하듯 눈을 질끈 감았다. 그게 정말 기도라면, 야위고 작은 길고양이를 위한 기도였다.

"지금부터 내가 하려는 일을 제발 용서해라. 제발, 제발, 제발." 숨을 내뱉으며 중얼거렸다.

레이먼드는 벽 사이로 갑작스럽게 손을 뻗어 고양이의 목덜미를 단번에 움켜쥐었다. 그러고 끌어내서는 베갯잇 안에 집어넣었다. 고양이는 거칠게 몸을 뒤틀면서 발톱으로 그의 손목 안쪽을 날카롭게 긁었다. 그는 통증을 무시할 수 없었고, 상처에서 피가 흘러내린다는 사실도 무시할 수 없었다. 그러나 움직임을 멈추지는 않았다.

고양이가 든 베갯잇을 셔츠 속에 넣고 불룩한 그 위로 재킷의 지퍼를 채웠다.

레이먼드는 핏방울을 뚝뚝 흘리면서 창틀로 다가갔다. 고양이를 다치게 하지 않으면서 어떻게 창밖으로 나갈지 궁리했다. 보통 때라면 글자가 새겨진 재킷을 입었던 그 아이처럼 뛰어올라 배를 창틀에 걸쳐 무게를 분산시켰을 것이다. 하지만 지금은 다른 방법을 찾아야 했다. 그것도 빨리.

고양이는 어둠 속에 갇혀 있어서인지 조용했다. 꼼짝도 하지 않았다. 아니면 두려움 때문에 얼어붙었는지도 몰랐다.

레이먼드는 열린 창문으로 달려가 창틀을 붙잡고 뛰어올랐다. 운동화 바닥을 이용해 콘크리트 바닥으로 기어오르려 했다. 잠시 뒤 1초도 버티기 힘든 자세가 되고 말았다. 손과 발이 거의 같은 높이에 있었으며, 자신을 어떻게 위로 끌어올릴지 알 수 없었다.

레이먼드는 한 손을 골목의 콘크리트 바닥으로 뻗쳤다. 그러나 붙잡을 만한 것이 전혀 없었다. 심호흡을 했다. 발을 약간 밑으로 내렸다. 한꺼번에 모든 근육이 팽팽하게 긴장된 가운데 아랫배가 창틀에 닿도록 애쓰면서 몸을 창문 밖으로 밀어올렸다. 고양이를 깔아뭉개지 않도록 조심하며 바닥에 등이 먼저 닿도록 몸을 잔뜩 구부렸다. 잠시 동안 통증이 가시기를 기다렸다. 긁힌 팔에서 난 피가 골목의 더러운 콘크리트로 떨어지는 걸 지켜보았다.

"윽." 그가 신음을 내뱉었다. 뒤늦게.

그러고는 골목을 벗어나려고 허둥지둥 일어섰다.

그는 길 왼쪽으로 방향을 잡았다. 아까 그 녀석에게 오른쪽으로 가라고 했기 때문이다. 그쪽으로도 집에 갈 수는 있지만 돌아서 가는 길이었다. 그러나 그렇게 하는 것 말고는 자신이 할 수 있는 게 없었다.

그는 내달리기 시작했다.

반 블록쯤 달리자 갑작스럽게 두려움이 밀려왔다. 베갯잇 속에서 고양이는 숨을 쉴 수 있을까? 그럴 것이다. 천이지, 플라스틱이 아니지 않은가. 그렇다 해도 셔츠와 재킷에 파묻힌 채였다.

멈추어 섰다. 누가 볼세라 건물 안으로 들어갔다. 길을 등지고 셔츠 속에서 베갯잇을 꺼냈다. 그러느라 유일하게 괜찮은 옷인 재킷에 피를 묻히고 말았다. 고양이는 공포에 질려 그르릉거렸다.

"쉿, 조용. 가만있어. 괜찮아질 거야."

베갯잇 끄트머리를 고양이가 나오지는 못할 만큼 조금 열어주었다. 공기를 넣어주려고 조금 펄럭거렸다. 그 뒤 끄트머리를 조금 열어둔 채 재킷의 지퍼를 다시 채웠다. 그러고는 두 손으로 고양이를 가슴에 꼭 끌어안았다.

그래서인지 고양이는 잠잠해졌다.

레이먼드는 다시 달렸다.

달리면서 재킷 밖으로 삐져나온 베갯잇의 귀퉁이를 끌어당겨 피가 흐르는 팔목을 꾹 눌렀다. 피가 흘러내리지 않도록 꽉 움켜쥐었다.

그러자 또 다른 불안감이 밀려들었다. 깨끗한 베갯잇이 아니었다. 집에서 가져온 게 아니었다. 버려진 건물 지하의 쓰레기 상자에 있던 것이었다. 레이먼드의 상상력이 마구 날뛰어, 심하게 감염된 나머지 손목을 잘라내야 할지도 모른다는 생각까지 들었다.

그 생각을 털어버리기 위해 머리를 흔들었다.

거의 집에 도착했다.

레이먼드는 여전히 베갯잇으로 흐르는 피를 막으며 밀리의 집 앞 복도에 섰다. 피를 그렇게라도 막는 게 나았기 때문이다. 감염을 걱정하기에는 이미 늦었다.

문을 두드렸다.

"저예요, 레이먼드."

잠시 잠잠하더니 밀리의 조심스러운 발소리가 들렸다. 많은 자물쇠가 풀리고 있었다. 루이스일지도 모른다고 생각했다면 그는 더 빨리 자물쇠를 열었을 것이다.

문이 활짝 열렸다.

밀리는 붉은 실내복 위에 털실로 짠 회색 카디건을 입고 있었다. 기분 좋은 미소도 함께였다. 미소는 호기심 어린 모습으로 바뀌더니 이내 완전히 사라졌다.

"레이먼드, 동물을 데리고 왔니?"

"*어떻게* 아셨어요?"

"냄새가 나. 어떤 동물이니?"

"그냥 새끼 고양이예요."

그가 안도하는 듯이 보였다. 레이먼드는 그가 숨을 깊이 들이마시고 또 안도의 숨을 내쉬는 걸 보고 들을 수 있었다.

"아, 괜찮아. 고양이는 정말 착한 동물이지. 난 고양이를 좋아해. 고양이를 기른 적도 있어."

레이먼드는 자기 마음이 안도와 희망으로 부풀어오르고 있음을 느낄 수 있었다. 엄청난 부탁을 하려고 입을 열었다. 그러나 말을 꺼내기도 전에 밀리가 말을 이어갔다.

"물론 지금은 고양이를 키우지 않아. 너무 위험하거든. 발밑으로 다니잖아. 그러니 그 고양이는 어찌 된 일인지 말해주겠니, 레이먼드? 네 고양이니?"

"조금 복잡한데요."

"정말? 뜻밖이구나."

둘은 잠시 침묵에 싸여 서 있었다. 레이먼드의 심장이 다시 곤두박질쳤다. 가라앉는 느낌이 들었다. 고양이를 자기 방으로 몰래 데려가야 할지도 몰랐다. 그렇지만 곧 발견될 것이다. 그저 시간문제일 뿐이었다. 보호소에 데려다줘야 할지도 몰랐다. 아마 그곳에서 적당한 가정을 찾아줄 것이다. 그런데 만약 여의치 않으면…….

"너도, 고양이도 우선 들어오렴." 생각에 잠긴 그를 깨우며 밀리가 말했다. "내가 소파에 앉을 때까지 고양이가 돌아다니지 않게만 해줘."

"알겠어요. 고맙습니다."

레이먼드는 안으로 들어갔다. 상처가 어떻게 됐는지 보려고 베갯잇 천을 팔목에서 조심스럽게 떼어냈다. 깊은 상처에서는 여전히 피가 나고 있었다. 그래서 다시 천으로 눌렀다. 밀리의 가구나 카펫에 피를 묻히고 싶지 않았다. 비록 그가 결코 알아챌 수는 없지만. 그건 절대적인 원칙이다. 그의 멋진 물건들을 망치게 되면 적어도 자신은 알 것이다. 어쨌든 멋진 물건들이다. 게다가 멋지든 아니든 이 물건들이 밀리가 가진 전부라는 생각이 들었다.

밀리는 그들 뒤에서 문을 닫고 잠갔다. 레이먼드는 그가 소파 쪽으로 가로질러 가는 모습을 가만히 지켜보았다. 그가 조심스럽게 자리에 앉았다. 마치 모든 뼈와 근육이 다치기라도 한 것처럼. 아니, 마치 매우 노쇠한 듯이 앉는다고 생각했다.

"자, 이제 됐다. 이제는 고양이를 한번 보자꾸나. 보이지는 않지만."

레이먼드는 소파의 반대편 끝에 앉아 베갯잇을 열었다. 고양이 머리가 툭 튀어나왔다. 고양이는 두려움에 눈을 동그랗게 뜨고 주변을 살폈다. 그러고는 베갯잇에서 뛰어나와 재빨리 달아났다.

"이런, 고양이가 달아났어요. 어디로 갔는지 찾는 게 좋을 거 같아요."

"아니야. 괜찮을 거야. 여기저기 둘러보게 내버려둬. 넌 여기 앉아 얘기나 들려줘. 어떻게 네 고양이가 됐고, 동시에 네 고양이가 아닌지도 얘기해보렴."

"길고양이예요. 제가 먹이를 가져다주고는 했어요. 제가 길들였죠. 고양이를 저한테 가까이 오게 했고, 고양이는 제가 자길 쓰다듬을 수 있게 해줬어요. 하지만 그러지 말았어야 했어요. 왜냐면 지금 고양이는 곤경에 처해 있거든요. 그냥 내버려뒀더라면 더 좋았을 텐데. 그럼 사람을 *무서워했*을 테고, 그럭저럭 잘 지냈을 텐데. 제가 사람을 믿게 만들었어요. 지금은 그게 마음에 걸려요. 만약 그 문제로 저 고양이한테 무슨 일이라도 생기면 저는 정말 저를 용서할 수 없을 것 같아요."

"하지만 레이먼드, 저 아이가 널 믿는 게 잘못된 건 아니잖아."

"그래도 그 때문에 다른 사람도 쉽게 믿으면요?"

잠깐 아무 말 없이 앉아 있었다. 밀드레드 구터만은 그 물음에 답하지 않았다. "이웃에 사는 아이 둘이 저 고양이를 찾아다녀요. 잡아서 뭘 어떻게 하려는지는 몰라요. 그치만 먹이를 주고 예뻐하지는 않을 거 같아요. 그건 확실해요."

"알겠다. 그래서 저 아이를 집으로 데려갈 거니?"

"그럴 수가 없어요. 동물을 키우지 못하게 해요. 그래서 여기로 데려왔어요. 제 생각에는……. 그래요. 제가 어떤 생각을 했는지는 상관없어요. 잘못 생각했거든요. 세심하게 생각하질 못했어요."

"내가 저 고양이를 맡아주길 바랐구나."

"예."

"내 젊은 친구, 할 수 있다면 그러고 싶구나. 그런데 너도 문제가 뭔지 알 걸로 생각하는데. 만약 고양이가 의자라면 내가 의자가 놓인 자리에 하듯 카펫에 테이프로 표시를 할 수 있을 거야. 그럼 고양이도 자기가 어디 있어야 할지 정확하게 알 수 있겠지. 하지만 고양이는 살아 있는 동물이야. 의자가 아니고. 그래서 다른 곳에 있으려고 할 게다."

레이먼드는 잠깐 자신의 숨소리를 들으며 침묵 속에 앉아 있었다. 막 눈물이 터져나오려는 걸 느꼈다. 금방이라도 눈물이 흘러내릴 것 같았다. 그 사실을 깨닫고는 깜짝 놀랐다. 지금껏 결코 울지 않았기 때문이다. 그런데 이번은 고양이에 관한 일이다. 고양이는 아슬아슬한 경계를 지나가고 있었다. 고양이는 모든 사람과 모든 위험으로부터 자신의 취약한 터전을 지키기 위해 세웠던 벽, 경계를 이미 뛰어넘었다. 그리고 누군가가 재미 삼아 고양이에게 상처를 입히려 한다는 생각에…….

"혹시 베인 곳에 바를 약 있나요? 감염될지도 몰라서요."

"아, 그래." 밀리가 대답을 한 뒤 소파에서 몸을 일으켜 두 발로 섰다. "난 수도 없이 부딪히고 넘어져. 온몸이 상처투성이지." 밀리는 그의 팔을 끌어당겨, 놀라울 정도로 강하게 양손으로 감쌌다.

"욕실로 가자."

"예."

레이먼드는 일어나 밀리를 따라갔다.

기분이 한결 나아졌다. 안심이 되었다. 끔찍한 감염으로 시달리지는 않을 듯했다. 밀리가 자신을 도울 것이기에. 밀리는 어떻게 해야 할지 알고 있었다.

"베인 곳은 어디니?" 함께 걸으며 밀리가 물었다.

놀랍게도 *그가* 자신을 이끌고 가는 듯했다. 그런데 다시 생각해보니 여긴 그의 집이었다. 그의 욕실이고.

"오른쪽 팔목 안쪽이에요."

둘은 함께 욕실로 들어섰다. 그 뒤 밀리가 레이먼드의 오른쪽 팔을 수도꼭지 아래로 끌어당겼다. 놀랄 정도로 힘이 강했다. 그는 차가운 물을 틀었고, 레이먼드의 팔을 흐르는 물 아래 두도록 했다.

"으윽." 레이먼드가 얕은 비명을 내질렀다. 파고드는 통증에 비하면 지극히 절제된 소리였다.

"아프지? 미안. 하지만 상처를 그냥 둘 순 없어. 아직도 피가 나니?"

"그런 것 같지는 않아요. 멈춘 듯해요."

"잘됐다. 여기, 이걸 받아." 그가 약상자에서 커다란 플라스틱 병을 꺼내 레이먼드에게 주었다. "이걸 좀 짜서 상처에 바르렴. 그러고 한동안 가만히 스며들게 해."

레이먼드는 약을 받아 들었다. 한 손으로 뚜껑을 열고 붉은 기가 섞인 갈색 용액을 상처에 흘려보냈다. 약이 상처에 닿자 다시금 날카로운 통증이 한 차례 지나갔다. 이번에는 통증이 다가올 걸 예측했고, 그래서 억누를 수 있었다. 겉으로 어떤 내색도 하지 않았다.

"팔목은 어쩌다가 그랬니?"

"고양이가요."

"아. 할퀴었구나."

"아니에요. 제 실수였어요. 붙잡아서 옮기려 했거든요. 겁을 먹었나 봐요. 정말 이 고양이 잘못이 아니에요. 만약 고양이를 곁에 오게 해도 할퀴거나 하진 않을 거예요. 아주 착해요. 사람의 손길을 좋아해요. 만약 이 고양이가 여기서 지낼 수 있다면……."

"그건 정말 문제가 아니야." 밀드레드 구터만이 그의 말을 가로막으며 말했다. "그렇지만 여기 있을 수만 있다면 어떻게든 보살필 수 있을 거야. 그런데 미안하다만 고양인 여기 있을 수가 없어. 고양이는 훈련시킬 수가 없으니. 고양이는 안 돼."

"어쨌든 제가 뭘 가르칠 수 있을지 모르겠어요. 고양이를 훈련시킬 수 있다 해도 할머니 발밑에 들어가지 않도록 훈련시킬 순 없을 거예요."

"항상 소리를 내도록 가르칠 순 있지 않을까? 가는 곳마다 야옹거리도록 말이야. 그럼 난 늘 고양이가 어디 있는지 알 수 있을 테고. 그렇지만 넌 그걸 가르칠 수가 없잖아."

"방법이 있어요!" 레이먼드가 외쳤다.

"아냐, 아냐. 불가능해."

"방울이 달린 목줄을 사서 달면 되잖아요! 그럼 가는 곳마다 소리를 낼 수 있을 거예요."

"음. 이제 아까 바른 약을 씻어내렴. 물을 틀고, 씻어. 물기 닦을 티슈를 줄게. 그러고 나서 항생제 바르고, 붕대로 감아두자."

"제가 방금 말씀드린 건 어떻게 생각하세요?"

"네가 말한 건 지금 생각 중이다."

"지금까지 생각하신 건 뭐예요?"

"지난 세월 동안 고양이를 왜 기르지 않았는지 바보 같았다고 생각하고 있었다. 그렇게 간단한 방법이 있는데 말이야. 그리고 지금은 정말 그렇게 간단할까 하고 생각하고 있어. 한편으론 그렇게 간단하지 않길 바라기도 하고. 그래야 내가 그동안 어리석었다고 자책하지 않지."

레이먼드는 차가운 물로 팔목을 헹궜다. 그리고 밀리가 건네준 티슈로 닦아냈다. 아무 말도 하지 않았다. 밀리에게 생각할 시간을 충분히 주고 싶었다.

"넌 모래를 담을 수 있는 상자를 사 와야 할 게다. 모래도."

"그럴게요!" 너무 크게, 그리고 안도하며 레이먼드가 말했다. "사 올게요!"

"그리고 사료도."

"아. 제가 여러 가지를 깊이 생각하지 못했네요. 돈이 점점 많이 들겠군요?"

"방울이 달린 목줄하고 모래 상자, 그리고 거길 채울 모래를 네가 사면 나머지는 내가 그럭저럭 해결할 수 있을 듯싶구나."

"할머니한테도 돈이 너무 많이 드는 건 아닌가요?"

"그렇진 않아. 그렇게 어렵진 않거든. 그럭저럭 지내지. 사회보장연금이 나오고, 50년 동안 재봉사로 일했던 회사에서도 연금을 받지. 그런데 정기적으로 사료를 사야 돼. 그러니 며칠에 한 번씩은 여기 들러서 나랑 같이 슈퍼에 가야 할 거야."

"어쨌든 할머니 집엔 들를 거예요." 레이먼드가 말했다. "고양이가 있든 없든요. 할머니가 필요로 하시면 언제든지요."

"이미 알고 있지. 그래서 할 수 있다면 널 위해 내가 뭔가를 할 수 있기를 바라는 것이기도 해. 그럼 가서 방울 달린 목줄을 사 오렴. 우리 같이 한번 해보자. 그러면 최선의 결과를 얻을 수 있지 않을까? 안 그래, 레이먼드?"

"예." 레이먼드는 오랜만에, 처음으로 숨을 쉬듯 길게 심호흡을 했다. "고맙습니다!"

레이먼드가 슈퍼에서 돌아와 열쇠로 현관문을 열고 들어왔다. 밀리는 고양이가 목줄을 하고 방울 소리가 울리기 전까지는 자신이 현관문까지 가로질러 다닐 필요가 없도록 레이먼드에게 열쇠를 주었다.

밀리는 소파에 앉아 있었고, 고양이는 그의 무릎 끝에 앉아 있었다. 밀리는 가르릉거리는 고양이의 귀를 긁고 있었다.

레이먼드는 숨을 깊이 들이마시고 내뱉었다. 마음속 깊이 고마움을 느꼈다. 고양이를 도우려는 자신을 침묵으로 돕고 있어 고양이에게도 고마웠다.

"다녀왔습니다." 레이먼드가 문을 걸어 잠그며 뒤를 향해 말했다.

"그래. 들려."

"열쇠 뭉치는 문 옆 걸쇠에 걸어둘게요."

"고맙구나."

"그럼 모래 상자를 설치해……. 근데 어디에다가 둘까요? 저는 잘 모르겠어요."

"욕실에 두렴. 세면대 아래 귀퉁이에. 거긴 내 발이 닿지 않는 데니까."

상표를 떼고 모래를 채우며 상자를 설치하는 동안 레이먼드는 고양이한테 배변 훈련을 어떻게 시킬까 걱정이 들었다. 고양이들은 대개 혼자서도 잘하나? 당연하게도 이 고양이는 전에 한 번도 누군가에게 길러진 적이 없다고 생각되었다. 아니면 그 생각이 잘못된 것일 수도 있다. 어쩌면 이 고양이는 누군가가 길렀던 적이 있을지도 모른다. 옛날에. 어쩌면 그래서 적당한 시간 간격을 두고 그리 큰 노력을 기울이지 않았는데도 자신에게 다가온 것 아닐까.

레이먼드는 부엌 쓰레기통에 모래 상자 포장지를 던져 넣고 밀리와 고양이가 있는 소파로 가서 앉았다.

"이 고양이는 이름이 있니?" 밀리가 물었다.

"아뇨."

"루이제라고 부르면 어떨까?" 망설임 없이 밀리가 말했다.

"좋아요."

"젊은 애들이, 아니 누구라도, 동물한테 상처를 입혀도 된다고 생각하는 건 아주 위험천만한 일이야. 사람들은 단지 그 동물들을 사람이 아니라 동물이니까 해칠 수도 있다고 가볍게 치부해버리곤 해. 동물을 해치고 싶어 한다는 건 아주 심각하게 공감 능력이 없다는 걸 보여주지. 공감은 다 같이 함께 살아가도록 해주잖아, 레이먼드. 아마 넌 알고 있을 거야. 공감하지 못

하면 저마다 뿔뿔이 흩어져버리고 말지. 그리고 동물에게 해를 끼치는 아이들은 사람한테도 해를 끼치는 사람이 되기 쉬워. 일종의 연습을 한 셈이니까. 결코 좋은 게 아냐. 내가 자란 곳에도 고양이를 죽이는 아이가 있었어. 이웃의 모든 고양이가 사라지기 시작했지. 걔 부모는 걔를 감싸기에 급급했고. 걔는 어떤 대가도 치르지 않았단다. 사태는 점점 더 나빠졌지. 아주 나빠졌어. 얼마나 최악이었는지 말하기조차 끔찍하구나. 그런 일에 대해서는 말하고 싶지도 않아. 하지만 문제는 동물한테만 그치지 않았다는 거지. 거기까지만 얘기하자."

말을 이어가면서 밀리는 계속 고양이의 귀를 쓰다듬었다. 그리고 고양이 루이제는 줄곧 가르릉거렸다.

"레이먼드, 분명한 건 네가 이 고양이를 구하기 위해 노력했다는 거야. 이 일은 너에 관해 많은 걸 내게 알려주고 있단다."

"그런데 할머니는 어린 시절을 어디에서 보내셨어요?"

그때 밀리 얼굴에 어두운 기색이 스쳐갔다. 보지 않았는데도 고양이조차 무언가를 알아차린 듯했다. 달라진 분위기를 감지한 게 틀림없었다. 고양이는 무릎에서 뛰어내려 소파 밑으로 매끄럽게 기어들어 갔다.

"이제 와서 그게 무슨 의미가 있겠니."

"맞아요. 할머니 말씀이 옳아요. 죄송해요. 중요하지 않아요."

"얘야, 죄송하다는 말을 최대한 줄여봐. 이 세상에서 네가 후회하는 것들 대부분은 네 탓이 아니야."

"알겠어요, 노력할게요. 죄송해요."

그러고는 곧장 재생 버튼을 눌러 나온 듯한 자기 말소리를 들었다.

"윽."

"연습해. 내가 상기시켜줄게."

"정말 고양일 데리고 혼자 계실 수 있겠어요? 지금 제가 가더라도요?" 레이먼드가 물었다.

적어도 1시간 아니면 2시간 남짓 흐른 듯했다. 레이먼드가 앉은 자리에서는 시계가 보이지 않았다. 하지만 커튼이 쳐진 창문 바깥의 햇살이 거의 정오가 되었음을 알려주었다.

"행운이 함께하길 빌어보자. 방을 가로질러 걸을 때 조심할게. 방울 소리가 울리면 무슨 일인지 확실히 알 때까지는 멈춰 있으마. 문제가 될 만한 한 가지는……. 아무튼 그렇게 하지 않기를 바랄 뿐인데, 고양이가 방 한가운데 있는 카펫 위에서 잠이라도 잔다면 위험할지도 모르지. 그렇지만 아마 고양이도 조심스러워서 그러지는 않을 거다. 이곳에, 그리고 내게 익숙해지면 저기 햇살이 비치는 창문 아래 따뜻한 카펫의 어디쯤 한 군데를 정해두고 잘 거야. 그럼 난 그곳을 알 수 있을 테고. 피할 수도 있겠지. 지금은 그렇게 되길 바란단다, 레이먼드. 너랑 고양이를 위해서만이 아니야. 난 그동안 고양이를 기르고 싶어 했어. 또 다른 심장 박동 소리를 가까이에서 듣는 건 멋진 일이지."

"자주 살피러 올게요."

"그래, 그것도 괜찮겠다. 그냥 와서 문을 두드려. 괜찮으면 내가 응답할게. 이렇게 말할게. '난 괜찮아, 레이먼드.' 이젠 내가 넘어지기라도 하면 네가 곧장 올 걸 알고 있으니 좋구나."

레이먼드가 일어섰다. 문을 향해 걸어갔다.

"모르겠어요……. 어떻게 말씀드려야…… 말씀드리고 싶은데……."

그러나 말문이 막혔다. 어떻게 말해야 할지 몰랐기 때문이다. 그리 어려운 말은 아니었다. *고맙습니다.* 이전에도 그 말을 한 적이 있었을 것이다. 그러나 이토록 무척이나 중요한 일에 대해 말한 적은 없다. 고마움이 목에 차올라 목을 죄는 것 같았다.

"말할 필요 없단다." 밀리가 말했다. "이 작은 짐승이 네게 어떤 의미인지 알아. 고양이에 대해 말할 때의 네 목소리만 들어도 알 수 있지. 어서 가봐. 우린 괜찮을 거야."

레이먼드는 밖으로 나왔다.

그러고는 현관문에 귀를 갖다 대고, 밀리가 문을 걸어 잠근 뒤 러그를 가로질러 가는 소리를 들었다. 그가 잘하고 있는 걸 확인했다.

"저 여기 있어요." 그가 안에서 다른 문을 잠갔을 때 말했다.

"그럴 줄 알았어." 그가 대꾸했다.

밀리가 다시 소파에 앉은 것이 명확해질 때까지 레이먼드는 기다렸다. 그런 뒤 집으로 가기 위해 계단을 올랐다.

집에 와서는 컴퓨터를 켜고 전화번호를 검색하는 사이트를 열었다. 검색창에 '루이스 벨레즈'라고 써 넣었다. 그리고 '뉴욕 주의 뉴욕시'도 썼다. 이름과 성이 정확하다면 검색된 스물한 명이 전부일 것이다. 그런데 만약 철자가 틀렸다면 더 많이 찾아야 한다. 수많은 다른 철자의 이름들로.

레이먼드는 *그래도 괜찮다*고 생각했다. *이번 철자부터 시작해보고, 그 사람을 정말 찾을 때까지 계속하면 되겠지. 아니면 적어도 그를 찾을 수 없다는 사실이라도 알아내야 했다.*

한밤중에 레이먼드는 불현듯 나쁜 생각이 들어 잠이 깼다. 컴퓨터를 켜고, 루이스 이름과 '부고'라는 단어를 함께 써서 검색해보았다. 검색 결과가 아무것도 안 나왔다.

안도의 한숨을 쉬고는 다시 침대로 들어갔다.

잠들기 직전 레이먼드는 새할머니를 떠올렸다. 새아빠 에드의 엄마. 그분이 돌아가셨을 때 부고를 띄우지 못했다. 신문사에서 요구한 비용이 너무 비쌌기 때문이다.

마찬가지 경우라 해도 당장은 할 수 있는 일이 아무것도 없었다. 그래서 레이먼드는 그런 생각을 머릿속에서 지우려고 애쓰며 억지로 잠을 청했다.

4. 루이스 프로젝트

—

"그분은 사는 곳이 어디였어요?" 밀리와 고양이를 다시 찾았을 때 레이먼드가 물었다.

"누구? 루이스?"

"예, 루이스 씨요."

계획은 밀리에게서 슬며시 정보를 얻어내는 것이었다. 조금이라도 뭔가를 더 알아낸다면 루이스 명단이 그만큼 줄어들 것이었다. 그럼 일이 한결 쉬워질 테고. 그렇다고 밀리한테 직접 이 프로젝트에 관해 이야기하고 싶지는 않았다. 실패할지도 모르기 때문이다. 그에게 희망을 안겨주었다가 꺾어버리고 싶진 않았다.

밀리의 이마에 주름이 잡히는 걸 보았다. 사라져버린 루이스를 말할 때마다 그랬듯 그는 두 손을 모아 힘껏 쥐어짜기 시작했다.

"나도 몰라, 레이먼드. 그게 가장 안타까운 일 중 하나야. 내가 모르다니. 걸어다녀도 될 정도의 거리에 살고 있다고 말하고는 했어. 네 블록 정도 떨어진 곳이라고 했지. 그런데 어느 방향으로 네 블록인지를 몰라. 왜냐하면 그가 늘 여기로 왔으니까. 그러다 이사를 했대. 조금 더 멀리 떨어진 곳으로. 내가 계속해서 물었어. 이사 간 곳은 어디냐고. 너무 멀어져서 나를 도우러 오는 게 힘들지 않을까 염려됐거든. 그리고 그도 내가 그 문제를 걱정한다는 걸 알았어. 그래서인지 말해주질 않더라. '지하철 한 번만 타면 돼요, 밀리. 몇 정거장 안 돼요.'라고 말하면서 내 걱정을 덜어주려고 했지. 얼마나 먼지 말해주지도 않았고. 자세히 알아뒀더라면 좋았을걸. 그 사람은 그만큼 좋은 친구였어. 하지만 내가 그의 집으로 갈 정도의 친구는 아니었더라. 결코 그런 친구 사이는 아니었지. 그가 늘 여기로 왔어."

"중간 이름은 뭐였나요?"

"나도 한 번도 묻지 않았어." 루이제의 귀를 쓰다듬으며 밀리가 말했다. "이 고양이가 밤새 내 베개를 베고 잤다는 걸 아니? 내가 돌아누우려고 깰 때마다 가르릉거리는 소리가 들렸어. 정말 사랑스러워. 자, 이젠 루이스에 관해 왜 그렇게 질문을 쏟아내는지 얘기해주렴."

"이유는 없어요. 그냥 궁금해서요."

밀리는 그 말을 믿지 않았겠지만, 더는 말을 꺼내지 않았다.

레이먼드는 집에서 부엌의 벽에 걸린 전화기 앞에 명단을 들고 서 있었다. 끔찍한 꽃무늬 벽지를 바라보며. 벽지는 색이 바랬고, 아이들 손에 뜯겨나가기도 했다. 이 아파트의 거의 모든 건 에드의 할머니가 여기에서 살았던 당시의 것들이다. 모든 것이 구식이고, 정말 말 그대로 오래된 것들이다.

뉴욕이라는 아주 거대한 도시에 사는, 스물한 명의 루이스 벨레즈란 남자의 명단을 뽑았다. 주소와 전화번호도 모두.

레이먼드는 명단을 보면서 밀리에게 벨레즈Velez의 철자가 어떻게 되는지 묻지 않았다는 걸 깨달았다. 첫 모음이 '에e'가 아니라 '애a'일 수도 있었다. 루이스는 또 어떤가. 그가 자기 이름을 영어식으로 썼다면 철자가 루이스Louis일 수도 있다. 그런데도 루이스가 루이스Luis라고 발음했기 때문에 밀리도 스페인식 발음을 했을지도 모른다.

레이먼드는 밀리에게 자세히 물어보려고 시도는 했었다. 적어도 세 번은. 그러나 제대로 알아낼 수가 없었다. 만약 더 재우쳐 물으면 자신의 계획을 들키고 말았을 것이다. 누구도 다른 사람의 이름 철자를 순전히 쓸데없는 호기심으로 묻지는 않을 테니까. 아니, 만약 레이먼드가 그 질문을 했다면, 특히 그의 중간 이름을 먼저 물었다면, 밀리도 자신이 루이스를 찾고 있음을 알아차렸을 것이다. 그런데 지금으로서는 그 사람을 찾을 가능성이 얼마나 될지 전혀 짐작할 수 없었다. 그래서 지금은 어떤 단서도 주고 싶지 않았다. 적어도 최대한 감추어야 했다.

수화기를 집어 들고 첫 번째 전화번호를 누를 때 레이먼드는 무릎이 가볍게 후들거렸다. 아마 아주 큰 과제를 시작하는 긴장감 때문이리라. 특히 아주 중요한 과제이지만 실패할 확률이 높은. 무엇을 알아낼 수 있을지 그 결과가 두려운 건지도 몰랐다. 아니면 전혀 낯선 사람에게 전화를 건다는 것 자체가 그저 두려워서일지도 몰랐다.

"Hola.(여보세요.)" 전화선 반대쪽에서 목소리가 들렸다. 나이 많은 할머니의 높고 허약한 목소리였다. 심지어 레이먼드보다 더 조심스러워하는 기색이었다.

"음, 여보세요? 혹시 루이스 벨레즈 씨 있나요?"

"No. él no está aquí ahora.(아니, 그런 사람 여기 없어요.)"

"음, 죄송해요. 뭐라고요?"

레이먼드는 사실 그 말의 의미를 이해했다. "아니."라는 말은 누구든 이해한다.

"Lo siento, no hablo inglés.(미안한데, 난 영어를 못 해요.)"

"아. 알겠습니다. 저도 스페인어를 못 해서요. 죄송합니다."

스페인어를 조금 배워둘걸 하는 생각이 갑자기 밀려들었다. 적어도 기초라도.

"알겠습니다." 레이먼드는 수화기를 든 채 긴 침묵을 깨며 말했다. "고맙습니다. 그러니까…… gracias.(고맙습니다.)"

부엌 식탁에서 그를 보고 있는 새아빠가 보였다.

"시외 통화는 아니지?" 그가 물었다. 레이먼드가 통화를 끝낼 기회도 주지 않고.

"De nada.(천만에요.)" 여자는 말을 마치고 전화를 끊었다.

레이먼드는 손에 수화기를 든 채 서서 새아빠를 돌아보았다.

"시외 통화인지 아닌지는 어떻게 알아요?"

"쉬워. 전화요금 고지서가 오면 알 수 있지. 시외 통화면 추가 요금을 뜯어 가거든."

예. 어련할까요. 참나.

"제 질문은…… 전화를 걸기 전에 어떻게 알 수 있냐고요."

"알 수가 없지. 한번 알아내봐."

레이먼드는 수화기를 내려놓고 서둘러 부엌을 빠져나갔다.

루이스 프로젝트가 출발부터 삐걱거리는군, 하고 생각했다.

그래서 형편없는 출발이, 기대한 것보다 더 보잘것없는 결과를 가져다줄지도 모른다는 의구심이 들었다.

레이먼드는 학교 도서관의 강렬한 형광등 불빛 아래 눈을 찌푸린 채 창가에 서 있었다. 그와 사서 선생님을 제외하고는 아무도 없었다. 사실 그는 마지막 자율학습이 남아 있었으나 빼먹는 중이었다. 최근 들어 아무 도움도 되지 않는 마지막 시간을 꼼짝 않고 앉아 있는 것이 점점 더 힘들어졌다. 그래서 간혹 바로 집으로 간 적도 있었다. 그렇게 하는 게 한결 더 합리적인 듯이 느껴졌다. 사서 선생님이 얼굴을 빤히 올려다보았다.

"레이먼드, 원래 어디에 있어야 하지?" 선생님이 물었다.

"자습실에요. 하지만 도서관에서도 공부할 수 있는 것 아닌가요?"

선생님이 입꼬리를 올리며 웃었다. 꿰뚫어보며 다 안다는 듯한 눈빛의, 나이가 쉰 남짓한 여자 선생님이다. 자신이 비행이나 범죄를 저지른다면, 이 선생님은 가장 마주치고 싶지 않은 사람이었다.

"그래. 그렇기도 하고 아니기도 하지." 선생님은 여전히 비웃으며 말했다. "그것과 상관없이 넌 네가 있어야 할 곳에 있어야만 해."

레이먼드는 선생님이 정말 가라고 말할 건지 알려고 아무 말 없이 기다렸다. 선생님은 자신을 거부하는 어떤 움직임도 더는 보이지 않았다.

"제가 볼 수 있는 영어-스페인어 사전이 있는지 알고 싶어요. 아니면 스페인어 기초 회화 책이라도요."

"스페인어 배우려고?"

"예, 그러고 싶어요."

"선택 과목으로 스페인어를 *선택*했어?"

"아뇨, 라틴어요. 그런데 왜 매일 그걸 배워야 되는지 모르겠어요. 아무도 쓰질 않잖아요."

"하지만 많은 언어의 뿌리이기는 하지."

"라틴어 선생님이 늘 하는 말이에요."

"스페인어가 더 쓸모가 많다는 건 맞는 말이야. 사전은 세 종류가 있어. 그런데 도서관에서 참고만 할 수 있어. 대출해주기는 어렵고."

"아." 레이먼드는 고개를 떨구고 실망감을 드러냈다.

"하지만…… 잘 모르겠네. 얼마 동안 필요한 거니?"

"삼사 일이면 돼요. 용돈을 받을 때까지요. 그럼 그 돈으로 사려고요."

"그럼 이 일로 날 실망시키지 않겠다고 약속할 수 있지? 이 상태 그대로 반납해야 하고, 만약 손상이 생기면 다른 걸로 대체해서 사 올 수 있겠니?"

"그럴게요, 선생님. 약속할게요."

"네 나이대 애가 도서관 와서 언어에 관심을 갖고, 성적과 전혀 관계가 없는데도 무언가를 공부하고 싶다고 말하는 건 아주 드문 일이야. 나 같은 사람한텐 정말 기쁜 일이지. 그래서 특별히 한 권 빌려주마. 그러니 너랑 나 사이의 약속은 엄격하게 지켜야 돼. 책은 일주일 안에 문제없이 반납해야 하고. 알겠지?"

"예, 선생님. 약속할게요. 실망하시지 않게 할게요. 고맙습니다."

레이먼드는 지하철을 타고 가면서 연습해보았다. 소리를 내어. 하지만 가만가만.

"Me llamo Raymond Jaffe. Luis Velez, está él aquí?(제 이름은 레이먼드 재페입니다. 루이스 벨레즈, 여기 있나요?)"

옆자리에 앉아 무릎 위에 있는 아기를 어르고 있던 라틴계 여자가 그를 넘겨다보며 웃어 보였다.

"Está aquí.(여기에 있다.)" 그 여자가 말했다. 아니면 적어도 그렇게 들렸다. 정말 한 단어처럼. "Estaquí."

"그렇게 말하는 거예요?" 레이먼드가 그에게 물었다.

"얼추 비슷하게요. 그러지 않으면 사전을 읽는 것처럼 들리거든요."

"그래요……. 전……."

여자가 다시 웃어 보였다.

"알겠어요. 고맙습니다. 제 말은…… muchas gracias.(정말 고맙습니다.)"

"De nada.(천만에요.) 아님 조금 더 격식을 차린다면 'No hay de qué.(괜찮습니다.)'라고 말해요."

"그럼 사전을 읽는 것처럼 들릴 텐데요."

"어떻게 말해도 그럴 위험은 있어요." 여자가 말했다. 그의 미소는 자신의 말이 조롱이 아님을 보여주었다.

아기도 레이먼드를 보며 웃고 있었다. 이제 1살쯤 되어 보이는 귀여운 아기였다. 곱슬머리에, 귀에는 금빛 장식이 달려 있었다. 레이먼드도 미소로 답했다.

지하철이 삐걱거리며 멈췄다.

"아, 내려야 할 역이에요." 레이먼드가 벌떡 일어서며 말했다.

"Buena suerte.(행운을 빌어요.)"

"무슨 말씀인지……."

"행운을 빌어요."

"아, 고맙습니다. 그러니까 gracias."

레이먼드는 문이 닫히기 전에 열차에서 내렸다.

밖으로 나오는 계단을 한 번에 두 칸씩 뛰어오르면서 레이먼드는 자신에게 행운이 필요하다는 걸 그 사람이 어떻게 알았는지 궁금했다. 그는 레이먼드가 앞두고 있는 일을 알 수가 없다. 자신이 두려워하고 있는 듯 보였나? 아마 그러리라 생각했다.

레이먼드는 길로 나와 주변을 둘러보았다.

전에 한 번도 와본 적이 없는 곳이었다. 적어도 기억에 따르면 그랬다. 눈으로 보기만 해도 불편했다. 지금 사는 동네와 비교해봐도 좋은 느낌은 들지 않았다. 길모퉁이에서 젊은 남자가 선 채로 초조하게 주변을 살피고 있었다. 무언가를 파는 듯했다. 마약에 한 번도 손을 대본 적이 없는 레이먼드가 보기에는 그들이 파는 것이 무언지 분명치 않았다. 서너 건물에 하나쯤은 방범용 창살이 덧대어 있었다. 아이들은 낡은 자동차와 버려진 소파로 넘쳐나는, 쓰레기 더미 귀퉁이의 공터에서 놀고 있었다. 늙은 남자와 여자 들이 2층 혹은 3층의 창문에 몸을 기댄 채 거리의 아이들을 향해 소리를 질러대거나 세상을 그저 멍하니 내려다보고 있었다.

레이먼드는 몸을 돌려 다시 지하철역으로 되돌아갈 뻔했다. 그러나 시도조차 해보지 않는다면 자신을 도무지 용납할 수 없을 것 같았다. 찾아낸 명단에서 첫 번째 주소지에 가보지도 않는다면 어떻게 될까.

자신들에게는 너무도 익숙한 환경 속에서 여유작작하고 있는 사람들이 두려워 레이먼드는 가슴이 두근거리는 채로 보도를 따라 걸었다. 머리는 줄곧 숙이고 걸었다. 눈을 피했다. 무엇을 피하는지도 몰랐다. 모든 사람, 모든 것에 눈길을 전혀 주지 않았다. 누구에게도 문제를 일으키지 않는다는 걸 보여주고자 했으며, 문제와 마주치고 싶지 않았다. 없는 듯이 보이기 위해 최선을 다해야 했다.

첫 번째 주소지와 일치하는 곳을 찾을 때까지 거듭 명단을 확인해야 했다. 몇 초 동안인데도 머릿속으로 네 자리 숫자를 기억하는 것조차 힘들었다.

아파트 출입문으로 난 콘크리트 계단 열 개를 올랐다. 문은 물론 잠겨 있었다. 3A호를 확인했다. "루이스 A. 벨레즈." 목록에 있는 주소와 다르지 않았다.

레이먼드는 안도의 숨을 몰아쉬고는 벨을 눌렀다.

"Hola.(누구세요.)" 목소리가 들렸다. 여전히 시내 통화였기를 바라고 있는, 처음에 전화로 통화했던 여자의 목소리였다. 시내 통화가 아니었다면 새아빠의 잔소리를 끝도 없이 들어야 할 것이다.

"루이스 벨레즈, estaquí?(여기 계신가요?)" 레이먼드는 전철에서 여자가 했던 대로 단어들을 연결해 발음하면서 물었다.

"Sí.(그래요.)"

출입문이 열렸다. 어둡고 더러운 로비로 걸어 들어가자 머리를 지끈거리게 하는 고약한 냄새가 났다. 냄새는 조금 어지러울 정도였다. 그는 천천히 계단을 올라갔다. 3층으로 다가갈수록 가슴 안쪽의 심장이 더 두근거렸다.

3A호의 문 앞에 서서 문을 두드리려고 손을 들었다.

그때 지하철 계단 맨 끝에서 그러했듯 또다시 뒤돌아서 도망칠 뻔했다. 그렇지만 늙은 할머니 이미지가 두 눈 가득 차올랐다. 레이먼드는 머릿속에 밀리를 떠올려보려고 애썼다. 루이스를 생각할 때마다 항상 손을 비틀어 짜던 밀리의 모습이 떠올랐다. 루이스에게 무슨 일이라도 일어나지나 않았을지 염려할 때의 모습이었다.

무엇이 더 최악일까? 레이먼드는 궁금했다. 루이스에게 끔찍한 일이 실제로 일어난 경우? 아니면 밀리가 생각한 것과 달리 루이스에게는 밀리가 그다지 중요하지 않았다는 사실?

그는 문을 두드렸다.

남자의 대답이 들렸다.

그는 체격이 컸지만 키는 크다고 할 수 없었다. 사실 레이먼드가 5센티미터 남짓 더 컸다. 그러나 남자는 다부지고 강인한 외모에, 불룩 튀어나온 가슴과 팔 근육을 그대로 드러내는 민소매 티셔츠와 청바지만 입고 있었다. 발은 맨발이었다. 얼굴엔 십 대 때 여드름 때문에 생겨난 건지, 아니면 피부에 흉터를 남기는 병에 걸렸던 건지 깊이 얽은 자국들이 있었다. 대략 사십 대쯤으로 보였다.

"루이스 벨레즈 씨인가요?" 레이먼드는 겁에 질려 지나치게 높은 목소리로 물었다.

"누가 날 찾는데?"

남자의 말투에서 약간의 스페인어 억양이 묻어났다. 레이먼드는 발을 옮겨 남자가 겉표지를 보지 못하도록 사전을 허벅지에 대고 꾹 눌렀다. 이제는 여기까지 사전을 가져온 게 창피해졌다.

"제가요. 그러니까 제 말은, 제가 아니라…… 다른 뜻은 없어요……. 그냥……."

레이먼드는 심호흡을 한 다음 집중하려고 애쓰며 다시 말을 이어갔다.

"제 이름은 레이먼드예요. 레이먼드 재페. 루이스 벨레즈란 분을 찾고 있어요. 아저씨가 그분이 아닐 수도 있어요. 전 밀드레드, 그러니까 이름이 밀리인 할머니를 도와주셨던 분을 찾고 있어요. 할머니는 시각장애인이세요. 그래서 루이스가, 할머니가 쇼핑이나 은행 일을 볼 수 있도록 돕고는 했어요."

침묵. 마치 이 루이스 벨레즈는 레이먼드가 더 많은 말을 해주기를 기대하는 것처럼 말이 없었다. 마치 자신이 루이스 벨레즈가 맞는지 아닌지를 결정하려면 더 많은 정보가 필요하다는 듯이.

레이먼드는 이 커다란 남자 뒤쪽 집 안 거실에서 10살 혹은 12살 남짓 된 두 남자아이가 서로를 쫓아 뛰어다니는 걸 보았다. 큰 아이가 작은 아이를 타고 앉아 목을 조르려고 들었다. 텔레비전은 켜진 채였고 만화영화 소리가 크게 울렸다.

"아니야, 내가 아니야." 남자가 말했다.

"그렇군요. 귀찮게 해서 죄송합니다."

레이먼드는 계단 쪽으로 뒤돌아서 서둘러 자리를 떴다. 계단에 다다르자 지하철역에 마치 빨리 가야 하는 일이 있기라도 한 듯 한 번에 두 칸씩 뛰어내려 갔다. 전화로 찾는 편이 낫겠다는 게 그가 한 생각의 전부였다. 스페인어 사전을 들고서라도 직접 마주치는 편이 더 낫겠다는 생각에 여기까지 온 것이었다. 그러나 방금 만난 루이스 벨레즈는 영어를 할 줄 알았다. 고작 30초 정도의 대화를 나누려고 오기에는 먼 거리였다.

괜한 일이었다.

그러고는 집으로 가서 전화를 다시 사용한다면 시외 통화인지 아닌지를 알아야만 하겠다는 생각이 들었다. 그 문제로 다시 실수하지 않는 게 좋을 듯했다.

막 아파트 로비에 도착해 출입문까지 이어진 평평한 나무판자를 따라 걷고 있을 때 남자가 자신을 부르는 소리가 들렸다.

"어이, 거기."

레이먼드는 멈춰 섰다. 뒤돌아보았다. 한 손으로는 사전을, 또 다른 손으로는 출입문 손잡이를 쥔 채 서 있는 레이먼드를 향해 남자가 한 번에 두 계단씩 내려왔다. 루이스란 그 남자는 신발을 신고 있었다. 끈이 달린 작업 부츠였다. 레이먼드는 그런 신발을 어떻게 그렇게 빨리 신을 수 있었는지 상상하기 어려웠다.

"그쪽 이름을 잊어버렸어." 남자가 말했다.

"레이먼드예요."

"맞아, 레이먼드. 난 루이스. 아, 벌써 알고 있지."

레이먼드가 웃었다. 그렇게 느껴졌다. 이 상황에서는 낯선 느낌이었다.

"지하철역까지만이라도 같이 가주려고." 루이스가 말했다. "여기까지 지하철 타고 온 거지? 이 주변이 안전하지가 않거든."

"고맙습니다." 레이먼드가 말했다. 그러고는 숨을 내쉬었다.

숨을 참고 있었다는 사실도 모르고 있었다. 그렇지만 지금은 산소가 부족하다는 게 확실하게 느껴졌다.

“여기 냄새가 좀 나지? 괜히 내가 미안하네. 1층 사람들이 아밀 아질산염을 섞어서 마약 대체품을 만들어 팔거든.”

“그게 뭔지 모르겠어요.”

“길거리에 있는 친구들은 ‘폭죽’이라고 불러. 그건 알지?”

“아.” 레이먼드가 말했다. 하지만 그는 여전히 몰랐다. “그 냄새 때문인지 머리가 아파요.”

“난 사람들한테 당장 그 짓을 그만두라고 말했어. 집주인한테도 말했고. 그럴 때마다 집주인은 못 하게 해. 그러면 잠시 잠잠해졌다가 다시 시작되곤 하지.”

둘은 함께 건물 밖으로 나와 길 쪽으로 난 계단을 내려갔다.

그들은 짧은 첫 번째 블록을 말없이 나란히 걸었다. 루이스는 여전히 민소매 티셔츠만 입고 있었다. 레이먼드는 그가 춥겠다고 생각했다. 하지만 입 밖으로 말하지는 않았다.

“그런 일들을 하는 걸 생각해봤어.” 남자가 말했다.

“어떤 일들요?”

레이먼드는 아밀 아질산염을 섞어 길에서 파는 일 같은 걸 뜻하는 건가 생각했다. 그러나 그게 아니었으면 싶었다.

“눈먼 할머니 말이야.”

“아, 네. 그 일.”

“생각해봤는데…… 자원봉사, 그런 일 말이야. 어려운 일이야. 그렇지? 난 아이가 넷이야. 온종일 일해야 하고. 어떤 땐 일주일에 60시간을 일해. 아마 네가 찾는 그 루이스 벨레즈는 분명…… 아이가 없을 거야. 그치만 이렇게 말하면 안 되겠지? 왜냐면 난 그 사람을 만난 적이 없으니. 그럴까? 애가 있을까?"

"모르겠어요. 물어볼 생각도 못 했어요." 레이먼드가 답했다.

그들은 길모퉁이에서 무언가를 팔려고 하는 젊은 남자를 지나쳤다. 구매자를 기다리고 있는 건지도 몰랐다. 레이먼드의 추측일 뿐이었다. 그는 레이먼드보다 어려 보였다. 15살 아니면 16살쯤. 레이먼드는 그가 자신을 찌를 듯 쏘아보는 걸 느낄 수 있었다. 마주 봐주기를 바라는 듯이. 레이먼드가 고객인지 아닌지 알려고 그러는 걸까? 아니면 다른 이유로?

레이먼드의 눈이 자동적으로 그 젊은 남자의 얼굴을 향했다.

"눈 맞추지 마." 루이스가 말했다.

레이먼드는 다시 더러운 길을 내려다보았고, 아무 사고 없이 지나쳤다.

"하여간 그가 아이가 있다면," 루이스는 여전히 같은 생각에 사로잡혀 있었다. "그런데도 어떻게 그렇게 했을까 정말 모르겠어."

"확실한 건 모르겠어요." 레이먼드가 말했다.

그들은 한 블록 더 걷는 동안 다시 말이 없었다. 레이먼드는 다음 블록의 끝자락에서 지하철역 계단을 볼 수 있었다. 그 계단이 구원자처럼 보였다. 혹은 모든 고통과 두려움의 끝처럼.

"넌 그 할머니를 어떻게 아는 거니?" 루이스가 물었다.

"같은 아파트에 살아요."

"그래서 그 할머니가 은행이나 가게에 가는 걸 도와주는 거니? 진짜 루이스 벨레즈를 찾을 때까지?"

"예, 맞아요. 전 그냥…… 누군가는 해야 하잖아요. 그래서요."

"좋은 일이다." 그가 말했다. "자넨 착한 놈이네. 아, '놈'을 그런 뜻으로…… 나쁜 뜻으로 말한 건 아니야. 알지? 그래…… 모르겠다. 넌 18살쯤 된 거 같고, 어른이지? 안 그래?"

"아뇨, 전 다음 달에 17살이 돼요."

"키가 크구나. 그래서 더 나이 먹었다고 생각했어."

"예, 좀 큰 편이에요."

"그래, 여하튼 넌 멋진 청년이다."

레이먼드는 눈을 피하곤 잠자코 있었다. 밀리 할머니가 말했듯, 누군가가 칭찬이라도 하면 레이먼드가 늘 하던 방식이었다.

그들은 지하철역으로 내려가는 계단 앞에서 멈춰 섰다. 서로 어색하게 서 있었다. 레이먼드는 조심스럽게 남자의 발을 바라보았다.

"어쩌면 나도 할 수 있을지 몰라." 루이스가 말했다. "무료급식소 같은 데서 봉사하는 거. 일주일에 2시간쯤. 근데 그게 어렵네. 난 힘들게 일해. 지쳐서 집에 오지. 그치만 그런 일을 할 생각은 있어."

"여기까지 데려다주셔서 고맙습니다." 레이먼드가 말했다.

레이먼드는 이 루이스 벨레즈가 자신에게서 무언가를 원한다는 걸 알았다. 이해받고 싶다는 어떤 느낌. 어떤 부담감을 느끼고 있는 것이다. 왜 자신이 눈먼 할머니를 은행에 데려다주는 루이스 벨레즈처럼 하지 못하는지에 대한 *이유*를 레이먼드에게 이해시키고 싶어 했다. 하지만 레이먼드는 그를 도울 마땅한 말이 떠오르지 않았다.

"뭘 이 정도 가지고." 루이스가 말했다. "그 사람을 찾는 일이 잘되면 좋겠다."

"고맙습니다."

루이스가 몸을 돌려 걸어갔다. 레이먼드는 그를 지켜보며 잠시 서 있었다. 지하로 내려가고 싶었다. 하지만 루이스 벨레즈란 이름의 그 사람이 자신에게서 어떤 좋은 말을 듣고 싶어 한다는 걸 느꼈다. 물론 그는 그런 마음을 입 밖으로 내지는 않았지만. 레이먼드는 그에게 그런 말을 해줄 수 있고, 또 해줘야 한다는 걸 알았다.

"아저씨!" 레이먼드가 소리쳐 불렀다. "루이스 아저씨!"

남자가 멈춰 서서 뒤돌아보았다. 그는 앞쪽 블록에서 사분의 일 정도쯤 가 있었다. 레이먼드는 소리치는 것 말고 다른 선택지가 없었다.

"아이 *넷*은 정말 끔찍하게 많네요!"

루이스가 씩 웃었고, 레이먼드는 자신의 이 단순한 말이 루이스가 정말 필요로 하는 전부였음을 알았다.

"그래, 정말 많다니까." 그가 대꾸했다.

그러고 그는 다시 걸어 나갔다.

레이먼드는 지하철역 계단을 달려 내려가 길 아래 터널로 뛰어갔다. 그가 알고 있는 세상으로. 지하철을 기다리는 동안 잉

크도 거의 나오지 않는 볼펜으로 명단에서 루이스 A. 벨레즈란 이름에 × 자를 그었다. 나오지도 않는 볼펜이라 종이를 긁어야 했다.

레이먼드는 자신이 생각해도 우스꽝스러울 만큼 비밀스럽게 밀리네 현관문을 두드렸다. *R* 자를 모스 부호로 두드리는 것이었다. 한 번은 짧게, 그리고 연이어 세 번 두드리고, 마지막으로 짧게 한 번 두드렸다.

밀리가 방을 가로질러 와서 자물쇠를 풀기를 기다렸다. 문이 열리자 밀리가 레이먼드를 향해 환하게 웃었다. 그리고 레이먼드는 기억하는 한 처음으로 행복하다고 느꼈다. 내면 깊은 곳에서부터.

자신을 보는 그가 행복해하기 때문만이 아니라 자신이 그를 돕기 위해 무언가 큰일을 해냈기 때문이기도 했다. 비록 그는 그 사실조차 알지 못하겠지만. 비록 어떤 성과도 얻지 못했을지라도.

"죄송해요. 늦었어요." 말은 그렇게 했지만 레이먼드는 자신이 웃고 있는 걸 느꼈다.

"어서 들어와." 밀리가 말했다. "고양이가 밖으로 나갈지도 모르잖아."

거실로 들어서서 밀리가 흰 지팡이를 챙기고 어깨에 핸드백 끈을 걸치는 모습을 지켜보았다. "루이제, 우린 너한테 줄 맛있는 거랑 내가 먹을 걸 좀 사러 갈 거야. 언제 나갔나 싶게 금방 돌아올게."

둘은 함께 복도로 나왔다. 레이먼드는 밀리가 열쇠로 문을 잠그는 동안 기다렸다.

"늦어서 죄송해요." 레이먼드가 다시 말했다.

"네가 언제 오겠다고 시간을 특별히 정한 것도 아니잖아."

밀리는 그의 팔을 잡고 계단 쪽으로 움직였다. 레이먼드는 다른 손으로 접힌 식료품 카트를 들고 있었다. 밀리와 속도를 맞추기 위해 자신의 속도계를 다시 설정해야 했다. 레이먼드는 온종일 뛰다시피 했다. 얼마나 천천히 움직여야 하는지 감각을 잊었다.

"그래도 학교 끝나면 올 거라고 말씀드렸으니까요."

"괜찮아. 지금은 학교 가기 전이니? 아니면 학교 끝난 다음이니?"

"아, 알겠어요. 그렇게 생각하신다면야. 앞에 계단이에요. 내려설 때마다 말씀드릴게요. 여기…… 지금요."

아파트 로비까지 내려오는 동안 그들은 말을 나누지 않았다. 잔뜩 집중해야만 했다.

"됐어요." 레이먼드가 말했다. "다음은 로비 바닥이에요."

내려서자 밀리가 한숨을 쉬었다. 구멍 난 타이어에서 바람이 빠져나오듯 공기가 새어나오는 소리였다. 그의 긴장이 풀리는 소리이기도 했다. 그만큼 뚜렷한 소리였다. 레이먼드는 계단을 내려서는 것조차 목표가 될 만큼 엄청난 도전에 맞서 세상을 살아가는 것이 어떤 느낌일지 궁금했다. 그 생각이 드물게 가졌던 기분 좋은 느낌을 밀쳐내고 있었다.

“네가 친구들이랑 어딜 갔겠지 싶었어.” 밀리가 말했다.

그럴 리가 없기에 레이먼드는 웃음이 나왔다.

“전 친구가 없어요.”

“나한테 처음 말을 건 날 친구랑 같이 있었잖아.”

“잠깐만요. 여기서 잠시 기다리세요. 문 열어드릴게요.” 레이먼드는 아파트 출입문을 연 채로 고정시키고서 밀리에게 돌아왔다.

늦은 오후였다. 5시쯤 되었을까. 해가 거의 지고 있었다. 공기는 찼고 날씨는 꼭 가을 같았다. 계절을 실감하게 하는 시기였다. 레이먼드는 밀리와 함께 아파트를 나서자 얼굴에 스치는 바람을 느낄 수 있었다. 다른 감각이 더욱 발달했다면 밀리는 더욱 선명하게 느끼겠구나 하는 생각이 들었다. 게다가 한동안 답답한 실내에서 갇혀 지내기도 했고.

“안드레란 애였어요.” 레이먼드가 말했다. “내려서세요. 됐어요. 걘 이사 갔어요. 한 계단 더. 그래요. 또 한 계단. 잘하셨어요. 이제 길에 내려섰어요.”

그들은 함께 슈퍼 쪽으로 방향을 잡았다. 천천히.

“벌써 이사를 갔다고? 며칠 되지도 않았잖아.”

“그날이 마지막 날이었어요.”

“아, 안됐다. 개가 유일한 친구였니?”

“거의 그런 셈이죠. 예.”

“왜 그런지 상상이 안 되네, 레이먼드. 넌 이렇게나 친절한 아이인데. 아, 잠깐만. 신경 쓰지 마. 내가 한 말은 잊어버려. 이제 막 기억났어. 학창 시절에 얘들이 어땠는지. 친절함은 항상 마땅한 대접을 못 받지. 얘들은 전혀 납득할 수 없는 자신들만의 방식으로 세상을 살아가는 실험을 하는 중이지. 안전하게 보호받는 걸 빌미로. 그리고 너무 성급하게 평가를 내리곤 해."

"맞아요. 정말 그래요."

둘은 거의 한 블록 정도를 말없이 걷기만 했다. 그때 맞은편 쪽에서 걸어오는 여자가 있었다. 레이먼드는 지하철에서 만난 여자가 떠올랐다. 스페인어에 대해 조언해주었던 사람. 그래서 그의 얼굴을 바라보았다. 보통 때라면 보지 않으려고 주의했을 것이다. 그 사람이 누구든.

그가 레이먼드를 보고 웃어 보였다. 진정이 담긴 미소였다. 진심이 느껴졌다. 처음에 레이먼드는 그가 왜 그러는지 알 수 없었다. 일반적으로 낯선 사람들은 길에서 마주친 사람에게 웃음을 짓지 않는다. 적어도 이 주변에서는 그렇다. 그런데 그의 눈은 레이먼드와 밀리 사이의 한 점에 고정되어 있었다. 그의 눈길은 두 사람이 서로 잡고 있는 팔에 닿아 있는 듯했다.

그제야 레이먼드는 이해가 되었다. 그는 자신이 길을 가는 맹인 여자를 돕고 있어서 자신을 보고 웃은 것이었다: 누가 보더라도 착한 아이임을 표시하는 배지라도 달고 있는 것처럼 보일 터였다.

레이먼드는 마주 웃어 보였다. 그러나 조금 억지스러웠다. 자연스럽지가 않았다. 익숙하지 않아서일 것이다.

여자가 지나쳐 갔다. 그 순간이 끝났다. 자신의 미소가 여자가 느끼기에도 충분히 선한 미소였기를 바랄 뿐이었다. 그의 속마음이 그랬기 때문에.

"그래도 안드레랑 계속 연락은 하는 거지?" 밀리가 물었다. 그제야 레이먼드는 생각에서 벗어날 수 있었다.

"확실하진 않아요. 스카이프를 하겠다고 말하긴 했어요. 그런데 아직 연락이 없네요."

"스카이프란 건 뭐니? 들어본 듯도 한데. 그게 뭔지는 모르겠구나."

"컴퓨터 앱이에요. 컴퓨터로 다른 사람하고 이야길 나눌 수 있어요. 전화를 하며 말하는 거랑 비슷한 거예요. 근데 어디에서 얘기를 나누든 비용이 들지 않아요. 영상 통화를 하는 거랑 비슷해요."

"서로 볼 수 있다는 거니?"

"예, 맞아요."

"그래. 그렇다면 들어본 적이 있다. 루이스가 얘기해줬어. 미니애폴리스에 있는 형이나 조카들과 어떻게 얘기하는지. 아이들이 얼마나 자랐나 볼 수 있도록 차례대로 보여준다고 하더라. 그래서 놀라웠지. 내가 어렸을 때는 꿈에서나 그려보던 일인데……. 그러니까, 그게 뭐냐, 공상과학소설 같은 데서. 영화나 텔레비전 방송 만드는 사람들이 미래를 예견한 대로 됐어. 전화를 걸면 그 사람을 볼 수가 있고, 그 사람도 널 볼 수가 있고. 그런 일은 상상하기도 어려웠지. 물론 날아다니는 차를 탈 거라고 말하기도 했어. 가고 싶은 곳은 어디든 갈 수 있다고 말이야. 그건 틀렸지만."

"그렇게 되면야 좋겠죠." 레이먼드가 말했다.

정차된 차들을 보면서 차들이 고도를 낮추거나 높이는 모습을 상상해보았다. 아파트 꼭대기 층이나 날아다니는 다른 차들과 충돌 사고가 일어나고, 타이어와 범퍼, 전조등의 유리 파편이 아래에서 걷고 있는 보행자들 머리 위로 비처럼 쏟아져 내리는 상상.

"그렇겠지, 젊은 친구."

"곧 모퉁이를 돌아야 돼요." 레이먼드가 말했다.

얘기를 더 이어가지 않고 그들은 어려운 교차로를 건넜다. 집중해야만 했다.

"그런데 그 아이가 정말 유일한 친구라면," 다시 안전한 보도 위에서 멈춰 서자 밀리가 말했다. "이사를 가버려서 정말 안타깝네. 그런데 네 또래 남자애들하고 사귀는 게 실제로 그렇게 어렵니? 네가 날 대하는 걸 보면 상상이 잘 안 되는구나. 나는 상상하기가 정말 어렵다."

"예, 어려워요. 걔들은 그저…… 잘 모르겠어요. 그냥 제가 걔들하고 좀 다른 것 같아요." 레이먼드는 더 자세하게 말하려다 그냥 그만두었다. 정확히 표현하면, 말이 더는 나오지 않았다. 목구멍에 걸린 듯했다. 사실 그는 밀리를 오랫동안 알고 지낸 건 아니었다. "그래도, 고양이는 제 친구예요. 그리고…… 모르겠어요. 지금 *할머니*를 친구로 느낀다고 말하면 이상한가요?"

"아니야. 전혀, 레이먼드. 전혀 그렇지 않아. 네가 내 친구가 되고 싶다면 나야말로 영광이지."

"저도 그래요."

둘은 잠자코 슈퍼로 가는 길을 걸었다.

레이먼드는 지쳐버렸다. 신체적으로가 아니라 내면적으로. 그날 겪은 일의 강렬함 때문에 진이 빠져나간 듯했다. 게다가, 무언가를 더 말해야 할 필요도 없었다.

레이먼드는 가까스로 저녁 먹을 시간에 맞춰 집에 도착했다. 집에서는 그게 아주 중요했다. 정해진 시간에 들어오지 않으면 저녁을 걸러야 했다.

"많이 늦었네." 엄마가 미심쩍은 눈길로 바라보며 말했다.

"친구를 좀 도와줬어요."

"새로 사귄 친구?"

"예. 새 친구."

"그래. 아들이 새로 친구를 사귀었다니 기분이 좋네. 그래도 저녁 시간에 딱 맞춰 들어오진 마."

"알았어요." 레이먼드가 말했다. "죄송해요."

다시 또 하고 말았다. "죄송하다."는 말. 그렇지만 이번 건 계산에 넣지 않아도 되지 않았을까 생각했다. 왜냐하면 사실 전혀 죄송하지 않았기 때문이다.

5. 그런 아이를 어떻게 생각해요?

—

레이먼드는 아파트 건물을 응시하며 서 있었다. 건물을 보자 주눅이 들었다. 지난번에 찾아갔던 건물과는 다른 이유로 그랬다. 사실 전혀 상반된 이유였다.

토요일 아침이었다. 시내로 가는 전철을 탔다. 아빠가 사는 곳과 고작 여섯 블록 떨어진 곳으로 가는 거였다. 아빠가 새 부인과 주말여행을 가지 않았다면 레이먼드는 지금 아빠네로 가고 있었을 것이다. 이번 주는 아빠가 레이먼드와 함께 지내야 하는 주말이었다. 그런 주말에 아빠와 새 부인은 자주 여행을 떠났고, 그 때문에 레이먼드는 새 부인을 비난하고는 했다. 그 여자가 일부러 그렇게 하는 것이 아닐까 하는 생각이 슬금슬금 머리를 쳐들었다.

이번에는 건물이 *자신*을 거부하는 것처럼 느껴졌다. 자신을 이 동네에는 적합한 사람이 아니라고 평가하듯이. 마치 온 동네 사람이 말 그대로 지갑을 겨드랑이에 바짝 끼워 넣고는 이 침입자가 누구이며 여기에서 무엇을 하고 있나 경계하는 듯이 느껴졌다. 자신이 포기하고 물러나면 모든 것이 다시 제자리에서 안도의 숨을 내쉴 듯했다.

고개를 들자 설상가상으로 자신을 뚫어져라 보고 있는, 제복을 입은 수위가 보였다. 그 남자는 레이먼드가 먼저 다가가는데도 자기 위치로 오지 않았다.

레이먼드는 거의 아무것도 들어 있지 않은 가방에 스페인어 사전을 쑤셔 넣고 그 남자에게 다가갔다. 그는 눈을 아주 조금 찌푸렸다. 거의 알아차릴 수 없을 정도로.

"루이스 벨레즈 씨를 찾고 있습니다." 레이먼드가 말했다. "그 분하고 잠깐 얘길 나누고 싶어요."

"연락해보마." 수위가 다소 의심스럽다는 듯 말했다. "그래도 널 올려 보낼지 말지는 입주민 생각에 달려 있다."

"고맙습니다." 레이먼드가 말했다.

레이먼드는 아주 오랫동안 기다릴 요량으로 청바지 주머니에 손을 깊이 찔러 넣었다.

"누구라고 말해야 하니?"

"레이먼드 재페예요. 근데 그분은 절 몰라요. 밀리 구터만의 친구라고 말씀해주세요. 그분이 진짜 루이스 벨레즈가 맞는다면 제 말뜻을 정확하게 아실 거예요."

수위는 연단처럼 생긴 안내데스크 뒤로 들어가서 전화를 걸었다. 레이먼드가 입술 모양을 읽어내거나 말을 듣지 못하도록 일부러 고개를 반대쪽으로 돌리고 있었다. 잠시 뒤 수화기를 내려놓고 그가 돌아 나왔다. 그렇지만 레이먼드 쪽으로 가까이 다가오지는 않았다. 그는 유리로 된 건물의 정문으로 걸어가 안으로 들어가는 문을 열었다. 그러곤 한쪽 문을 연 채 그대로 서 있었다. 들어가도 좋다는 뜻임을 레이먼드가 깨닫는 데는 시간이 조금 걸렸다.

"위로 올라가봐." 그가 말했다.

레이먼드는 마네킹 같은 자세를 허물고 문 쪽으로 걸었다. 이런 식으로 진행될 거라고는 예상하지 못했다. 바로 거절당할 거라 예상하고 있었다.

그렇다면 진짜 루이스 벨레즈를 찾은 건 아닐까?

"22층, B호다." 수위가 말했다.

레이먼드는 대답하지 않고 그저 고개만 끄덕였다. 다시금 심장이 두근거리고 어안이 벙벙했다. 꿈결인 듯 엘리베이터로 다가갔다. 중년 여자가 엘리베이터를 기다리고 있었다. 여자가 이미 단추를 누른 다음이었다. 그래서 그는 그저 서 있기만 했다.

엘리베이터가 도착하자 문이 큰 신호음을 내며 열렸고 그 소리 때문에 레이먼드는 화들짝 놀랐다. 그는 엘리베이터를 탔다. 중년 여자는 타지 않았다. 레이먼드는 의아한 듯 그 여자를 바라보았다. 심지어 한 손으로 엘리베이터 문이 닫히는 걸 막고 있기까지 했다.

"아뇨, 먼저 가세요." 그 여자가 말했다. "잊은 게 있어서."

문이 닫히고 엘리베이터가 위로 올라갔다. 빠르고 부드러웠다. 조용했다. 층수를 나타낸 숫자를 보고 있자니 레이먼드의 가슴이 부글부글 끓어오르는 듯했다. 외출하기 전이라면 아파트에 무언가를 두고 나올 수 있을 것이다. 그런데 나갔다 오는 길인데 로비에서 무언가를 잊었다는 게 가능하기라도 한가?

엘리베이터가 22층에서 섰다. 레이먼드는 내렸다.

내리자마자 그를 기다리고 있는 여자가 보였다. 서른이나 서른 초반 정도로 보였다. 잘 손질된 고급스러운 머리를 하고 있었다. 짧고 세련된 모습이었다. 실크로 된 실내복, 그 위에 실크로 된 가운을 입었다. 집 안이나 근사한 저녁 파티에서 입을 법한 옷차림이었다. 그만큼 멋져 보였다. 레이먼드는 솔직히 그가 라틴계 사람인지 아닌지 확신할 수가 없었다. 그렇지만 자신을 기다리고 있는 것만은 분명했다.

눈이 마주치자 여자에게서 두려워하는 듯한 기색이 떠올랐다. 왜 그런지 레이먼드는 알 수 없었다. 그 상황이 그를 더욱 두렵게 했다. 무엇보다 계속 두려움에 떨었던 건 자신이었기 때문이다.

"레이먼드 재페?" 여자가 물었다. 어떤 지역의 억양도 스미지 않은 말이었다. 적어도 스페인어 억양은 아니었다. 모음 발음은 뉴욕 사람 느낌을 가볍게 풍겼다.

"예, 부인." 레이먼드는 그가 열고 서 있는 문 쪽으로 다가서며 대답했다.

"무슨 일로 내 남편을 만나려고 하는 거지?"

레이먼드는 가슴이 철렁 내려앉는 느낌이 들었다. 이 여자는 그가 원하는 걸 모르고 있었다. 왜 왔는지조차. 수위가 그에게 말하지 않은 게 분명했다. 세상에 뛰어든 두 번째 시도로 루이스를 찾았다는 달콤한 기대가 겁먹은 새처럼 몇 초 만에 날아가 버렸다.

"수위가 말했을 거라 생각했어요."

"여자 얘길 하던데. 밀리 누구라는. 남편이라면 네가 한 말의 뜻을 정확하게 알 거라고."

"그럼 수위가 얘기는 한 거군요."

이제야 레이먼드는 그 여자 앞에 똑바로 설 수 있었다. 예의상 몇 걸음 떨어져서. 그 여자의 뒤로 보이는 집 안에는 거대한 독일산 셰퍼드가 두 마리 앉아 있었다. 검은색과 갈색으로 완벽하게 짝을 이룬. 두 마리 모두 몸무게가 40~50킬로그램은 족히 나갈 듯했다. 레이먼드는 마른침을 삼키며 개들을 계속 지켜보았다. 개들 역시 자신을 보고 있기는 했지만 움직임이 전혀 없었다. 개들 눈에 동요라고는 보이지 않았다. 앞으로 일어날 일에 대해 전혀 우려하지 않는다는 기색이었다. 그저 바라보고만 있었다. 자신을 제압할 수 있는 능력에 대해 어떤 의심도 품고 있지 않은 듯했다. 어떤 상황이든 마음대로 할 수 있다는 듯.

"수위는 그 여자 이름만 말했어. 그 여자가 루이스랑 어떤 사이인지는 말하지 않았고. 그러니 얘기해봐. 빨리. 답답해 죽을 것 같아. 밀리란 사람이 루이스랑 무슨 관계니?"

여자의 공포를 감지했는지 개들이 엉덩이를 조금 들었다. 레이먼드는 본능적으로 뒷걸음질 쳤다. "밀리는…… 밀리는 저랑 같은 아파트에 사는 할머니예요. 저기 웨스트타운에. 아주 나이 많은." 어떻게 하면 여자를 진정시킬까 생각하면서 덧붙였다. "거의…… 아흔 살 정도." 레이먼드는 여자가 깊은숨을 내쉬는 걸 보았다. 그는 계속 이어갔다.

"그분은 장님이에요. 그래서 혼자서는 외출을 할 수도 없어요. 그런데 루이스가 들러서 함께 슈퍼도 가고 은행도 가곤 했어요. 그러니까 그분을 도우려고요. 루이스가 남편분인지 전 몰라요. 어쩌면 다른 루이스 벨레즈일 수도 있어요. 이 도시나 도시 근처에는 그런 이름을 가진 사람이 스물한 명 있거든요. 그것도 제가 철자를 제대로 썼을 때 그 정도 수예요."

여자가 감은 눈을 두 손으로 누르며 머리를 뒤로 젖혔다.

"아, 감사합니다, 하느님." 여자가 머리를 다시 떨구고는 레이먼드의 얼굴을 똑바로 보며 말했다. "난 남편이 다른 여자를 만난다고 말해주려고 여기 온 거라 생각했어."

"아뇨." 레이먼드가 말했다. "전혀 그렇지 않아요."

"남편이 그 루이스가 맞는지 아닌지는 모르겠다." 여자는 말 그대로 다른 사람이 된 듯 말했다. 표정이 부드러워졌다. 목소리는 가라앉았고 나른해졌다.

"아마 아닐 거야. 나한테 그런 말을 한 적이 없으니까. 혹시…… 모르겠다. 간혹 사람들한테 돈을 주는 일은 있지만 그 사람들이 그럴 만한 일을 했을 경우에만 그러거든. 게다가 남편은 자신이 돈을 줬다는 걸 남들은 절대 모르게 하는 사람이야. 그걸 나한테 말하는 사람도 결코 아니고. 그런데 어느 날인가 그걸 나한테 딱 걸린 적이 있어. 그래서 물었지. '왜 당신이 하는 일을 내게 말해주지 않는 건데?' 하고. 그랬더니 누구도 모르게 남을 돕는 일에 관해 길게 이야기해주더라. 아무도 모르게 해야 진정으로 돕는 거라고. 만약 모두가 알게 된다면 그건 자신을 추켜세우기 위한 거라고. 그럼 사람들은 자신을 아주 대단한 사람이라 생각할 것이고. 그러니 그건 단지 이기적인 행동일 뿐이라는 거야."

"모르겠어요." 레이먼드는 여전히 개들을 보며 말했다. "사람이 어떤 선한 일을 하면 상대방도 기분이 좋아지잖아요. 그럼 한 사람이 아니라 두 사람 모두 좋은 것 아닌가요?"

"맞아. 그건 나랑 생각이 같네. 그런데 이건 좀 예의에 안 맞다. 널 일꾼이나 하인처럼 복도에 세워놓다니. 들어와. 루이스 사무실로 전화해서 네가 찾는 사람이 맞나 알아봐줄게."

레이먼드는 움직이지 않았다. 눈을 계속 개들에게 고정한 채.

"어휴, 얘들은 괜찮아. 안 물어. 사람을 아주 좋아해. 공격하도록 훈련받은 개들이기는 해. 그래도 내가 시키지 않으면 절대 사람을 해치지 않아."

"진짜죠?"

"그럼, 괜찮아. 자, 들어와."

그가 한쪽 팔을 뻗었다. 마치 레이먼드를 붙잡고 안으로 끌어들이려는 것처럼. 레이먼드는 그 손을 보고는 한 걸음 뒤로 물러섰다.

"그러니까 누군가를 공격하게 하려면, 그러라는 말을 하면 된다고요? ……그게 말하다가 우연히 튀어나오는, 그런 말은 아니죠?"

여자가 웃었다.

"괜찮아. 약속할게. 들어와. 루이스는 지금 고객하고 미팅 중이야. 메시지를 남겨둘게. 미팅이 끝나야 집에 올 거야. 그때까지 복도에서 우두커니 서 있으려고? 그럴 거니?"

"아뇨." 레이먼드가 대답했다.

그렇지만 복도에 서 있는 것도 괜찮은 방법 같았다.

여자가 뒤로 돌아 개들에게 명령했다. "침대로!"

개들은 귀를 쫑긋 치켜세웠다. 처음에는 옆을 보더니, 이내 목을 뒤로 돌렸다. 그러고는 거부당했다는 슬픔을 눈에 가득 담은 채 몸을 돌려 미끄러지듯 사라졌다.

복도에 서 있는 것도 괜찮겠다는 판단과는 달리 레이먼드는 안으로 들어갔다.

"지금 아침을 만들고 있었어." 뒤따라 부엌으로 들어서자 그가 말했다. 부엌은 아주 넓고 천장이 높았다. 실내는 가벼운 보라색으로 칠해져 있었다. 창 아래로는 센트럴파크의 전경이 쫙 펼쳐져 있었다.

"앉으렴. 뭘 좀 줄까? 아침은 먹었니?"

여자가 말을 하면서 지갑을 뒤적이더니 휴대전화를 꺼내 들었다.

"그라놀라 바 먹었어요." 레이먼드가 답하며 앉았다.

"그건 아침이 아니지."

"보통 그렇게 먹는걸요."

"아침은 식사 중 가장 중요한 식사야."

"제 주변에는 그 시간에 요리하는 사람이 없어요. 저도 차려 먹지 않고요. 그저 하나를 쓱 집으면 돼요."

"그걸로 충분하진 않아." 여자는 마치 그 문제에 대해 최종적인 결론을 내렸고 반박의 여지는 없는 것처럼 말했다. 그러더니 얼굴 가까이 전화기를 갖다 대고는 말했다.

"그래, 안녕, 여보. 난데, 여기 어떤 학생이 와 있어. 아주 괜찮은 남자애야. 이 친구가 당신이 웨스트타운에 사는 아흔 살 된 할머니를 아느냐고 물어. 맹인이래. 밀리라고. 아마 모를 것 같은데. 알면 나한테 말했겠지. 그래도 내가 당신 일을 다 아는 건 아니니까. 익명으로 하길 워낙 좋아하시는 분이니. 그래서 이 학생한테 아침을 대접할 생각이야. 보기엔 누구도 챙겨주질 않은 것 같아서. 약속 끝나면 전화해서 알려줘. 알겠지? 이 학생이 힘들게 여길 찾아와서 그래. 당신인지 아닌지 확인해주는 게 적어도 우리가 할 수 있는 일인 것 같아."

여자가 전화를 끊고는 레이먼드와 눈높이를 맞추었다. 그러고 눈을 똑바로 보았다.

"커피는 마시니?"

"아뇨."

"홍차는?"

"우유랑 설탕 섞어서 간혹 마셔요."

"금방 만들어줄게."

레이먼드는 여자가 요리를 하는 동안 공원을 내려다보았다. 캠브릭 차를 홀짝이며 22층 아래의 세상을 바라보았다. 요리 냄새로 배가 고파졌다. 냄새가 개들도 배고프게 했다. 슬그머니 부엌으로 들어와 여자 발치에 엎드려 조리대를 보고 있었다. 꼬리를 흔들며.

레이먼드는 여전히 그 개들이 두려웠다. 그러나 집 안으로 들어온 뒤로 개들은 자신에게 그다지 관심을 보이지 않았다. 그래서 두려워한다는 것 자체가 멍청하게 느껴졌다.

"그래서 네가 지금 사는 집에선 필요한 건 다 해주시니?"

레이먼드는 갑자기 조여든 목으로 가까스로 차를 한 모금 삼켰다.

"무슨 말씀인지 모르겠어요."

"아침 식사 같은 거 말이야. 양친은 다 계시니?"

"예. 사실은 세 분이에요. 엄마하고 새아빠. 친아빠는 격주로 주말마다 만나요."

"알겠다. 그러니까 두 분 이상이네. 그런데 그분들 중 누구도 하루를 시작하기 전에 배 속에 괜찮은 음식을 채워주진 않으시나 보다. 만약 나한테 아이가 있다면 그 모든 기본적인 것들은 해줄 거 같은데. 네 부모님을 탓하려는 건 아니야. 그렇지만 사실……."

"부모님들은 아주 정상적이라 생각해요." 레이먼드가 말했다. 솔직히 말하면, 사실 그걸 알 방법은 없다. 정상임을 어떻게 잴 수 있을까? 그러자면 다른 사람들이 어떻게 사는지를 알아야 할 것이다.

"전 아침에는 그라놀라 바를 집어 오고, 점심은 부모님이 싸 주는 도시락을 먹어요." 주말은 예외이기에 뭐든 혼자 힘으로 챙겨 먹어야 한다고 생각했다.

"그리고 엄마가 매일 괜찮은 저녁을 만들어줘요. 그래서 아주 정상이라고 생각하는데요." 그렇지만 친아빠와 있을 때는 더 많이 먹는다. 더 잘 먹고.

여자는 이제 사기로 된 접시에 음식을 담고 있었다. 레이먼드는 그게 자기 건지 그 사람 건지 알 수 없었다.

"내가 왜 이런 질문을 하는지는 알지?"

"글쎄요. 잘 모르겠어요."

"넌 너무 야위었어."

"원래 그래요. 온종일 먹어도 체중은 절대 늘지 않을 거예요."

"그럼 넌 온종일 먹어야겠다." 여자가 말했다. "넌 한창 성장할 시기에 있잖아."

그가 레이먼드 앞에 접시를 놓았다. 거기엔 달걀 부친 것 두 개가 황금빛 소스에 담겨 있었다. 아스파라거스 여섯 조각도 함께. 가운데를 잘라 사이에 버터를 바른 잉글리시 머핀도.

"정말 맛있어 보여요."

"어서 먹어. 먼저 먹어, 식기 전에."

그가 자기 음식을 그릇에 담는 동안 레이먼드는 조용히 먹기만 했다. 공원에서 걸어다니는 사람, 롤러스케이트를 타는 사람, 자전거를 타고 길을 오르내리는 사람들을 내려다보았다. 이렇게 높은 곳에서 내려다보니 사람들이 마치 개미 같았다. 음식은 놀라웠다. 풍미 있게 잘 조미되어 있었다. 포크로 찔러보았을 때 달걀흰자는 완벽하게 딱딱했고, 노른자는 부드럽고 진한 오렌지색이 흐를 정도로 정말 알맞게 익었다.

그가 레이먼드 옆자리에 앉아 자기 음식에 소금을 뿌렸다.

"환대해주셔서 고맙습니다. 정말 과분한 대접이에요. 이 도시에 사는 사람들 대부분은 저를 집 안으로 들이지도 않을 거예요. 사람들은 누군지 모르는 사람이라 생각하면…… 어쨌든 아시잖아요."

"난 개들이 있잖아."

여자는 그 말만 하고는 입을 다물었다.

개라는 말이 나오자 개들이 고개를 들어 주의를 집중했다. 개들은 레이먼드와 주인 사이를 이리저리 살폈다. 마치 테니스 경기에서 그물망 너머로 오가는 공을 바라보는 것 같았다. 흔드는 꼬리가 부엌 바닥에 쓸리는 소리가 들렸다.

"버릇없는 놈들." 여자가 말했다. "소용없어. 침대로 가!" 개들이 귀를 늘어뜨리더니 물러났다. "그럼 네 얘길 좀 해보렴, 레이먼드. 이름 맞지? 레이먼드?"

"예, 맞아요. 그런데 말할 게 있을지 잘 모르겠어요."

"고등학생이니?"

"예, 2학년이에요."

"어디에 가입했니?"

"가입했냐니요?"

"있잖아, 졸업 앨범에 써 넣을 것들 말이야. 운동부에 들었어? 아니면 체스 클럽? 아니면 토론 모임?"

"아뇨, 그런 거 안 해요. 사람들이 앨범에다 저에 관해 쓸 거리가 없을까 걱정되긴 해요."

"그럼 학교에 안 가는 날은 뭘 하니?"

"글쎄요. 요즘은 그 할머니를 돕곤 해요."

"밀리."

"맞아요. 그 전에는…… 그 일을 하지 않았을 때는…… 주로 책을 읽었어요. 많이 읽어요. 논픽션. 정치 지도자들, 전쟁, 봉기…… 그러니까 역사에 관한 책을 읽어요. 그래도 역사에 관한 책만 읽는 건 아니고요, 세상일이 궁금해요. 더 알고 싶어요. 지금 세상이 어떻게 돌아가고 있나에 관해서요. 그러니까 사회과학 같은 것. 예컨대, 사실 종교를 믿진 않지만, 다른 종교에 관해서도 읽어요. 세상 돌아가는 일, 사람들이 사는 일에 관해 더 많은 걸 알 수 있게 해주잖아요. 사람들이 왜 그렇게 행동하는지 이유도 알려주고요."

레이먼드는 음식을 다시 한 입 먹었다. 음식은 빨리 식어갔다. 여자는 자신에게 음식을 차려줄 만큼 잘해주고 있다. 자신의 말을 듣기를 원한다면 그렇게 들려주는 게 최소한의 도리인 듯이 여겨졌다. 그는 아스파라거스를 집었다. 원래는 그다지 좋아하지 않았다. 하지만 이렇게 맛있는 소스로 덮여 있다면……. 레이먼드는 여자가 신발 끈 위에 그 소스를 부어줬더라도 행복하게 먹어치웠을 것이다.

"난 가톨릭 신자야." 여자가 말했다.

"그럴 줄 알았어요."

"어떻게 알았어?"

"밀리가 남편분하고 따로 만나는 여자가 아니라는 걸 아시고는 성호를 그으셨거든요."

"아, 그랬지."

1~2분 정도 그들은 조용히 먹기만 했다.

"여자 친구는 있어?" 여자가 물었다.

"없어요."

"그럼 남자 친구?"

"아뇨. 전 게이가 아니에요."

"나쁜 뜻이 아니었어."

"예, 그렇게 생각해요."

"그러니까 지금은 여자 친구가 없다는 거네. 하지만 곧 생길 거야. 고등학생 시절은 정말 요상하거든. 너한테도 그런 일이 생길 거야."

레이먼드는 대꾸를 하려고 입을 열었다. 그렇지만 뭐라고 대꾸해야 할지 떠오르지 않았다. 나중에도 여자 친구가 없을지 모른다고 생각했지만, 잘 알지도 못하는 낯선 사람에게 왜 그렇게 생각하는지 말할 만큼 준비되어 있지는 않다고 느꼈다. 그럼 왜 이야길 시작한 거지?

말 그대로 전화벨 소리가 구해주었다.

여자의 휴대전화 벨이 울렸다. 식탁 위에 놓인 그의 접시 옆에서였다. 여자는 전화기를 집어 들었다. 그리고 한참을 듣고만 있었다. 그러더니 전화기에 대고 말했다.

"아, 이런. 괘씸하네. 알아. 당신이 그걸 얼마나 싫어하는지. 화나겠다, 여보. 그럼 어서 올라와."

그가 전화를 끊고 내려놓았다.

"루이스가 곧 올 거야. 막 엘리베이터를 탔대. 고객이 말도 없이 약속을 어겼다네. 고객하고 약속이 있을 때는 전화기를 늘 꺼두거든. 차에서 내리고서야 꺼둔 걸 알았대. 방금 전에 주차장에서 말이야. 남편은 약속을 함부로 어기는 걸 정말 싫어해. 그래서 지금 기분이 최상의 상태가 아닐지도 몰라. 그렇다고 걱정할 건 없어. 개처럼 물지는 않으니까."

레이먼드는 남은 음식을 재빨리 먹었다. 그리고 조용히, 마지막으로 모두 삼켰을 때 아파트 문이 열리는 소리를 들었다. 개들이 흥분해서 달려가는 소리가 들렸다. 루이스 벨레즈가 "잘 있었어?", "착하지." 하면서 개들한테 응대하는 소리가 들렸다. 남자는 곧장 부엌으로 왔다. 개들이 그의 다리 사이를 오가면서 기쁨을 한껏 드러내고 있었다. 그리고 심드렁하게 레이먼드를 보았다. 그는 레이먼드가 집 안에 없다는 듯이 행동했다. 그가 여자 쪽을 보며 말했다.

"모르는 사람한테 문을 열어주면 어쩌자는 거야?" 그가 여자에게 다그쳤다.

레이먼드는 목으로 심장이 튀어나오는 것 같았다.

"개들이 지켜주잖아." 여자가 말했다.

"그렇긴 하지."

그는 의자를 빼내 레이먼드에게 바싹 다가앉았다. 무릎에 팔을 대고 몸을 앞으로 기울인 채. 레이먼드의 개인적인 영역으로 자신을 깊이 밀어넣으며. 레이먼드는 의자를 밀어버리고 싶은 충동과 맞서야 했다.

그는 사십 대로 보이는, 체격이 좋고 잘생긴 남자였다. 검은 머리를 뒤로 넘겼고, 줄무늬가 고급스럽고 색이 어두운, 아주 값비싼 슈트를 입고 있었다. 안에는 은회색 셔츠에 강렬한 붉은 넥타이를 매고 있었다. "이게 어찌 된 일인지 모두 말해주렴. 메시지를 전부 듣지도 않았어. 어차피 집에 도착했으니까. 그래서 그냥 바로 올라온 거야."

"그럴게요." 레이먼드가 말했다. 목소리는 생각보다 차분하게 들렸다.

"전 루이스 벨레즈란 사람을 찾고 있어요. 혼자 사는 할머니를 돕기 위해 웨스트타운에 들르곤 했던 분이에요. 할머니는 혼자서는 길에 나갈 수가 없어요. 두려워해요. 제 생각에는 아흔이 넘으신 것 같고, 앞을 거의 못 보세요. 그래서 그분이 할머니를 도우려고 집에 들러서는 은행이고 슈퍼에 데려다주었어요."

루이스 벨레즈가 고개를 저었다.

"미안한데, 난 아니다."

"아." 레이먼드가 말했다.

레이먼드는 그 사실을 알기도 하고 모르기도 했다. 그러나 지금은 분명히 알게 됐다. 그걸 알자 다시 어둠 속으로 떨어져내리는 듯했다.

"그런데 넌 어쩌다 이 일에 엮인 거니?" 루이스 벨레즈가 물었다.

"엮이다뇨?"

"내가 그 남자인지 왜 여기서 묻고 있냐고."

"아, 예. 그 할머니는 할 수 없는 일이니까요. 게다가 할머니는 그 사람 걱정을 많이 하고 있어요. 친구였거든요. 제 말씀은 할머니가, 그 사람을 4년도 넘게 일주일에 세 번씩 만났어요. 할머닌 상심이 정말 커요. 그가…… 사라져버려서. 그 사람한테 끔찍한 일이 일어나진 않았나 걱정하고 있어요. 전 그저 그분을 도와드리고 싶은 거고요."

남자가 의자를 뒤로 물렸다. 레이먼드는 안도의 한숨을 내쉬었다.

"알겠다. 넌 해야 할 일을 하는 거네. 좋은 일이다. 특히 너처럼 어린 청년이 하기엔. 사람들이 흔히 하는 말하고는 완전히 다르구나. 사람들은 세상이 아주 좁아터진 지옥이 되고 있다고 말하잖아. 왜냐하면 네 또래 아이들은 세상이 어떻게 돌아가든 신경 쓰지 않을 거라 생각하거든. 그런데 너를 봐. 예상을 무너뜨리면서. 그렇지만 우리가 널 도울 수 있을 것 같진 않구나. 그래도 넌 맛있는 아침을 먹긴 했네."

그의 아내가 일어서서 접시를 치웠다. 그들과 등을 지고 선 채 사기 접시를 헹구고 식기 세척기에 집어넣었다.

"나는 내 할 일을 해." 루이스 벨레즈가 말을 이어갔다. "그렇지만 너처럼 하진 않아. 난 전문가야. 시간이 아주 소중해. 그래서 그런 종류의 일은 하지 않아. 노인과 함께 슈퍼에 가는 일 같은 것 말이야. 내가 할 수 있는 일을 하지. 즉흥적으로 베풀지. 뭔가를 보답 받으려 하지 않고. 그저 되돌려줄 뿐이야. 사람들이 받는 것보다 더 받을 만하다 생각하면 조금 더 주는 거지. 그렇게 할 여유가 있어 정말 다행인 셈이지."

"루이스는 아주 성공한 변호사야." 그의 아내가 뒤돌아보며 말했다. "뉴욕에서 민사소송 변호사로 가장 잘 알려진 셋 중 하나지. 뉴스에서 더러 보기도 했을 텐데."

"전 뉴스를 안 봐서요." 레이먼드가 말했다. "죄송해요."

"관계없어. 세상은 좁아터진 지옥이 되어가고 있어." 루이스가 말했다.

"어쨌든 가봐야겠어요. 아침 차려주셔서 고맙습니다. 다른 것들도요." 레이먼드가 말했다.

"네 부모님 세 분께 네가 한창 자랄 때라고 말씀드리렴." 여자가 말했다. "좀 많이 먹어야겠더라."

"예, 말씀드릴게요."

물론 그런 말을 전하지는 않을 것이다.

루이스 벨레즈가 문까지 데려다주었다. 개들이 따라왔다.

"이것 받아." 루이스가 말했다.

그는 레이먼드에게 자그마한 무언가를 내밀었다. 명함이었다. 레이먼드가 받아서 읽으려고 들어올렸다. '루이스 하비에르 벨레즈'. 그 아래 전화번호, 이메일 주소, 그리고 사무실 주소가 적혀 있었다.

"내가 도울 일이 있음 연락해라." 남자가 덧붙였다.

"고맙습니다."

"자넨 돌아가서 그 할머니한테 찾던 사람을 못 찾았다고 말할 건가?"

"아뇨. 제가 찾고 있다는 것도 모르세요. 바로 이런 이유 때문에요. 그 할머니를 번번이 실망시키고 싶진 않거든요. 정말 끔찍한 일이 그 사람한테 일어난 게 아닌가 하는 할머니 생각이 맞는다는 걸 확인하게 될까 봐 정말 걱정스러워요. 그땐 말씀드려야겠죠. 그러지 않길 바랄 뿐이죠. 그 사람한테 끔찍한 일이 일어난 게 아니면 좋겠어요. 이제 더는 오지 않기로 한 거라면 할머니한테 그걸 알릴 필요도 없잖아요. 그게 할머니한텐 더 최악일 수도 있지만."

"그래. 네가 시작한 일이니 감당해야지."

"맞아요."

"그런데 전화를 하면 될 텐데? 그게 더 쉽지 않을까?"

레이먼드는 시외 통화 요금에 관해 말하려고 했다. 그런데 사실은 그것만이 이유가 아님을 깨달았다. 그는 전화국에 전화를 걸어 명단에 있는 전화번호가 시외 건지 아닌지를 확인할 수도 있었다. 그런데 사실 더 중요한 이유가 있었다.

그는 입을 열어 가장 중요한 걸 말하려고 했다. 그런데 조금 이상하게 느껴졌다. 루이스 하비에르 벨레즈에게 입 밖으로 말을 꺼내기 전에는 한 번도 의식적으로 생각해본 적 없는 것이었기 때문이다.

"그냥 이런 생각이 들었어요. ……만약 두 번째 경우라고 한다면, 그러니까 그냥 관둔 거라면. 할머니한테 말조차 안 하고. 많은 도움이 필요하고 다른 선택을 할 수도 없는 할머니 같은 분한테 할 짓은 아니잖아요. 그래서 제가 전화로 그런 사람이냐고 묻는다면 아마 있는 그대로 말하고 싶어 하지 않을 것 같았어요. 그래서 직접 만나서 묻고 싶었어요."

문은 벌써 열려 있었다. 그리고 무언가를 더 보충해서 말해야 한다는 미진함이 남긴 했지만 그게 그다지 중요한 것 같진 않았다. 그래서 레이먼드는 덧붙여 말하지 않았다. 밀리가 전화해보려고 했으나 어디에서도 답을 얻지 못했다는 말도 하지 않았다.

남자는 생각에 잠긴 채 고개를 끄덕였다. 간단한 말보다 더 사려 깊게 동의를 나타내는 태도였다.

"이해할 수 있을 것 같네. 그래, 여하튼 행운을 빌게." 남자가 말했다.

루이스 벨레즈가 문을 잡고 있는 동안 레이먼드는 문밖으로 나왔다. 잠깐 청바지 뒤에 무언가가 닿은 느낌이 들었다. 오른쪽 호주머니 위쪽 엉덩이를 무언가가 가볍게 스치는. 레이먼드는 왼쪽 어깨에 가방을 걸치고 있었다. 처음 든 생각은 개들 중 한 마리인가 했다. 그러나 고개를 휙 돌려보았지만 개는 없었다. 어떤 것도 없었다. 그때 등 뒤로 문이 쾅 닫혔다. 레이먼드는 생각에 잠긴 채 엘리베이터가 올라오기를 기다렸다. 그렇다고 누군가가 무슨 생각을 그리 열심히 하느냐고 물었다면 대답하기 어려웠을 것이다. 그는 다시 뒤를 돌아 청바지의 엉덩이 쪽을 만져보았다. 무언가 작은 것이 느껴졌다. 손을 오른쪽 뒷주머니에 넣어보았다. 전에 없던 무언가가 있었다. 그것을 꺼낼 때 큰 소리를 내며 엘리베이터 문이 열렸다. 100달러짜리 지폐였다. 새것이었고 빳빳했다. 두 번 접힌. 루이스 벨레즈 씨임이 분명했다. 레이먼드가 이미 받은 것보다 더 많은 걸 받을 자격이 있다고 생각했나 보다. 그는 지폐를 앞주머니 깊숙이 찔러 넣고 로비로 내려왔다. 그러고 명단에서 두 번째 자리에 있는 루이스 하비에르 벨레즈에 × 표시를 했다. 이번에도 새 볼펜을 가지고 다녀야겠다고 생각했다.

루이스의 의자였던, 늘 앉던 의자에 앉았다. 커튼이 쳐진 창문 너머로 거리를 내려다보았다. 자동차와 택시, 사람 들이 오가고 있었다. 그런데 그저 형태만 보였다. 빛과 어둠만 대조되는 다소 명확하지 않은 세상. 밀리에게는 세상이 이렇게만 보이는 걸까 궁금했다. 아마 훨씬 더 흐릿하게 보일 거라 짐작했다.

고양이가 무릎 위로 뛰어올랐다. 귀 뒤를 긁어주었다.

"어떻게 생각하세요?" 레이먼드가 물었다. 고양이한테 한 말은 아니었다. "만약 어떤 남자애가 이렇게 말한다면요."

그러고는 말을 덧붙이지 않았다.

"너 같은 남자애?" 잠시 뒤 밀리가 물었다.

밀리는 레이먼드에게 몇 개 더 먹어야 한다는 걸 상기시키려는 듯 그의 앞으로 과자가 담긴 접시를 내밀었다. 레이먼드는 아침에 먹은 것으로 여전히 배가 그득했다. 하지만 여느 때처럼 세 개를 집었다. 배가 부른 느낌이 좋았다.

"예. 누구든지요. 그렇지만 있잖아요. 아, 신경 쓰지 마세요. 제가 말씀드린 건 잊어버리세요."

"그건 전적으로 너한테 달렸어." 밀리는 레이스가 덧씌워진 의자 팔걸이에 팔을 기대며 말했다. "그렇지만 난 네가 아는 사람을 한 명도 몰라. 안다고 하더라도 절대 말하지 않을게. 그건 약속할 수 있지." 밀리는 약속이란 말을 하면서 검지를 허공에 찌르는 시늉을 했다.

레이먼드는 생각에 잠긴 채 잠시 앉아 있었다. 아니 실제로는…… 생각하지 않으려고 하면서. 마치 무언가를 기다리는 것에 가까웠다. 자신이 결정을 내리게 될 걸 기다리는 것. 그러나 그 결정이 무엇이든 자신을 그곳으로 끌고 가거나 혹은 멀리 떼어놓을 어떤 생각도 없는 듯했다.

"만약 어떤 남자애가 자기는 여자를 좋아하지 않는다고 말한다면요? 제 말씀은…… *똑같지*는 않지만요. 실제로는 여자애들에 대해 아무런 느낌이 없어요. 여자애들 주변의 다른 남자애들하고는 달리요. 그렇다고 다른 남자애들에 대해서 그런 식으로 느끼지도 않고요."

"그 애는 그런 감정 자체가 없는 거구나."

"예, 맞아요."

"그럼 난 그 애는 그런 감정 자체가 없다고 생각해."

"그렇지만 사람들은 그걸 비정상적이라 생각하잖아요."

밀리는 즉각적인 반응을 피했다. 레이먼드가 덧붙였다. "어쨌든 적어도 그렇게 생각하는 것 같아요. 할머니는 그게 비정상적이라 생각하세요?"

"그런데 비정상이 뭐니? 정상은 규범과 같은 거고, 규범은 사람들이 평균적으로 느끼는 거지. 대부분의 사람이 그렇게 느끼는 것. 그런데 어떤 사람들은 그렇지 않아. 그렇게 느끼지 않는 사람이 소수이긴 하지. 그런 의미에선 비정상이야. 그런데 우리는 말할 때 그런 의미로 '비정상'이란 말을 쓰진 않아. '나쁘다'는 뜻으로 쓰잖아. 그러나 그게 나쁜 건 아니지. 그냥 그런 거야. 어떤 사람은 그냥 그래. 아마 학교 친구들은 그걸 나쁘게 받아들일지도 몰라. 그저 이해할 수 없다는 이유만으로. 사람들은 자기들이 이해하지 못하는 건 비웃어. 그래야 안전하다는 느낌을 받거든. 그렇지만 그건 잘못된 감정이야. 그들은 결코 더 안전하지 않아. 그들은 단지 그렇다고 *느낄* 뿐이지. 세상은 너무 어리석은 나머지 차이조차 가늠할 수 없는 사람들로 가득 차 있어."

레이먼드는 쿠키 한 조각을 씹고는 억지로 삼켰다. 목이 조여들고 답답한 느낌이 들었다. 왜 이런 이야기를 시작했을까 후회가 밀려왔다.

"그들은 비웃지 않아요." 답답한 느낌을 덜고자 쿠키를 힘겹게 삼켰다. 그리고 씻어내리기 위해 캠브릭 차를 한 모금 마셨다. "왜냐면, 모르기 때문이에요. 제 말씀은, 개들은 제가 자기들처럼 여자애들한테 침을 흘리지 않는다는 걸 알아요. 그래서 그냥 절 호모라고 불러요. 제가 게이라고 생각하는 거죠."

"그렇지만 넌 아니잖아."

"예, 아니에요."

레이먼드는 앞서 대화를 시작할 때 모르는 남자애의 이야기인 것처럼 했던 걸 생각하며 또 다른 쿠키 한 조각을 집어 들었다. 그리고 어쨌든 그렇게 하는 건 도움도 안 되고 신뢰할 만한 대화가 되진 않을 거라고 결론을 내렸다.

"그런데 사람들한테 넌 게이가 아니라고 말하지는 않았지?"

"안 했어요."

"그렇다면 그것도 네가 어딜 가나 잘 맞지 않는다고 느끼는 이유가 되겠구나."

"예, 많은 이유 중 하나예요."

"그냥 개들한테 잘못 안 거라고 바로 말하지 그랬니? 개들이 옳지만 너에 관해 나쁜 말을 하지는 말아야 한다고 할 게 아니라. 왜 있는 그대로를 말하지 않는 거니?"

"왜냐하면 늘…… 그렇잖아요, 더 나빠지니까요. 진실이 더 나빠지게 하듯이요. 우리 학교에도 게이인 아이들이 있어요. 남자애도 있고 여자애도 있고요. 그 애들이 누구인지, 그 애들 대부분을 저는 알아요. 다들 알고 있기도 하고요. 만약 제가 게이라면 개들하고 어울려 다녔을 거예요. 그렇지만 저는 누구랑 어울려야 할까요? 저 같은 사람이 있는지도 모르겠어요."

"당연히 너랑 비슷한 사람들이 있지."

"어떻게 아세요?"

"레이먼드, 왜냐하면 난 92년을 살았거든. 내가 네게 말할 수 있는 한마디가 있다면 우리는 각자가 생각하는 것만큼 그다지 독특하지 않다는 거야. 우린 모두 사람이야. 물론 사람이란 존재는 어떤 점에서는 그 옆의 사람과 다를 거야. 어떤 이는 다른 사람들보다 자신은 다르다는 감정들을 더 많이 느끼기도 하고. 어떤 사람들은 너무 과도하게 느끼는 나머지 온갖 종류의 혼란을 야기하기도 해. 어떤 사람은 전혀 의식하지 못하기도 하고. 그렇지만 아주 많은 경험을 한 인간으로서 내가 네게 말할 수 있는 건 한 가지야. 만약 네가 무언가를 느낀다면 다른 곳에 사는 다른 사람 역시 그런 감정을 느낀다는 것. 우리만 그런 게 아니야. 그렇다고 내 말을 그대로 받아들이지는 말렴. 혼자 힘으로 세상을 알아가야 해. 잘 찾아보고 조사하고. 우린 어릴 때 도서관에 갔어. 무얼 찾는지 사서한테 말하기 위해 신경을 곤두세워야 했지. 너흰, 넌 쉽게 해낼 수가 있어. 컴퓨터가 있잖니. 안 그래? 책상에 앉아서도 세상이 모아둔 기록된 지식 전부를 가질 수 있는데 왜 여기 앉아서 늙은 노인하고 얘길 나누고 있는 거니?"

"음." 레이먼드는 또 다른 쿠키를 먹었다. "제 생각엔, 맞닥뜨려서 바라보는 걸 제가 두려워하는 것 같아요. 그러니까 제가 찾아낼지도 모르는 그 어떤 것이 두려워요."

"보는 걸 두려워하지 마, 레이먼드. 보는 게 언제나 더 나아. 두려운 게 무엇이든 그쪽을 향해 돌아서. 피하지 말고. 일단 네가 그렇게 하기만 하면 두려움은 너를 지배하는 힘을 모두 잃게 돼. 내 말을 믿어. 이건 내가 알지. 나 역시 항상 그렇게 하지는 않아. 그렇지만 사실, 정확히 알고는 있단다."

"예, 그렇게 해볼게요."

잠깐 그들은 침묵 속에 앉아 있었다. 어느 모로나 만족스러운 침묵이었다. 적어도 레이먼드 편에서 보면 그랬다.

"고양이 사료를 가져와줘서 정말 고맙다. 그런데 그럴 필요는 없어. 얼마나 많이 가져온 거니?"

"고양이가 좋아하는 작은 캔 한 상자인걸요. 그리고 건조 사료 10킬로그램하고요."

"앞으론 그러지 마라. 네가 무슨 돈이 있니? 난 그럭저럭 살 만하다고 했잖아."

"할머닌 충분히 하고 계세요. 고양일 여기에서 거두어주신 것만으로도요. 게다가 돈이 좀 들어왔어요."

6. Por Qué?(왜?)

—

문을 두드리려고 손을 들었다가 잠시 멈추었다. 레이먼드는 눈을 질끈 감고 이번에는 누군가가 집에 있기를 바랐다.

적어도 자신의 일부는 그러길 바랐다.

그다음 날 아침이었다. 일요일. 아침부터 시작해 레이먼드는 세 번째 방문한 집 앞에 섰다. 세 번째 루이스 벨레즈.

스스로도 인정하기 어려웠지만, 처음 두 번의 방문에서 응답하는 사람이 없자 분명 안도감이 차올랐다. 하지만 해결된 건 아무것도 없었다. 그 집들을 다시 방문해야 한다는 뜻일 뿐이었다. 명단에 있는 이름 옆에 해시태그를 표시했다. 세 번째와 네 번째 루이스 벨레즈였다. 머지않아 방문을 다시 한번 시도하겠다는 표시였다.

문을 두드렸다.

즉각적으로 문 뒤에서 요란하게 움직이는 소리가 들렸다. 무거운 발걸음 소리가 귀에까지 전해졌다. 듣고 있었는지도 미처 깨닫지 못했던 텔레비전 소리가 조용해졌다.

레이먼드는 문을 긁는 소리를 들었다. 아마 고리로 된 자물쇠 소리인 듯했다. 누군가가 자물쇠를 풀고 있다고 생각했다. 그런데 잠시 뒤에 문이 약간 열렸고, 나이 든 여자의 얼굴이 문틈으로 나타났다. 문에는 레이먼드로부터 그를 보호하기 위한 고리가 채워져 있었다.

"루이스 벨레즈 씨 댁인가요?" 레이먼드가 물었다. "제 말은, 집에 계시냐고요. 절 모르시겠지만 아주 빨리 한 가지 질문만 드릴게요."

"Qué?(뭐라고?)"

"루이스 벨레즈, está aquí?(여기 계신가요?)"

"Por qué?(왜?)" 여자가 물었다.

레이먼드가 모르는 단어 혹은 문장이었다. 그는 사전을 찾으려고 가방 속을 휘저었다. 그가 사전을 꺼내려 들자 여자는 면전에서 문을 닫아버렸다.

레이먼드는 다시 문을 두드렸다.

"귀찮게 해서 죄송합니다." 문을 사이에 두고 여자가 자신이 하는 말을 이해하고 있는지 알지도 못하면서 소리쳤다. "정말 그분께 질문 하나만 드리면 됩니다. 정말 간단한 질문이에요."

"Por qué quieres saber?(네가 그 사람을 어떻게 알아?)" 여자가 문

저쪽에서 물었다. "por qué"라는 말이 또 들어 있었다. 하지만 레이먼드는 아직 뜻을 찾지 못했다.

"Lo siento.(죄송합니다.)" 그가 문을 향해 소리쳤다. 예상한 상황보다 훨씬 더 당혹스러웠다. "무슨 말씀인지 모르겠어요." 이 말은 그가 혼자서 배운, 가장 쓸모 있는 스페인어였다.

문 반대편에서는 침묵. 레이먼드는 한 걸음 더 다가가 손가락 끝을 나무 문에 댔다. 이것이 이번 방문의 끝인지는 알 수 없었다. 만약 그렇다면 그는 돌아가야 한다. 안에 다른 누군가가 있다면 자신에게 다른 말을 하려고 준비하고 있을 것이다. 그는 사전을 펼쳐 재빨리 "루이스에게 묻고 싶은 것이 있습니다."의 스페인어 표현을 알아내야겠다고 마음먹었다. 처음부터 왜 그 말을 배워두지 않았는지 후회가 밀려들었다.

그가 스페인어 표현을 찾기도 전에 문이 다시 열렸다. 깜짝 놀라 두어 걸음 뒷걸음질 쳤다. 다시 한번 빼꼼 열린 문틈으로 들여다보았다. 고리가 여전히 같은 위치에 채워져 있었다.

이번에는 보이는 얼굴이 달랐다. 이십 대로 보이는 아주 젊은 여자였다. 놀라울 정도로 짙은 검은색 머리를 올리고 화장을 진하게 한 채였다. 턱을 움직일 때마다 딱딱거리며 껌을 씹는 소리가 들렸다.

"할머니는 네가 루이스에 대해 왜 묻는지 알고 싶어 하셔."

여자가 말했다.

"전 제가 아는 할머니를 도와주었던 루이스 벨레즈 씨를 찾고 있습니다. 그분이 갑자기 사라졌어요. 할머니는 그분한테 무슨 일이 생겼나 걱정하고 계세요. 그래서 그분이 맞는지 직접 묻고 싶어요."

"언제 사라졌는데?"

"한 3주 전에요."

"그럼 아니야."

문이 쾅 하고 닫혔다.

레이먼드는 다시 움직였다. 아까처럼 손을 문에 갖다 댄 채 앞으로 몸을 기울였다.

"계속 귀찮게 해서 죄송합니다." 문에 얼굴을 바싹 갖다 대고 소리쳤다. 마치 자신의 목소리가, 자신의 숨결이 문을 열 수 있을 것처럼. "괜찮으시다면 그분에게 직접 물어봐도 될까요? 정말 확실한지요. 제 명단에서 그분을 지울 수 있도록요."

물어볼 때 그의 얼굴을 볼 수 있도록.

문이 다시 열렸고, 이번에도 젊은 여자 얼굴이 고리 뒤로 나타났다.

"이 고린 너무 낡았어." 여자가 말했다.

"죄송합니다. 일요일 아침에 성가시게 해서 정말, 정말 죄송해요. 어떤 아침이든, 언제든 마찬가지겠지만요. 그치만 몇 초도 안 걸릴 겁니다. 그 할머니를 알고 있는지 묻고 싶을 뿐이에요."

"그는 네가 찾는, 사람이, 아니야."

"하지만 사실이 어떤지 모르시잖아요. 어쩌면 그 할머니를 돕고도 말씀 안 하실 수도 있잖아요. 어떤 분은 그런 일을 비밀로 간직하고 싶어 하기도 하거든요. 그게 더 뜻깊은 일이라고 생각하면서요."

"난 사실을 알아." 여자가 말했다. 그러고 문을 닫으려고 잡아당기려 했다. 레이먼드는 그걸 멈추게 하려고 거의 손을 내뻗을 뻔했다. 그건 잘못된 행동임이 분명했다. 선을 넘는 것이리라. 그건 그들의 삶에 억지로 끼어드는 것과 다를 바 없었다. 대신 그는 말로 문 닫는 걸 멈추게 하려고 시도했다.

"잠깐만요. 제발, 제가 직접 그분께 묻게 해주세요."

문이 움직임을 멈추었다.

"그는 그 사람이 아니라니까."

"어떻게 아세요?"

문이 쾅 닫혔다. 레이먼드는 반대편에서 자물쇠 긁는 소리를 들을 수 있었다. 그러나 문을 닫아거는 건지 여는 건지를 알 수는 없었다.

문이 열렸다. 활짝. 고리도 없이.

레이먼드는 안을 들여다보았고, 휠체어에 앉아 있는 노인을 보았다. 다리에 담요가 덮여 있었고, 담배를 피우고 있었다. 듬성듬성한 머리칼은 회색이었고 눈은 먼 곳을 바라보고 있었다. 문 앞에 누가 있는지 보는 것 같지도 않았다. 그는 이 모든 소란이 무엇 때문인지 일말의 호기심도 가진 것 같지 않았다. 레이먼드가 보기에 그는 레이먼드가 그곳에 서 있는 것조차 보지 못했다.

"이 사람이 루이스 벨레즈다." 레이먼드에 대한 인내력의 끄트머리에 있는 것이 분명한 젊은 여자가 말했다. "19년 동안 이

의자에 앉아 계셔. 이제 알겠어?"

"예, 알았어요. 죄송합니다." 레이먼드가 말했다.

여자가 문을 힘껏 닫았다.

"정말 죄송합니다." 배 속에서 무언가가 점점 무거워지는 걸 느끼며 소리쳤다. 마치 배 속에 금속과 같은 무언가가 자리를 잡은 듯, 토할 것 같은 느낌이었다. 제 무게로 점점 가라앉고 있는. "죄송합니다. 화나게 해서."

대답이 없었다.

상황을 어찌해볼 방법이 없는 듯했다. 레이먼드에게 다음 주소로 이동하는 것 말고는 선택지가 없었다.

명단에서 3번가의 루이스 벨레즈에 × 표시를 했다.

레이먼드는 브루클린에 있는 주소지 한 군데를 더 가보려고 했다. 마지막에 들른 곳에서 받은 씁쓸한 느낌을 털어버려야겠다고 생각했다. 그러나 고생 끝에 얻은 건 또 하나의 무응답이었다.

그는 5층 계단을 내려왔다. 물론 이번에 만난 루이스 벨레즈가 5층에 살기 때문이었다. 삶은 레이먼드를 편하게 해주려는 의도가 전혀 없음이 명확했다.

레이먼드는 로비로 내려오면서 처음에 루이스 벨레즈 두 명을 방문한 일에 대해 떠올렸다. 현관문이 열렸고, 누군가가 응대할 작정을 한 채 서 있었다. 그들은 레이먼드와 아무 상관이 없고 도울 수도 없다는 걸 명확히 안 다음에도 모종의 연결 고리를 만들어내려고 했다.

초보자의 행운, 바로 그것이었다.

오늘 아침에만 그는 네 집의 문을 두드렸다. 그 가운데 단지 한 집에만 루이스 벨레즈가 있었다.

레이먼드는 출입문을 통과해 거리로 발걸음을 옮겼다.

걸어가면서 건물의 지하층을 보니 사람이 적어도 한 가구 정도는 살 법했다. 콘크리트 계단을 조금 내려간 곳에 움푹 들어간 공간이 있었다. 그 공간은…… 여하튼 모든 것이 뒤죽박죽 널려 있는 바다였다. 매트리스와, 아이들이 쓰는 커다란 바퀴 달린 플라스틱 세발자전거. 또한, 쌓여 있는 리놀륨 타일, 낡은 거실 램프, 그리고 그 속을 뒤적거리고 있는 한 남자. 그는 그곳에서 무언가를 잃어버린 듯했다. 아니면 꼼꼼하게 뒤지다 보면 거기 있는 것들이 무언가 가치 있는 것으로 바뀌기라도 할 듯이. 남자가 고개를 들어 레이먼드를 보았다.

"이봐!" 그가 소리쳤다.

레이먼드는 멈춰 섰다. 가슴이 쿵쾅거렸다. 남자는…… 시비를 거는 듯한 말투였다. 화가 났나? *왜 오늘 아침에는 모두 화가 나 있지?* 의아했다. 세상 전부가 화를 내고 있었다. 숨 쉬는 공기조차 화가 나서 덜덜 떨고 있는 듯했다.

"저요?" 레이먼드가 물었다.

남자는 작았다. 다부졌고 깡말랐다. 젊은 편이었다. 머리카락을 짧게 쳐올렸다. 거의 민머리처럼 보였다. 아래턱에 사각 모양으로 수염을 촘촘히 기르고 있었다. 몸 여기저기에는 문신이 있었다.

"여기서 도대체 뭘 하는 거냐, 꼬마야? 난 여기 사는 사람들은 다 아는데 넌 처음 보는 얼굴이다."

레이먼드는 피가 차가워지고 있음을 느꼈다. 피가 순환하는 경로를 따라 그 차가움을 실제로 느낄 수 있었다. 그는 달아나고 싶었다. 그러나 먼저 물어는 봐야 한다고 생각했다. 물론 그것이 좋은 생각으로 여겨지진 않았다. 그러나 어쨌든 그래야 한다고 느꼈다.

"루이스 벨레즈 씨를 찾고 있어요." 레이먼드가 답했다.

"내가 루이스 벨레즌데." 남자가 양미간을 좁히면서 말했다. 그가 가까이 다가왔다. 길 쪽으로 난 계단으로 올라왔다.

레이먼드가 뒷걸음질 쳤다.

"전 그저…… 웨스트타운에 사는 눈먼 노부인을 도운 적이 있는 루이스 벨레즈를 찾아요. 그분이 괜찮은지 확인하려고요. 누구를 힘들게 하려는 뜻은 전혀 없어요."

*당신이 아님은 확실하다*고 레이먼드는 생각했다. 그렇지만 현명하게도 입 밖으로 말하지는 않았다.

남자는 위협적인 기운을 내뿜으며 곧 더 가까이 다가왔다. 그의 목표는 레이먼드에게 겁을 주려는 것 같았다. 제대로 먹히고 있었다. 레이먼드는 완전히 패닉 상태에 빠졌다. 두려움이 가슴에서부터 불꽃처럼 폭발하고 있었다. 전기 충격 같은. 움직이면 위험하다는 생각 때문에 달아나지도 못했다.

"네 눈엔 내가 멀리까지 가서 늙은 할망구를 도울 사람으로 보이니?" 루이스가 조용하고도 느릿한 목소리로 물었다.

레이먼드는 조용한 목소리가 얼마나 두려울 수 있는지 잘 알지 못했다. 그러나 지금 루이스의 목소리가 그랬다. 그의 모든 점이 두려웠다. 아래에 있는 모든 걸 덮을 듯이 땅으로 내려앉는 구름처럼 두려움이 레이먼드를 에워쌌다.

레이먼드는 어떤 말도 하지 않았다. 그 질문에 안전한 대답은 없었다. 그는 그저 그곳에 조각상처럼 얼어붙어 있었다. 존재한다고 믿지도 않는 하느님을 머릿속으로 불렀다. 마지막 협상이라도 하고 싶었다. 그리고 순간 이동 같은 게 현실에서 실현되기를 간절히 바랐다. 그걸 할 수 있다고 생각하지는 않았다. 그러나 여기에서 벗어나기를 간절히 원했고 간절히 필요로 했다. 그런 일이 일어나기를 상상하지 않을 수가 없는 상황이었다.

그런데 루이스는 얼굴 가득 즐거운 무언가를 떠올리는 표정이었다.

루이스는 한층 더 레이먼드에게 바싹 다가섰다. 서로 코가 맞닿을 정도의 거리였다. 레이먼드는 남자가 숨을 쉴 때마다 양파 냄새를 맡을 수 있었다. 의식은 패닉 상태로, 이제 몸 밖으로 거의 빠져나올 지경이 되었다. 쇼크가 오는 느낌이 이런 것 아닐까 하고 모호하고 흐릿하게 생각됐다.

"야!" 루이스 벨레즈가 버럭 소리쳤다.

레이먼드는 화들짝 뒤로 물러섰다. 비틀거렸고, 더러운 시멘트 바닥으로 벌러덩 넘어졌다. 머리가 모퉁이에 부딪혔다.

루이스가 웃었다.

레이먼드는 비틀거리며 일어서서 뛰기 시작했다.

밀리와 레이먼드는 지하철의 딱딱한 플라스틱 좌석에 함께 앉아 있었다. 레이먼드는 아직도 두려움이 가시지 않아 바싹 붙어 앉았다. 오전에 겪은 일로 여전히 떨리는 느낌이 들었다. 아직 달리고 있는 것처럼 느껴지기도 했다. 싸울 것인가 달아날 것인가는 선택의 문제가 아니었다. 오로지 달아나는 것만 가능했다.

흔들리는 열차의 움직임을 또렷하게 느끼며 그는 잠시 눈을 감았다. 감은 눈꺼풀 속에서 불빛이 켜졌다 꺼졌다 하는 걸 볼 수 있었다. 다시 눈을 떴다.

열차에는 그들을 제외하면 사람이 거의 없었다. 레이먼드와 밀리에게는 관심조차 없이 각자 일정한 거리를 유지한 채 앉아 있었다.

"정말 고마운 일이다." 밀리가 말했다. "이런 일을 하겠다니, 얼마나 고마운지 모르겠구나."

"남이 해주는 음식을 마지막으로 드신 건 언제예요?"

"집에서는 그리 오래되지 않았어. 루이스가 가끔 음식을 사 왔거든. 날 대접한다고. 그렇지만 레스토랑에서는…… 정말 기억조차 할 수가 없네. 레이먼드, 그만큼 오래전 일이야. 남편이 죽고 난 다음에는 한 번도 없었어. 그가 살아 있을 때는 결혼기념일마다 외식을 했다. 케이크나 특별한 디저트도 주문하곤 했지. 그러면 웨이터나 웨이트리스가 그걸 우리 자리로 가져다주고는 축하한다며 노래를 불러주기도 했어. 하지만 이제 그이가 죽은 지도 벌써 17년이 흘렀네. 그러니 내가 들려주는 이야긴 정말 오래전 일이지."

"죄송해요." 레이먼드가 말했다.

"그럴 것 없어. 넌 그때 태어나지도 않았고, 그러니 네 잘못일 리가 없잖아. 다른 얘길 해볼까? 말해보렴. 오늘 아침은 어땠어?"

"끔찍했어요."

"들려주고 싶은 얘기는 없니?"

"장난 아니었어요. 제대로 된 게 정말 하나도 없었어요. 벽돌로 된 벽 앞에 서 있는 느낌이었어요. 있는 힘껏 밀어붙이다가 오히려 제가 망가져버렸어요."

자신의 비유를 들으면서 그는 뒤통수로 손을 가져갔다. 뒤로 넘어져 모퉁이에 부딪힌 곳을 살살 만져보았다. 혹이 나 있었다. 말랑말랑했다.

"그렇게 밀어붙이는 건 그다지 권하고 싶지 않구나." 밀리가 말했다.

"때론 어떻게 피해야 할지 모를 때도 있더라구요."

밀리가 분침과 시침을 손으로 만지도록 만들어진, 수정으로 된 시계를 들어올렸다. 도드라진 푸른 점들로 시간이 표시되어 있었다. 레이먼드는 그가 시간을 확인하는 모습을 바라보았다.

"정오구나. 브런치를 먹을 수는 없을 것 같다. 우리가 도착할 즈음엔 점심을 팔겠는데."

"일요일에는 온종일 브런치를 해요."

"전에 가본 적이 있나 보네."

"예. 아빠가 사는 곳하고 가까워요."

"네가 계산할 필요는 없다. 알지?" 밀리가 말했다. "내가 낼 수 있어."

"아뇨. 말씀드렸잖아요. 제가 낼게요. 돈이 조금 생겼다고 말씀드렸잖아요."

"좋아. 정말 아주 비싼 건 시키지 않겠다고 약속하지."

"브런치는 값이 다 같아요. 그렇지만 여러 가지를 고를 수 있어요. 얼마나 하는지 이미 알고 있고요. 그 정도는 괜찮아요."

"그래, 잘됐네. 고맙다."

한동안 둘은 조용히 열차를 타고 갔다. 밀리는 마치 광고라도 읽듯이 주변을 둘러보았다. 그러나 물론 그럴 수는 없는 일이었다. 레이먼드는 그가 무얼 하고 있는지 알 수가 없었다. 아마도 무언가를 듣고 있는 것이리라. 아니면 불빛의 변화를 보고 있는지도 몰랐다.

"아빠는 뭘 하시니? 맨해튼 중심부에 살 만큼 여유가 있으신가 보네."

"치과 의사예요."

"그렇구나." 그가 말했다. "그럼 설명이 되지."

레이먼드는 밀리가 레스토랑 의자에 편하게 앉을 수 있도록 도왔고, 웨이터가 조심스럽게 의자를 밀어주었다. 웨이터는 각자에게 메뉴판을 건네주고 서둘러 가버렸다.

밀리는 메뉴판을 접시 옆에 내려놓고 정말 기쁘다는 듯 여러 번 손뼉을 쳤다. 재빨리. 마치 흥분을 가만히 누르고 있지 못하겠다는 듯이. 환한 웃음을 짓고 있었다.

"아, 정말 멋지구나!" 건너편 자리에 앉은 커플이 바라보고 웃을 정도로 그가 크게 말했다. "바보처럼 보이겠다. 어쩌면 한심하게 보이기도 하겠고. 레스토랑에서 식사하는 걸 이렇게 좋아하다니."

"좋아하실 줄 알았어요. 그래서 모시고 온 거고요."

그건 반쪽만 진실이었다. 밀리를 이곳으로 데려온 이유의 절반일 뿐이었다. 나머지 절반은 루이스 프로젝트를 포기한다는 것에 대한 미안함을 조금이나마 덜려는 생각이었다. 루이스를 찾고 있었다는 것조차 모르고 있겠지만 레이먼드는 밀리에게 보상을 해주고 싶었다. 그날 아침에 겪은 일 때문에 이제 한 집도 더 찾아가고 싶지 않았다.

밀리가 풀 먹인 하얀 식탁보를 손으로 쓸어내리는 모습을 지켜보았다. 마치 감각으로 천의 질감을 느껴보려는 듯이. 식탁 위 가운데에는 작은 보랏빛 꽃이 꽂힌 꽃병이 놓여 있었다. 밀리가 그 꽃병과 꽃을 볼 수 있으면 좋겠다고 레이먼드는 생각했다. 어쩌면 향기는 맡을 수 있지 않을까 생각했다.

"뭘 드실지 고를 수 있게 읽어드릴게요." 레이먼드가 말했다.

"오믈렛을 먹고 싶어. 내가 뭘 먹고 싶은지 진즉 알았지. 어떤 오믈렛이 있는지만 말해주렴."

"취향대로 마음껏 주문할 수 있어요. 속을 채우는 건 세 가지를 선택할 수 있고요. 위에 올릴 토핑도 선택할 수 있어요. 읽어 드릴게요."

"내가 가장 좋아하는 건 알고 있지." 여전히 흥분한 채 떨리는 목소리로 밀리가 말했다. "내가 원하는 걸 알려줄게. 그게 메뉴에 있나 말해줘."

"그래요."

"시금치? 치즈? 토마토?"

"예, 다 있어요. 치즈는 무슨 치즈가 좋으시겠어요?"

"아무거나 괜찮아. 난 치즈라면 다 좋아하거든. 그리고 사워크림을 올려주면 좋겠다."

"있어요."

"잘됐네. 그걸 시킬게."

"또 베이컨이나 감자튀김 중에서 하나를 고를 수 있어요."

"감자튀김."

"토스트는 어떤 걸 좋아하세요?"

"어휴, 세상에!" 밀리는 벌써 잔뜩 먹은 것처럼 말했다.

"너무 많이 시키는 것 아니니? 그렇게 많이는 못 먹어!"

"괜찮아요. 원하시는 만큼 드시고 남으면 포장해달라고 하면 돼요. 나중에 집에서 드실 수 있게요."

"예, 그러시면 됩니다." 새 목소리가 말했다. "포장 용기도 준비돼 있어요. 샴페인을 주문하셔도 됩니다. 브런치에 포함되어 있어요." 되돌아온 웨이터였다.

"샴페인!" 밀리가 탄성을 질렀다. 웨이터가 마치 그의 머리에 다이아몬드 왕관을 씌워주겠다고 말한 것처럼.

"죄송한데……" 웨이터가 레이먼드를 똑바로 보며 말했다. "손님은 안 됩니다. 이유는 말씀드리지 않아도 아시죠? 하지만 부인은 샴페인을 드실 수 있습니다. 오늘은 제가 기분이 아주 좋은 날이니 부인의 신분증을 요구하지 않겠습니다. 술을 드실 수 있는 충분한 연세라고 믿어드리지요."

"어머나, 샴페인이라니! 어쩌면 좋아. 레이먼드, 안됐다. 이분이 날 집에 데려다줄 수도 없을 테고. 혼자서 내 발로 갈 수 있어야 하는데, 금방 취해버리겠는걸."

"좋으실 대로요." 웨이터가 말했다.

"음식을 드신 다음에 마시면 돼요." 레이먼드가 덧붙였다.

"그럼, 반 잔만 주세요."

"알겠습니다." 웨이터가 말했다. "커피나 홍차 중에서는요?"

"홍차로 주세요." 밀리가 말했다.

"저도 홍차요." 레이먼드가 말했다.

웨이터가 다시 사라졌다.

"이제 말해보렴, 레이먼드." 밀리가 말했다. "갑자기 어떻게 부자가 된 거니?"

"부자 아니에요. 전혀요. 뜻밖에 생기는 돈은 이게 마지막이 아닐까 싶어요. 그래도 이렇게 쓰고 싶었어요."

밀리가 포크와 나이프로 오믈렛의 크기를 재고 있는 모습을 보았다. 그는 오믈렛이 얼마나 긴지 알려고 그 가장자리를 가늠

해보고 있었다. 높이는 또 얼마나 높은지.

"집으로 포장해 간다는 건 좋은 생각인 것 같아." 그가 말했다. "온종일 먹는다 해도 이 많은 음식을 다 먹을 순 없겠다."

"천천히 드세요. 바쁠 것도 없잖아요." 레이먼드가 말했다.

브런치를 즐기며 오래 앉아 있을수록 하루를 마무리하기가 그만큼 더 쉬워질 것이다. 명단에서 더는 이름을 지우지 않고 집에 가기가. 결코 다시는 찾지 않을 것이다.

"개인적인 질문을 해도 되겠니?" 포크로 오믈렛을 조각내며 밀리가 물었다. "물론 원하지 않으면 대답하지 않아도 된단다. 어제 우리가 얘기 나눈 걸 컴퓨터로 조사해봤니?"

그러고서 밀리는 오믈렛을 크게 한 입 떠먹고는 천천히 씹었다. 꿈을 꾸는 듯 맛을 음미하며.

"찾아봤어요. 어제 잠자리에 들기 전에요."

"찾고 나서 좀 행복해졌니?"

"예, 사실 그랬어요. 할머니가 옳았어요. 많은 사람이 있다는 것요."

"다행이다."

둘은 한동안 조용히 먹기만 했다. 레이먼드는 밀리가 전형적인 어른들이 하는 말을 하기를 기다렸다. 자신들이 옳다는 걸 다시는 의심하지 않도록, 자신들이 옳다는 사실을 확증해주기를 요구하는 어른들처럼. 밀리는 그런 말은 결코 덧붙이지 않았다. 사실 그 주제에 대해 더는 어떤 말도 꺼내지 않았다.

"실제 성향이에요." 자발적으로 자신에 대한 정보를 말하는 자신에게 레이먼드는 깜짝 놀라면서 말했다.

"성향?"

"맞아요. 게이는 하나의 성향이에요. 게이가 아닌 사람도 있고요. 양성애자도 있어요. 무성애자도 있고요."

'성애자'란 말을 밀리 앞에서 쓰려니 불편했다. 그저 단어 뒤에 붙는 일반적인 말에 불과한데도. 듣고 있는 밀리는 전혀 개의치 않는 듯했다.

"우린 우리가 생각하는 것처럼 그렇게 아주 다르지는 않단다." 오믈렛을 입에 가득 채운 채 밀리가 말했다. 그러고 급히 삼켰다. 샴페인을 한 모금 마셨고.

"미안해. 음식을 입에 잔뜩 넣은 채 말하는 결례를 범했네. 그런데 너무 맛있어서 먹는 걸 멈출 수가 없다."

"괜찮아요." 레이먼드가 말했다.

몇 분 동안 두 사람은 음식에만 집중하기로 약속이나 한 듯이 보였다.

"저도 개인적인 질문 하나 해도 되나요?" 레이먼드가 한참 뒤에 물었다.

"그래. 해보렴."

"처음 절 만났을 때…… 절 보지 못하셨잖아요. 제가 흑인이라는 걸 모르셨고요. 만약 아셨더라면?"

"만약 알았더라면? 무언가가 달라졌을 거냐고 내게 묻는 거 맞니?"

"제 생각에는요."

"조금도 달라질 건 없었다."

"확실해요?"

"내 인생에서 이렇게 확실한 적은 결코 없었어."

"전 항상 사람들이 피부색에 대해 약간의 감정을 가지고 있다고 생각해요. 자신들이 알든 모르든. 제 새아빠처럼요. 그는 정말 나쁘게 말을 하거나 행동하지는 않아요. 그래서 왜 제가 그렇게 생각하는지 모를 정도예요. 그는 그저 저랑 있을 때 조금 불편한 듯이 보여요. 몇 년이 지났는데도요. 아마도 복합적이겠죠. 그렇지만…… 그게 사람들 사이에 녹아들어 있는 것 같아요. 사람들은 그렇다는 사실조차 인식하지 못하겠지만요."

"그건 맞는 말이야." 밀리가 말했다. "그들의 인생이 항상 그래왔으니 당연해. 그들은 백인이고, 그 때문에 저절로 뒤따르는 많은 특권들을 누리고 있어. 그렇지만 그게 특권이란 걸 자신들은 모르지. 왜냐하면 특권을 누리지 않은 날이 그들 삶에는 없었거든. 그들한테 상대의 인종에 따라 다르게 처신하는지 물어봐. 그럼 아니라고 대답해. 많은 경우 그 사람들은 자기가 진실을 말하고 있다고 생각해. 그건 마치 물고기한테 물에 관해 묻는 것하고 같은 거야. 물고기는 물에 둘러싸여 있어. 매 순간 그 속에서 헤엄치지. 하지만 물고기는 이렇게 말할걸. '물이라뇨? 당신이 말하는 물이란 뭔가요?' 아주 종종 그게 진실이야."

레이먼드는 포크로 남은 오믈렛을 떴다. 더는 먹을 수 없을 것 같았다.

“모든 사람이 그렇다고 생각해요. 그런데 할머니는, 할머니만큼은 그렇지 않다고 말씀하세요.”

“그래, 그렇지 않기를 바라지. 나도 다른 사람들하고 똑같았어. 그런데 세상이 날 변화시켰다.”

“다른 사람들하고 다르지 않으셨다고요?”

“아주, 아주 많은 사람들과 똑같았지.”

“차이가 뭔가요? 어떻게 몇몇 사람들은 그걸 넘어서나요?”

“누구든 그걸 넘어설 수 있다고 생각하진 않아. 완벽하게 통과하는 사람은 없어. 그래도 난, 우리 중 몇몇은 우리를 각성시키는 경험을 한다고 생각해. 남들과 같은 판단을 궁극적으로 하게 되었을 때의 공포나 그 잘못된 결말에 서 있는 자신을 발견했을 때, 그리고 얼마나 강력한 증오가 자랄 수 있게 되는지를 느꼈을 때 말이야. 그건 너란 존재의 핵심을 뒤흔들 수 있어. 이건 너를 각성시키는 경험들에 관한 이야기야, 레이먼드. 너는 다시 잠들려고 노력하지만 말처럼 쉽지 않아. 행동하기보단 말하는 게 더 쉽겠지. 일단 깨어나면 계속 깨어 있는 거야. 계속 알람이 너를 깨우지는 않도록 빌어줄게, 내 친구야.”

레이먼드는 어떤 경험이 그를 각성케 했는지 그가 말해주지 않을까 생각하면서 기다렸다.

그는 결코 말해주지 않았다.

전철을 타고 함께 집으로 돌아가면서 레이먼드는 밀리의 얼굴을 보았다. 말없이 그저 유심히 보았다. 곧 부서질 것 같은 연약함. 주름진, 광대뼈가 거의 비칠 듯한 투명한 피부. 땋은 머리에서 흘러내리는 아지랑이처럼 어른거리는 하얗게 센 머릿결. 우윳빛 각막으로 덮인 눈동자.

실망스럽게도 그는 깨달았다. 자신이 루이스 프로젝트를 포기하지 않으리라는 것을. 포기할 수 없으리라는 것을. 밀리를 실망시키는 일을 한다면 자신을 용납할 수 없을 것 같았기 때문이다. 그리고 이제 루이스 벨레즈에게도 무슨 일이 일어났는지 알아야만 했다. 그건 자신에게도 해결해야만 하는 미스터리가 되었다. 자신과 밀리를 위해 감수하고 감당해야 할 도전이었다.

그래서 그는 다시 낯선 집의 문을 두드리게 되리라는 걸 알았다. 지금 바로. 밀리를 집에 데려다준 뒤, 마음 편하게 오후의 낮잠을 잘 수 있게 한 다음 바로.

밀리를 너무 오래 기다리게 하면 다잡은 마음을 놓쳐버릴지도 몰라 위험했다.

레이먼드는 주머니에서 돈을 꺼내 얼마인지 세어보았다. 100달러 가운데 12달러 75센트가 남았다. 아마 필요로 하는 스페인어 회화 책을 사기에는 충분할 것이다. 회화 책을 사려는 건 오늘 오후에 더 많은 집을 찾아갈 작정이기 때문이다. 루이스 벨레즈란 이름을 가진 더 많은 사람을 찾아 나설 것이고, 다음 날도 마찬가지로 그렇게 할 것이며, 모레도 그렇게 할 것이기 때문이다. 약속한 대로 사전을 학교 도서관에 반납한 뒤에도 계속 찾을 것이기 때문이다.

7. 세인트 주드, 희망 없는 대의의 수호성인

—

레이먼드는 또 다른 낯선 복도에 서 있었다. 또다시 낯선 문을 두드릴 준비를 하면서. 모르는 사람에게 말을 걸고, 찾고 싶은 사람이 아님을 금방 알게 될 것이다. 심장이 평소보다 격렬하게 두근거렸고, 그 때문에 피곤해졌다. 사실 요즘 그는 피곤했다. 낯선 사람들과 어색한 상호작용을 해야 할 확률이 높은 세상 속으로 뛰어드는 것 때문에 심각하게 지쳐 있음을 느꼈다.

그곳, 또 다른 루이스 벨레즈네 문 앞에서 그는 이상할 정도로 긴 시간 동안 서 있었다. 얼마나 지났는지 알 수도 없었다. 그러나 한참 동안 그는 문을 두드리려고 손을 들었다가 내렸고, 다시 들어올렸다. 그러고 다시 내리고 말았다.

눈을 감고 말했다. '괜찮아. 이번엔 기도라고 하진 말자.' 레이먼드는 신이 존재한다고 전혀 생각하지 않았다. 설혹 존재한다고 해도 지금까지 한마디 말도 없다가 이제 와서 무엇을 해달라고 신을 찾는다면 몹시 무례한 짓일 거라 여겼다. 그는 오늘 이른 아침 이미 한 번 그렇게 했다가, 그건 전적으로 이기적이고 잘못된 행동임을 느꼈다. 아니, 그가 한 건 특별히 누구에게랄 것도 없이 속삭이는 간청에 가까웠다. 혹시라도 자신의 말을 듣고 있을 누군가가 있는 우주를 향한. 아마도 자신을 덜 망가뜨리고 싶어 하는 누군가를 향한.

'이번에는 조금이나마 더 쉽게 해주세요.'

이런 말을 하면서 문 안쪽에서 새어나오는 목소리들과 웃음소리를 들었다. 여러 목소리, 마치 서로 함께 있음을 즐거워하는 듯한 왁자지껄한 소리. 행복한 가족의 소리. 그러나 그 목소리들이 갑자기 나타난 것이 아님을 레이먼드는 알았다. 목소리들은 줄곧 그곳에 있었다. 그저 의식하지 못하고 있었을 뿐이었다. 목소리들은 그의 두려움에도 아랑곳하지 않고 자신들의 시간을 누리고 있었다.

그는 문을 두드렸고, 심장이 더욱 격렬하게 뛰는 걸 느끼며 기다렸다.

여자가 응답했다. 삼십 대 후반의 라틴계 여자였다. 다정한 얼굴을 한 크고 뚱뚱한 여자였다. 레이먼드가 누구인지, 왜 왔는지도 모르면서도 그를 향해 웃고 있었다.

"누구시죠? 뭘 도와드릴까?"

말투에 넉넉함이 배어 있었다. 레이먼드가 그의 문 안으로 무엇을 가져오든지 간에 그것을 신뢰하고, 그것이 좋은 것임을 입증해 보일 거라는 잠정적인 기대감이 담겨 있었다.

"루이스 벨레즈 씨를 찾고 있습니다."

여자의 미소가 더 커졌고 눈도 반짝였다. 여자의 하루를 최고로 만들기 위해 필요한 단 한 가지가, 누군가가 그 이름을 부르는 일인 듯했다.

"그래요," 여자가 말했다. "들어와요. 우린 저녁 먹고 있어요."

"아, 아닙니다. 그 와중에 귀찮게 하려는 게 아니라……."

말을 하다가 멈추었다. 자신이 무엇을 방해하게 될지 확신할 수 없었기 때문이다. 레이먼드가 아는 한 시간은 밀리와 브런치를 먹은 직후이니 오후 3시 30분이었다. 점심도 저녁도 먹을 시간이 아니었다. '저녁'이라고 여자는 말했다. 그러나 그 말이 저녁이 아닌 다른 무언가를 뜻하는 건지, 아니면 왜 그리 일찍 저녁을 먹는 건지 알 수 없었다.

"일요일에는 한낮에 저녁을 먹는답니다." 여자가 그의 혼란을 알아차렸다는 듯이 말했다. "온 가족이 함께 보내는 하루니까요."

"그럼 성가시게 해드리면 안 되는데……." 레이먼드가 말했다.

"아뇨, 괜찮아요. 들어와요. 뭘 먹긴 했어요?"

레이먼드는 본능적으로 거의 방어를 하듯 한 손을 배로 가져갔다. 사실 고통스러울 만큼 배가 부른 상태였다.

"아, 예. 고맙습니다. 저도 일요일 브런치를 이제 막 잔뜩 먹었습니다."

"그래요. 어쨌든 들어와요. 학생이 여기 왔다고 루이스한테 말할게요."

레이먼드는 여자를 따라 복도를 지나 벽이 어두운 패널로 장식된 부엌으로 들어갔다. 부엌에는 족히 열두 사람은 앉을 만한 긴 식탁이 있었다. 빙 둘러앉은 사람 가운데 레이먼드는 나이가 많은 부부를 보았다. 조부모들이라 추측했다. 다섯 명의 아이들. 여자아이는 거의 레이먼드 또래였다. 아마 15살쯤 되어 보였다. 세 소년은 나이대가 다양했는데, 5살부터 10살 혹은 11살로 보였다. 그리고 보조 의자에 아직 어린 여자애가 있었다. 식탁 중앙에 있는 뚱뚱하고 튼튼해 보이는 남자가 루이스 벨레즈 씨일 거라고 레이먼드는 추측했다.

모든 눈이 레이먼드에게 쏠렸다.

"여보, 누가 찾아왔어." 여자가 말했다.

잠시 동안 어떤 일도 일어나지 않았다. 모두 빤히 쳐다보기만 했다.

이어서 루이스가 말했다. "글쎄…… 이 친구가 누군지 모르겠는데."

"아," 여자가 말했다. "미안. 둘이 서로 알고 있을 거라 짐작했는데."

'*그럼 그렇지.*' 하고 레이먼드는 생각했다. 여자는 자신이 루이스의 친구일 거라고 짐작한 것이었다. 루이스가 보면 금방 알 만한 사람이라고. 그것이 여자가 자신을 집 안으로 초대한 까닭이었다. 그래서 그렇게 친절한 것이었다. 이제 그 잘못된 짐작은 사라졌다.

“죄송합니다.” 레이먼드가 말했다. “이렇게 하려고 한 건 아니었어요. ……그런 뜻이 아니라…… 그러니까…… 일부러 꾸며내서 집으로 들어오려고 한 게 아니에요. 그저 여기 계신지 물었을 뿐입니다. 뵙고 질문을 드리려고 했어요. 절 모르신다는 걸 바로 말씀드렸어야 했는데. 말씀드리지 않아도 아실 거라 생각했어요. 만약 당장 나가라고 하시면 그렇게 하겠습니다. 함부로 방해하려던 게 아닙니다. 그러시길 원한다면 나가겠습니다.”

레이먼드는 말을 멈추었다. 드디어. 그는 어색하게 서서 작은 방을 채운 자신의 말이 울리는 소리를 듣고 있었다. 모두가 기다리고 있었다. 아기를 빼고는 누구도 음식을 더 씹지 않았다.

“심호흡을 해봐.” 루이스 벨레즈가 달래는 듯한 투로 말했다. “우릴 두려워할 것까진 없어. 널 잡아먹지 않을 테니까. 여기 와서 묻고 싶은 게 뭔지 얘기해봐.”

레이먼드는 너무 오랫동안 참고 있었음이 분명한 숨을 그제야 내쉬었다.

‘제발 이 사람이었으면.’ 그는 조용히 숨을 쉬었다.

그저 작은 속삭임이었다. 그런데 그가 의도했던 것보다 더 큰 소리가 나왔다. 그저 머릿속 비밀스러운 생각으로 남겨두어야 했다. 그는 자신의 말이 다른 사람의 귀에 들리지 않았기를 바랐다. 만약 누군가가 들었다면 부끄러울 것이다.

“알겠습니다.” 레이먼드가 입을 열었다. “질문은 이거예요. 혹시 밀리 구터만 부인을 아시는지요? 92살인 앞 못 보는 할머니신데, 웨스트타운에 살고 계세요. 그분이 은행 일을 보고 식료품을 살 수 있도록 도와주러 오시곤 했던 분이신지요?"

루이스 벨레즈가 말을 하려고 입을 열었다. 그러나 레이먼드는 이미 답을 알고 있었다. 남자의 눈빛에서 읽어낼 수 있었다.

"미안한데, 난 그분을 몰라." 남자가 답했다.

레이먼드는 자신이 추락하는 것처럼 느껴졌다. 아마도 아주 높은 건물에서 떨어지거나 아주 깊은 우물로 빠지는 것처럼. 아주 잠깐 그는 이 친근하고 안전한 환경에서 자신이 루이스 벨레즈를 찾았다고 믿고 싶었다. 더는 멀리 갈 필요가 없기를 바랐다. 그는 애초에 추락을 위해 자신을 얼마나 많이 던져야 할지 아무런 생각이 없었다. 그는 이 프로젝트를 얼마나 간절하게 끝내고 싶어 하는지 스스로 안다고 생각했다. 그러나 그 우물에는 상상했던 것보다 더한 두려움이 있었다.

"알겠습니다. 어쨌든 고맙습니다." 레이먼드가 말했다. "식사 즐겁게 하시도록 전 이만 가보겠습니다."

그가 부엌에서 나가려고 돌아섰다.

"기다려봐." 루이스 벨레즈가 말했다. "잠깐만이라도 우리랑 같이 있다 가게. 정말 피곤해 보여."

"식사하시는 걸 방해하고 싶지 않습니다."

"우린 거의 다 먹었어. 이제 케이크가 나올 게다. 같이 디저트를 먹자."

레이먼드는 당황한 나머지 잠시 가만히 서 있었다. 그는 왜 자신에게 이다지 친절하게 대하는지, 왜 이 루이스 벨레즈는 매주 함께 즐기는 가족 식사에 자신을 끼워 넣고 싶어 하는지 그 까닭을 알 길이 없었다. 그러나 *너무 지쳤다*. 그래서 앉았다.

케이크는 다크 초콜릿 맛이었고, 초콜릿 가루가 듬뿍 뿌려져 있었다. 배에 무언가를 더 넣는다는 걸 상상하기 어려웠다. 그러나 레이먼드의 입은 그걸 원했다. 그의 영혼이 원했다. 그는 거의 정신을 잃을 정도로 단것이 먹고 싶었다. 어떤 것도 느끼지 못할 때까지. 그는 사라지고 싶었다.

그는 포크를 들어 크게 한 입 베어 물었다. 천장을 훑어보기라도 하듯 눈이 뒤로 돌아갔다. 정말 맛있었다. 그는 식탁 중앙에 앉은 크고 퉁퉁한 루이스 벨레즈가 자신을 보고 웃고 있는 걸 보았다.

"내 마누라가 케이크 하나는 죽여주게 만들어. 안 그래?" 그가 말했다.

"루이스!" 아내가 말했다. "말조심!"

"미안, 저 사람은 맛없는 케이크를 만들어. 그게 내가 하려는 말이야."

"정말, 정말 맛있어요." 레이먼드가 말했다. "정말 고마워요. 전 왜 저를 식탁에 앉으라 하시고 또 케이크를 먹게 해주시는지 모르겠어요." 그는 직접 대놓고 묻고 싶었다. *"왜죠?"* 불손하게 들리지 않으면서 직접 물어볼 수 있는 방법이 생각나지 않았다. "그렇지만 정말 감사해요. 이유는 모르지만요." 그는 다시 질문을 콕 집어 말하며 덧붙였다.

루이스가 그의 아내 소피아를 보았다. 소피아도 남편을 보았다. 다른 모든 사람은 디저트에 푹 빠져 있었다.

루이스가 케이크를 자르면서 레이먼드에게 모두를 소개해주었다. 그러나 그의 아내가 소피아며, 또래 여자아이가 루이자, 그리고 여자 아기가 카리나라는 것만 기억할 수 있었다. 나머지 사람들은 기억나지 않았다. 남자아이들 가운데 루이스 주니어가 있었지만 어떤 아이인지 기억할 수가 없었다.

레이먼드는 대놓고 묻기 어려운 질문에 그들이 대답해주기를 기다렸다.

"그냥 자네가 뭐랄까……." 루이스가 말문을 열었다.

"정신이 나간 것처럼 보였어." 소피아가 덧붙였다.

서로 힘을 모아 문장을 끝낸 듯했다.

"낙담한 것처럼이라고 말할 생각이었는데. 자넨 아주 슬퍼 보여. 그런 상태로 세상 밖으로 내보낼 수가 없었지."

레이먼드는 케이크를 다시 크게 한 입 먹었다. 자기 자신을 멈출 수 없었기 때문에. 정말 맛있었다. 그러나 이제 씹고 삼킬 때까지는 대꾸할 수가 없었다. 가능한 한 빨리 씹어 삼켰다.

"제 생각엔 그냥……." 레이먼드가 말을 시작했다. "오늘 정말 끔찍한 아침을 보냈어요. 전 브루클린에 루이스 벨레즈 씨를 찾으러 갔어요. 그리고 그 사람은…… 무서웠어요. 아마 그 사람은 그냥 저를 놀리려고 했는지도 몰라요. 그 사람이 절 해칠 것 같았어요. 정말 무서웠어요. 그리고 그 전에 다른 집에 갔을 때는 집 안에 있는 분이 그 루이스 벨레즈일지도 모른다고 여러 번 말해야 했어요. 그 집 사람들은 제가 직접 물어보게 해주지도 않았어요. 그저 전 당사자한테 직접 묻고 싶었을 뿐이었는데. 그런데 결국 그가 19년 동안 휠체어에서 지내는 노인임을 알게 되었고, 그분은 어떤 일이 일어나고 있는지도 모르는 듯했어요."

"그건 네 잘못이 아니잖아." 소피아가 말했다. "넌 알지도 못했고."

"그렇지만 그 때문에 기분이 안 좋았어요."

그는 다시 한 번 케이크를 크게 한 입 베어 먹었다.

"넌 이곳이 마지막이길 원했던 거구나." 루이스가 말했다.

레이먼드는 케이크를 입에 가득 담은 채 고개를 끄덕였다. 그는 자신이 조금 깊은 곳에 떨어지는 것을 느꼈다. 그랬다. 그는 여기가 마지막 집이 되기를 간절히 원했다.

"넌 어떻게 밀리라는 사람을 알게 된 거니?"

"저랑 같은 아파트에 살아요." 입에 가득 찬 걸 그럭저럭 삼킨 다음 레이먼드가 말했다.

"그분한텐 아무도 없어요. 남편분은 오래전에 돌아가셨어요. 자녀도 없고요. 그분은 복도에서 오가는 사람들한테 루이스 벨레즈를 아느냐고, 혹은 본 적이 있느냐고 물으면서 서 있었어요. 찾을 가능성이 희박해 보였어요. 무슨 말인지 아실 거예요. 그렇지만 정말 간절했어요. 그분한텐 통조림 수프가 반 통밖에 안 남아 있었고, 매일 그걸 사분의 일씩 드시고 있었대요. 조금씩 나눠서. 루이스가 그분을 모시고 은행에 가지 않았기 때문에요. 그리고 그의 전화도 먹통이었어요. 그러니 그분은 그저……. 기진해서 쓰러지지 않을 어떤 선택지도 없었던 거예요. 그분은 너무 배가 고픈 나머지 가게까지 저랑 같이 걸어갈 기력도 없어서 제가 그라놀라 바를 드려야 했어요. 아시겠죠? 그분이 물건을 사러 가도록 하기 위해서 말이에요. 이런 분들을 위해 무언가 다른 방도가 있어야 하잖아요? 왜 우리는 사람들이 그렇게 되도록 그냥 내버려두는 걸까요? 정말 옳지 않은 일 아닌가요?"

그가 고개를 들자 식탁에 있는 모든 사람이 그를 보고 있었다. 심지어 아기조차도. 누구도 케이크를 먹고 있지 않았다. 그들은 모두 꼼짝도 하지 않고 그를 보고 있었다. 마치 그가 다음에 하려는 말을 기다리는 듯이.

"제가 뭘 잘못 말했나요?"

"잘못?" 소피아가 말해다. "*잘못이라고?* 아니야. 네가 한 말은 정말 정확히 맞는 말이야. 왜 우리는 사람들이 그렇게 되도록 그냥 내버려두는 걸까? 내가 늘 스스로 묻는 질문이다. 그들은 우리와 같은 인간이지. 그런데 우리는 신경도 쓰지 않는 것처럼 행동해. 보렴, 얘들아. 이게 항상 너희한테 내가 말하는 거야." 소피아는 자신의 다섯 아이가 앉아 있는 옆자리를 보았다. 남자 아이 둘은 다시 케이크를 먹고 있었다. "주니어! 에두아르도! 내가 너희한테 말할 때는 새겨들어." 포크 두 개가 떨어졌다. 하나는 깜짝 놀랄 만큼 쨍그랑 소리를 내며 디저트 접시에 떨어졌다. "이 젊은이가 말하는 게 곧 내가 늘 너희한테 말하는 거야. 너흰 누군가가 힘들어하는 걸 보면 그 사람을 도와줘야 돼. 가족이건 친구건 그게 중요한 게 아니야. 그들은 사람이야. 그러니

너흰 도와야 돼."

루이스 주니어가 과장되게 눈을 위로 치켜떴다. 아니면 그 아이가 에두아르도일 수도 있었다.

아빠 루이스가 손바닥으로 식탁을 내리쳤다. 모두가 깜짝 놀랐다. 그러나 누구도 레이먼드보다 더 놀라지는 않았다.

"주니어," 루이스가 말했다. 목소리는 탁하고 무거웠다. "너한테 엄마에 대한 존경심을 보여줄 기회를 한 번 더 주마. 만약 그러지 않을 거면 이 식탁을 떠나. 그리고 케이크는 못 먹는다."

"죄송해요, 엄마." 주니어가 중얼거렸다. 진지하게 들렸다.

모두가 다시 자신의 케이크를 조용히 먹기 시작했다.

1~2분이 지난 뒤에 레이먼드는 나이 많은 여자아이가 자신을 뚫어져라 바라보는 걸 알았다. 루이자였다.

"그렇게 낙담할 것까진 없어요." 루이자가 말했다. "어쩌면 다음 루이스는 찾던 사람일 수도 있잖아요. 아니면 그다음 사람일 수도 있고."

"그럴 수도 있겠죠." 레이먼드가 말했다.

"그렇지만 오늘 아침에 나쁜 경험을 했잖아." 소피아가 말했다. "두 번씩이나. 그리고 지금 이 친구는 남의 집 문을 두드리기가 더욱 힘들어졌을 거다. 내 말이 맞지?"

"예." 레이먼드가 대답했다. "하지만 그보다 더 어려운 게 있어요. 훨씬 더 어려운. 저는 일종의…… 막다른 골목으로 저를 몰아넣은 것처럼 느껴져요. 마치…… 어떻게 표현해야 할지 모르겠네요. 이 일은 좋게 끝날 것 같지 않아요. 밀리 할머니는 루이스가 결코 말도 없이 안 찾아올 사람이 아니라고 생각해요. 그분은 사람들에 대해 늘 좋게 생각하는 듯싶어요. 그렇지만 그분이 맞는지 틀렸는지 모르겠어요. 그래서 이걸 끝낼 수 있는 좋은 방법에 대해 생각해보려고 해요. 그런데 모르겠어요. 밀리가 옳은 거라면 그에게 끔찍한 일이 일어난 것이고, 만약 그렇다면…… 어쨌든…… 끔찍해요. 아니면 그가, 그렇다고 밀리가 생각하는 것하곤 달리 할머니를 소중하게 생각하지 않는다면, 그것 또한 다른 끔찍한 일이 될 거예요. 전 그보다 더 나은 결론을 찾아낼 궁리를 하고 있어요. 그런데 도대체 더 나은 결론이란 게 뭘까요? 때때로 전 그가 병원에 있을 수도 있다고 생각해요. 그래서 올 수가 없었다고. 그렇다 해도 전화를 걸거나 누군가를 보낼 순 있잖아요. 아니면, 어쩌면 기억상실증이나 그 비슷한 병에 걸렸다는 생각도 해봐요. 그런데 그건 영화나 텔레비전 방송에서나 일어나는, 어리석은 상상 중 하나예요."

레이먼드가 말을 멈췄다. 깊은숨을 내쉬었다. 그는 남은 케이크를 포크로 집었다. 일부러 사람들 얼굴을 보지 않으려 했다. 그는 말을 이었다.

"그래서 오늘은 그만둬야겠다고 마음먹었어요. 더는 다른 문들을 두드리지 않겠다고. 그런데 밀리를 보았을 때, 그분은 아주…… 뭐랄까요, 너무나 무력해 보였어요. 제 말뜻은, 말 그대로는 아니에요. 그분은 지혜로워요. 여러 가지 방법으로 자신을 스스로 돌볼 수 있을 거예요. 그렇지만 아주…… 상처받기 쉬운 것처럼 보였어요. 그리고 저는 세상이 계속해서 그분한테 상처를 주는 걸 원치 않아요. 만약 제가 도울 수 있다면요. 제가 태어나기 전부터 그분은 아마도 아주 강했고, 자신을 돌봐왔다는 걸 알기는 하지만. 그래서 저 혼자 생각이지만 밀리가 걱정됐어요. 그래서 이렇게 와서 또 다른 문을 두드렸어요. 그런데 희망이 안 보여요. 정말 모든 게 희망이 없는 듯 느껴져요."

그는 다시 말을 멈추었다. 입속으로 커다란 케이크 조각을 욱여넣었다. 씹고 삼키는 동안 사람들을 바라보지 않았다. 누구도 입을 열지 않았다.

"죄송해요." 그가 말했다. "모두의 기분을 울적하게 하려는 건 아니었어요."

긴 침묵.

그때 십 대 소녀 루이자가 말했다. "이 사람한테 메달을 주고 싶어요. 내 주드 메달. 줘도 될까요?"

레이먼드는 얼굴을 들었다. 소녀는 먼저 자신의 부모와, 그리고 다른 사람들과 눈빛을 교환하고 있었다.

"할머니가 너한테 준 거?" 소피아가 물었다. "정말 그렇게 하고 싶니, 딸아?"

"예, 확실해요. 저보다 이 사람한테 더 필요한 거 같아요. 여하튼 저는 그걸 더는 목에 걸 필요가 없다고 생각해왔어요. 왜냐하면 그걸 하고 있으면 여전히 희망이 없는 상태라고 느껴지기도 하니까요. 그런데 전 아니에요. 지금은 좋아졌잖아요."

레이먼드가 소녀를 응시했다. 야위고 예뻤다. 머리카락이 아주 길어서 본인이 주의를 기울이지 않으면 깔고 앉을 수도 있을 것 같았다. 소녀는 높고 조용한 목소리로 말했다. 그에게는 명료하게 알 수 없는 무언가가 있었다. 멀리 떨어져서야 비로소 보일 것 같은.

레이먼드는 다른 사람들의 반응이 궁금해 루이스와 소피아를 보았다. 레이먼드는 루이자가 무엇을 주고 싶어 하는지를 알 수 없었고, 그런 기색이 그의 눈에 비쳤음이 분명했다.

"루이자의 할머니가 작년에 루이자가 아플 때 세인트 주드 메달을 주셨어. 뇌수막염에 걸렸었거든. 한동안 우린 이 아이를 잃게 될까 두려웠어. 그런데 이겨냈지."

레이먼드는 귀가 멍멍하게 울려 어떤 말도 할 수 없었다. 자신이 그런 선물을 받을 수 있다고 느끼지는 않았다. 그렇지만 그렇게 말할 수가 없었다. 어떤 말을 해도 감사할 줄 모르는 것으로 들릴까 두려웠다.

레이먼드가 이 집에 들어온 뒤 처음으로 할머니가 입을 열었다. 할머니는 숨도 쉬지 않고 스페인어로 말했다. 단어와 단어가 곧바로 이어졌다. 레이먼드는 그 말들 중 한마디도 알아들을 수 없었다. 물론 단어들을 분리해서 사전을 찾아볼 수도 없었다.

그는 눈을 들어 루이스의 눈을 보았다.

"죄송합니다. 할머니가 뭐라고 하셨어요?"

"자넨 죄송하다는 말을 너무 많이 하네." 루이스가 말했다. "그럴 필요가 없는데."

"그게 밀리 할머니가 저한테 늘 하시는 말씀이에요."

질문에 답을 해준 사람은 소피아였다. "할머니께선 그게 가족의 유산은 아니라고 말씀하셔. 루이자를 위해 가게에서 사신 거라고. 그리고 정히 필요하면 다른 걸 사실 수도 있대. 그리고 네 상황이 절망적이라면 그 메달을 걸어주는 게 좋겠다고 하시네."

루이자가 식탁에서 일어서서 레이먼드에게 걸어왔다. 레이먼드는 의자를 조금 뒤로 물렸고 두려움 속에 얼어붙었다. 왜 두려운지 알 수는 없었다. 단지 사람들이 두려웠다. 가까이 다가오는 것이 두려웠다. 말이 안 되는 소리지만, 사람들이 그럴 경우 자신이 할 수 있는 일은 거의 없었다. 적어도 자신이 알기로는 그랬다.

루이자는 복숭아색 셔츠 아래에서 메달을 꺼냈다. 무거운 줄에 매달려 있었다. 긴 줄이었다. 그는 머리 위로 그걸 꺼냈다. 그러곤 레이먼드에게 다가와 머리 위로 목걸이를 넣어 걸어주었다. 그의 한쪽 손이 우연히 목덜미를 스쳤다. 레이먼드는 간지러워 조금 오소소 떨렸다.

"됐어요." 루이자가 말했다. "세인트 주드는 희망 없는 대의의 수호성인이세요. 이제 그분이 당신과 함께 있어요."

"고마워요." 경외심에 차서 가라앉은 목소리로 레이먼드가 말했다.

레이먼드는 성인들을 믿지 않았다. 세인트 주드가 이제 자신과 함께하리라 생각하지도 않았고, 희망 없는 대의를 위해 자신을 도우리라 생각하지 않았다. 그렇지만 그는 자신을 거의 알지도 못하는 이 친절한 소녀의 단순한 마법은 믿어 의심치 않았다. 그리고 이 친절함은 루이스 프로젝트가 끝날 때까지 그와 함께 머무르리라는 것을 알았다. 그것이 어떤 결말이든지 간에. 그는 가슴팍에 있는 메달을 손에 들었다. 마치 메달이 그에게 무언가를 말하는 것 같았고, 그는 느낌으로 그 말소리를 들을 수 있었다.

"이건 정말 소중한 거네요." 레이먼드가 말했다. "무어라 말씀드려야 할지 모르겠어요."

"어떤 말도 할 필요가 없어요." 루이자가 자기 자리로 돌아가며 말했다. 앉기 전에 긴 머리를 한쪽으로 치웠다. "해야 할 일을 한 것 같은 느낌이에요. 그 메달도 당신에게로 가고 싶어 하는 것처럼 느껴졌고."

그들은 함께 거실로 자리를 옮겼다. 가구마다 비닐 커버가 붙어 있어 말 그대로 티끌 하나 없는 곳이었다. 레이먼드는 몸의 중심을 옮길 때마다 천으로 된 안락의자가 삐걱거려서 그 소리를 죽이려고 애썼다.

루이스가 말하고 있었다. 소년들과 할아버지 할머니는 각자 갈 곳으로 가고 없었다. 루이자는 거실 맞은편에 앉아 레이먼드가 자신이 준 메달을 만지작거리는 걸 지켜보고 있었다. 이름이 기억나지 않는 아기는 아주 가까이 서서 레이먼드의 얼굴을 뚫어져라 보고 있었다.

"나도 기분이 별로 안 좋다." 루이스가 말문을 열었다. "왜냐면 나도 내가 장님인 여자분의 소소한 일들을 도와주던 사람이면 좋겠어. 자네가 그걸 원하기 때문에 그런 건 아니야. 내가 그런 사람이 되고 싶기 때문이지. 난 항상 그런 사람이 되어야겠다고 생각했어. 그런데 나한테는 이 많은 아이가 있고, 소피아의 부모님도 돌봐드려야 해. 그래서 우린 둘 다 온종일 일을 하지. 그래도 지나온 삶을 돌아보면 만족스러워. 모든 면에서……. 그렇지만 여전히 그런 사람이 되고 싶기는 하네."

"당신은 아주 많은 일을 하고 있어." 소피아가 소파를 가로질러 남편의 손을 잡으며 말했다. "가족을 얼마나 잘 건사하고 있는데."

"한다고 하긴 했지." 루이스가 말했다. "그래. 하지만 사람들 대부분이 자기 가족을 돌봐. 그게 문제야. 그들은 가족에게 자신들이 가진 모든 걸 내어줘. 다른 사람에겐 아무것도 주지 않지. 그런데 그 가난하고 앞을 못 보는 할머니는 가족이 없어. 사람들은 그분이 그저 운이 나쁠 뿐이라 생각해. 누구도 그분을 자신들의 문제라고 생각하지 않아."

"아주머니 생각이 맞아요." 레이먼드가 말했다. "많은 걸 하신 거예요. 불편해하실 것 없어요."

"그런지도." 루이스가 말했다. 길고 굵은 그의 회색 눈썹이 사방으로 뻗어 있었다. 그가 이마를 찌푸릴 때 눈썹이 앞이마의 가운데로 몰려드는 듯했다. "그렇지만 난 여전히 그런 사람이 되고 싶어. 자네가 찾는 루이스 벨레즈는 아이가 있을까?"

"모르겠어요." 레이먼드가 답했다. "누군가가 같은 질문을 했어요. 다른 루이스 벨레즈가요. 전 몰라요. 물어봐야겠다는 생각도 안 했어요. 그를 찾는 데 도움이 될까 해서 밀리 할머니한테 몇 가지 여쭤보긴 했어요. 그런데 더 많이 여쭤봤다가는 제가 뭘 하고 있는지 알아차리실 것 같았어요. 전 그분이 제가 루이스를 찾고 있는 걸 알기를 원치 않아요. 지금은 그래요. 어떻게 된 일인지 제가 분명히 알 때까진요. 완전히 실망에 잠겨 집으로 돌아갔을 때 할머니가 저랑 같이 그 낙담을 고스란히 겪는 걸 원치 않아요. 그리고 지금은 결국, 할머니를 행복하게 하는 방도가 없을 것 같다는 느낌이 더 많이 들어요. 지금은 어떻게 된 일인지 모르셔서 상처받고 계세요. 하지만 제가 찾아낸 것이 무엇이든 할머니가 그걸 아시는 순간 그게 또 상처를 입힐 것 같아요. 답이 무언지 모르겠어요. 어떻게 해야 할지 모르겠어요."

한동안 말없이 그들은 가만히 앉아 있었다. 아기가 더욱 가까이 다가와 레이먼드의 슬픔에 매료된 듯 얼굴을 올려다보았다. 아기는 소시지 덩어리 같은 끈적거리는 손가락들을 레이먼드의 청바지 무릎에 갖다 댔다.

"아가," 소피아가 말했다. "카리나, 오빠한테서 좀 떨어져."

아기는 물러서지 않았고, 그러자 소피아가 아기를 급히 안아 올렸다. 아기는 마음대로 되지 않자 발버둥을 치며 울었다.

"이만 가봐야겠어요." 레이먼드가 일어서며 말했다. 새삼 배가 부른 걸 느꼈다. 오믈렛을 다 먹고, 케이크를 다 먹었다. "그만 방해해야겠어요. 제게 여러 말씀 해주시고 다정하게 대해주셔서 정말 감사드리고 싶어요. 그리고 이 목걸이도요. 오늘 아침에는 모든 것이 끔찍했는데, 벌써 달라졌어요. 다음에 다른 집 문을 두드릴 때는 다를 것 같아요."

그 말을 하는 동안에도 그는 배가 지나치게 부르다는 걸 느낄 수 있었고, 생각만으로도 거북한 나머지 토할 것 같았다.

소피아가 문까지 그를 데려다주었다. 복도를 걸어가는 동안 다양하게 변주된 행운을 비는 말들이 그를 따라왔다.

"넌 정말 훌륭한 소년이다." 소피아가 말했다.

레이먼드는 신발을 내려다보았을 뿐 아무 말도 하지 않았다.

"여기," 소피아가 접힌 종이쪽지를 그의 손에 쥐여주며 말했다. "우리 전화번호를 썼어. 잊어버릴지도 모르겠지만. 그래, 잊어버려도 괜찮아. 의무적인 건 아니니까. 그래도 그럴 수 있다면 전화하렴. 어떻게 되어가고 있는지 알려줘."

레이먼드는 입이 제대로 작동할까 하는 의구심을 느끼며 고개를 끄덕였다.

"고맙습니다." 그가 이어서 말했다. "모든 게 다요."

"난 네가 틀렸다고 생각해." 문을 나설 때 소피아가 말했다. "그 부인의 이야기는 *결국* 행복한 결말로 끝날 거다. 왜냐면 루이스한테 어떤 일이 일어났을지라도 부인은 너를 얻었어. 그건 아무것도 아닌 게 아니야. 절대 작은 행운이 아니지."

레이먼드는 동쪽 윗동네에서 지하철을 내려 다시 루이스 M. 벨레즈를 찾아 나섰다. 아침 일찍 들렀을 때 '대답 없던' 집 가운데 한 곳이었다. 집으로 돌아가는 길에 있는 집이었다.

이번에도 역시 루이스 M. 벨레즈의 집에서는 아무 응답이 없었다. 명단의 이름과 주소 옆에 두 번째 해시태그를 써 넣었다.

집에 돌아오자 부엌에서 엄마가 기다리고 있었다. 허리에 두 손을 얹었고, 얼굴에는 딱딱하고 호전적인 가면을 쓰고 있었다.

"도대체 넌 어디에 있었던 거니?" 엄마가 물었다.

레이먼드는 깜짝 놀랐다. 어떤 문제도 예상하지 못했다.

"그냥 외출했어요. 베이비시터한테 늦을 거라고 말했어요."

"저녁 먹을 시간을 *넘길 거라고*는 말하지 않았지. 널 위해 어떤 것도 남겨두지 않았어. 규칙은 알잖아. 먹고 싶으면 제시간에 나타나."

"괜찮아요." 손을 잔뜩 부른 배에 올리고 말했다. "배불러요."

여동생 론다가 얼굴을 빼꼼 들이밀고 어디서 들은 사실을 고해바쳤다.

"오빠 여자 친구 생겼대요!" 노래를 부르는 듯한 목소리로 재잘댔다.

엄마는 먼저 론다를 보고 다음에는 레이먼드를 보았다. "론다, 넌 네 방으로 가." 엄마가 말했다. 그리고 레이먼드에게도. "여자 친구가 생겼어?"

"아뇨."

"아니라면, 친구?"

"예." 그가 말했다. "말씀드렸어요. 새 친구 몇 명 사귀었어요."

"그래. 그렇게 말한 것도 같구나. 하지만 *너무 많이* 나다닌다."

엄마는 그의 목 주변에 무언가 있는 걸 보고는 그가 있는 방을 가로질러 다가왔다.

"아들, 이건 뭐니?"

목에 드리운 무거운 줄을 움켜쥐더니 힘껏 당겼다. 티셔츠의 목 위로 줄이 보였음이 분명했다. 잠시 뒤 엄마 손에는 세인트 주드 메달이 쥐여 있었다.

"신경 쓰지 마세요." 다시 목걸이를 빼앗으며 그가 말했다. "제 거예요."

그는 셔츠 아래로 목걸이를 넣었다.

"나다니더니 나 몰래 종교가 생겼어, 아들?"

"아뇨!" 레이먼드는 죄를 뒤집어써서 심문에 대답하는 것처럼 말했다.

"그랬다 해도 나쁘다고 말하는 건 아니야."

"알아요. 하지만 그러지 않았어요. 누군가가 그냥 준 거예요. 종교는 그 여자애가 가진 거고요. 그렇다고 제가 그 종교를 믿는 건 아니에요."

"아," 미소를 지으며 엄마가 말했다. "젊은 아가씨가 줬다고. 많은 걸 설명해주네."

그러더니 엄마는 두 손으로 그의 양 볼을 꽉 잡았다. 긴 손톱 때문에 아팠다. 그래도 레이먼드는 아프다는 표시를 내지 않고 가만히 있었다. "그렇지만 다음번엔 전화해!"

"휴대전화를 안 사주는데 어떻게 전화를 해요?"

그러자 곧 그는 실수했다는 걸 엄마 얼굴을 보고 알아차렸다.

"죄송해요," 그가 말했다. "제가 살게요. 필요하면요. 죄송해요."

"새아빠는 돈을 벌지 않아." 딱딱한 목소리로 엄마가 말했다.

정말? 나는 몰랐다. 새아빠는 결코 그런 낌새를 보이지 않았다. 마치 자기가 벌어 먹이는 것처럼.

"알아요. 그래도 아빠는 하나 사주실 거예요."

"엄마가 왜 그걸 반대하는지 알지?"

"예, 알아요. 아빠가 좋은 걸 사주면 새아빠가 펄펄 뛰겠죠. 아빠가 자신보다 돈을 얼마나 더 잘 버는지 과시하려 든다고 생각하겠죠."

이 말이 대화를 막다른 골목으로 내몬 듯했다. 거기서 어디로 튈지 누구도 정확히 알지 못했다. 유일한 선택지는 뒤로 물러서는 것이었다. 후퇴.

"배 안 고픈 거 확실해? 간식이라도 먹어야 하지 않겠어?"

"안 고파요. 제 인생에서 그것보다 더 확실한 건 없어요." 레이먼드가 말했다. 그 말을 하면서 밀리에게서 그 말을 배웠거나, 그런 것 같다는 걸 깨달았다. "그래도 고마워요. 전화 못 드려서 죄송해요."

엄마는 한숨을 쉬고는 그를 혼자 남겨두고 방을 나갔다.

사실 레이먼드는 누구도 자신에게 신경 쓸 것 같지 않아서 전화를 하지 않았다. 그 점에서 자신이 틀렸다는 것이 조금 위로가 되었다.

8. 일어난 일

—

마지막 시간, 자습실에 있어야 할 시간이었다. 그러는 대신 레이먼드는 학교에서 일찍 빠져나와 이전에 시도했던, 두 루이스 벨레즈의 집 방문을 위해 다시 찾아갔다. 아직 명단에서 지우지 못하고 주소 옆에 '응답 없음' 표시로 해시태그를 붙여둔 집들이었다.

그는 명단에서 아래쪽으로 내려가는 것이 사실 두려웠다. 남은 주소들은 플러싱, 뉴어크, 브리지포트, 롱아일랜드의 베이 쇼어 등 하나같이 먼 곳들이었기 때문이다. 이렇게 먼 곳들을 방문하는 건 가까운 곳들을 다 둘러볼 때까지 미뤄둘 작정이었다.

이번에 찾아간 루이스 로드리고 벨레즈는 집에 있었다. 그렇지만 정확히 말하면 문 앞으로 나와 응답을 한 건 아니었다. 그저 자신이 그런 사람이 아니라고 문 안쪽에서 소리를 질러댔을 뿐이다. 루이스 M. 벨레즈는 여전히 집에 없었다.

레이먼드는 브롱스를 가로지르는 전철을 탔다. 전철이 아빠의 모교인 포드햄대학 근처를 지날 때 레이먼드는 명단의 다음 이름도 루이스 M. 벨레즈임을 알게 됐다. 우연의 일치인지 아니면 두 사람이 같은 사람인지 알 수 없었다. 같은 사람이 이사를 했을 수도 있고, 그렇다면 맨해튼의 집에는 아무도 없는 것이 당연했다. 하지만 누군가 다른 사람이라도 집에 있어야 하지 않나 하는 생각이 들었다. 적어도 그곳으로 이사 온 사람이 살고 있어야 했다.

레이먼드는 몸을 숙여 가까운 자리에 앉아 있는 남자의 시계를 곁눈질로 보았다. 그러자 남자가 가방과 신문을 챙겨 한 자리 더 떨어진 곳으로 옮겨 앉았다. 시간은 고작 3시 20분이었다. 그래도 레이먼드는 오늘만큼은 시간을 잘 확인해야 했다. 늦어지면 공중전화를 찾아서라도 엄마에게 전화할 작정이었다.

레이먼드는 183번가에서 내려 앤드루스 거리 쪽으로 걸었다. 그리고 주소지를 찾아냈다. 이번에는 초인종을 눌러 누군가가 들여보내주기를 기다릴 필요도 없었다. 젊은 커플이 저마다 식료품 봉투를 들고 문으로 막 들어서고 있었다. 그들은 어깨 너머로 레이먼드를 보고 미소를 짓더니 자신들 뒤를 따라 들어오라며 문을 잡아주었다. 그들은 3층까지 계단을 함께 올랐고, 레이먼드는 두세 걸음 뒤처져 걸었다. 그런데 복도에서도 줄곧 같은 방향으로 걸었다. 끝에서 두 번째 집을 지나치면서 커플은 갑자기 깨달은 듯했다. 셋은 같은 장소를 가고 있었던 것이다.

아니면 커플은 레이먼드가 자신들을 뒤쫓아 온다고 생각했을지도 모른다. 아마도 그를 안으로 들인 걸 후회하고 있을 것이다. 어쩌면 건물에 들어온 이유가 무엇인지 그에게 질문하고 싶었는지도 모른다.

레이먼드는 자신이 먼저 말을 거는 것이 좋겠다고 생각했다.

커플이 갑자기 멈춰 서서 그를 향해 돌아섰다. 의아하고 조금은 신경질적인 눈길을 그에게 고정한 채.

"혹시 루이스 벨레즈 씨인가요?" 레이먼드가 물었다.

"그런데." 남자가 말했다. "도울 일이라도 있니?"

그는 25살이 넘어 보이지는 않았고, 짧고 삐죽한 머리가 이마 위를 세련되게 물결처럼 덮고 있었다. 치아가 아주 하얗고 가지런했는데 앞니 귀퉁이는 부러져 있었다. 그의 아내—여자가 그의 아내가 맞는다면—는 키가 150센티미터 정도나 될까 싶을 만큼 이상할 정도로 작았다. 머리는 금발이었다. 라틴계 사람은 아니었다. 레이먼드는 루이스가 방패막이라도 되는 듯 여자가 그의 곁으로 한 걸음 다가가는 걸 보았다.

"그럴 수 있으면 좋겠네요." 레이먼드가 말했다. "전 루이스 벨레즈란 이름의 남자분을 찾고 있습니다. 간혹 맨해튼 웨스트타운으로 눈먼 노부인을 도우려고 와주셨던 분이에요. 노부인의 이름은 밀드레드 구터만입니다. 그런데 그 남자분이…… 실종돼 버렸습니다. 그래서 제가 그 노부인을 위해 그 남자분을 찾고 있습니다."

레이먼드는 기다렸다. 그러나 어떤 대답도 나올 것 같지 않았다. 그 질문이 그들을 얼어붙게 한 듯했는데 왜 그런지는 알 수 없었다. 아주 단순한 질문이었다. *당신이 그 사람 맞나요? 아닌가요?*

여자의 입이 벌어졌다. 루이스가 여자와 눈을 마주치려고 했으나 성공하지 못했다.

"그러니까……." 레이먼드가 말했다.

즉각 대답을 끌어낼 수 있는 단순한 말을 찾으려 했다. 대화를 다시 시작할.

찾아 헤맸던 루이스를 찾은 건가 하는 생각이 들기 시작했다. 상황을 전혀 모른다면 자신의 이야기에 그렇게까지 놀랄 까닭이 없지 않은가. 아니, 질문이 그들 내부의 무언가를 촉발한 것 같았다. 불편한 무언가를.

한편 복도 끝에 유일하게 있는 더러운 창문으로 쏟아져 들어오는 오후의 햇살이 그들 세 사람을 비추었다. 체크무늬 카펫에 그들의 그림자가 늘어섰다. 그림자는 미동도 하지 않았다.

"그 사람이 노부인을 도우러 가고는 했다고?" 루이스가 물었다. 레이먼드가 그런 말을 한 적이 없는 듯. "그런데 사라져버렸다고?"

"예, 맞아요." 레이먼드가 답했다.

"언제부터 안 나타났어?"

"날짜를 정확히 알진 못해요. 그렇지만 한 3주 좀 넘은 것 같아요."

다시 루이스가 여자를 슬쩍 보자 여자와 눈이 마주쳤다. 이번에는 여자도 루이스를 마주 보았다. 그들은 이상하리만큼 놀란 표정을 서로 교환했다. 왠지 모를 무거움을 담은. 레이먼드는 그것이 무엇인지는 알 수 없었지만 가슴이 두근거렸고, 배 속이 그 중압감으로 내려앉았다.

"당신도 지금 나랑 같은 생각을 하고 있지?" 루이스가 그의 아내 혹은 여자 친구에게 물었다.

"살해된 루이스 벨레즈일 거라고 생각하고 있어." 여자가 말했다.

그 말이 도심을 폭주하는 버스처럼 레이먼드를 후려쳤다. 그는 정말 그것이 부딪쳐 오는 신체적인 충격을 느꼈다. 그것이 자신을 때려눕히지 않은 것 때문에 아주 짧은 순간 놀랄 정도였다. 그리고 이건 진짜가 아니고 물리적인 것이 아님을 자신에게 상기시켜야 했다. 어느 정도는 진짜이고 물리적인 것이었다.

"죽은 루이스 벨레즈가 있어요?" 레이먼드가 물었다. 자신의 목소리가 아주 낯설고 멀리서 들리는 듯했다. 누구 목소리인지 알 수도 없을 정도로.

넌 이렇게 될 줄 알았어. 넌 알고 있었어. 그런데 왜 이리 놀란 것처럼 반응하는 거냐? 넌 처음부터 이렇게 될 줄 알았잖아.

"죄송해요. 이런 식으로 사실을 알게 해서요." 여자가 말했다. "그냥 불쑥 말하고 말았네요. 정말 생각이 없었어요. 제가 늘 이래요. 먼저 이야기한 다음에 생각하죠. 재앙이에요. 정말 죄송해요."

"장 본 것 좀 갖다 두고 올게." 루이스가 말했다. "그러고 난 다음 커피 한 잔 마시면서 우리가 알고 있는 걸 말해주마."

그는 열쇠로 아파트 문을 열었다. 그리고 그들 커플은 레이먼드를 복도에 남겨두고 안으로 들어갔다. 분명 그들은 레이먼드를 안으로 불러들이는 데에 불편함을 느꼈을 것이다. 그러나 괜찮았다. 레이먼드는 이해했다. 사람들은 자신의 집에 낯선 사람을 들이지 않는다. 그에게 문을 활짝 열어준 사람들에게 오히려 충격을 받았으면 받았지, 그 반대의 일로 충격을 받지는 않았다.

사람이 거의 없는 작은 카페에 앉아 커피와 홍차를 앞에 놓고 서야 루이스 벨레즈는 말문을 열었다.

걸어오면서 서로 아무 말도 나누지 않았다. 간단한 소개조차 하지 않았다. 그저 무거운 침묵이 이어졌을 뿐.

만약 레이먼드가 전혀 다른 사람이었다면 오는 동안에 무언가를 알아냈을지도 몰랐다. 알고 있는 걸 뱉어내라고 소리를 질러댔을 것이다. 그러나 레이먼드는 항상 그러지 못했던 사람이었다. 게다가 그는 자세한 이야기를 듣고 싶지도 않았다.

"바로 어제 아침 신문에 났어." 루이스가 말문을 열었다.

"루이스는 전에 만났던 남자들하고 달리 「뉴욕타임스」 주말판을 읽어요." 여자가 말했다. "이 사람이 모든 페이지를 샅샅이 읽는다는 말은 하지 않을게요. 그건 족히 몇 주나 걸리는 일이죠. 「뉴욕타임스」 주말판 본 적 있나요? 엄청나게 두꺼워요." 루이스는 여자가 대화를 엉뚱한 데로 끌고 가고 있다는 걸 알아차린 듯했다.

"일종의 묻혀버린 이야기였어." 그가 말했다. "케이트가 말하려고 하는 건 그런 의미야. 누군가가 「뉴욕타임스」 주말판을 읽는다고 해도 그 기사를 읽진 않았을 거야. 시내 소식란이었지. 한참 뒤쪽에 있거든. 몇 쪽인지는 기억이 안 나. 신문사가 그 기사를 거기에 슬쩍 끼워 넣어서 내가 화가 많이 났다는 건 기억해. 왜냐하면 내가 볼 땐 아주 큰 문제였거든. 아마 그 사람 이름이 루이스 M. 벨레즈였기 때문일 거야. 바로 나잖아. 루이스 M. 벨레즈. 야구 방망이로 얻어맞은 것 같았지. 내가 내 부고를 읽고 있다니. 게다가 그건 부고가 아니었어. 사건이었지. 말하자면, 기사. 그런데 그는 루이스 미구엘 벨레즈였어. 나는 루이스 마누엘 벨레즈고. 그렇지만 기사 첫머리에는 그저 루이스 M. 벨레즈라고만 되어 있었어. 그런 식으로 자기 이름을 보는 건 정말 충격이야. 그리고 그 사람한테 일어난 일을 읽으면 읽을수록 더 잘 깨닫게 되었지……. 나한테도 일어날 수 있는 일이라는 걸. 나였을 수도 있었어. 그 뒤로 그 일에 대한 생각을 정말 멈출 수가 없었어. 그리고 오늘 그 사람을 찾고 있는 네가 문 앞에 나타난 거야. 정말 모든 것이 다, 말할 수 없을 정도로 기묘해."

침묵이 이어졌다. 레이먼드는 기다렸다. 루이스가 '일어난 일' 같은 말을 에둘러 던졌으니 그게 어떤 일인지 머지않아 말해줄 게 분명했다. 그래서 레이먼드는 기다렸다. 질문을 할 수도 있었다. 그러나 그 일이 어떤 일인지 아는 게 두려웠고, 그 일에 대해

어서 빨리 듣고 싶은지도 확신할 수 없었다.

"그런데 당신은 그를 잘 알았어요?" 케이트가 물었다.

"전혀 모릅니다. 만난 적도 없고요. 그저 제 친구 밀리……, 그들이 가까웠어요. 아, 세상에. 그분한테 알려줘야 해요!"

또 다른 낯선 침묵이 이어졌다. 그들은 레이먼드를 이 상태로 혼자 남겨둘 생각인 것 같았다. 남은 「뉴욕타임스」 주말판을 찾게 하고 스스로 알아내도록 하려는 듯했다.

"그럼……," 레이먼드가 말했다. "제 추측으로는……." 그는 마치 수심이 매우 깊은 물 위의, 군데군데 녹아내리고 있는 빙판을 밟고 가는 것처럼 느껴졌다. 충격적인 추락을 예견하면서. 그 상황을 맞닥뜨리기까지 얼마 걸릴 것 같지도 않았다. 단지 몇 걸음 정도. "계속 말씀해주세요. 무슨 일이 일어났는지 알려주세요."

"끔찍한 일이야." 루이스가 말했다. "정말 끔찍한 일이 일어났어. 그 대상이 나일 수도 있었고, 너일 수도 있었어. 이 이야길 듣고 나면 젠장, 나일 수도 있겠구나 하는 생각이 들 거야. 네 이름이 루이스 M. 벨레즈가 아니라는 것만 빼고. 그건 정말 충격적인 거였어. 이름 말이야."

레이먼드는 그 일에 대해 필사적으로 알려는 표정을 그에게 비쳤고 그는 알아차렸다.

"그래, 미안. 어차피 할 말이니 빨리 할게. 그래. 그러니까 원래. 그에게 총을 쏜 여자가—" 레이먼드의 정신이 한순간 탁자를 벗어났다. 카페 천장 근처 어딘가로 붕 떠올랐다. 루이스가 총에 맞았다는 건 결코 상상도 못 한 일이었다. 그는 끔찍한 사고를 예상하고 있었다. 여하튼…… 사고는 일어날 수 있다고 생각했다. 그러나 이런 생각은 오랫동안 곱씹을 건 아니었기에 털어버리고는 했다.

그러나 루이스는 여전히 말을 하고 있었다.

"—경찰한테 말했어. 그가 자기 지갑을 뺏으려고 했다고. 그 여자가 총을 쏘았을 때 그가 자기 지갑을 움켜쥐고 있었다는 사실을 이용해서. 그걸 입증하려고 거짓말까지 했어. 그 지갑을 강도 사건의 증거로 활용하려고 했지. 그런데 목격자가 있었어. 단 한 사람의 목격자. 그 목격자는 아니라고 말했어. 루이스가 그 여자한테 접근하기 전에 이미 그의 손에는 지갑이 들려 있었다고 했지. 루이스는 여자를 뒤쫓아 길을 달려 내려가고 있었어. 지갑을 손에 들고. 그는 계속 '부인! 부인!' 하고 외쳤어. 목격자는 여자가 지갑을 길에 떨어뜨렸는지, 아니면 어딘가에 두고 나왔는지는 모른다고 했지. 그렇지만 목격자는 루이스가 지갑을 건네주려 했다는 건 틀림없다고 했어."

"그런데 또 다른 목격자가 나타났어. 훨씬 뒤에. 왜 그렇게 늦게 나타났는지는 모르겠어. 아마도 양심이 그를 괴롭혔겠지. 그 목격자는 루이스를 쏜 여자가 총을 찾기 위해 이미 가방을 뒤지고 있었다고 했어. 루이스가 여자의 뒤쪽에서 걸어가고 있었는데, 그때가 해 질 녘이었대. 그런데 여자는 벌써부터 총을 쏠 작정을 했던 거지. 만일을 대비하는 것처럼. 그런데 뭘 대비한 거냐고? 루이스는 그 여자한테 말 한마디 걸지 않았대. 가까이 가지도 않았고. 그런데 그는 아주 큰 남자고, 여자 뒤에서 길을 따라 걸어가고 있었어. 라틴계 남자가 걸어오고 있었다는 거지. 그러니까 여자는 이미 총을 찾고 있었고. 그리고 가방을 뒤적이다가 길에 지갑을 떨어뜨렸어. 추측건대 여자는 그걸 알지도 못했을 거야. 그저 계속 걸었겠지. 루이스는 지갑을 집어 들고 건네주려고 했어. 하지만 여자는 부르는 소리를 못 들었어. 신문 기사에선 여자가 보청기를 끼고 있었다 하더라고. 그런데 실제로 그렇게 나이 든 여자도 아니야. 쉰여섯이라는 것 같아. 그런데 보청기를 끼고 있었대. 하지만 길에선 꺼두었다는 거야. 여기저기서 들려오는 잡다한 소음 때문에. 알잖아, 경적이랑 온갖 소리들. 내 생각에 일종의 왕왕거리는 메아리나 어떤 소리 같아. 그 소리가 짜증 나게 하니까. 아무튼 루이스는 소리치면서 여자를 따라가고 있었어. 목격자도 루이스가 부르는 소리를 들었다고 했고. 그런데 여자는 못 들었어. 그러다 마침내 루이스가 여자를 따라잡아 어깨에 손을 올렸어. 알잖아, 여자를 돌아보게 하려는 거. 어쨌든 여자는 바로 돌아섰어. 여자는 돌아서서 이 불쌍한 남자의 가슴에 여섯 발의 총을 쏘았어. 여자가 길에 떨어뜨린 지갑을 돌려주려고 하다가, 그렇게 그 남자는 죽었어. 떠난 거지. 영원히. 아내와 세 아이. 이들이 그가 이 세상에 남긴 거야. 11살, 7살. 그리고 아내는 세 번째 아이를 임신하고 있어. 이보다 더 비극적인 일을 상상이나 할 수 있겠어? 허망한 인생이지."

침묵이 종소리처럼 퍼져나갔다. 레이먼드는 들은 것을 되새겨보려 했다. 그러나 당장은 일관성조차 유지할 수 없었다. 길 건너편에 대학이 있는 것이 분명하다는 생각으로 창문을 보았다. 그 구역을 오가는 사람들을 보았다. 그들이 부러웠다. 생각이 마침내 떠올랐으나 그건 단지 이 말의 반복일 뿐이었다. *내가 밀리 할머니한테 알려야만 해.*

"그 사람이 당신일 수도 있었어." 루이스의 팔을 부드럽게 쓰다듬으며 케이트가 말했다.

루이스는 그의 말에 마음을 쓰지 않았다. 그가 그 순간 루이스 마누엘 벨레즈를 생각하고 있다는 사실이 루이스를 당황스럽게 했다. 루이스 미구엘 벨레즈와 그가 살아 있기를 간절히 바라는 사람들을 생각할 여유가 그에게는 없었다.

"미안해." 루이스가 레이먼드에게 말했다. "정말 끔찍한 일이란 걸 알아. 받아들이기 쉽지 않은 일이라는 것도 알고."

"이 일이 거의 한 달 전에 일어났다면," 레이먼드가 말했다. "그때 당시에는 왜 신문에 나지 않았나요?"

"아마 났을 거야. 일간신문에 보도됐을 거야. 그런데 내가 놓쳤겠지. 정확하게는 모르겠어."

"그런데 제가 부고든 무엇이든 그에 관한 걸 찾으려고 했어요. 그런데 찾을 수가 없었어요."

"아, 그땐 없었을 수도 있겠다. 어제 그 사건에 대한 기사를 실은 것 같아. 왜냐하면, 기적처럼 그 여자를 기소하기로 결정했기 때문이지. 총을 쏜 여자 말이야."

"그래야지요." 레이먼드가 말했다.

"내 생각도 그래." 루이스가 덧붙였다.

그러자 누구도 더는 할 말이 없는 것 같았다.

"지금 몇 시죠?" 레이먼드가 물었다.

루이스는 윗옷의 소매로 덮여 있기는 했지만 시계를 차고 있었다.

"4시 1분, 2분."

"혹시 두 분의 휴대전화를 제가 좀 쓸 수 있을까요?"

루이스가 윗도리 호주머니에서 전화기를 꺼내 레이먼드 앞의 탁자에 놓았다. 레이먼드는 그에게 고맙다고 한 다음 전화기를 집어 들었다. 집으로 전화를 걸었다. 전화가 곧장 음성녹음으로 넘어가 한결 다행이었다.

"안녕, 엄마." 그가 말했다. "저예요. 오늘도 늦을 거예요. 그냥 알려드리려고요."

레이먼드는 맨해튼 북동쪽에 있는 루이스 M. 벨레즈네 문 앞에 서 있었다. 이번이 네 번째였다.

문을 두드렸다. 그러나 이번에는 응답을 기대하지 않았다. 그렇지만 시도는 해보아야 했다.

바라던 대로 되었다. 어떤 대답도 없었다.

그는 돌아서서 가방을 벗었다. 루이스의 집 문에 기대어 카펫 바닥에 엉덩이가 닿을 때까지 주르륵 미끄러졌다.

바로 그 루이스.

루이스 프로젝트가 끝났다는 사실이 그를 후려쳤다. 문 앞에 서서 노크를 하고 낯선 사람에게 말을 거는 걸 영원히 멈출 수 있는, 그날이 오기를 간절히 기다려왔다. 하지만 지금은 끝나지 않았더라면, 하고 바랐다. 좀 전에 들은 소식 때문이었다. 여하튼…… 레이먼드는 그 사실을 모르는 세상에 살 수 있다면 무슨 일이라도 할 수 있을 것 같았다.

가방에서 줄이 그어진 공책을 꺼내 들었다. 펜을 찾아 뒤졌지만 연필만 손에 잡혔다.

그는 무릎 위에 공책을 놓고 쪽지를 쓰기 시작했다. 루이스의 아내에게. 쪽지를 읽을 누군가에게.

루이스 벨레즈의 가족분께

저를 모르시겠지만 제 이름은 레이먼드 재페입니다. 루이스가 오랫동안 도움을 주었던 밀드레드 구터만의 친구입니다. 저는 오늘에서야, 바로 지금, 무슨 일이 일어났는지를 알게 되었습니다. 저는 루이스를 찾아다녔습니다. 밀리 할머니가 몹시 걱정을 했기 때문입니다. 그래서 지금 저는 그의 뒤에 남겨진 가족이라도 찾아야 한다는 생각이 들었습니다. 여기 제 전화번호를 적어두겠습니다. 괜찮으시면 전화를 주십시오. 전화해주신다면 정말 감사하겠습니다. 저는 밀리 할머니에게 무슨 일이 일어났는지 알려야 하는 사람이 되었습니다. 정말 싫습니다. 두렵기도 합니다.

그러다 쓰기를 멈추고 자신이 엉뚱한 얘기를 하고 있다는 걸 깨달았다. 루이스의 남겨진 부인이 누가 누군가에게 나쁜 소식을 전해야 한다는 것에 신경이나 쓸까? 그분 처지에서 그건 우스꽝스러울 정도로 작은 문제일 것이다.

고개를 들어 보니 복도 건너편 아파트 문 앞에 한 여자가 서 있었다. 자신을 내려다보면서. 체격이 큰 중년의 흑인이었다. 머리는 아름답게 땋아 내렸고, 큰 꽃무늬가 있는 헐거운 실내복을 입고 있었다.

"뭐라도 도와줄까?" 목소리는 깊고 편안했다.

"아," 레이먼드가 대답했다. "쪽지를 남겨두려는 참이었어요. ……루이스 씨의 부인에게요."

"네가 루이스를 아니?"

"아뇨. 하지만 어떤 분을 위해 루이스 씨를 찾아다녔어요. 그분이 되게 걱정했거든요. 루이스 씨가 어떻게 됐는지 몰라서요."

"*밀리*는 아니지!"

"아뇨! 맞아요! 그분이 그를 찾으려는 사람이에요."

레이먼드는 문에 등을 기대고 일어나려고 애썼다.

"아, 이사벨이 정말 기뻐하겠다! 밀리에게 전할 수 있기를 정말 간절히 원했거든. 무슨 일이 일어났는지 말이야. 그런데 밀리가 사는 곳도 모르고, 성도 정확하게 기억나질 않는대. 게다가 루이스가 전화번호를 백업해두지 않아서 전화번호도 없고."

"그 아내분이 루이스의 전화를 돌려서 받진 않았나요?"

"아, 그게. 돌려서 받을 게 거의 없었어. 전화기가 루이스의 윗옷 주머니에 있었어. 그를 쏜 개 같은 년이…… 총알 하나를 그곳에 정확히 쏘았다고 하더라. 모든 걸 산산조각 내 날려버렸지. 그 조각들이 루이스의 몸에 박히기도 했고. 그 일에 대해선 말하고 싶지 않아. 그렇지? 정말 너무 끔찍해. 여하튼 얘야, 이사벨은 한동안 집에 없을 것 같다. 얼마나 오래 가 있을지 모르겠어. 아이들 데리고 부모님 댁에 갔거든. 이사벨한텐 정말 끔찍한 시간이었어. 너도 상상할 수 있겠지만."

"저기…… 그럼 혹시 그분하고 연락할 방법이 있을까요?"

여자는 발을 약간 옮겼다. 불편하다는 듯이. 먼저 한 방향으로, 그리고 다른 방향으로.

"이사벨이 나한테 전화번호를 줬어. 아파트에 긴급한 일이 있을지도 몰라서. 그런데 그걸 누군가한테 넘겨줘도 괜찮은지는 모르겠다."

"그래도 그분께 제 쪽지를 전해주실 수는 있잖아요. 안 그래요? 제 전화번호를 좀 전해주세요. 그분이 저한테 전화하고 싶으면 할 수 있도록요. 부탁드려요."

레이먼드는 재빨리 쪽지 끝에 자신의 전화번호를 휘갈겨 썼다. 그러고 공책에서 그 부분을 찢었다.

"알았다." 여자가 말했다. 목소리는 균형을 잡으며 가라앉아 갔고, 다시 편안해졌다. "그래, 그건 내가 해주마."

레이먼드가 집에 도착하자 엄마가 저녁을 차리고 있었다. 엄마는 왼손을 들어 팔목을 내밀고는 시계를 보라는 몸짓을 해 보였다.

"시간에 꼭 맞게 왔네. 간신히 맞췄어."

"맞아요. 제 전화 받으셨어요?"

"그래. 그건 고맙다."

"방에 있을게요. 컴퓨터로 뭘 좀 찾아봐야 돼서요. 저녁 준비 되면 부르세요."

"한 번만 부른다." 엄마가 말했다. "그러니까 방문을 열어둬. 귀도 활짝 열어두고."

레이먼드는 대답도 하지 않고 걸어갔다. 정신이 너무 없어 엄마와 실랑이를 벌이고 싶지 않았다.

방으로 들어와 책상 앞에 앉았다. 노트북을 켰다. 「뉴욕타임스」를 찾았다. 검색창에 '루이스 M. 벨레즈'를 써 넣었다. 거기에 있었다. 바로 그 사건이었다. 자신이 찾으려 했던 모든 것이. 그러나 이전에는 없었던 것이. 자신이 읽을 수 있도록 바로 앞에 놓여 있었다. 프린트도 하고 공유도 할 수도 있도록. 곧 밀리에게 말해줘야 한다는 사실이 다시금 마음을 무겁게 했다. 레이먼드는 기사의 헤드라인을 클릭했다.

"함께 걷던 보행자에게 치명적인 충격을 가해 살인 혐의로 기소된 여자." 기사가 펼쳐졌을 때 레이먼드는 읽을 수가 없었다. 화면 한가운데에 루이스 M. 벨레즈의 사진이 있었기 때문이다. 레이먼드는 그 사진에서 눈을 뗄 수가 없었다.

그는 레이먼드가 머릿속으로 그려보았던 모습보다 훨씬 젊었다. 그리고 생생하게 살아 있는 듯한 모습이었다. 그가 이미 죽었다고 생각할 수 없다는 듯이 사진 속에서 그는 살아 있었다. 그의 미소는 전염성이 강해, 레이먼드는 그저 바라보는 것만으로도 웃음을 지을 뻔했다. 그 순간 지독한 고통이 레이먼드의 가슴을 찌르듯 훑고 지나갔다.

루이스의 눈은 빛났다. 그의 머리는 검고 약간 덥수룩했다. 검은 눈동자에, 눈썹은 단정하고 가늘었다. 그러나 그런 세부적인 모습을 뜯어보기는 어려웠다. 루이스의 미소가 계속 눈길을 잡아 끌었기 때문이다. 사진 아래에 설명이 있었다.

"루이스 M. 벨레즈, 33세. 맨해튼. 아내와 두 아이를 남기고 떠났다. 마리아 엘레나(11), 에스테반(7). 부인 이사벨라는 세 번째 아이를 임신 중이다."

방문이 활짝 열리더니 엄마의 머리가 쑥 들어왔다.

"귀를 계속 열어둘 줄 알았는데."

"죄송해요. 저녁 먹으라고 불렀어요? 못 들었는데."

"아냐. 전화 왔다고 말하려고, 누가 널 찾는다. 전화벨 소리 못 들었어?"

"아, 죄송해요. 집중할 일이 있어서 못 들었나 봐요."

이사벨이 아닐까 생각하니 가슴이 두근거렸다. 누구도 자신에게 전화를 한 적이 없었기에 틀림없으리라 생각했다. 밀리는 번호를 알고 있기는 하지만 항상 자신이 갈 때까지 집에서 기다렸다.

레이먼드는 컴퓨터를 절전 모드로 돌려놓고 의자에서 일어났다. 방에서 나와 걸어가는데 엄마가 어깨를 툭 쳤다. 깜짝 놀랄 정도로 세게.

"*젊은 아가씨야*." 목소리는 행복한 음모로 가득 차 있었다. "여자 친구 없다고 하지 않았어?"

"없어요." 잘라 말하고 전화를 받으러 서둘러 달려갔다.

불행하게도 부엌에 있는 전화기가 유일한 것이었다.

"여보세요?" 레이먼드가 말했다. 두려움 탓에 목소리가 숨이 가쁜 것처럼 들렸다.

"레이먼드 재페죠?" 여자가 물었다.

"예."

"이사벨이에요. 루이스의 아내요."

"전화해주셔서 고맙습니다." 레이먼드는 필사적으로 숨을 몰아쉬며 말했다. 누군가가 움직이는 소리가 들렸다. 고개를 돌리니 엄마가 부엌문에 서 있었다. 레이먼드는 한 손으로 수화기를 틀어막았다.

"죄송한데요, 엄마. 아주 사적인 전화라. 부탁해요."

"그래. 저녁 먹는다. 통화 끝나면 식탁으로 와. 특별한 상황이니 특별히 허락해주지."

엄마는 몸을 돌려 그를 혼자 남겨두었다.

그는 수화기에서 손을 떼고 다시 말했다.

"죄송해요. 방해하는 사람이 있어서요. 전화해주셔서 얼마나 감사한지 모르겠습니다."

"저도 소식을 들어서 정말 기뻤어요. 밀리의 친구라고요? 쪽지에 그렇게 씌어 있던데. 옆집 사람이 전화로 읽어줬어요. 너무 반가웠어요. 루이스 말고는 아무도 없을 걸로 생각했거든요."

"아무도 없었어요. 저도 얼마 전에야 밀리를 만났어요. 루이스가……."

침묵이 엄습했다. 아마도 1, 2초 정도. 아니면 3초. 침묵이 레이먼드의 마음과 내장 그리고 심장에까지 고통스럽게 뻗어나갔다. 정말이지, 절대 끝나지 않을 듯한 나쁜 한 주를 견뎌내야 하는 것처럼 느껴졌다. "정말 유감입니다."

"고마워요." 이사벨이 울고 있는지 아닌지 알 수 없었다. 목소리는 무거웠고 감정에 잠긴 듯했다. 그리고 그 감정이 말의 날카로운 부분을 구부려뜨리고 있는 듯했다. 그렇지만 눈물에 대해서는 알 수 없었다. 그가 어떻게 알 수 있겠는가? 그들은 단지 전화선으로만 연결되어 있었다.

"그러니까 말한 대로," 이사벨이 말했다. "당신이 지금 밀리를 돕고 있는 거죠? 밀리를 슈퍼에도 데려가고, 수표를 입금하러 은행에도 데려가고요."

"예, 두 가지 모두요. 우린 3~4일에 한 번 먹을거리를 사러 가요. 그리고…… 빨래를 어떻게 하나 걱정하고 있었어요. 빨래는 어떻게 도와야 하나요?"

"그건 걱정 마요. 루이스가 설득해서 세탁물을 수거하고 배달까지 해주는 서비스를 이용하고 있어요. 어쨌든 레이먼드, 정말 정말 소중한 일을 하는 거예요. 너무 걱정했거든요. 밀리에 대해서요. 맹세컨대, 누구의 도움도 받지 못하고 그 상냥한 할머니가 혼자 집에 있다는 걸 생각하면 무덤에서도 루이스는 잠을 이루지 못했을 거예요. 너무 절망적인 경우엔 결국 할머니 혼자서라도 길을 건너려 했을 거예요. 레이먼드, 다른 것도 얘기해줘요. 이제 막 무슨 일이 일어났는지 알게 되었다고 하던데. 당신이 쓴 쪽지에 따르면요. 그러니 아직 밀리한텐 말하지 않은 거죠?"

레이먼드는 힘겹게 침을 삼켰다. 겁에 질린, 쿡쿡 쑤시는 듯한 감각이 배 속에서 느껴졌다. 목구멍에서까지.

"아직요." 그가 말했다. "정말 죄송해요. 말씀드리겠다고 맹세할게요. 저녁 먹고 난 다음에요. 저녁을 먹고 싶으면 시간에 딱 맞춰 집에 있어야 하는 게 우리 집 규칙이에요. 6분 혹은 7분 정도 여유가 있긴 했지만. 밀리한테 가서 말만 전하고 와버릴 수가 없었어요. 그 모든 일을 알게 된 그분만 남겨두고 말이에요. 그래서 대신 신문 기사를 찾았어요. 가능하면 그분이 궁금해할 많은 의문에 대답할 수 있도록 프린트해 가야겠다고 생각했어요. 저녁 먹고 곧장 갈 생각이었어요. 맹세해요. 정말 죄송해요. 피하려고 한 건—"

"레이먼드," 그의 말을 가로막으며, 그렇지만 부드럽게 이사벨이 말했다. "괜찮아요. 비난하려는 게 아니었어요. 그냥…… 가능하면 빨리 밀리를 만나러 가고 싶어서. 만약 당신이 원한다면 제가 밀리한테 말할까 생각하고 있었어요. 아니면 적어도 당신이 말할 때 옆에 있기라도 하려고요."

레이먼드는 눈을 감고 숨을 쉬었다. 정말 공기가 터져나왔다. 자신이 숨을 꾹 참고 있었다는 것도 몰랐다.

"예, 그렇게 해주세요." 그가 말했다.

"알았어요. 그럼 주소 알려줘요. 아이들을 봐달라고 엄마한테 부탁할게요. 그러려면 먼저 아이들을 씻겨야 하고, 숙제를 시작하게 해야 돼요. 아마 1시간 정도 뒤엔 그곳에 갈 수 있을 거예요. 루이스가 지하철로 20분 정도 걸린다고 해서 알고 있어요."

레이먼드는 기계적으로 집 주소를 불러주는 동안 엉뚱한 생각에 잠겼다. 이사벨이 집에 오고, 자신에게 여자 친구가 생겼다고 생각하는 엄마와 새아빠를 이사벨이 만나게 되리라는 생각이었다. 삼십 대. 임신한 여자인.

"집 앞에서 만나면 좋겠어요." 그가 말했다.

식구들이 저녁을 먹는 부엌 쪽으로 걸어가는 중에 레이먼드는 엄마와 새아빠가 자신에 관해 이야기 나누는 걸 들었다.

"그러니까, 아들이 사랑에 빠진 게 분명해." 엄마가 에드에게 말하고 있었다. 아이들과 말을 나눌 때의 어조가 아니었다. "오늘 집에 왔을 때 정말 황폐한 상태더라고. 상처를 많이 받은 듯했어. 그렇게 낙담에 빠진 건 또 처음 봤다니까. 둘이 싸운 게 분명해. 그래서 여자애가 전화를 건 거야."

"그래도 저녁은 제시간에 먹어야 돼." 에드가 말했다.

"안 돼. 절대 안 돼, 에드. 그러지 *마*. 당신이 마음대로 정한 규칙을 걔한테 강요하지 마. 적어도 그런 일을 겪고 있을 때는 말이야. 당신은 사랑에 빠졌을 때 어떤 느낌이었는지 기억도 안 나? 첫사랑 말이야."

덧붙이는 말 속에 자기도 모르게 속마음이 담겨 나오자 엄마는 적잖이 당황하며 허둥거렸다.

"엄마, 이제 내 얘긴 그만해요. 제발. 이제 내가 왔으니까요." 레이먼드가 말했다.

침묵.

레이먼드는 식탁에 앉았다. 자신의 접시를 보았다. 마리나라 소스에 마늘빵이 들어간 스파게티가 있었다. 가능한 한 조용히 한숨을 쉬었다. 그는 단백질은 거의 없고 탄수화물밖에 없는 저녁을 먹고 난 다음의 느낌을 절대 좋아하지 않았다. 잠을 제대로 잘 수도 없었다.

크게 한 입 욱여넣고는 스파게티가 볼에 붙은 채로 고개를 들자 동생 론다가 그를 보며 웃고 있었다. 좋은 의미가 아니라 조롱하는 의미의 웃음이었다.

잠시 뒤 레이먼드는 마늘빵 조각이 론다의 이마를 튕기고 나와 카펫에 떨어지는 걸 보았다.

"오빨 그냥 내버려둬." 엄마가 론다에게 말했다.

레이먼드는 서성이며 기다렸다. 서성이고 또 서성이고.

아파트 앞의 거리는 아주 어두웠지만 가로등 두 개가 켜져 있었다. 레이먼드는 뿜어져 나오는 입김을 볼 수 있었다. 귀찮아서 윗도리를 가지고 나오지 않았다. 추웠다. 하지만 이사벨을 놓칠까 봐 다시 들어가서 옷을 가지고 나올 수가 없었다. 그 정도로 추운 것도 아니었다.

일을 마친 이웃들이 지하철에서 내려 집으로 걸어서 돌아오고들 있었다. 몇몇 사람은 본 적이 있었지만 대부분은 모르는 사람이었다. 그는 젊은 여자가 나타날 때마다 이사벨이 아닌가 하고 얼굴을 유심히 들여다보았다.

그런데 이사벨이 나타났을 때 그는 일말의 의심도 품지 않았다. 바로 알 수 있었다. 그리고 이사벨 역시 그를 알아보았다. 그렇다고 말할 수 있었다. 눈이 마주치자 즉각 알아보았다. 그들만이 지닌 특별한 경험은 자신의 존재를 입증하는, 서로 다른 반쪽이었다. 마치 스파이 영화에서 서로 모르는 두 사람이 만나 각자 지니고 있던 조각을 맞추어 완벽한 하나임을 증명하는 것 같았다.

이사벨은 길고 검은 머리를 뒤에서 핀으로 묶어 올렸다. 헐렁한 하늘색 원도리를 입고 있었다. 그 옷은 그의 임신 사실을 가려주었다. 검은 눈은 마치 지금껏 울고 있었다는 듯이, 아니면 이제부터 울 것이라는 듯이 촉촉하게 젖어 있었다.

그들은 서로를 보며 가깝게 다가갔고 한동안 말없이 마주 서 있었다. 어떤 말도 필요치 않은 듯했다.

레이먼드는 별 뜻 없이 이사벨의 배를 다시 보았다.

"아직 두 달밖에 안 됐어요." 이사벨이 말했다.

"아, 죄송해요."

또 다른 길고 낯선 침묵.

"그분은 2층에 살아요." 마침내 레이먼드가 입을 열었다.

"그럼 가볼까요?"

그들은 조용히 아파트로 들어갔다.

"계단밖에 없어서 죄송해요." 2층으로 올라가면서 레이먼드가 말했다. "더 좋은 아파트는 엘리베이터가 있잖아요. 그런데 여긴 그저 걸어서 올라가야 돼요."

"미안해할 거 없어요. 우리 아파트도 걸어서 올라가요. 우리 부모님이 사시는 집도 그렇고요. 그런데 설혹 우리 아파트엔 엘리베이터가 있다 하더라도 당신이 미안해할 필요는 없죠. 당신이 건물을 디자인한 것도 아니고, 이곳을 빌린 사람도 당신은 아니지 않나요? 여기 부모님하고 같이 사는 거 맞죠? 모든 점에서 당신은 선택의 여지가 없었어요."

"밀리 할머니랑 같은 말씀을 하시네요." 2층에 도착하면서 레이먼드가 말했다. "모든 것에 대해 미안해할 필요는 없으니 그러지 말라고 항상 말씀하세요. 사실은…… 최근에는 많은 사람이 저한테 그렇게 말하기도 했어요."

"그랬다면 그건 진지하게 생각해볼 필요가 있겠네요."

레이먼드가 이사벨에게서 얼굴을 돌려 자신들이 서 있는 밀리의 문을 바라보았다. 그는 깜짝 놀랐다. 그가 일종의 인간 자동항법장치처럼 이사벨을 그곳으로 이끌고 왔기 때문이다.

그는 문을 두드리기 위해 손을 들었다. 그러나 오랫동안 그대로 있었다.

"아, 정말 내키지가 않네요." 그가 말했다.

"그래도 해야만 해요." 이사벨이 말했다.

그는 문을 두드렸다. 그만의 특별한 모스 부호로. 똑. 똑-똑-똑. 똑.

곧바로 문 안쪽 저편에서 나는 밀리의 소리를 들을 수 있었다. 거실을 가로질러 밀리가 급히 걸어오는 소리. 루이제가 그 뒤를 따르고 있는 듯이 고양이 목의 방울 소리도 들렸다. 적어도 발에 밟히지 않기를 바랐다.

"오, 안녕! 레이먼드!" 문을 사이에 두고 밀리가 인사를 했다. 밀리는 잠금장치를 풀면서 말했다. "오늘은 오지 않나 보다 생각했다. 그런데 와주니 정말 기쁘네. 벌써 네가 오는 게 익숙해졌나 봐. 오늘 건너뛰는가 보다 생각하니 보고 싶더라고."

밀리가 말을 할 때 레이먼드는 가슴속 압력이 점점 높아지는 걸 느꼈다. 마치 심장을 압축기로 내리누르는 것만 같았다. 아니면 자동차를 금속 조각들로 만들어버리는 거대한 기계에 짓눌리는 것 같았다.

밀리는 행복하다.

자신과 이사벨이 그 모든 걸 끝내버릴 것이다.

이내 밀리가 문을 활짝 열었고, 반짝이는 얼굴로 그를 올려다보았다. 밀리의 웃음은 모든 걸 끌어당기는 사진 속 루이스의 웃음을 떠올리게 했다. 웃음에 모든 초점이 맞춰지도록 웃는 표정이 얼굴을 지배하고 있었다.

"어, 누군가랑 같이 왔네." 밀리가 말했다.

"예, 그랬어요. 누굴 모셔 왔어요. 만나실 수 있게요. 이분은 이사벨 벨레즈예요."

순식간에 밀리의 웃음이 훨씬 더 커졌고 더 환해졌다. 레이먼드는 그보다 더 환해지는 건 불가능하다고 생각했다.

"*이사벨 벨레즈*? 정말 당신인가요? 왠지, 전부터 당신을 아는 것만 같아요. 워낙 루이스가 당신 얘기를 많이 했어요! 정말, 정말—" 그러다 갑자기 멈추었다. 말하기를 멈추었다. 웃기를 멈추었다. 얼굴의 환한 빛도 꺼졌다. "아," 밀리가 말했다. "아, 안 돼. 이제 알았어. 그가……. 정말?"

이사벨 벨레즈가 울음을 터뜨렸다. 말 그대로 레이먼드는 사람이 그렇게 우는 걸 상상도 할 수 없었다. 비통한 흐느낌이 이사벨한테서 터져나왔고 흐느낌은 잦아들지 않았다.

밀리 할머니는 흐느끼지 않았다. 사실 아무 소리도 내지 않았다. 그러나 눈에 눈물이 가득 차오르더니 주르륵 흘러내렸다.

레이먼드는 몇 초 동안 눈을 거듭 깜박이며 울음을 참으려고 했다. 하지만 더는 참기가 어려웠다. 그래서 굳이 참으려고 노력할 필요가 없다고 마음먹고는 그대로 내버려두었다.

선 채로 두 여자를 바라보면서, 그리고 기억하는 한 처음으로 자신 또한 울게 내버려두면서 레이먼드는 자신에 관해 무언가를 알아차렸다. 자의식, 신체적 자기 인식 들이 사라져버렸다. 밀리를 알게 된 다음부터 조금씩 사라져 갔음이 분명했다. 밀리가 레이먼드를 레이먼드 자신으로부터 끌어내, 이제는 예전의 레이먼드가 있던 곳이 아닌 장소에 그를 내려놓았다.

9. 브루클린 다리

—

“더 자세한 걸 말씀드릴까요?” 이사벨이 묻는 소리를 들었다. “그러길 바라신다면요. 아주 상세하게. 그렇지만 그러지 않는 게 좋을 듯싶어요.”

레이먼드는 부엌에서 세 사람을 위한 쿠키와 차를 준비하고 있었다. 밀리가 여러 번 차를 내오는 걸 보았기에 어떻게 하는지는 알았다. 그리고 루이스에게 일어난 일을 이사벨이 들려주는 동안 자신은 없는 듯이 있고 싶었다. 그래도 둘이 식탁에 앉아서 나누는 말은 모두 들을 수 있었다.

“먼저 할머니가 더 많은 걸 정말 듣고 싶어 하시는지부터 분명히 알고 싶어요.” 이사벨이 덧붙였다. “세세한 일들은 듣기 힘드실 거예요. 저도 말씀드리기가 이렇게 힘드니 할머니가 얼마나 힘드실지는 그저 가늠만 할 수 있을 뿐이에요. 제가 정말 말씀드리고 싶은 한 가지는, 할 수만 있었더라면 더 빨리 할머니께 왔을 거라는 거예요. 루이스의 전화기가 충격으로 망가져버렸고, 루이스는 다른 어디에도 연락처들을 저장해두지 않았어요. 할머니가 계신 곳을 알았더라면 곧장 왔을 거예요. 레이먼드한테도 말했지만, 루이스는 할머니 혼자 여기 계시고 함께 슈퍼에 갈 사람이 없다는 걸 생각하면 무덤에서도 편히 쉬지 못할 거예요."

"내가 듣고 싶은 건," 밀리가 입을 열었다. "이 모든 일을 자네와 자네 식구들이 어떻게 겪어내고 있나 하는 거야. 어떻게 지내고 있어? 아이들을 보살펴줄 누군가는 있어? 하루하루 괜찮은 거지? 내가 할 수 있는 일은 없고?"

물이 끓는 바람에 레이먼드는 대부분의 대답을 듣지 못했다. 찻주전자는 준비가 다 됐다며 삑삑거리는 소리를 냈다. 레이먼드는 가스 불을 끄고 오븐 장갑을 끼고는 주전자의 물을 따랐다. 손잡이가 아주 뜨거웠다.

그러고 차가 우러나기를 기다리며 조금 오래 부엌에 있었다. 차는 우러나는 중이었다. 쿠키는 접시에 가지런히 놓았다. 이제 내갈 시간이다. 그러나 그렇게 할 수가 없었다. 두 여인이 자기들만의 시간을 누리고 있는 걸 의도치 않게 방해하는 느낌이 들었다.

"그런데 지금은 날 어떻게 찾았어?" 밀리가 물었다. 이상하리만큼 뒤늦게.

"전 못 찾았어요. 도무지 찾을 수가 없었어요. 레이먼드가 절 찾아냈어요."

자신의 이름이 들리자 레이먼드는 서둘러 차와 쿠키를 내갔다. 그러면서 이 만남이 끝나면 탁자의 원래 정확한 자리에 이사벨이 앉은 의자를 다시 갖다 놓아야겠다고 머릿속에 새겼다.

밀리가 얼굴을 들어 레이먼드를 바라보았다.

"그랬구나. 그렇지? 네가 이사벨을 여기까지 데리고 왔구나." 밀리의 목소리는 낮고 조금 떨렸다. 마치 다시 눈물의 끝자락에 도달해 있는 듯이.

"어떻게 이런 일을 했어, 내 젊은 친구?"

"그냥, 뉴욕에 있는 모든 루이스 벨레즈의 명단을 만들었어요."

"나도 그러긴 했어. 쓰지는 않았지만 전화번호 명단을 받았어. 그런데 어느 한 군데에서도 응답을 받지 못했는데."

"전화를 걸진 않았어요." 레이먼드가 그들과 나란히 탁자에 앉으면서 말했다. 쿠키를 집어 들었다. 어떤 까닭인지 당혹스러움을 느꼈다. 모두가 자신을 그만 바라보았으면 싶었다. 그러나 그건 어리석은 생각이었다. 이사벨은 멍하니 커튼이 쳐진 창밖을 보고 있었고, 밀리는 그를 볼 수도 없었다. "그 사람들이 사는 곳을 직접 찾아갔어요."

"얼마나 많은 곳을?"

"정확히는 기억 못 해요. 사람을 직접 만나서 확인한 경우만 헤아린다면…… 대충…… 예닐곱 곳 정도."

"혼자서 그렇게 했다고? 강도라도 당했으면 어쩔 뻔했어!"

레이먼드가 웃었다. "강도가 가져갈 게 있나요."

"다치기라도 하면."

한 사람이 떠올랐다. 머리를 짧게 밀고 입술 아래에 수염을 기른 루이스 벨레즈. 레이먼드 얼굴 가까이에 얼굴을 들이댔을 때 나던 양파 냄새. 무기력하게 어딘가로 추락한다는 절망적인 느낌과 함께, 사실은 루이스가 위협하려고 했다기보다 그저 심술궂게 놀려대려고 하지 않았을까 하는 생각들. 그리고 자신의 두려움이 너무 극단적으로 치우쳤다는 생각 등등.

"그래도 다치진 않았어요."

겪은 일들의 나머지는 오직 자신만 알게 덮어둘 작정이었다. 마음 깊숙한 곳에.

"레이먼드가 저를 찾아와서 정말 놀랐어요." 이사벨이 끼어들었다. "루이스의……, 그 뒤에 부모님하고 같이 있으려고 아이들을 데려갔거든요."

"운이 좋았어요." 이사벨이 더 얘기할 것 같지 않자 레이먼드가 말했다. "제가 브롱스의 루이스 벨레즈에게 확인하려고 갔더니 그 사람이 신문 기사에 대해 말해줬어요. 그래서 북동쪽 구역의 루이스 M. 벨레즈의 일을 알았어요. 대답이 없었던 집이었어요. 거기 다시 가서 쪽지를 남겨두려고 했는데, 마침 거기서 이사벨이 어디 있는지 아는 이웃을 마주쳤어요."

침묵이 맴돌았다. 누구도 그것을 채우지 않았다.

"차 가져왔어요." 레이먼드가 덧붙였다.

그는 밀리 앞쪽 탁자 위에 찻잔을 놓았다. 이번에 밀리는 찻잔이 어디 놓였는지를 잘 몰랐다. 예전엔 늘 그 위치를 찾아냈는데. 레이먼드는 밀리의 손이 뜨거운 데 닿을까 걱정스러웠다.

"그래도 네가 그렇게까지 했다는 걸 믿을 수가 없구나." 밀리가 말했다. "날 위해 그 모든 걸 했어?"

"그냥…… 예. 제 생각엔 할머니가 너무 힘들어하셔서. 모르셨기 때문에. 그런데 지금은 제가 그렇게 한 게 더 나은 건가 걱정스러워요. 이젠 알게 되셨잖아요. 몰랐던 것을요. 만약 이렇게 끔찍한 일이었다면…… 모르시는 편이 더 낫지 않았을까요?"

밀리가 한숨을 깊이 쉬었다. 차를 한 모금 마시고, 손가락을 찻잔 가장자리의 안쪽에 놓았다.

"지금은 정말 힘들구나." 밀리가 말했다. "그렇지만 결국에는 이렇게 생각하게 될 거다. 언제든 알게 된 것이 더 낫다고 네게 말할 거라고. 지금 이 순간에도 여전히 나는 이렇게나 엄청난 일을 네가 날 위해 했다는 사실에 사로잡혀 있어. 그리고 네가 얼마나 고마운지 말로 다 할 수가 없구나. 그러니 난 이렇게 말할 거야. 알게 된 것이 더 낫다고, 그렇게 말할 거라고 네게 약속하마. 내 생각들이 지금 모두 먼 풍경처럼 떠다녀. 그런데 이사벨, 내게 한 질문 말이야. 끔찍한 일의 세세한 것들을 다 알고 싶으냐는. 내가 이사벨이 말해주기를 바라는 것, 혹은 내가 정말 실제로 듣고 싶은 건 루이스가 고통을 겪었는지 여부인데. 물론 거짓말을 할 수도 있겠지. 그렇지만 조금이라도 더 다행이라 여길 수 있게끔 거짓말을 해달라고 부탁하는 게 아니야. 견딜 수 있는 한, 다만 한마디만이라도 사실을 말해줬으면 해. 만약 그걸 되살리는 것조차 견딜 수 없다면 굳이 말할 필요는 없고. 부탁이다. 루이스는?"

"검시관이 말했어요. 루이스는 즉사했다고요." 이사벨이 대답했다.

"그렇구나. 그게 내가 감사히 여겨야 할 마지막 은혜로운 일이 될 것만 같아 두렵기는 하다."

"아, 고양이를 기르시네요." 말없이 차를 마신 뒤 이사벨이 말했다. "루이스는 고양이를 기르신다는 얘긴 안 해서요."

"새로 들였어." 구터만 부인이 말했다. "고양인 지금 어디에 있니?"

밀리는 정상으로 돌아온 듯이 말하고 있었다. 거의 일상적으로. 그러나 목소리에 무언가가 빠져 있다고 레이먼드는 생각했다. 에너지가 빠져나가고 없었다. 생동감이 없었다. 밀리의 목소리에 밀리가 없었다. 지금은 그저 밀리가 없는, 목소리만 남아 있는 듯했다.

"소파 밑에서 고개만 삐죽 내밀고 있어요. 그런데 저를 흘끔 보더니 다시 안쪽으로 들어갔어요."

"걔도 한때 거친 삶을 살아서 그래. 그렇지만 내내 거리에서 지낸 건 아닐 거라 생각해. 사람 손을 전혀 타지 않은 고양이처럼 행동하진 않아. 그런데도 여전히 아주 조심스럽긴 하지. 새 사람이 가까이에 있을 때 숨어버린다고 놀랄 일은 아니야."

"루이스가 할머니를 사랑했다는 걸 굳이 말할 필요는 없겠죠." 이사벨이 잡담을 하다 갑자기 대화의 방향을 바꿨다. "그런 일을 비밀로 할 사람이 아니라고 알고 있으니까요."

"그런 감정은 분명 일방적이진 않지." 밀리가 서둘러 덧붙였다. 밀리의 예전 모습이 말 속에 얼핏 내비치는 듯했다. 레이먼드는 자신이 안도하는 숨을 내쉬는 소리를 들었다. 비록 백만 년이 지난다 해도 이런 일이 일어난 걸 아무렇지도 않게 받아들이긴 어렵겠지만, 밀리가 괜찮다는 사실과 루이스가 정말 밀리를 사랑했다는 사실에 깊은 안도감을 느꼈다.

"그가 내게 말했어요. 자기가 만난 사람 중 어디에도 편견이라고는 찾아볼 수 없는 유일한 분이시라고요." 이사벨이 말했다. "심지어 머리카락 한 올만큼 작은 편견조차 없으시다고, 그렇게 말했어요. 처음 한두 해 동안은 할머니와 함께 있을 때면 그런 점을 찾으려고 했대요. 물론 루이스는 할머니가 대부분의 사람들보다 훨씬 낫다고 생각했어요. 루이스가 만난 99%의 사람들보다 낫다고요. 그래도 어느 한 구석 작은 흠을 찾게 될 거라고 생각했대요. 대부분의 사람은 그러니까요. 그런데 할머니는 아니라고 하더라고요. 그다음부터 그는 정말 흠 찾기를 그만두었다고 했어요. 루이스가 할머니에 대해 말할 수 있는 것이 있다면, 그러니까 할머니를 규정하는 하나의 커다란 가치는 할머니가 모든 사람의 삶에 동등한 가치를 부여한다는 거라고 했어요. 만약 할머니의 삶이 하나의 이야기라면 그 이야기가 담긴 책의 제목은 '모든 삶은 가치를 지닌다'와 비슷한 것이 될 거라고도 했고요. 그이는 할머니의 그런 점을 정말 존경했어요. 그리고 또 조금 혼란스러워하기도 했어요. 어떻게 사람이 그런 방식을 계속 견지할 수 있는지 의아해했어요. 그렇지만 결코 찾아낼 수 없었대요. 결코 그 뿌리를 알아낼 수 없었다고 말했어요."

"나도 모든 삶이 정확하게 같은 가치를 지녔다고는 생각지 않아." 밀리가 말했다. "난 아돌프 히틀러의 삶보다 로자 파크스의 삶이 더 가치 있다고 생각해. 그렇지만 그건 이사벨이 말하고자 하는 바와는 다른 얘기라는 걸 알고 있어."

"저도 역시 그렇게 생각해요. 아이들을 데리고 와서 할머니를 뵙게 할 생각이에요. 상황이 조금이나마 안정되면요."

"그러면 좋겠다." 밀리가 화답했다. 그러나 그는 다시 목소리에서 사라져버렸다.

"전 항상 그러자고 했어요." 이사벨이 덧붙였다.

이사벨의 목소리는 지난 며칠 동안 여러 사람이 레이먼드에게 말하곤 했던 종류의 죄의식으로 무겁게 들렸다. 얼마나 많은 사람이 그들 스스로 하고 싶다고 늘 상상해온 일들을 최근 그에게 말했던가. 삶이 언제나 끼어들었고, 하고 싶은 일은 미뤄지기만 했다고. 후회를 담고 있는 무거운 어조와 함께.

"전 항상 아이들을 데려오려고 했어요. 루이스하고 저는 그 일에 대해 이야기를 자주 나눴어요. 우리는 할머니가 우리 가족 전부를 만나게 하고 싶었어요. 그런데 왜 그렇게 되지 않았는지에 대해서는 마땅히 설명할 말이 없어요. 설명할 수도 없고요. 우린 두 아이 때문에 바빴어요. 그리고 다시 임신했고요. 그렇지만 변명의 여지는 없어요. 왜 그러지 않았는지 진짜 이유는 없어요. 우린 그저 미루기만 하는 잘못을 한 거예요. 미뤄둔다고 뭘 잃어버릴 건 없겠지 하고 생각했어요. 시간이 많다고 생각했어요. 그게 우리의 가장 큰 실수였어요. 그렇죠? 우린 항상 앞으로도 시간이 있을 거라고 생각했어요. 왜 우린 그럴까요? 루이스랑 저만 말하는 건 아니에요. 모두가. 왜 모두 그렇게 생각하는지. 우리는 모두 항상 시간이 많이 있다고 생각하잖아요?"

"글쎄. 난 그렇게 하지 않아. 그런데 그건 다른 이야기야. 내가 어린 소녀였을 때 했던 경험이 시간을 당연한 것으로 여기지 않도록 가르쳐줬어. 그리고 지금 난 아흔둘이고, 그걸 훨씬 더 잘 알지."

"그런데 우린 당연하게도 아흔둘 된 할머니에게도 항상 시간이 많을 거라고 생각했어요. 세상을 완전히 잘못 보고 있었어요. 마치 죽음이 실제로 있지도 않고 결코 가깝게 다가오지 않을 것처럼요."

"오, 시간이 많지 않다는 건 모두 현실이야. 그건 말할 수 있어." 밀리가 말했다.

"지금은 저도 그걸 알아요. 모든 걸 너무나 잘 알아요. 죽음에 따라잡힌다는 것을요."

침묵.

그런데 밀리가 갑자기 말문을 열었다.

"어쨌든. 이사벨이 이렇게 와준 것만으로도 정말 고마운데. 그런데 지금은 너무도 피곤해. 뭘 할 기력이 조금도 남지 않은 것 같아. 심지어 탁자에서 내 몸을 일으켜 세울 수도 없어. 예의 없는 말처럼 듣진 말아줘. 그렇지만 우리가 다시 볼 거라고 약속한다면 지금은 침대에 눕는 게 좋을 것 같아. 이사벨에겐 너무 이른 시간이란 건 알아. 대략 7시쯤 됐나? 그렇지만 지금 정말 너무 피곤해."

"물론이에요." 이사벨이 말했다. "괜찮아요. 레이먼드한테 전화번호랑 주소를 적어 줄게요."

하지만 밀리는 이미 등을 돌려 가고 있었다. 침실 쪽으로 비틀거리며 어깨를 흔들고.

레이먼드와 이사벨은 잠시 더 앉아 있었다. 그들은 서로 얼굴을 보았다. 레이먼드가 재빨리 고개를 돌렸다.

"괜찮으실까요?" 이사벨이 물었다.

"모르겠어요. 이러신 적이 처음이라서. 의자에 앉을 기력조차 없으신 건요. 생각해보니 저녁을 먹은 다음에는 보통 찾아뵙질 않았네요. 아무래도 루이스 소식에 충격을 받으신 거란 생각이 들어요. 종이랑 연필 갖다드릴게요."

그러나 레이먼드는 밀리의 집 어디에 그것들이 있는지 알지 못했다.

"내 가방에 뭐라도 있을 거예요." 이사벨이 말했다.

이사벨은 한동안 가방을 뒤적거렸다. 가방은 깊었고, 얼핏 보아도 무언가를 찾기가 쉽지 않아 보였다. 물건들을 이리저리 뒤적이다가 무언가를 바닥에 떨어뜨렸다. 얼핏 보아 선글라스 케이스였다. 이사벨이 그것을 주우려다 멈칫 얼어붙었다. 레이먼드는 두 사람이 같은 생각을 하는 게 아닐까 궁금했다. 같은 생각을 하는 것이 틀림없었다.

가방에서 물건을 떨어뜨리는 것이 누군가를 살해할 수도 있는, 일련의 사건들의 첫 번째 행위일 수 있다는 걸 누가 상상이나 할까?

곧 이사벨이 몸을 움직이더니 그것을 집어 들었다.

"나도 가끔 들를 수 있어요." 이사벨이 말했다. "레이먼드가 할머니에게 충분히 도움이 되지 못해서 그러는 건 아니에요. 이제 어디 계신지 알았으니 아이들과 만나게 해드리고 싶네요."

"이번 주말에 오시는 건 어때요? 전 아빠랑 아빠의 새 부인과 격주마다 함께 지내요. 이번 주말이 그 차례예요. 취소될 수도 있지만 미리 알기는 어려워요. 아빠가 저랑 보낼 계획이 있는지 없는지 당장은 알 수가 없거든요. 가봐야 알아요."

"알았어요. 내가 아이들을 데리고 들를게요."

"재판은 언제인가요?" 이사벨이 주소를 적기 시작했을 때 레이먼드가 물었다.

"사람들 말이 아마 내년에나 시작될 거라고 하네요."

"내년요? 왜 그렇게 늦어요?"

이사벨이 어깨를 으쓱했다. "법체계가 원래 그런 거 아닐까요. 천천히. 그것도 엄청 빠른 거라고 말하더라고요. 변호사 사무실에서 들은 바로는 2~3년을 기다리고 있는 밀린 재판도 많대요."

이사벨이 레이먼드가 앉은 쪽으로 종이를 밀었고, 레이먼드는 그것을 집어 청바지의 앞주머니에 깊이 찔러 넣었다.

"그런데 그 여자는 어디에 있어요? 감옥에?"

"아, 아니에요. 보석으로 풀려났어요. 집에서 편안히 있겠죠."

이사벨이 일어섰고, 레이먼드도 일어섰다. 함께 문 쪽으로 걸어갔다.

그 여자가 집에서 편안하게 있다는 사실이 레이먼드에겐 공평하지 않게 느껴졌다. 그러나 자신이 할 수 있는 일은 아무것도 없었다. 큰 소리로 말한다고 사태가 달라지지는 않을 터였다.

"들러주셔서 정말 고맙습니다. 로비까지 모셔다드릴게요. 아니면…… 지하철역까지요. 지하철역까지 같이 가도 괜찮겠죠?"

"난 다 좋아요."

이사벨을 위해 문을 열었다. 그러자 문제가 있음을 깨달았다.

"아, 잠깐만요. 문을 잠글 수 있는 방도가 없네요. 모셔다드리면 문을 열어둔 채 할머니가 있게 돼요."

"그러면 여기 할머니 곁에 있어요. 돌봐드리고요. 나는 괜찮아요."

"가시기 전에 한 가지만 더 여쭤봐도 될까요? 일요일 전에 그 일에 대해 난 신문 기사가 있나요?"

"내가 아는 한 없어요. 이 도시에서는 너무 많은 사람이 죽잖아요."

"인터넷에서 검색해봤는데요, 부고도 찾을 수가 없었어요."

"한 번 알렸어요. 그것도 일주일 전에 꼭 한 번. 돈이 많이 들더라고요. 알고 있었나요? 월급이 나오길 기다려야만 했어요.

난 신문이 공공 서비스 같은 거라고 생각했는데, 아니었어요. 가족들이 비용을 치러야 해요."

"예, 알고 있어요. 가족들이 돈을 내야 해요."

이사벨이 레이먼드의 팔을 한 손으로 잡고 발돋움을 했다. 그러더니 그의 볼에 재빨리 입을 맞추었다. 그러고는 걸어 나갔다.

레이먼드는 볼의 한 군데가 타는 듯한 느낌을 받으며 복도를 걸어가는 이사벨을 보았다. 마치 그의 피부가 부끄러움을 느낄 수 있는 것만 같았다.

문을 닫고 밀리네 거실을 가로질렀다. 안쪽 복도까지. 문이 열려 있는 침실까지 가지는 않았다. 누구에게도 보이고 싶지 않은 공간이라는 생각이 들었기 때문이다. 그래도 자신의 말을 밀리가 들을 수 있을 정도의 거리까지 가까이 갔다.

"문을 어떻게 잠가야 할까요?" 레이먼드가 물었다.

"여기로 들어와. 괜찮아." 밀리가 답했다.

그는 안으로 들어갔다. 망설이며. 문 쪽으로. 그리고 한 손으로 문설주를 짚었다. 밀리는 여전히 옷을 입은 상태 그대로였다. 침대보 위에 누워 있었다. 신발은 벗은 채 손으로 뜬 담요를 끌어다 덮고 있었다. 지쳐 보인다는 말로는 부족했다. 무력해 보였고 상실감에 잠긴 듯 보였다. 이 순간을 도저히 감당해낼 수 없는 것 같았다.

고양이는 밀리의 베개 위에 스핑크스 모양으로 앉아 가르릉거리고 있었다. 그리고 반쯤 잠긴, 만족스러워하는 눈으로 레이먼드를 올려다보았다. 반면에 밀리의 눈은 꼭 감긴 채였다.

"내 열쇠를 가져가. 그리고 나를 그냥 두고 잠가. 나중에 한 번 들러주고. 올 수 있을 때 말이야. 내일 아무 때나 괜찮지 않을까. 부탁이다."

"예, 그럴게요. 밤새도록 옷을 그대로 입은 채 주무실 건가요? 불편하지 않으시겠어요?"

"잘 모르겠다. 나중에 깨서 불편하면 잠옷으로 갈아입을게. 지금은 그냥 이대로가 좋아."

"정말 괜찮으세요?"

"아픈 건 아니야. 그게 네가 묻는 거라면. 그 여자가 지금 어디 있는지 네가 묻는 걸 들었다. 재판 때까지. 그런데 이사벨의 대답은 못 들었어."

"보석으로 풀려났대요."

"아, 알겠다."

"공평하지 않은 것 같아요."

"그게 우리 법인가 보지." 밀리가 말했다.

"그렇지만 왜 우리가 이 모든 걸 겪고 있는 동안 그 여자는 집에서 아주 편하게 지내게 하는 거죠?"

"아, 그 여자도 편하지만은 않을 거야."

"왜 그렇게 말씀하세요?"

밀리가 눈을 떴다. 그러나 그가 늘 볼 수 있었던 열정이나 적극성은 얼굴에 없었다.

"레이먼드, 인간의 목숨을 빼앗는다는 건 엄청난 일이야. 내가 그런 일을 한 적이 있어서 이렇게 말하는 건 아니다. 난 그런 적이 없어. 하지만 그건 사람을 짓누르는 것임이 분명해. 죄책감은 끔찍한 일이야. 사실이라고 말할 수 있어. 그건 사람을 내면에서부터 찢어발기는 거야. 그래서 난 그 사람이 조금은 안됐어. 그 여자에게 나쁜 감정이 들지 않는다는 말이 아니야. 나도……. 그런데도 그 여자가 안됐어. 난 그 여자가 돼서 자기가 누군가를 죽였다는 사실을 알고 있기보다는 루이스를 뺏긴 채 내 집 침대에 있는 지금의 내가 되고 싶어. 만약 그 여자에게도 양심이 있다면 살아가는 일이 끔찍한 일일 거야. 만약 양심이 없으면 양심이 없다는 그것 때문에 불쌍한 여자임이 분명해. 그런 말이 있어. 마크 트웨인이 한 말이 아닐까 하는데, 틀릴지도 몰라. 윌 로저스가 한 말일 수도 있어. '난 브루클린 다리를 파는 사람보다는 사는 사람이 되고 싶다.' 대략 그런 말이었어. 넌 현명한 청년이니, 그 말의 의미를 알 수 있을 거라 생각해."

"예, 알 것 같아요."

"그래. 이제 정말 너무 피곤하구나."

레이먼드는 문으로 가는 중에 열쇠를 집어 들었다. 그리고 멈췄고, 돌아섰다. 잊어버린 것이 있음을 깨달았다.

그는 서둘러 탁자로 가서, 사용했던 의자를 원래 있던 곳으로 옮겼다. 테이프로 표시된 곳에 조심스럽게 놓았다. 밀리가 오가는 중에 부딪혀 넘어지지 않도록 온 신경을 모아 이사벨이 앉았던 의자도 다시 놓았다. 물론 밀리가 깨어서 일어날 것을 예상하고.

그러고 난 다음 밖으로 나왔다.

이사벨에게 보낼 이메일을 쓰기 위해 컴퓨터 앞에 앉았다.

이사벨은 자기 부모님 집의 주소와 전화번호, 그리고 자신의 이메일 주소를 적어주었다. 레이먼드는 이사벨에게 밀리의 전화번호를 건네고 싶었다. 그리고 이메일을 보내면 자신의 이메일 주소도 저절로 알게 될 터였다.

그것들이 자신이 추려낸, 이메일을 보내는 한 묶음의 이유였다. 이메일 내용을 입력하면서 더 큰 이유가 떠올랐다. 전 정말 할머니가 걱정스러워요. 그것이 그가 쓴 첫 번째 문장이었다.

밀리는 잠을 자러 침대로 갔어요. 옷도 갈아입지 않고요. 옷 갈아입는 게 너무 힘이 든다고 하셨어요. 그 비슷한 내용이었어요. 정확하게 어찌 말씀하셨는지는 잊어버렸어요. 루이스에게 일어난 그 일이 밀리에겐 정말 충격임을 알아요. 저 또한 놀랐다거나 충격을 받았다고 다 쓰는 건 어리석은 일이란 것도 알고요. 그저 저의 염려를 누군가에게 말하고 싶어서 그런가 봐요.

할머니는 아프진 않다고 말하기까지 했어요. 그렇지만.

컴퓨터에서 갑자기 음악과도 같은, 이상한 소리가 삑삑 났다. 그는 펄쩍 뛸 정도로 놀랐다. 말 그대로, 정말 펄쩍 공중으로 뛰어올랐다가 두근거리는 가슴을 안고 다시 앉았다.

그러고 곧 그 소리가 스카이프 소리임을 깨달았다. 누군가가 스카이프 전화를 걸어 올 때 나는 소리였다. 작고 둥근 원 안에

뜬 안드레의 아바타 사진이 화면 한쪽에 나타났다. 레이먼드는 이메일을 마저 쓰고 싶었지만 영상 통화 응답 버튼을 눌렀다.

"안녕." 그가 말했다.

"안녕." 안드레가 인사를 받았다.

안드레는 활짝 웃고 있었다. 레이먼드는 화면에 떠오른 자신의 얼굴도 흘낏 보았다. 자신은 웃고 있지 않았다.

"야, 뭔 일이라도 있냐?" 안드레가 물었다.

"아냐, 별일 없어." 레이먼드가 답했다. "그냥 긴 하루였어. 힘든 하루."

"뭔 일인지 말해봐."

"아냐, 중요한 일 아니야."

레이먼드는 갑자기 자기 자신이 안드레와 친구로 지내던 때의 자신이 더는 아니라는 생각에 빠져들었다. 안드레가 이해할 수 없는 누군가로 달라져 있었다.

그는 생각했다. *게다가 우린 정말 중요한 문제에 대해서는 한 번도 제대로 이야기해본 적이 없어.*

"새 학교는 어때?" 레이먼드가 화제를 바꾸려는 듯 물었다.

"모르겠어. 기껏 며칠밖에 안 지났잖아. 어쨌든 처음 며칠은 늘 최악이니까. 넌 어때? 뭔 일 있어? 어딜 다녔어? 응?"

"아무 일 없어."

"진짜? 뭔 일 있는 것 같은데. 너한테 전화하려고 스무 번 남짓 스카이프를 열었어. 그런데 번번이 연결이 안 되더라. 언제부터 그렇게 바빴냐? 무슨 일로? 아니면 누구 때문이야?"

"누구도 안 만나."

이건 그들이 한 번도 얘기를 나눠본 적 없는 심각하고 중요한 것 중 하나였다.

"그럼 뭐야? 왜? 엄청난 미스터리라도 있는 거야?"

"아냐. 그냥……." 레이먼드는 바보같이 굴고 있다는 생각이 들었다. 왜 *굳이* 비밀로 하려는 거지? 만약 안드레가 이해하지 못한다면 어쩔 수 없지 않은가. 레이먼드가 말하기 부끄러워해야 할 일은 아닌 것이다. "너 그 나이 많은 여자분 기억나? 지난번 복도에서 본 분 말이야?"

"미친 사람? '루이스 발데즈를 아느냐'고 했던 사람?"

"벨레즈. 그분은 미치지 않았어. 전혀. 정말 멋진 분이셔. 그냥 눈이 안 보일 뿐이야. 그래서 어디 다른 곳을 보고 있나 하고 이상하게 여겨졌을 거야."

"아, 알았어. 그래, 그 여자는 미치지 않았어. 그런데 그 여자는 아마…… 90살?"

"실제로는 92살. 그렇지만 정말 멋져. 재미있으시고. 그리고 그 할머니한테서 정말 많은 걸 배워. 내가 돕기도 하고."

"왜?"

침묵. 그동안 레이먼드는 오랜 친구의 얼굴이 담긴 영상을 살폈다. 안드레는 이 대화에 전혀 흥미를 보이지 않고 있었다. 레이먼드는 분명히 알 수 있었다. 레이먼드가 읽었던 정치나 역사에 관한 책 이야기를 꺼내면 그가 짓고는 하던, 조금 멍한 눈빛이었다.

"왜냐하면 그분한텐 아무도 없거든."

"그래서 네가 누군가를 찾아줄 작정이구나. 맞지?"

"'누군가를 찾아준다'는 게 무슨 뜻이야?"

"사회복지 일을 하는 곳에다 전화를 거는 것 말이야. 그러면 거기서 누군가가 와서 도와줄 거야. 아니야? 그러면 네가 직접 할 필요는 없잖아."

"난 내가 돕는 것도 괜찮아. 말했잖아. 그분은 재미있고 훌륭하셔. 난 그분하고 얘기하는 것 좋아해."

"그래도 그 사람은 90살이잖아."

"상관 안 해. 내가 말했잖아. 도대체 넌 내 말을 듣기라도 한 거니?"

레이먼드는 짜증이 나기 시작했다. 목소리로 티를 안 내려고 했지만 실패했다는 걸 알아차렸다.

"마음대로 해. 레이먼드, 네가 원하는 대로 뭐든지 해. 난 상관 안 해. 그런데 전학 간 학교에 말이야, 체스 클럽이 있는데 정말 완전 달라. 예전 학교랑은."

"있잖아," 레이먼드가 말을 가로막았다. "오늘은 정말 긴 하루였어. 그리고 난 쓰던 이메일을 마저 써야 돼. 내가 시간 나면 나중에 다시 스카이프 하자. 내가 먼저 연락할게."

"어……."

길게 이어지는 멈춤. 안드레는 놀랐고, 마음이 조금 상했다. 레이먼드는 알 수 있었다. 두 친구는 늘 그래왔듯 같은 장소에서 만날 수도 없는데 상처를 받았다. 그렇지만 그것이 진실이라면 둘 사이의 간극 또한 진실이다. 레이먼드는 할 말을 미루거나 진실을 거부할 필요가 없다고 생각했다.

"그래." 안드레가 말했다. "알았어. 그러자."

레이먼드는 작별 인사를 하고 스카이프를 껐다.

처음에 그는 당분간 안드레에게 스카이프로 전화를 걸 생각이 없었다. 그러다 그는 스카이프 애플리케이션 화면을 뚫어져라 보면서 안드레는 그저 이해를 못 했을 뿐 나쁜 의도는 없었음을 깨달았다. 게다가 안드레는 새로운 곳에 혼자 있는 자신의 오랜 친구다.

그래서 레이먼드는 이메일을 다 쓴 다음 마음을 가라앉히고 안드레에게 스카이프를 연결해 예의를 지켰다. 그뿐 아니라 예의를 지킴으로써 관계가 오히려 더 좋아진 느낌이었다.

그들은 밀리에 관해서는 다시 말하지 않았다. 그것이 아마도 최선인 것 같았다.

10. 우리가 만든 이 세상

—

레이먼드는 평소보다 15분 일찍 집을 나섰다. 밀리에게 들러서 그가 괜찮은지 살펴보고 싶었다.

레이먼드는 자신만의 특별한 노크를 했다. 두 번. 답이 없었다.

열쇠로 문을 열었다.

그는 텅 빈 거실에 서서 밀리를 불렀다.

“할머니? 잘 주무셨어요?”

“안녕, 레이먼드.” 밀리의 말을 들었다.

그러나 조용한 목소리였다. 밀리는 여전히 침실에 있었고, 목소리는 부드러웠다. 그는 말을 길게 하지 못하고 있었다. 레이먼드는 복도를 지나 문이 열린 침실 한두 걸음 앞에서 멈춰 섰다.

손을 뻗어 문설주를 두드렸다.

"들어와. 괜찮아." 밀리가 말했다.

레이먼드는 열린 문 안으로 들어갔다.

밀리는 커튼이 쳐진 창문으로 부드러운 빛이 쏟아져 들어오는 침대에 누워 있었다. 여전히 어제 옷차림 그대로였고 울 담요를 덮고 있었다. 고양이는 밀리의 오른쪽 팔과 허리 사이에 웅크리고 있었고, 밀리는 왼손으로 고양이를 무심히 쓰다듬고 있었다. 무언가 특별한 것에 매혹된 것처럼 창문 밖을 보고 있었던 듯이 보였다. 그러나 물론 불가능한 일이었다.

"잠옷으로 갈아입지 않으셨네요?"

"그래." 밀리가 말했다. 간단하게. 조용히.

"어제 뵌 뒤로 한 번도 일어나지 않으신 거예요? 필요하면 일으켜드릴까요?"

"화장실 가느라 한 번 일어났어."

"뭘 드시기는 했고요?"

"배가 고프지 않아."

"학교 가기 전에 뭘 조금 만들어드릴게요."

"아, 레이먼드. 모르겠어. 뭘 먹을 수나 있을지."

"캠브릭 차랑 토스트 만들어드릴게요. 드실 수 있겠어요?"

"시나몬 설탕 토스트는 먹을 수 있을지 모르겠다. 엄마가 캠브릭 차랑 함께 만들어주시곤 했어. 내가 기분이 좋지 않을 때. 녹은 버터 위에 설탕을 조금만 뿌리면 된다. 그런 다음에 양념 찬장에 있는 시나몬을 조금 뿌려다오."

"알았어요, 금방 만들어 올게요."

레이먼드는 찬장에서 꺼낸 윤이 나는 나무 쟁반에 음식을 올려 밀리에게 가져다주었다. 밀리는 힘겹게 일어나 앉아 무릎 위에 쟁반을 놓을 수 있도록 해주었다. 그는 토스트를 한 입 베어 먹고 한숨을 쉬었다. 나쁜 의미의 한숨은 아니라고 레이먼드는 생각했다.

"이렇게 요리까지 해주다니 정말 고맙구나." 밀리가 말했다. "그리고 아주 딱 맞춤하게 했네."

레이먼드는 침대 옆 라디오 시계를 흘깃 보았다. 지금 나가도 학교는 늦을 것이다. 그러나 밀리 혼자 있어도 괜찮을 거란 확신이 들 때까지 어디에도 가질 않을 작정이었다.

"제가, 가기 전에 할 일이 더 있을까요?" 레이먼드는 침대 모서리에 살짝 앉으며 물었다.

"네가 이 세상을 그 누구도 루이스에게 총을 쏘아대지 않는 곳으로 만들어주면 좋겠다. 그렇게 하면 사람들은 총을 아예 꺼내지도 않을 테니까. 아니다. 총을 결코 들고 다니지 않는 편이 더 나을지도 모르겠다. 왜 사람들은 총을 쏠까? 그는 그저 길을 걸어가고 있을 뿐이었는데. 만약 그들이 그를 결코 만난 적이 없다면 무얼 근거로 그를 판단했을까? 왜 한 남자가 그저 뒤따라오는 것만으로 위협을 느꼈을까? 만약 네가 세상에 총이 없게 만들 수 있다면 그게 바로 내게 도움이 되는 걸 거야. 어쨌든. 나에 대해서는 그만 잊어. 그런 세상이라면 루이스에게 뭔가 도움이 되었을 거야. 모두에게 도움이 되었을 거다."

레이먼드는 찌르는 듯한 느낌 속에 한동안 말없이 앉아 있었다. 밀리가 토스트를 한 입 더 먹는 모습을 보았다.

"제가 할 수 없다는 걸 아시잖아요."

"그래. 나도 알아. 그래도 내 주장이 잘못된 건 아니야. 내가 말하려는 건 사람들에겐 누구도 만들 수 없는 세상이 필요하다는 거야. 그리고 고칠 수도 없기 때문에 난 시간만이 도움이 될 거라 생각해. 이 사건을 내가 받아들이려면 아주 많은 시간이 걸릴 것 같아. 그러나 네가 돕고 싶어 한다는 사실은 내게 말로 표현할 수 없을 만큼 많은 걸 의미해. 그 사실이 내겐 세상의 의미란다, 레이먼드. 그 사실과 나를 만나러 오고 나를 알게 될 루이스의 아이들, 그 아이들과 너야말로 지금 땅 위에 나를 붙들고 있는 유일한 존재들이야. 오, 이 작은 고양이도. 고양인 무릎에 앉아 가르릉거리며 나에게 위로가 되어주지. 그리고 네가 지금처럼 친구가 아니었다면 지금 내가 가진 것들을 가질 수나 있었을지 생각해보렴. 그걸 생각해봐, 레이먼드. 지금 바로 이 별에서 나를 붙들고 있는 모든 건 네가 내 삶에 가져다준 거야. 지금만 해도 그래……. 그런데 학교에 늦지 않았니?"

"예, 좀 늦었어요." 그가 말했다. 그러나 움직이지는 않았다.

"가보렴." 밀리가 말했다. "네가 없는 동안 달라질 게 있다고 생각하니? 아무것도 변하지 않을 거야. 나는 여기 이대로 있을 게고."

마지못해, 아주 마지못해 레이먼드는 밀리를 두고 일어섰다.

학교 가는 동안 내내 달렸다.

레이먼드는 집으로 오는 길에 다시 들러보았다. 자신이 없는 동안 밀리가 조금이라도 움직인 걸 보게 되길 기대하며.

밀리는 그대로였다.

그는 고양이를 무릎에 앉힌 채 침대에 앉아 있었다. 같은 옷을 입은 채. 같은 방향을 보면서.

"뭘 좀 드셨어요?" 그에게 물은 첫 번째 질문이었다.

그는 단지 한숨으로만 대답했다.

"뭔가 만들어드리면 드시겠어요?"

"정말 아무것도 먹고 싶지가 않구나." 그가 머리를 레이먼드가 선 쪽으로 모호하게 돌리며 답했다.

"그래도 일어나서 고양이 밥은 줬어. 그게 동물을 길러서 좋은 점이지. 자기 자신을 위해선 일어나고 싶지 않더라도 동물을 위해선 어쨌든 움직여야 돼. 아무튼 나는 배가 고프질 않네."

레이먼드는 침대 끝에 앉았다.

"제 질문에 진짜 대답은 안 하셨어요. 저는 배고프신지 아니면 드시고 싶으신지보다, 드실 수 *있는지*를 여쭀어요. 제가 뭘 좀 만들어 오면, 그리고 여기 가져다드리면, 적어도 아침에 드신 것처럼 좀 드실 건지 말이에요. 사람들은 살기 위해 뭔가 먹어야 하잖아요. 할머니가 음식을 정말 원하는지 아닌지는 그다음 문제예요. 음식은 어찌 됐건 할머니에게 영양분을 제공할 거니까요."

1~2분 남짓 그들은 조용히 앉아 있었다.

그런 뒤 밀리가 말했다. "내가 널 실망시키고 있는 것 같구나, 레이먼드. 마치 네가 마땅히 살아야 하는 방식대로 널 살지 못하게 가로막고 있는 것처럼."

왜 그런지 몰라도 그 말이 레이먼드의 얼굴을 팽팽하게 긴장시켰다. 이 긴장은 두렵거나 당황스러울 때의 반응이었다.

"왜 그런 말씀을 하시는지 모르겠어요."

"내가 괜찮아지기를 바라잖아. 일어나서 기분이 조금 나아지기를. 기분 나아진 상태로 쭉 있기를."

"예. 그리고 할머니는, 이 세상을 누구도 루이스에게 총을 쏘지 않는 곳으로 제가 만들었으면 하고 바라셨잖아요? 사람들이 그는 단지 지갑을 돌려주려 한 것뿐이라고 안다 해도 그 여자 가방 안에는 여전히 총이 있었기 때문에 말예요. 그런데 전 할머니를 위해 제가 그렇게 할 수 없다는 사실을 인정하지 않을 거예요. 전 지금은 그렇게 할 수 없다는 걸, 아직은 섣불리 제 개인적인 실패로 여기지도 않을 거고요."

"그래 맞아, 내 친구야. 핵심이 그거지."

또 다른 1~2분의 침묵.

"스크램블드에그가 좋겠다." 밀리가 말했다.

"금방 만들어드릴게요."

"너한테 이렇게 시중을 들게 해서 좀 미안한데."

"그런 생각 마세요. 전혀 어렵지 않아요."

"레이먼드, 너처럼 좋은 친구에게 걸맞으려면 나는 뭘 해야 할까?"

가볍게 던져보는 말일지도 몰랐다. 레이먼드는 명확히 알 수가 없었다. 그렇지만 진짜 질문으로 한 걸음 더 나아가보기로 했다.

"제 생각에는, 할머니는 제가 알게 된 첫 번째 사람이에요. ……제대로 말씀드리고 있는 건지 모르겠는데, 아무튼 우리가 누군가를 바라볼 때, 실제로 저를 바라보는 사람들, 여기서 저를 바라본다는 건 자신이 보고 싶은 것만 보려고 자기 틀에 끼워 맞추는 게 아니라 저에 관한 모든 것을 보는 걸 말하는데, 저는 어떤 틀에 맞춰서 남을 바라보는 게 늘 이상했어요. 그런데 제 모든 걸 있는 그대로, 진짜 저를 봐주는 분으로는 할머니가 첫 번째 사람이신데…… 아시잖아요…… 볼 수도 없으신데 말예요."

"한 사람의 중요한 점을 볼 때 말이야, 눈으로 보는 건 그저 주의를 흐트러뜨리기만 한다는 게 내 생각이야. 물론 나한테 눈으로 볼 수 있는 기회가 주어진대도 그걸 거부하겠다는 건 아니야. 아, 내 시력을 돌려받고 싶단다. 정말이지 내 눈으로 보고 싶거든. 그렇지만 눈 없이도 보는 걸 배웠다는 것 역시 나는 좋아하긴 해."

"스크램블드에그 두 *개*를 만들려고 하는데," 조금 분위기가 밝아졌다고 느끼며 레이먼드가 입을 열었다. 두 사람 마음 모두 그렇게 느끼고 있었다. "두 개 다 드실 수 있겠어요?"

"그래, 레이먼드 때문에라도. 적어도 시도는 해보마."

레이먼드는 집으로 돌아와 방문을 닫고 노트북을 열었다. 있었으면 하고 바란 것이 와 있었다. 이사벨한테서 온 이메일.

'친애하는 레이먼드에게'로 시작되었다.

루이스를 잘 알던 우리에게 그 사건은 정말 힘겨운 일이에요. 밀리는 그 사건에 대해 처음 알았으니 우리가 참고 기다려줘야 하겠지요. 당신이 그분을 걱정하는 건 좋은 일이랍니다. 그렇지만 사람들에겐 나쁜 소식에 뒤따르는 감정을 추스를 시간이 필요해요. 걱정하는 게 적절치 않다고 말하려는 건 아니에요. 그게 오히려 자연스러울 수도 있고요. 난 당신이 이미 알고 있는 걸 일깨워줄 수 있을 뿐이에요. 이번 일에 관해서는 당신이 밀리를 도울 수 있는 게 아마 별로 없을 거예요. 지금도 그분이 기본적으로 필요로 하는 건 하고 있잖아요. 그것만으로도 충분하답니다.

토요일에 아이들과 함께 들를 거예요. 레이먼드가 아빠 집에 가서 떨어져 있는 동안에요.

그날 슈퍼마켓으로 바로 가야 하나 고민하고 있어요. 당신이 나가기 전에 먹을 걸 충분히 마련해둘 건가요?

모든 게 그저 고마워요. 당신은 정말 다감한 청년이랍니다.

마음을 담아
이사벨 벨레즈

레이먼드는 잠시 그대로 앉아 있었다. 누군가가 자신에게 그런 식으로 말할 때마다 얼굴이 붉어진다는 걸 느끼면서. 글로도 다르지 않았다. 주변 어디에 그들이 있는 게 아닌데도.

그는 '답장'을 눌렀다.

이사벨이라고 자판을 쳤다.

이번 주에 그분의 찬장을 살펴볼게요. 그리고 필요한 모든 걸 챙겨놓을게요. 많이 드실 수 있게 하기는 힘들지만 조금이라도 드시라고 권할 수 있도록 집에 먹을거리가 충분히 있어야겠네요. 그게 제가 해왔던 일이기도 하고요. 그분 집에 머물러 있는 동안 뭐라도 좀 드시게 해주세요. 그렇게만 해주신다면 정말 감사드릴게요. 잘 드시지 않으셨다 하더라도 시도하신 것만으로도 감사드릴 거예요.

레이먼드

'보내기' 단추를 누르자마자 방문이 활짝 열렸다. 그리고 엄마의 고함이 들렸다.

"여자 친구랑 수다 그만 떨고 와서 저녁 먹어. 널 두 번씩이나 불러야 한다니 믿어지지 않는다."

아빠의 부인이 아파트 문을 열어주었다. 아마 새엄마라고 부르는 게 맞을 것이다. 그러나 그 여자는 레이먼드와 10살 남짓밖에 차이 나지 않아 그렇게 부르는 건 너무 어색하게 느껴졌다.

레이먼드는 이름으로 그 여자를 부르고는 했다. 여자가 원하건 원치 않건 개의치 않았다.

"안녕하세요, 니샤." 레이먼드가 인사했다.

금요일 오후였다. 이 집 문 앞에 나타나는 것 말고는 다른 선택지가 없었다. 그건 레이먼드를 위해 계획된 삶의 방식이었다.

레이먼드는 이 방식에 영향을 끼칠 다른 방법을 알지 못했다. 아빠를 보는 것이 못마땅한 건 아니었다. 그건 대체로 괜찮았다. 그러나 아빠가 집에 오기도 전, 금요일에 이 집에 와야 하는 건 아무래도 불편했다.

"레이먼드." 여자가 대답했다.

그게 전부였다. 그냥 "레이먼드." "안녕."도 아니고. "잘 지냈니?" 혹은 심지어 "들어와."도 아니었다. 그저 이름, 무작위적인 사실에 대한 진술일 뿐이었다. 여자는 이름을 기억해주는 것만으로도 충분히 잘해주는 거라고 스스로 느끼는 듯했다.

레이먼드는 복도에 말없이 서서 열린 아파트 문을 통해 여자를 내려다보았다. 레이먼드는 캔버스 더플백을 한쪽 어깨에 메고 있었다. 그것이 무겁게 느껴지기 시작했다.

"아빤 아직 사무실에 계세요?"

"그래. 새로운 소식이라도 있니?"

여자는 문에서 한 걸음 뒤로 물러섰다. 레이먼드는 그 몸짓이 들어오라는 뜻과 가장 가깝다는 것임을 알았다. 그리고 이건 양육권 조정이기도 했다. 레이먼드는 법원의 명령으로 격주마다 여기에서 살았다. 여자의 허락이 필요한 일이 아니었다.

레이먼드는 거실로 들어와 여전히 어깨에 무거운 더플백을 메고 서 있었다. 탁자 위에 20달러짜리 지폐 두 장이 놓여 있었다. 그 돈에 대해 무슨 말을 해야 하나 생각하면서 내려다보았다. 용돈을 준 것인지도 몰랐다. 아빠는 종종 아주 넉넉하게 용돈을 주고는 했다. 에드와 비교되는 것만은 분명했다. 그렇지만 확실히 알기 전까지 그 돈을 챙길 수는 없었다.

어쩌면 시험해보는 것일 수도 있었다. 때때로 니샤는 시험하기도 했다.

"오늘 밤 독서 모임이 있어." 그가 지폐를 보고 있음을 알아차린 여자가 말했다. "요리해줄 수가 없어."

레이먼드에게는 어처구니없는 말로 들렸다. 여자는 그가 오는 금요일에 요리를 한 적이 한 번도 없기 때문이다.

"그래서 너랑 말콤이 먹으려면 피자를 주문해." 여자가 덧붙였다.

여자는 아빠를 '네 아버지' 혹은 '네 아빠'라고 지칭한 적이 한 번도 없다. 그 현실에 동의하지 않는 듯이 보였다. 아니면 적어도 부정하고 싶다는 것에 동의하거나.

"그이가 뭘 좋아하는지 알지?"

"예. 제가 좋아하는 거랑 같은 거예요."

그 아버지에 그 아들이지. 당신이 좋아하든 말든.

"가봐야겠다." 여자가 말했다.

여자는 지갑을 쥐고 밖으로 나갔다. 레이먼드는 자신의 보조 침대 방으로 들어가 더플백을 침대에 내려놓았다. 그러고 다시 거실로 나와 텔레비전을 켰다.

읽던 책을 가져온다는 걸 깜박했다. 달리 할 일이 없었다.

아빠는 저녁 7시가 되어서야 집에 왔다.

레이먼드는 문 열리는 소리를 듣고는 먹던 피자에서 눈을 떼고 올려다보았다.

아빠는 밖이 상당히 추운데도 윗도리를 한쪽 어깨에 걸치고 들어왔다. 입에는 새 시가가 물려 있었다. 레이먼드는 집 안에서 금연이라는 걸 익히 알고 있었다. 소파에 앉아 텔레비전을 보고 있는 레이먼드를 보자 아빠는 웃어 보였다. 아빠가 웃는 건 보기 좋았다. 어느 정도.

"먼저 먹기 시작했어요." 레이먼드가 반쯤 먹다 만 피자 조각을 들어 보이며 말했다. "죄송해요. 배가 고파서요."

"그럼 어때." 아빠는 다소 울리는 깊은 저음을 내는, 체격이 큰 사람이었다. 그렇지만 전혀 위협적이지는 않았다. 레이먼드는 아빠를 닮아 키가 컸다. 야위기는 했지만. "급한 환자가 뒤늦게 왔어. 어금니 덧씌운 게 빠져버렸다고. 전자레인지에 데워 먹으면 돼. 괜찮아."

"전자레인지에 데우지 마요. 바삭거림이 없어져요. 오븐에 데워 드세요. 너무 피곤하시면 제가 할게요."

아빠가 어깨를 으쓱했다. "전자레인지에 데워 먹어도 맛만 좋더라."

아빠는 부엌으로 들어갔다.

레이먼드는 전자레인지의 삑 울리는 소리를 들었다.

2분도 되지 않아 아빠가 피자 조각이 놓인 종이 접시를 들고 나왔다. 그러고 소파의 레이먼드 옆자리에 털썩 앉으며 넥타이를 풀었다. 레이먼드의 무릎과 가볍게 부딪혔다. 신발을 벗어 던지고 양말을 신은 채 거실 탁자에 발을 올렸다.

레이먼드는 잠깐 아빠의 발을 빤히 보았다. “니샤가 집에 오기 전에 그 발은 치우는 게 좋겠는데요.”

“그래야지. 그런데 뭘 보고 있었니?” 아빠가 말했다.

솔직히 레이먼드는 그걸 기억해내려고 애를 써야만 했다. 기억의 단서를 찾기 위해 화면을 다시 보아야만 했다. 채널을 마구잡이로 돌리고 있었을 뿐 마음은 온통 다른 데 가 있었다.

“음, 외계 생명체의 미스터리, 뭐 그런 거예요. 정말 비현실적인.”

“어떤 얘기인지 말 좀 해줘.”

“모르겠어요. 그다지 신경 써서 보진 않았거든요.”

그는 거의 대부분의 시간을 밀리에 대해 걱정하고 있었다.

그들은 나란히 앉아 텔레비전을 보았다. 레이먼드는 아빠가 자기보다 텔레비전에 더 관심을 기울이고 있는지 궁금했다. 그들은 말을 하지 않았다. 함께 있을 때 말을 거의 하지 않았다.

레이먼드는 아빠와 함께 그럭저럭 잘 지낸다고 생각했다. 서로에 대한 불만도 없지 않았지만 결코 논쟁을 하지는 않았다. 그러나 서로 만나지 않고 지낸 지 거의 2주가 지났다. 그러고 다시 만났을 때 그들 중 누구도 말할 거리가 많다고 생각지는 않는 듯했다.

그 무엇이든 간에.

일요일 느지막한 아침에 레이먼드는 아빠와 함께 둘 다 가장 좋아하는 레스토랑에 갔다. 브런치를 먹는 곳이었다. 레이먼드가 밀리를 데려갔던 곳.

"새엄마한테 같이 오자고 했어." 아빠가 말했다. "그런데 일거리를 집에까지 가져왔다고 하더라. 내일까지 마쳐야 한다면서."

레이먼드는 주문할 게 무언지 이미 알고 있었지만 메뉴판을 들여다보았다. 처음에는 그 말을 그냥 흘려들으려 했다. 늘 하던 대로, 그냥 내버려두겠다고.

그런데 이번엔 자신도 놀랄 정도로 예전부터 늘 억눌러왔던 관성을 떨쳐내버렸다.

"아빤 그 사람이 우리와 함께 시간을 보내지 않겠다고 할 때마다 늘 대신 변명을 해요. 그런데 그분은 절 좋아하지 않아요. 그런데 왜 밖으로 소리 내 말할 수 없는지 모르겠어요. 그렇게 분명한데. 저도 그 정도는 충분히 알고 있어요."

그 말을 내뱉으며 아빠를 보았다. 얼굴의 까만 피부가 주름이 지고 아래로 처지는 것을.

레이먼드는 말한 것을 금방 후회했다. 아빠에게 상처를 입힐 생각은 아니었는데 결과적으로 그렇게 되고 말았다.

"레이먼드, 넌 상황을 오해하고 있어."

"화나게 했다면 죄송해요. 그렇지만 제가 오해하고 있다고는 생각지 않아요."

"어떤 면에서는 그래. 그 사람이 네게 마음을 열고 있다고 말하려는 건 아니야. 물론 그 사람은 마음을 열고 있지 않아. 그렇지만 그 사람이 널 좋아하지 않는다고 말한다면 네가 잘못된 인상을 받고 있는 거라고는 말할 수 있어. 넌 그게 너 때문에 그런다고 생각하겠지만, 그렇지가 않아. 그 사람은 너라는 존재를 싫어하는 게 아니야. 아마도 네가 어떤 아이인지도 모를 게다. 그 사람이 너를 통해 볼 수 있는 건 내가 자기를 만나기 전에 또 다른 여자와 살았다는 그 삶 그 자체야. 그러는 게 그 사람에겐 문제야."

레이먼드는 아무 말도 하지 않았다. 그저 메뉴판만 들여다보았다. 그는 아빠가 한 말이 아마도 맞으리라는 걸 알았다. 분명 그 말에는 진실의 고리가 있었다. 그렇지만 이 새로운 관점이 상황을 호전시킬 거라는 생각은 들지 않았다. 웨이터가 주문을 받으러 왔다. 둘은 모두 오믈렛을 주문했다. 레이먼드는 우유를 넣은 차도 주문했다. 탁자 한가운데에 설탕 봉지들이 있었다. 그래서 그건 요구할 필요가 없었다. 아빠는 샴페인을 주문했다.

"그런데 네게 여자 친구가 생겼다던데." 웨이터가 주문을 받고 가자 아빠가 말했다. "그건 엄청난 소식인데."

"여자 친구 없어요. 엄마가 잘못 안 거예요."

"와우."

정지. 레이먼드에게 아까의 감정이 다시 밀려들었다. 그럴 의도는 아니었지만 자기가 한 말이 아빠를 상처받게 했다는 미안함. 그래서 상황을 조금 낫게 만들기 위해 자발적으로 대화를 이끌었다.

"그냥 새 친구들을 사귄 게 전부예요."

"듣던 중 반가운 소리네. 그럼, 남자애들?"

"아뇨." 아빠가 그 화제를 그만 접기를 바랐지만 그럴 수 없다는 걸 알고 있었다.

"그럼 여자구나."

"그분을 여자라고 부를 수 있다는 생각은 안 해봤어요. 아흔이 넘으셨거든요."

"와우," 아빠가 다시 말했다. 사실 아빠는 '와우'를 너무 남발한다. 그 말은 남자들한테선 쉽게 나오는 말이 아닌 데다가 그렇게 자주 할 말도 아니었다. "그런데 왜 네 엄마는 그렇게 생각하는 거지?"

"모르죠. 그냥 친구라고 말했는데 들으려 하질 않아요. 엄만 제가 여자 친구가 있지만 인정하고 싶어 하지 않는 걸로 알고 있어요."

"그러니까 여자 친구가 아니라고만 말하고 누구인지는 말을 안 했다고?"

"비슷해요. 그런데 엄마가 이해할 거란 생각이 안 들어요. 이 새 친구와 함께 있는 게 왜 좋은지 설명하기가 어려워요. 제 말은…… 처음에는 그저 그분이 저를 필요로 했기 때문이었어요. 시각장애인이시거든요. 그래서 누군가의 도움이 필요했어요. 그분을 돕고 있던 사람이 얼마 전에 살해됐어요. 그렇지만 그게 유일한 이유는 아니에요. 그분과 함께 시간을 보내는 게 좋아요. 우린 대화를 많이 해요."

아빠는 아무 말 없이 몇 번이나 고개를 끄덕였다.

차와 샴페인이 나왔다. 둘은 서로 말없이 1~2분간 홀짝거리며 마셨다.

"언제부터 차를 마셨어?" 아빠가 물었다. 마치 거기에 차가 있는 걸 이제 막 깨닫고 알아챈 것처럼.

"지난 한 2주 전부터요."

"와우."

그리고 또 다른 침묵. 그러나 이번에는 달랐다. 아빠가 무언가를 말하려 애쓰고 있는 걸 느낄 수 있었다. 레이먼드는 느낄 수 있었다. 아빠의 노력을. 그는 시간이 얼마나 흘러야 그 느낌이 옳다는 걸 확인할 수 있을지 궁금했다. 얼마나 오랜 침묵이 지나야 아빠의 노력이 끝나고 말을 털어놓을지.

"내가 너보다 더 어릴 때였어." 아빠가 말을 시작했다. "십 대 초반이었을 거야. 이웃에 한 남자가 있었어. 개를 데리고 놀이터로 오곤 했지. 개는 힘이 넘쳤어. 그래서 다른 아이들이 그 개랑 함께 놀곤 했고. 그런데 난 벤치에 앉아 그 남자랑 얘길 나눴어. 대령님이라고 불렀지. 군대에 있을 때 대령이었다고 하더라고. 직업군인이었는데 은퇴한 거야. 나이가 좀 많은 분이었거든. 쉰, 아니 어쩌면 예순 살쯤? 난 그 사람을 좋아했어. 나랑 얘기할 때 날 어른으로 대해줬거든. 아이가 아니라. 내가 알던 다른 어른들보다 삶에 대해 아주 많은 경험을 한 것 같기도 했어. 그러니 너도 어쩌면 그런 느낌 아닐까?"

"예!" 레이먼드가 말했다. 거의 소리를 지르고 있다는 걸 뒤늦게 깨달았다.

"예, 거의 정확해요. 그분 이야기를 들으면 그분이 세상을 잘 이해하고 있는 것처럼 느껴져요. 이 세상을 어떻게 살아야 할지에 대해서도요. 그런데 다른 사람들 얘기를 들으면 위선적으로 들려요."

아빠는 거짓 이야기를 하는 것 같지 않았다. 적어도 지금은 아니었다. 대령에 관한 이야기를 레이먼드에게 들려주고 있는 지금은. 그러나 레이먼드는 그것을 말로 어떻게 표현해야 할지, 어떻게 인정해야 할지 몰랐다.

"엄마도 그건 이해할 것 같은데."

"엄마한테 말하기는 싫어요."

"왜?"

"엄마도 진실을 드러내며 사는 사람은 아니에요."

"알았다. 어쨌든 넌 생각이 많은 아이야. 너 나름의 방식으로 잘해나갈 게다."

레이먼드는 진심이 담긴 칭찬을 하기까지 왜 그렇게 오래 걸렸냐고 물을 뻔했다. 그렇지만 아빠가 다시 고개를 숙이는 걸 견딜 수 있을지 알 수 없었다. 그래서 혼자만의 생각으로 묻어 두기로 했다.

아빠가 지갑을 꺼내 20달러짜리 지폐 두 장을 가려냈다. 그러고 탁자 건너편의 레이먼드 쪽으로 밀어주었다.

"고맙습니다." 레이먼드가 말했다.

"에드 앞에서 과시하진 마라."

"예, 안 그래요."

레이먼드는 이미 마음을 먹고 있었다. 아빠가 용돈을 주면 오믈렛을 주문해서 포장해 가야겠다고. 저녁 무렵에 직접 들고 갈 작정이었다. 시금치, 토마토, 그리고 치즈. 어떤 종류의 치즈든. 사워크림을 위에 뿌리고.

가져가서 밀리를 위해 오븐에 데워주겠다고.

그에겐 거부하기 힘든 강력한 유혹이 될 것이다.

"어서 와, 레이먼드." 문 저편에서 밀리가 인사했다.

레이먼드는 가지고 있던 열쇠로 문을 열었다. 아니 사실은 밀리의 열쇠로. 얼마 전부터 열쇠를 레이먼드가 가지고 있었다.

밀리는 소파에 앉아 있었다. 레이먼드에게는 깜짝 놀랄 만큼 좋은 소식이었다. 밀리는 옷도 갈아입은 채였다. 집에서 입는, 줄무늬가 있는 빨간 옷으로 갈아입었다. 머리도 단정하게 땋아 내리고 있었다.

레이먼드는 이사벨과 아이들이 전날 방문했다는 것이 떠올랐다. 아마도 그들을 맞이하기 위해 멋지게 단장했는가 보았다. 어제 이후로 다시 단장을 했는지는 알 수 없었다.

아직 진행 중이야. 레이먼드는 생각했다.

"뭘 가져왔니? 먹을 건가?" 밀리가 물었다.

"*어떻게* 아셨어요?" 물은 다음에야 레이먼드는 그 답이 아주 쉬운 거라는 걸 깨달았다. "아, 맞아. 냄새로 아셨구나."

"그래. 내 코는 모든 종류의 좋은 것들을 먼저 나한테 알려주지. 하지만 아직은 확실하지 않구나. 그래서 그저 기다리며 두고 보는 거지."

"뭘 좀 드셨어요?"

"오늘은 안 먹었어. 어젠 이사벨이 피자를 가져왔어. 그런데 오늘은 아직."

레이먼드는 고개를 저으며 부엌으로 갔다. "다시 오길 잘했지." 혼잣말로 중얼거렸다.

"다 들려."

"죄송해요. 오븐에 이걸 좀 데울게요."

"그래. 고마워. 내가 생각하는 것이면 좋겠다."

레이먼드는 서랍에서 칼을 꺼내 오믈렛을 삼등분했다. 그러고 찬장에서 뚜껑이 있는 접시를 꺼내 한 쪽을 담았다. 나머지는 다시 포장 용기에 넣어 냉장고에 넣었다. 사워크림이 담긴 작은 컵은 부엌 선반에 둔 채.

냉장고에 남은 피자가 있었다. 병을 딴 백포도주도. 신선도 유지를 위해 코르크 마개로 다시 막아둔 것이었다.

"냉장고에 와인이 있어요." 레이먼드가 말했다.

"그래, 거기 뒀다."

"이사벨이 가져왔어요?"

"맞아. 저녁 먹을 때 반 잔쯤 마시면 푹 자는 데 도움이 될 거라고."

"도움이 됐어요?"

"말하기 어려워. 잠을 거의 못 잤어. 그렇다고 마셔서 나쁠 건 없었지."

"포도주 반 잔 드실래요?" 하마터면 '오믈렛과 함께'라고 말할 뻔했다. 그렇지만 놀라게 해주고 싶었다. 겨우 "저녁 드실 때요."

라고 둘러댔다.

"그것도 괜찮겠다. 고마워."

"이러다 알코올중독 되시는 건 아니겠죠." 95% 정도가 농담이었지만 자기 목소리에 그런 기색이 담겼기를 바랐다.

놀랍게도 밀리가 웃었다. 아주 자연스럽게. 마치 사랑하는 누군가가 얼마 전에 죽은 일이 없다는 듯이.

"생각해보면 한 잔을 채 못 마시고도 죽은 듯이 잠에 떨어지는 걸 보면 그럴 가능성이 높지."

레이먼드는 밀리를 탁자로 이끌어, 그가 앉을 수 있도록 의자를 뺐다.

"내가 맞았어." 밀리가 말했다. "이게 내가 생각했던 거야! 이걸 바라는 건 욕심이지, 하고 오히려 염려될 정도였다니까."

"시금치, 토마토, 그리고 치즈가 있어요."

"사워크림도?"

"물론이죠."

"아빠가 브런치 먹으려고 그 멋진 레스토랑에 널 데려가주었구나."

"예."

"이걸 사 오다니 정말 사려 깊은 아이구나." 밀리는 포크와 나이프를 든 채 양이 얼마나 되는지 확인하려는 듯 그 가장자리를 만졌다.

"삼분의 일 정도 돼요. 나머지는 냉장고에 뒀어요."

"그래도 많아." 첫 번째 한 입을 먹으며 밀리가 말했다.

밀리는 눈을 감고 만족한다는 소리를 냈다.

"최고로 맛있게 드세요."

"그러고 있어. 이걸 가져다주다니 정말 고맙구나, 레이먼드. 아주 맛있어. 먹을 때마다 처음 먹는 것처럼 맛있어. 데웠는데도 말이야."

밀리는 한동안 조용히 먹기만 했다. 레이먼드는 그저 그 옆에 앉아 커튼 친 창문 너머를 멍하니 보았다.

"아이들이 온 건 어땠어요?" 잠시 후에 레이먼드가 물었다.

밀리는 대답하기 전에 입에 든 걸 삼키려고 부지런히 씹었다.

"생각했던 것보다 더 힘들었어. 이 엄청난 상실을 거울로 비춰 보여주는 듯했지. 아이들은 아직 온전히 이해하지 못하고 있더라. 이해하는 것도 있고 못 하는 것도 있겠지. 그 나이대엔 받아들이기 힘든 일이야. 아, 내가 참 어리석지? 어떤 나이대라도 받아들이기 어려운 일인데. 심지어 나한테도 말이야." 밀리는 와인을 조금 마셨다. "아빠와 보낸 네 주말은 어땠니?"

"진짜, 아주 좋았어요, 보통 때보다 더요. 무언가에 관해 그럭저럭 이야기를 나눈 것 같아요. 아시잖아요, 뭔가 진지한 얘기 나누는 거요."

"잘됐다, 잘됐어. 다른 것도 말해봐, 레이먼드. 네가 없는 동안 궁금했거든. 그러니까, 단도직입적으로 물을게. 너는 나를 왜 그렇게 걱정했니?"

"할머니를 걱정했다고요?" 레이먼드가 되물었다.

밀리의 얼굴을 보기 위해 고개를 돌렸다. 어떤 단서라도 찾을 셈으로. 그의 얼굴은 이야기를 잘 들으려는 듯 자신을 향해 각도가 맞춰져 있었다. 호기심에 차서, 소리들을 구분하려고 집중하는 강아지처럼 조금 갸우뚱한 채. 그의 포크와 나이프는 허공에 그대로 완벽하게 멈춰 있었다. 그가 완전히 집중해 있다는 걸 알 수 있었다.

"할머니를 걱정했다고요?"

"내겐 네가 그런 것처럼 보이더구나."

"글쎄요. 그런데 사람들은 먹어야만 하잖아요."

"먹지 않고도 며칠은 살 수 있어."

"저도 알아요. 하지만……." 그렇게 말하고 나서 레이먼드는 느꼈다. 밀리가 물었던 그 질문. 그 질문이 거기에 있었다. 그의 몸속에서 올라오고 있었다. 그의 입 밖으로 자신의 길을 만들어 나가려 하고 있었다. 세상 밖으로. 다시 주워 담을 수 없는 곳으로. 더는 부정할 수도 없었다.

"저는……, 루이스가 없고……. 할머니가 살아야겠다는 정말 강력한 의지를 가지신 줄 알았는데, 이제 그걸 잃어버리신 게 아닌가 걱정됐어요."

"알겠다." 밀리가 말했다. 포크와 나이프를 가지런히 놓았다. 냅킨으로 입을 눌러 닦았다. "자, 그럼 레이먼드. 나에 관해 더 얘기해줄게. 내가 아는 많은 사람은 어려서 죽었어. 내가 말하고 싶은 건 그것뿐이다. 그들을 내가 다시 볼 수 있다면……. 그런데, 누가 알겠니? 어쩌면 내세가 있을지. 그럼 난 그들을 볼 수 있을 게다. 누가 그러디? 내가 곧바로 죽을 거라고? 삶이 나한테서 뭔가를 빼앗아 가버렸기 때문에 사는 걸 포기했다고 내가 그들에게 말할 것 같니? 그건 나이를 먹는다는 운조차 없었던 사람들한테는 모욕이란다. 뺨을 후려치는 것과 같은 거지. 만약 내가 그들을 결코 볼 수 없을지라도. 그건 네 얼굴을 후려치는 것이기도 하고."

"저를요?"

"그래, 너. 그렇게 되면 삶이 루이스를 데려가버렸지만 내게 널 데려다줬다는 걸 깨닫지도 못하게 될 거야. 삶은 우리 모두에게서 무언가를 빼앗아 가. 네가 이미 알고 있을지도 모르지만 인생에 대해 말해주마, 젊은 친구야. 삶은 우리에게 어떤 것도 완전히 내어주질 않아. 단지 빌려줄 뿐이야. 어떤 것도 계속 가지고 있을 수가 없어. 결코 어떤 것도. 우리의 몸, 우리의 두뇌조차도. 우리가 아주 잘 알고 있다고 생각하는, 우리가 우리로 생각하는 '자아'도. 그건 단지 빌려온 것일 뿐이야. 만약 어떤 사람이 우리네 삶으로 들어오면 그들은 다시 가는 게 당연해. 헤어지거나 아니면 죽어서 헤어지는 거지. 그들이 죽거나 네가 죽게 될 거야. 이 삶에서 우리가 받은 것 중 계속 간직하도록 허용된 건 아무것도 없어. 난 장난감을 가지고 집으로 가는 버릇없는 아이가 아니야. 왜냐하면 그런 식으로 일을 처리하는 것이 용인되는 걸 원치 않거든."

"좋아요." 레이먼드가 말했다. "그렇게 말씀하시는 걸 들으니 기뻐요. 걱정했어요, 할머니가 어쩌면……." 그는 자신이 그 말을 할 수는 없었다.

"죽는다고? 물론 난 죽을 거야. 너보다 훨씬 먼저. 염두에 두어야만 해. 사실 루이스에 대해서도 똑같이 생각했었지. 그래, 난 죽을 거야, 레이먼드. 그리고 난 언제 죽을지 네게 약속할 수가 없어. 아마 내일일지도. 아니면 106살까지 살지도 모르고. 그렇지만 네게 약속할 수 있는 한 가지는 내가 살겠다는 생각을 놓지 않고 있기에 죽지 않는다는 거야. 오래 사는 건 아무나 가질 수 없는 선물이야. 그리고 그걸 최상의 것으로 만들어가야 하는 책임도 따라오는 거고. 적어도 감사하게 누리는 책임 말이야. 사람들은 늙어가는 것에 대해 불평을 늘어놓곤 해. 모든 것이 얼마나 힘든지 투덜거려. 아프다든지 고통스럽다든지. 마치 그 대안은 젊어서 죽는 것임을 잊어버렸다는 듯이."

밀리는 다시 포크를 집어 들고 먹기 시작했다. 다시 활력으로 충전된 것이 아닐까 하고 레이먼드는 생각했다. 아니면 적어도 그래야 한다는 고집 같은 게 생겼다.

"게다가," 먹는 중간에 밀리가 말했다. "법정에 가게 될 이사벨이 어떻게 될지 알 때까지는 오래 살아야만 해."

2부

4월,
맞서기 혹은 넘어서기

11. 포춘 쿠키

—

아빠가 갑자기 들어와 놀랐다. 레이먼드는 아빠네 아파트 소파에 혼자 앉아 노트북으로 2차 세계대전에 관한 전자책을 읽으며 중국 음식을 먹고 있었다.

컴퓨터 화면 한 켠에 떠 있는 시간을 재빨리 보았다. 6시 20분이었다.

“이것도 괜찮으시면 좋겠네요. 피자에 질렸어요.”

“아니야. 또 피자가 아니라 다행이다.” 아빠는 거실을 가로질러 윗도리를 의자로 집어 던지고는 레이먼드 앞에 섰다. 옷은 미끄러져 러그에 떨어졌고, 아빠는 그냥 그대로 두었다. 만약 니샤가 집에 있었다면 그냥 지나치지 않았을 것이다.

“나는 *네가* 피자를 좋아하는 줄 알았는데.”

"맞아요. 어느 정도는요."

"뭘 시켰니?"

아빠가 소파 옆자리에 앉으며 신을 벗었다. 마치 발이 아프기라도 한 듯. 아마 그런지도 몰랐다. 온종일 신발을 신고 있었을 테니.

"닭튀김, 달걀말이, 새우볶음밥요. 배달된 지 얼마 안 됐어요. 데우지 않고 바로 드셔도 될 거예요."

"접시 가져오마."

아빠가 부엌으로 간 사이 레이먼드는 노트북을 닫고 깊은숨을 쉬었다. 가능한 한 마음을 다잡아야 했다.

"얘기할 게 있어요." 아빠가 다시 자리에 앉기도 전에 말했다.

"좋아. 얘기해봐."

"제가 정말 하고 싶은 일이 있어요. 제겐 아주 중요한 일이에요. 그렇지만 학교를 빠져야 해요. 그래도 배울 게 많은 일이라 학교를 빠지고서라도 해볼 만한 일이라고 생각해요. 학교 공부는 선생님이 과제를 내주면 저녁에 집에서 하면 돼요. 성적이 떨어지지 않도록 할 거예요. 그런데 승낙서를 제출해야 돼요."

"엄마 생각은 어떤데?"

레이먼드는 아무 말도 하지 않았다. 그저 앉아서 아빠가 닭튀김이 담긴 용기를 기울여 일회용 젓가락으로 집어 접시에 옮기는 것을 보기만 했다. 뭔가 말해야 한다고 느꼈다. 그러나 마땅히 변명할 것이 없었다.

"알겠다." 아빠가 한숨을 쉬면서 기대앉으며 말했다. "왜 엄마한테 말하지 않는 거니?"

"그게, 아빠도 엄마가 어떤지 아시잖아요. 엄만 모든 것이 엄마가 원하는 대로 굴러가길 원해요. 누군가가 그 계획을 바꾸려고 하면 절대 유연하게 받아들이지 않아요."

"레이먼드, 그렇지만 엄마한테 말 안 하고 뭔가를 진행하는 건 안 될 거라는 걸 너도 알잖아. 내가 승낙서를 써준다고 해도 엄마가 진짜 모를 거라고 생각하는 거니?"

"그냥 생각이었어요."

그러고 레이먼드는 웃음이 나왔다. 호흡과 함께 뱉는 조용한 웃음. 다행스럽게도 아빠도 함께 웃었다.

"그런데 네가 하고 싶은 건 뭔데?"

"그건…… 재판이에요."

"형사재판 같은 것?"

"예."

"어떤 범죄니?"

"고의적인 살인."

"재판을 받는 사람을 아니?"

"아뇨. 그렇지만 희생자의 가족을 알아요."

"알겠다. 네 친구와 관련된 사건이구나. 맞지? 네 할머니 친구?"

"어떻게 아셨어요?"

"아들, 네가 말하면 아빠는 귀담아들어. 그분에 대해 네가 처음 얘기했을 때 그분이 시각장애인이고, 도움이 필요하고, 그분을 돕던 사람이 막 살해됐다고 했어."

"아, 제가 그랬어요?"

대답을 하고는 레이먼드는 한동안 놀란 나머지 더 말을 잇지 않았다. 아니 못했다.

"네 말을 내가 듣고 있었다는 걸 몰랐어?"

"전…… 그런 데 익숙지 않은 것 같아요. 엄마랑 에드는 그렇지 않거든요. 어쨌든 에드는 듣지 않아요. 엄마는 말하는 모든 걸 듣기는 하지만 듣고는 바로 머리에서 털어내버려요."

"내가 듣고 있는다는 걸 알았어야지."

"말씀을 많이 안 하시니까요. 그래서 가끔은 말씀드리기도 어려워요." 레이먼드는 예기치 않게 솔직하게 말했다.

"아무리 그렇다 해도 엄마는 네 부탁을 이해해줄 거라 생각해. 어쨌든 너랑 아주 가까운 사람이니까."

또 다른 긴 침묵. 이번에는 거의 1분 남짓 이어졌다. 어쩌면 2분, 3분. 레이먼드는 아빠가 침묵을 깨고 빈틈을 채워주길 기대했다. 자신에겐 침묵을 이어갈 의도가 없었기 때문이다.

"넌 엄마한테 네 친구에 관해서도 이야기한 적이 없지." 이윽고 아빠가 말했다. 진술이었다. 질문이 아닌.

"없어요."

"왜 안 한 거니?"

레이먼드가 한숨을 쉬었다. "설명하기 어려운 문제예요. 그래도 아시잖아요? 어떤 문제는 너무 중요한데 다른 누구도 결코 제대로 이해할 수 없을 거란 생각이 때때로 들곤 하잖아요? 그래서 다른 사람들로부터 그걸 안전하게 지키고 싶은 것과 거의 같은 건데. 사람들이 거기에 손자국만 남기고 엉망으로 만들지도 모른다는 생각이 들어요. 이번처럼 재판을 참관하려고 학교를 빠지는 일 같은 거요. 이게 딱 맞는 사례네요. 제겐 너무 중요한데 엄마는 저를 위해서라며 엉망으로 만들 거예요. 아빠도 아시잖아요."

더욱 오랜 침묵. 아빠가 닭튀김을 다 먹고 접시에 마지막 남은 달걀말이를 올려둘 만큼 긴. 레이먼드는 포춘 쿠키를 집어 비닐을 벗겼다. 그러고 바로 깨뜨리지 않고 손가락으로 이리저리 굴렸다.

"네 결석에 대해 학교에서는 사람들이 어떻게 생각하니? 교장 선생님께 물어봤니?"

"아직요. 아빠한테 먼저 말씀드리는 거예요."

"엄마한테도 말씀드려야 해. 그다음엔 교장 선생님. 그럼 내가 승낙서를 써줄게. 엄마가 동의한다는 조건에서야. 네 엄마를 건너뛴 채 내가 마음대로 할 수 있다고 생각한다면 그건 네가 날 잘 모르는 거다."

레이먼드는 다시 한숨을 쉬었다. 손에 있는 포춘 쿠키를 내려다보고는 깨뜨렸다. 운세가 적힌 종이를 끄집어냈다.

당신은 이제 곧 커다란 모험을 시작할 것입니다.

"뭐라고 씌어 있니?" 아빠가 물었다.

레이먼드가 운세 종이를 아빠에게 건넸다. 아빠는 팔을 뻗어 말린 종이를 집었다. 돋보기를 끼고 있지 않았다. 레이먼드는 아빠가 운세를 읽는 데 성공한 순간을 알았다. 그 순간 아빠가 심술궂게 씩 웃었기 때문이다.

"포춘 쿠키 공장에서 일하는 사람이 네 엄마를 아나 보다."

그들은 다시 함께 웃었다. 그 웃음이 반가운 안도감으로 다가왔다.

만약 영화였더라면 교감 선생님은 차갑고 의례적인 말을 했을 것이라고 레이먼드는 생각했다. '교장 선생님이 이제 널 만날 거다.'라는 식의. 그러나 앞에 놓인 건 영화가 아니라 레이먼드의 현실 삶이었다.

레이먼드가 앉아서 창문 밖을 보고 있을 때 교감 선생님이 손가락을 튕겨 딱 소리를 내어 그의 주의를 끌었다. 그러고 턱으로 란두치 교장 선생님의 사무실 쪽을 가리켰다.

"알겠어요." 레이먼드가 말했다.

그러곤 일어섰다. 심호흡을 했다. 안으로 들어갔다.

란두치 교장 선생님은 키가 작고 쉰 살쯤 되어 보이는 뚱뚱한 사람이었다. 목깃을 너무 꽉 조이게 잠그고 있어 피부가 삐져나올 지경이었고, 윈저 매듭의 넥타이를 매고 있었다. 안경을 반쯤 걸친 채 그 너머로 레이먼드를 보았다. 어떻게든 레이먼드를 분류해내겠다는 듯 양미간을 잔뜩 좁히고 있었다.

"그러니까 넌……."

"레이먼드 재페입니다."

"전에 교장실에 와본 적 있니?"

"아뇨, 선생님."

"좋아. 그럼 학교생활이 괜찮다는 거군. 앉으렴."

레이먼드는 딱딱한 나무의자의 귀퉁이에 불편하게 자리 잡았다. 팔걸이가 없어서 손을 어디에 둘지 난처했다.

옛날이랑 똑같군, 하는 생각이 들었다.

교장 선생님은 자세를 바로잡으려고 노력하는 자신을 지켜보고 있는 듯했다. 아주 흥미진진하게. 마치 매일 자신의 팔다리를 길들여야만 한다는 것이 어떤 느낌인지를 상상할 수 없다는 듯이. 그러고 나서 한동안 컴퓨터 모니터를 응시했다. 레이먼드는 자신의 생활 중 어떤 부분을 교장이 읽고 있는지 알 수 없었다.

"그럼 내가 널 위해 뭘 해주면 좋겠니?" 이윽고 란두치 교장 선생님이 물었다.

"결석에 대해 말씀드리고 싶어요."

"그래. 넌 얼마나 결석을 했고 지금은 어떤데?"

"아뇨. 결석한 게 아니에요. 앞으로 하려고요. 학교를 빠지고 하고 싶은 일이 있습니다. 제겐 그것도 교육적일 거라고 생각됩니다. 제가 하고자 하는 그 일이요."

"네 어머니의 승낙서가 필요한데."

레이먼드는 귀가 따끔거리는 느낌을 받으며 잠시 당황했다.

"제 엄마요?"

"그래. 어머니."

"왜 '네 부모님'이라고 말씀 안 하시고요?"

"여기 공동 양육권 합의서에 씌어 있어. 넌 어머니와 살고 있고 격주로 아버지와 함께 보내는 걸로."

"아, 그렇게 전부 알려주나요? 왜 그런 걸 모두 공개하죠?"

"이건 우리가 알아야 할 정보란다. 만약 학생이 어느 날 늦는다면 멀리 떨어진 곳에서 오고 있는 걸 수도 있고, 아니면 만약 학생이 더 산만해진다거나 학대받은 흔적이라도 보이면……. 어쨌든 이건 정말 도움이 되는 정보야. 다시 당면한 질문으로 돌아가자. 어머니는 네가 학교를 당분간 쉬겠다는 것에 찬성하셨니?"

"아빠가 승낙서를 써주신다고 했어요."

"알겠다." 레이먼드는 교장이 알고 있음을 알았다. 아마 훨씬 더 많은 것을. 레이먼드가 밝히고 싶은 것보다 더 많은 것을.

"그럼 제가 하고 싶어 하는 일이 뭔지 말씀드려도 될까요? 부탁드립니다. 우리의 사법체계에 대해 더 많은 걸 배울 작정이에요. 직접요. 말 그대로 직접은 아니지만. 전 재판을 받거나 하진 않아요. 그러니까 실습 같은 거죠. 그리고 선생님께 과제를 받아서 밤마다 집에서 할 거예요. 낙제를 하진 않을 겁니다. 성적이 떨어지는 일도 없을 거고요. 결코 그런 일은 없게 할게요. 아마 보시면 알 수 있을 겁니다. 지금 컴퓨터로 제 생활 모든 걸 보실 수 있을 테니까요."

처음엔 대답이 없었다. 교장 선생님은 레이먼드를 보고 있지도 않았다. 컴퓨터 모니터만 주시할 뿐이었다. 레이먼드는 자세를 바로잡은 이후로 교장 선생님이 자신을 보고 있지 않는다는 사실을 갑자기 깨달았다. 그 뒤로는 아예 흥미를 잃은 듯했다.

"알았다." 교장 선생님이 갑자기 말해 레이먼드는 놀랐다. "자넨 성실한 학생이군. 자네 같은 학생이 더 많으면 좋을 텐데. 그렇다 해도 자네 어머니의 승낙서는 필요해. 자네가 어머니의 허락을 건너뛰고 싶어 하는 게 빤히 보이니 아마 자네 어머니께 전화해서 확인하게 될 거야. 그것 말고는 과제를 잘 해내기만 한다면 자네가 제안하는 것에 대해 다른 의견은 없네."

레이먼드는 잠시 앉아 있었다. 이제 일어나서 나가야 한다는 걸 알기는 했다. 그러나 어색할 정도로 긴 시간 동안 움직이지 않았다.

"이해가 되지 않습니다."

"이해가 안 되는 게 뭐지? 자넨 똑똑한 학생 같고, 이 가운데 어떤 것도 복잡하지 않은데."

"아빠도 엄마와 마찬가지로 제 부모님입니다."

"그래도 엄마가 일차적인 보호자란다. 아빠는 이차적이고."

"와우." 레이먼드는 말했다. 아빠를 잠시 떠올리며. 말이 거의 없는 아빠의 말. '와우.'

"그럼 어머니께 승낙서를 받아 와서 다시 만나지."

그 말은 이제 용건이 끝났다는 교장 선생님의 완곡한 표현이었고, 레이먼드도 그렇게 알아들었다.

레이먼드는 한 손으로 팔을 잡은 채 밀리와 함께 길을 따라 걷고 있었다. 두 달 동안 받은 수표를 예금하러 은행에 가는 중이었다. 영업이 끝나기 전에 도착해야 했기에 두 사람은 조금 서둘렀다. 서두른다고는 했지만 여전히 레이먼드에게는 너무 느리게 느껴졌기에 쉽지 않았다.

"그러니까 재판 참관하려는 일에 관해선 뭐라도 진행된 게 있니?" 신호가 바뀌기를 기다리며 서 있는 동안 밀리가 물었다.

"아직 모르겠어요. 여전히 진행 중이에요." 레이먼드가 대답했다.

밀리는 그가 낙담하고 있음을 아는 듯했다. 그의 생각을 밀리는 속속들이 알고 있는 듯했다. 그는 밀리가 그 문제에 관해 더 물어보지 않을까 기다렸지만 더 묻지 않았다. 그들은 말없이 길을 건넜다.

"네가 그 일에 너무 많은 것을 걸고 있는 건 아닌가 하는 생각이 든다." 밀리가 말했다. "너무 많은 투자를 하고 있어."

"무슨 말씀인지 모르겠어요."

레이먼드는 밀리가 희고 붉은 지팡이로 그들이 걷고 있는 앞쪽을 좌우로 더듬고 있는 걸 보았다. 왜 그런 방식으로 더듬으며 가는지 도무지 알 수가 없었다. 만약 할머니가 넘어지려 하거나 무언가에 부딪히려 하면 자기가 말씀드릴 것이기 때문이다. 그러나 그건 레이먼드의 생각일 뿐이었다. 누군가에게 부딪힐지도 모른다고 걱정하면서 복잡한 맨해튼 거리를 걸어 내려갈 필요가 그에게는 결코 없었다.

"난 어떻게 하면 잘 표현할 수 있을지 생각 중이야." 밀리가 말했다. "네가 이해하기 쉽게. 가끔 아파서 병원에 전화할 때가 있지? 의사를 불러야 할 만큼? 아마 너한텐 그럴 일이 없을지도 모르겠다. 젊고 건강하니까. 그렇지만 네 삶에도 그런 일이 분명 있을 거야. 그럼 네가 진료 예약을 하고 몇 주 뒤에 병원에 간다고 치자. 달력에 표시하고, 그날에 모든 희망을 걸기 시작할 거야. 의사와 약속만 하면 괜찮을 것처럼. 하지만 네 머릿속 한쪽에선 큰 불행에 대한 대비를 해야 해. 의사가 네가 아픈 원인이 무엇인지 알아내거나 더 많은 검사를 받게 할지도 몰라. 아니면 의사를 통해 병명은 알게 되겠지만 쉽게 고칠 수 없을지도 모르고. 넌 여전히 고통스러워하며 병원 문을 나설 확률이 아주 높지. 그럼 넌 네 내면의 시계를 모든 것이 괜찮아진 *시점*을 기준으로 다시 설정해야 하는 아주 힘겨운 과제에 직면하게 될 거야. 넌 삶에서 그런 일을 겪은 적이 있어?"

"예, 있는 것 같아요." 레이먼드는 길 끄트머리에 있는 은행을 보려고 고개를 들었다. 그러곤 밀리의 시계를 힐긋 보았다. 7분 정도 여유 있게 도착할 수 있을 것 같았다. "그러니까 할머니는 그 재판을 지켜보는 게 그런 상황처럼 느껴질 거라고 말씀하시는 거죠?"

"딱 맞혔어."

그들은 말없이 걸었다. 은행 문을 통과할 때 나이 든 남자 손님이 그들을 위해 문을 잡아주었다. 레이먼드는 안으로 들어서서 밀리를 중간 길이의 대기 줄 끝에 자리 잡도록 이끌었다.

"그 병을 고치기 위해 할 수 있는 일이 있나요?" 기다리는 중에 레이먼드가 물었다.

"지금까지 찾아낸 건 없어."

줄 맨 앞으로 갈 때까지 그들은 말없이 기다렸고, 창구 유리문이 열렸다. 밀리가 좋아하는 은행원, 패티였다.

"가장 좋아하는 두 고객분이시군요! 밀리와 레이먼드!" 창구를 향해 천천히 발걸음을 옮기는 동안 조금 지나치게 큰 목소리로 패티가 인사를 했다.

레이먼드는 밀리를 창구까지 이끌었고, 밀리는 그곳에서 지갑을 카운터에 올리고 내용물을 샅샅이 뒤적이기 시작했다.

잠시 뒤 그는 고개를 들어 밀리를 지나쳐 은행 문 쪽을 바라보았다.

그곳에서 레이먼드는 보았다. ……엄마였다.

피할 수 없음을 알아차렸다. 요 몇 달 동안 같은 아파트 복도에서 엄마를 마주치지 않은 건 기적이었다. 다행히도 여동생 중 한 아이와도 마주치지 않았다. 레이먼드는 아주 특별한 행운이 그에게 딱 붙어 다닌다고 생각했다. 그런데 이제 행운의 효력이 다한 것이다.

엄마는 레이먼드의 얼굴을 똑바로 보았다. 그리고 레이먼드는 엄마의 시선을 돌릴 어떤 방도도 없었다. 가슴이 두근거리기 시작했고, 귀가 달아오르고 있음을 느꼈다. 엄마는 눈으로 그에게 계속 질문을 던지고 있었다. 흥분한 것 같지는 않았다. 단지 호기심에 가득 찬 눈길이었다.

"잠시만요." 레이먼드가 패티와 밀리에게 말했다. "금방 갔다 올게요."

엄마에게 다가갈 때 심장이 어지러울 정도로 빨리 뛰었다. 어느 때의 자기 자신과 분리되어 또 다른 자신이 몸 밖으로 조금 빠져나온 듯했다.

그들은 서로 잠깐 말없이 마주 보고 섰다.

"여기는 우리가 다니는 은행이 아니잖아요?" 레이먼드가 말했다.

"아니지." 엄마의 어조는 눈썹의 각도와 마찬가지로 약간 비웃는 듯했다. 그리고 얼굴의 나머지 부분도. "여긴 아니지."

"그런데 여기서 뭘 하시는 거예요?"

"똑같은 질문을 너한테 하고 싶다."

"아니, 정말로요. 엄만 여기서 뭐 해요?"

엄마는 팔을 넓게 벌려 두 손을 허리에 올렸다. 결코 좋은 신호는 아니었다.

"그건 정말이지 네가 신경 쓸 일이 아니지만, 직장에서 누가 내게 수표를 써줬어. 그래서 그 수표를 발행한 은행에서 현금으로 바꿀 생각이었어. 왜냐하면 그건 그냥 현금과 같은 거니까. 돈을 번 게 아니니 국세청에서 왜 세금을 내지 않았느냐고 감사라도 받게 될지도 모르니까. 됐지? 이제 *네* 차례야."

레이먼드가 말을 하려고 입을 열었다. 그런데 그와 동시에 패티가 그를 불렀다.

"레이먼드! 할머니가 지금 널 찾으신다. 일이 끝났어."

엄마의 눈썹이 다시 비웃듯 올라갔다. 아니면 계속 그 상태였는지도, 눈썹꼬리가 더 심하게 올라간 건지도 몰랐다.

"금방 돌아올게요." 그가 말했다.

밀리를 데리러 창구로 걸어갔다. 레이먼드는 늘 그랬듯이 밀리의 손을 끌어와 자신의 팔에 댔다. 그러자 밀리는 손을 레이먼드의 겨드랑이로 밀어 넣었다. 그러고 함께 걸었다.

"어딜 갔었니?" 밀리가 물었다. "내가 창구에 있을 때 자리를 뜨는 건 전에 없던 일이잖아. 내가 혼자 있는 건 괜찮지만 궁금해서."

"엄마를 만났어요."

그 단순한 말 속에 많은 것이 담겨 있었다. 그는 자신의 목소리로 그것을 들었고, 밀리 역시 들었음을 알았다.

"엄마를 만나면 정말 반가울 듯싶구나."

그는 말 속에 담긴 미묘한 의미는 그냥 둔 채 말했다.

"좋아요. 왜냐하면 상황이 그래야 할 듯하니까요."

레이먼드는 밀리를 엄마에게로 이끌었고 두어 걸음 앞에서 멈췄다. 은행 문을 닫을 시간이 2분 남짓밖에 남지 않아서, 그들이 가고 있는 속도라면 엄마가 은행 일을 보지 못할지도 모르겠다는 생각이 스쳤다.

"엄마, 이분은 밀리세요. 우리랑 같은 아파트, 2층에 사세요. 은행에 오는 데 도움이 필요하셔서, 그래서……." 그러나 그는 생각을 끝까지 말할 수가 없었다.

"만나 뵈어서 정말 반갑습니다." 밀리가 침묵을 깨며 말했다.

밀리는 한 손을 내밀었다. 그러나 엄마는 아직 한마디도, 아니 어떤 소리도 내지 않고 있었다. 그래서 손은 의도된 목표 지점에서 오른쪽으로 30도 정도 비껴난 곳에 멈춰 있었다. 레이먼드는 그 손을 잡아 엄마 가까이로 이끌었다. 엄마는 손을 뻗어 그 손을 맞잡았다.

그들은 손을 분명하게 흔들지는 않았다. 밀리가 엄마 손을 끌어당기고 엄마가 그걸 허락하는 모습에 가까웠다.

"자랑스러울 만큼 정말 훌륭한 아드님을 두셨어요." 밀리가 말했다. 목소리는 아주 빛나고 있었다. 만약 그런 것이 가능하다면. "제겐 더할 나위 없는 친구랍니다. 아드님이 저 혼자서 어찌할지 모르는 많은 일들을 여러모로 도와준답니다. 그리고 항상 예의 바른 태도로요. 어떻게 해야 이렇게 배려심 많고 생각이 깊은 청년으로 키울 수 있는지 저로서는 상상도 못 하겠습니다. 그렇지만 어머님이 잘해내신 게 분명하답니다."

엄마는 눈으로 레이먼드의 얼굴을 보았다. 엄마는 이제 알아챘고, 밀리의 눈치를 보지 않고 그렇게 해도 괜찮다는 걸 깨달았다. 그래서 엄마는 눈으로 그에게 질문했다. 그리고 밀리에게 응답하려고 입을 열면서도 눈길은 결코 레이먼드의 얼굴에서 떼지 않았다.

"정말 아주 흥미로운 일이네요. 그런데 얼마나 오랫동안 제 아들이 부인을 도왔나요?"

"오, 벌써 여러 달 됐어요. 제 생각에는 10월부터니까. 우린 그동안 아주 좋은 친구가 되었답니다. 안 그래, 레이먼드?"

"물론이죠." 레이먼드가 답했다. 엄마의 흔들림 없는 시선에 얼굴 피부가 따갑게 느껴졌다.

레이먼드의 엄마가 '여러 달'이란 말을 읊조렸다. 그러다가 팔을 뻗어 둘째손가락을 펼쳐 레이먼드 앞이마 중앙을 딱 소리가 나게 때렸다.

"윽." 레이먼드 소리였다.

"괜찮니, 레이먼드?" 밀리가 물었다. "무슨 일이야?"

"아무 일도 아니에요. 그냥 단지…… 아니에요." 레이먼드가 시계를 올려다보았다.

"엄마, 은행 문 닫을 시간이에요. 2분 남았어요. 지금 가서 수표를 현금으로 바꾸지 않으면 여기 온 게 헛수고가 돼요."

"좋은 지적이다. 집에 가서 얘기하자. 만나 뵙게 돼 반가웠습니다……."

"구터만입니다. 밀리라고 하셔도 되고요. 제게도 정말 소중한 만남이었어요."

그러고 엄마는 그들을 지나쳐 가버렸다. 레이먼드는 다시 크게 숨을 쉴 수 있게 되었다. 그는 밀리를 문 쪽으로 이끌었고, 또 다른 손님, 이번에는 젊은 여자가 그들을 위해 문을 잡아주었다. 그들은 함께 거리로 나섰다. 둘은 한동안 말이 없었다.

계절은 차가운 봄이었고, 퇴근 시간이라 교통량이 많아 시끄러웠다. 사람들이 그들에게 밀려들듯 지나쳐 갔다. 어떤 이는 서둘러 지나가느라 레이먼드의 어깨를 밀치기도 했다.

"할머니를 돕는다고 엄마한테 말하질 않았어요." 시간이 흐른 뒤 레이먼드가 말했다.

"그런 줄 알았다."

"왜 그랬는지 설명하기 어려워요."

"설명할 필요 없어. 괜찮아. 난 이해해."

"할머니가 이해하실 거라 생각 안 해요."

"소년이 할머니 친구를 가졌다는 게 자랑할 만한 일은 아니지. 자부심 가질 일은 더더욱 아니고."

"저는 할머니를 부끄러워하지 않아요. 전혀요. 오히려 정반대예요."

그들은 침묵 속에 또 반 블록 남짓 걸었다. 행인이 그들을 급히 앞지르려다 뒤에서 레이먼드의 어깨를 거의 칠 뻔했다.

"그렇다면 내게 이유를 설명해야만 해. 내 머리로는 상상하기 어렵거든."

"어휴. 힘들어요. 알겠어요. 제가 우리 가족을 부끄러워한다는 게 더 맞는 듯해요. 그래서는 안 되는 건데, 그렇지만……. 제 말은, 엄마가 *최악*은 아니에요. 엄마는 우릴 돌봐주고, 해야 할 걸 충분히 다 해요. 그렇지만 사실 너무 쉽게 화를 내요. 또, 새로운 생각은 어떤 것도 받아들이지 않으려고 해요. 엄마가 생각하는 게 무엇이든, 엄마에겐 그게 곧 진실이에요. 그리고 항상 거기에 머물러 있으려고 해요. 만약 *이렇게* 하는 것이 제게 정말 중요하다고 말하면, *저렇게* 하기를 원한다고 제게 말할 거예요. 그 문제에 대해서는 한 치도 양보하려 들지 않고요. 그걸 어떻게 표현해야 할지 모르겠어요."

"거부?" 밀리가 말했다.

"맞아요. 거부. 그리고 우리가 친구라는 걸 엄마는 이해하지도 못할 거라는 걸 알아요. 엄마는 그런 걸 이해 못 해요. *할머니*는 이해하세요. 무슨 일이든지요. 할머니는 사람을 이해해요."

"난 사람을 전혀 이해하지 못한단다. 심지어 난 날이 갈수록 사람들한테 더 당혹감을 느낀다고 말해야 할 지경이야."

"글쎄요. 할머니는 제가 아는 누구보다 더 사람들을 잘 이해해요. 제가 만난 누구와 비교하더라도 모든 점을 정말 잘 이해하고 계세요. 그런데 우리 가족은…… 이해 못 해요. 정말 못 해요. 전 할머니와 친구가 된 걸 정말 멋진 일이라고 느끼는데 우리 가족은 오히려 그걸 망쳐버릴 거라는 생각이 들어요."

블록 끝에 있는 아파트가 보일 때까지 그들은 말없이 걸었다.

"식구들하고 평화롭게 지내도록 노력해야만 해, 레이먼드." 밀리가 말했다.

"왜요?"

"왜냐하면 그들이 네 식구니까. 18살이 되려면 1년도 안 남았잖아. 그때가 되면 넌 떠날 수 있어. 넌 혼자가 될 수 있고 네가 하고 싶은 대로 가족을 만들 수도 있어. 그렇다고 해도 태생적인 가족은 오직 하나야. 한 분의 어머니와. 그러니 가족과 어머니와 평화롭게 지내야 한다고 충고하는 거야. 만약 어머니가 널 미치게 만들면 다 컸을 때 함께 보내는 시간을 줄이면 돼. 그런데 네가 식구들과 너의 기본적인 생각 차이를 해결하지 못한다면, 만약 뭐든 잘못되어가고 있는 걸 지금 말하지 않는다면, 모든 말을 다 쏟아붓고 모든 조치를 다 취해야 할 때 후회하게 될 거야. 진즉에 차이를 조금씩 좁혀놓을걸 하고. 나도 지난날을 생각해보면 그런 경험이 있어. 그러니까 집에 도착하면 나는 안전하게 내 집으로 갈 테니 넌 위층으로 올라가서 어머니랑 대화하렴. 예전에 했던 것보다 조금 더 나은 방식으로 말이야."

"알겠어요." 레이먼드가 말했다. "알겠어요. 그럴게요."

지금은 다른 어떤 선택지가 없는 것 같았다.

"전 할머니를 위해 그 법정에 가려고 해요." 아파트 출입문으로 난 계단을 천천히 걸어 올라가며 레이먼드가 말했다.

"아직은 법정에 간다는 말을 하지 마. 갈 수 있을지 없을지 너도 모르잖아. 가는 게 불가능할 수도 있고."

"제가 옆에 있는 게 좋으시죠, 그렇죠?"

"그래. 그럼 나한테 정말 큰 도움이 될 게다. 이사벨이 날 데려가 줄 수도 있다고는 생각해. 하지만 심정이 복잡할 거야. 게다가 이사벨은 언제 진통을 시작할지 몰라. 다른 사람이 원한다고 해서 이사벨한테 참석하라고 요구하면 그이한텐 끔찍한 시간이 될 거다."

"그러니까 재판에 가시려면 제가 필요해요."

"그렇게 말하는 게 맞아."

"그럼 제가 거기 있을게요. 누구도 절 막을 순 없을 거예요."

비교적 전에 없던 행동이었다. 레이먼드는 소파에 앉아 가만히 엄마를 기다렸다. 엄마가 집에 도착하기를 기다렸다. 오래 걸리지 않았다. 5분도 채 걸리지 않았다.

안으로 들어오며 소파에 있는 레이먼드를 보고 엄마는 조금 놀란 것 같았다. 엄마는 아까와 마찬가지로 못마땅한 표정을 지었다. 마치 이 모든 일이 엄마에게는 엄청난 빈정거림을 담은 농담인 것처럼. 레이먼드는 화가 심하게 솟구치는 걸 느끼기 시작했다.

"이거 아주 재미있는데." 엄마가 뒤로 문을 잠그며 말했다. 엄마는 그에게로 방향을 돌려 예의 그 자세를 취했다. 팔꿈치를 바깥쪽으로 크게 펼친 채 허리에 두 손을 올린 자세. "이 모든 것이 얼마나 재미있게 생각되는지 말로 다 할 수가 없네. 일 끝나고 다른 아줌마들이랑 한잔하러 갈 때까지 기다리기도 힘들 정도다. 이모겐 아줌마는 아들이 다시 마약에 손을 댄 이야기를 나한테 해줄 거야. 물론 그 애는 아줌마한테 그걸 감추려고 했지. 그리고 폴레테 아줌마한텐 주차 위반 딱지를 11개나 받은 딸이 있어. 딸은 벌금도 전혀 안 냈어. 벌금 납부 기한도 지났어. 그런데도 폴레테 아줌마는 어느 토요일에 우편함 속에 있는 경고장을 보지 않았다면 아직 그 사실조차 모르고 있었을 거야. 왜냐하면, 알지? 애들이 하는 짓 말이야. 애들은 자기들이 저지른 모든 나쁜 짓을 어른들이 알길 원하지 않아. 그러니까 내가 이렇게 말하는 거야. '아 그래, 맞아. 애들아, 난 너희 심정을 정확히 알아. 내 아들 레이먼드는 작고 늙은 맹인 할머니가 길을 건너는 걸 돕는단다. 그렇지만 물론 내게는 비밀로 했지. 왜냐하면 어떤 아이가 그 사실을 엄마가 알기를 원하겠니?' 이게 도대체 무슨 일이래, 레이먼드? 정말 도대체?"

레이먼드는 그저 엄마를 올려다보기만 했다. 지나치게 눈을 깜박이며. 스스로 그렇게 하고 있다는 걸 느꼈지만 멈출 수가 없었다.

내면에서는 두 가지 아주 상반된 입장이 서로에게 전쟁을 선포하고 있었다. 한쪽은 잠자코 있기를 원했다. 엄마가 조용해질 때까지. 왜냐하면 학교를 빠져도 좋다는 엄마의 허락이 필요했기에. 엄마가 미쳐갈수록 도와줄 가능성도 그만큼 줄어들 것이기에. 다른 쪽은 엄마에게 버럭 화를 내기를 간절히 원했다.

그는 어느 쪽이 이길지 두고 보았다.

"레이먼드, 왜 그런 일을 나한테 말해주지 않았니? 내가 몇 번이고 네 새 친구들에 관해 말해달라고 했잖아."

"엄마가 이해해줄 걸로 생각하지 않았어요."

"내가 이해 못 할 거라고? 내가 너한테 노인이나 장님을 돕는 게 나쁜 짓이라고 말할 거라고 생각했다고?"

"엄마가 내 또래 친구들을 만나야 한다고 말할 거라고 생각했어요."

"맞아, 넌 네 또래 친구들을 사귈 *필요가* 있지. 그건 말할 것도 없어."

레이먼드는 두 팔을 옆으로 활짝 펼쳤다. 마치 엄마에게 지금 막 일어나고 있는 일을 보라는 듯이. 그는 엄마가 알아채기만 하면 상황이 저절로 말해줄 것이라 생각했다. 그러나 엄마는 알아채지 못했다. 다시 엄마는 자신의 머릿속으로, 자신의 세계 속으로 사라져버린 것 같았다.

"사실, 생각해보면……, 그건 이상해. 정말 이상해, 레이먼드. 17살 소년이 한…… 100살 같아 보이는 여자와 친구로 지내는 것. 뭔가 역겹고 기묘한 어떤 것. 아, 미안해……. 너무 심했나. 그렇지만 내가 기대한 것이 아니라는 건 확실해."

그러면서 왜 엄마한테 말하지 않았냐고 물어볼 정도의 대담함은 있네요.

"그러면서 왜 엄마한테 말하지 않았냐고 물어볼 정도의 대담함은 있네요." 레이먼드가 말했다. 입 밖으로 소리 내어.

그는 꼼짝 않고 앉아서 그 말들을 들었다. 그 말들이 그들 사이의 허공에서 바르르 떨리는 듯했다. 몇 해 동안 그는 부모와 부딪히는 동안 머릿속에서만 말해왔다. 입 밖으로 내뱉은 건 이번이 처음이었다.

"난 그저 내 의견을 말했을 뿐이다." 엄마가 말했다.

"그리고 전 엄마 의견을 듣고 싶지 않아요. 그런데도 엄마는 언제나 혼자서 의견을 삭인 적이 없어요. 그게 내가 엄마한테 말하지 않은 이유예요."

레이먼드는 일어서서 자기 방으로 걸어갔다.

"넌 너무 예민해." 그의 뒤에 대고 엄마가 소리쳤다.

아뇨. 엄마가 제대로 예민하지 않은 거예요.

"아뇨. 엄마가 제대로 예민하지 않은 거예요." 그가 어깨 뒤로 소리쳤다.

그는 지금 이렇게 하는 것이 문제를 제대로 다루는 방식인지 걱정스러웠다. 다시는 내면에서 터져나오는 생각을 억제할 수 없지 않을까 하고.

자신의 방 안에 처박혀서 레이먼드는 엄마에게 사유서를 부탁할 마법의 순간을 찾지 않기로 결정했다. 엄마는 항상 변함없이 이런 모습이다. 방어적이고 금세 화를 내고 천천히 이해하고. 그래서 이젠 엄마에게 부탁하지 않을 것이다. 아마도 그냥 학교를 빼지고 법정에 갈 것이다.

나중에 알게 되면 엄마는 자신이 선택한 방식으로 벌을 줄 것이다. 그래도 그 일은 그럴 만한 가치가 있는 일이다.

레이먼드는 저녁 식탁에 앉아 있었다. 접시에 놓인 무언가를 포크로 이리저리 밀어내면서. 그것이 무엇인지 분명하지 않았다. 닭고기일 수도, 아니면 돼지고기 조각일 수도 있었다.

그는 고개를 들어 두 여동생을 보았다. 그 아이들이 자신을 마주 보았다. 그다음에는 서로 마주 보고는 킥킥거리며 웃음을 터뜨렸다. 애써 못 본 척했다. 클라리사를 보니, 누구에게도 관심을 두지 않은 채 밥을 포크에 담아 입속으로 가져가고 있었다. 다시 두 여동생을 보았고, 앞의 장면이 반복되었다.

"뭐냐?" 갑자기 레이먼드가 소리를 질렀다.

생각했던 것보다 훨씬 크고 화난 목소리가 튀어나왔다. 그 소리가 클라리사를 놀라게 했다. 클라리사가 벌떡 일어났다. 곧바로 눈에 눈물이 가득 찼다.

론다가 소리쳤다.

"레이먼드는 여자 친구가 있대요. 그 여잔…… 한…… *100살* 쯤!"

레이먼드가 식탁에서 일어섰다. 접시 귀퉁이를 꽉 움켜쥐고 허공으로 집어 던졌다. 접시는 세차게 날았고, 식탁 중앙에서 조금 떨어진 곳의 비닐로 된 식탁보 위에 정체를 알 수 없는 고기 조각과 함께 내동댕이쳐졌다.

그는 두 손을 허공에 들어올리고 마치 총을 겨누듯이 휘젓고 있는 엄마 쪽으로 눈길을 돌렸다.

"난 얘들한테 어떤 것도 말하지 않았다." 엄마가 말했다. "둘 중 하나가 엿들은 게 틀림없어."

"보세요. 이게 바로 내가 이 가족의 일부가 되는 걸 견딜 수 없어 하는 이유예요. 모두들 나를 정말 기묘한 것처럼 대해요. 마치 내가 외계나 다른 곳에서 온 것처럼. 우린 공통점이 전혀 없어요. 날 봐요. 누구에게도 속해 있는 것처럼 보이지 않잖아요. 그렇게 행동하지도 않고, 그렇게 느끼지도 않아요. 우리는 심지어 같은 성도 쓰지 않아요. 그리고 여기 모두는 날 미치게 만들어요. 내게 무슨 잘못이 있는 것처럼 바라봐요. 그래요. 내가 모두한테 알려줄 소식이 있어요. 어쩌면 이상한 건 내가 아닐지도 몰라요. 어쩌면 난 완벽하게 정상이고, 여기 모두에게 문제가 있는 건지도 모른다고요."

그는 그대로 얼어붙었다. 그들 위에 우뚝 서서, 겁에 질린 얼굴들을 보았다. 그는 전에는 이들에게 이렇게 말한 적이 한 번도 없었다. 전에 이렇게 누군가에게 말한 적도 전혀 없었다. 두 여동생은 입을 다물지 못한 채 앉아 있었다. 클리리사는 대놓고 울고 있었다.

"넌 아니야, 클라리사." 그가 덧붙였다. "넌 괜찮아." 그는 식탁보를 내려다보았다. 머리를 저었다. 힘껏. "난 배고프지 않아. 내 방으로 갈게요."

복도를 따라 걸어가는 중에 에드가 말하는 소리가 들렸다.

"당신은 저 자식이 당신한테 저 따위로 말하게 내버려둘 거야?"

엄마가 뭐라고 대답하는지는 들을 수 없었다.

1~2분 뒤 엄마가 레이먼드 방으로 왔다. 문을 두드리긴 했지만 답을 기다리지는 않았다. 레이먼드는 침대에 얼굴을 묻고 누워 있었다. 엄마가 방을 가로질러 와 그의 옆 매트리스 귀퉁이에 앉아도 그는 움직이지 않았다.

엄마가 그의 어깨 아래에 손을 넣었다.

"이러지 마요, 제발." 그가 말했다. 계속 화가 난 상태로 있고 싶었다. 엄마는 손을 뺐다.

"우린 네가 이곳에 속하지 않는 것처럼 느끼게 하려는 건 아니었어."

"요점은 내가 그렇게 느끼도록 하려고 *의도*했는지 아닌지가 아니에요. 요점은 내가 스스로 그렇게 느끼는 것도 아니고요. 요점은 그게 사실이라는 거예요. 난 여기 속해 있지 않아. 난 이 가족과는 맞지 않아. 이건 그냥 사실일 뿐이에요."

침묵이 흘렀다.

이제 막 레이먼드는 자신의 비행기가 오랫동안 머물러 있던 비행장에 폭탄을 떨어뜨렸다. 그는 폭탄에 대해 결코 어떤 의식적인 주의를 기울이지 않았다. 그는 그것에 대해 깊이 생각하지 않았다. 그런데 폭탄은 항상 거기에 있었다.

"난 아빠랑 살아야 할 것 같아요."

침묵. 흡사 방사능이 퍼진 듯한 치명적인.

그러자 으스스하게 조이는 듯한 목소리로 엄마가 말했다.

"넌 솔직히 그 사람 새 아내가 그걸 견뎌낼 걸로 생각하니? 그 여자가 널 우리보다 더 잘 대해줄 것 같아?"

"아뇨. 그 여자도 날 자신에게 속해 있지 않은 사람으로 취급하겠죠. 그렇지만 적어도 아빠와는 맞아요. 어쨌든 한 사람이라도 있잖아요."

그러자 거처를 옮기면 밀리에게 오기 위해 전철을 타야만 한다는 것을 깨달았다. 그러나 그건 어쩌면 중요한 문제는 아닐 것이다. 루이스는 더 멀리서도 오가며 우정을 이어갔다.

레이먼드는 침대가 가볍게 출렁거리는 것을 느꼈고 문이 열리고 닫히는 소리를 들었다. 자신이 짐작한 것이 맞는지를 확인하기 위해 방을 둘러보아야만 했다. 그리고 그렇다는 것을 알았다. 축복처럼 엄마는 자신을 혼자 남겨두고 가버렸다.

다음 날 아침 레이먼드가 아침 식탁에 왔을 때 엄마와 새아빠가 같이 있었다. 그건…… 이상한 일이었다. 전에는 결코 그런

적이 없었다.

에드는 곧 식탁에서 일어나 커피를 들고 방으로 가버렸다. 그가 레이먼드에게 화가 난 건지 엄마와 이야기하도록 자리를 피해준 건지는 알 수 없었다.

"일하러 왜 안 가셨어요?" 엄마에게 물었다. 불안한 예감이 스멀스멀 피어올랐다. 그것이 자신의 목소리에서도 묻어나고 있음을 알 수 있었다.

"너랑 얘기 좀 하려고. 늦게 간다고 시간 조정했어. 앉아."

레이먼드는 앉았다. 그는 엄마가 "앉아볼래?"라고 말해주기를 바랐다. 그렇게 말하면 골든 리트리버한테 하는 명령을 받는 느낌이 덜 들 것 같았다. 하지만 지금 그 문제를 제기해선 안 될 것 같았다.

"내가 어떡하면 좋겠니?" 엄마가 말문을 열었다. "우리 사이의 차이점을 내가 존중한다고 네가 느낄 수 있게 하려면 말이야."

레이먼드는 당황했다. 눈을 아주 빨리 깜박이는 것을 알아차렸다.

한편 엄마는 계속 말을 이어갔다.

"나는 그저 키, 피부색, 성 등 겉으로 보이는 차이점만 말하는 게 아니야. 그래, 넌 우리와 달리 전혀 다른 일에 관심이 있는 것 같아. 그건 분명해. 그리고 네가 관심을 가진 것에 대해 내게 말하려고 해도 난 이해를 못 해. 나도 알아. 그래도 내가 널 바라보고 있다는 걸 네가 느끼게 하려면 어떻게 해야겠니? 그리고 있는 그대로의 너를 내가 좋아한다는 걸 느끼게 하려면 내가 어떻게 해야 될까? 왜 묻냐면, 난 정말 최선을 다해 그렇게 하고 싶거든."

"후~." 잠시 동안 레이먼드는 달리 할 말이 떠오르지 않았다. 그러다 갑자기 말이 나왔다.

"제가 하고 싶은 일이 있어요. 2주 정도 뒤에 시작되는 일이에요. 정말 중요한 일이고요." 그는 재빨리 재판에 대한 이야기를 들려주었다. 아마 네댓 문장으로. 생각했던 최소한을 그럭저럭 말할 수 있었다. "이 일이 나한테 얼마나 중요한지는 상상도 못 하실 거예요. 그런데 학교를 당분간 빠져야 하고, 엄마가 써 주는 승낙서도 필요해요."

"안 돼." 엄마가 말했다. 빨리 그리고 즉각. "안 돼. 난 내 자식들 누구도 학교를 빠지게 하진 않아. 그건 다시 거론할 문제가 아니야."

레이먼드는 손으로 얼굴을 감쌌다. 그리고 한동안 그대로 있었다. 화가 치밀어 올랐지만 누그러지기를 기다렸다. 참자. 지금 화를 내는 건 전혀 도움이 되지 않을 것이다. 화는 엄마의 저항을 견고하게 만들 뿐이다.

손을 다시 내리고 엄마의 얼굴을 보았다. 이 모든 일에 대한 엄마의 입장이 어떤지를 살피기 위해. 엄마 얼굴은 평상시와 다를 바 없었다. 엄마는 그를 아직은 다르게 대하지 않고 있었다.

"그러니까 엄마 말은, 이젠 날 달리 보길 원하고, 엄마한테 보이는 것을 존중하겠다, 그리고 아주 새로운 방식으로 나랑 지내겠다……."

"맞아."

"그런데도 엄마는 어떤 변화도 시도하지 않고 있잖아요."

엄마가 이 말을 이해했는지 레이먼드는 엄마의 얼굴을 보았다. '엄마의 거부'가 조금씩 무너지는 것이 보였다. 변화를 말한 것이 적절했음을 알았다.

"학교 공부는 계속해나갈 거지?"

"약속할게요."

"아, 난 이러는 거 정말 싫다."

"싫어하시는 거 알아요. 엄마한테 정말 힘든 일이라는 것도 알고요. 그게 바로 엄마가 그걸 해준다면 내겐 정말 뜻깊은 일이 되는 까닭이에요."

엄마는 한숨을 깊이 쉬었고, 레이먼드는 엄마가 승낙서를 써 줄 것을 알았다. 그 문제에 대해 몇 가지 이야기를 더 주고받기는 했다. 그러나 결국 엄마는, 지금은 레이먼드를 제대로 거부할 수 없었다.

12. 체중과 진통

—

레이먼드는 자신의 방에서 무릎을 꿇고 가방의 모든 주머니를 샅샅이 살피고 있었다. 법정에 가지고 갈 준비물들을 점검하는 중이었다. 자신과 밀리를 위해 용돈으로 산 간식거리들이 모두 제대로 있는지 확인했다. 학교에서 내준 과제들도 점검했다. 어떤 과제는 종이에 씌어 있었고, 어떤 과제는 디지털 자료 형식으로 플래시 드라이브에 저장돼 있었다. 재판과 재판 사이에 다른 일을 할 시간이 있으면 노트북 컴퓨터로 과제를 해야겠다고 생각했다.

플래시 드라이브를 넣어두려고 지퍼가 달린 옆 주머니를 살펴보던 중 아주 낯선 종이쪽지가 손에 잡혔다. 밝은 곳으로 끄집어냈다. 반 년 동안 눈에 띄지 않았기에 다른 물건들에 뒤섞여 접히고 구겨져 있었다.

그 종이쪽지를 책상 램프에 바싹 갖다 댔다.

단정하고 반듯한 글자가 씌어 있었다. "*루이스와 소피아 벨레즈, 그리고 가족들.*" 그 아래에는 전화번호가 적혀 있었다.

레이먼드는 한순간 얼어붙었다. 무릎을 꿇은 그대로 그들을 떠올렸다. 초콜릿 케이크, 자신이 정신이 나갈 정도로 지쳐버린 것을 알아차린 사람들, 자신에 대해 알지도 못했지만 돕고자 했던 사람들, 종교적인 목걸이를 걸어줄 때 목덜미를 스치던 십대 소녀의 손, 소녀가 그 목걸이를 레이먼드에게 주기로 한 것이 좋은 생각이라고 찬성한 스페인어를 하던 할머니.

깨끗하고 흰 와이셔츠 안의 목걸이를 만져보았다. 잠시 자신과 밀리의 소송이 아직도 희망이 있는 것인지 궁금했다. 그가 원하는 건 밀리가 재판에서 그나마 위안을 얻는 것이었다. 그것이 곧 자기에게도 어떤 식이든 마무리일 것이다. 밀리는 이미 그런 일은 기대할 수 없을 것이라고 분명하게 예상했다.

종이쪽지를 바지 앞주머니에 깊숙이 찔러 넣고 아래층으로 내려가 밀리의 집으로 갔다.

"저예요." 자신만의 독특한 레이먼드식 노크를 한 다음 말했다. 자신만의 독특한 레이먼드식 노크를 했는데도 또 이름을 밝힌다는 건 분명 어리석은 일이리라. 달리 누가 그렇게 할까?

그러고 열쇠로 문을 열고 안으로 들어갔다.

밀리는 소파에 앉아 있었다. 암청색 드레스를 입고 무거워 보이는 검은 구두를 신은 채, 어깨에는 무늬가 있는 니트 숄을 둘렸다. 지갑을 몸에 바싹 붙여 꼭 쥐고 있었다. 밀리는 올려다보지도 않고 말을 걸지도 않았다. 생각에 깊이 잠긴 듯이 보였다. 또 심하게 겁에 질린 듯이 보였다. 그러나 레이먼드는 그렇게 보인다고 말하지 말아야겠다고 생각했다. 대신 이렇게 물었다.

"저 전화를 써도 괜찮을까요? 아주 급한 전환데요."

밀리는 말로 대답하지는 않았다. 그저 낡은 유선전화기가 있는 쪽으로 고개를 돌렸을 뿐이었다.

"시외 통화면 제가 나중에 전화 요금 채워드릴게요."

밀리는 얼굴을 그가 있는 쪽으로 돌리더니 깊은 한숨을 내쉬었다.

"아, 레이먼드, 도대체 그게 뭐가 중요하니."

그 말이 잠깐 공중에 매달려 있었다. 뱉어진 말을 계속해서 듣고 있기라도 하듯. 더 오래 듣고 있을수록 더욱더 밀리가 묻고 있는 것처럼 들렸다. "뭔가 중요한 게 있기나 하니?"

그 말에 대해 어떻게 말할지 혹은 어떻게 해야 할지 레이먼드는 알 수 없었다. 그래서 그냥 주머니에서 종이쪽지를 꺼내 전화기로 걸어갔다.

전화번호를 돌렸다. 정확히는 숫자 단추를 눌렀다. 말 그대로 돌리는 다이얼식 전화는 아니었다. 그렇게 오래된 전화기는 아니었다.

뚜, 뚜 소리가 들리더니 딸깍, 하며 음성사서함으로 넘어갔다.

루이스의 깊고 울림이 큰 목소리가 메시지를 남기라고 말하고 있었다.

"안녕하세요? 전 레이먼드라고 합니다. 기억하실지 모르겠어요. 지난가을에 아저씨네 아파트에 들렀습니다. 루이스 벨레즈를 찾으러요. 아저씨는 그분이 아니라는 게 밝혀졌지만. 루이스 벨레즈를 찾으면 전화드린다고 말씀드렸는데 깜박했어요. 죄송해요. 그래도 어떻게 되었나 알고 싶다 하신 것도 고마웠어요. 어쨌든 아저씨네 집에서의 일은 모든 게 좋았습니다. 그래서 제가 알게 된 걸 알려드리고 싶어요. 물론 행복한 결말은 아닙니다. 루이스는…… 돌아가신 걸로 밝혀졌습니다. 그렇지만 전 그분 가족을 찾았고, 그게 그나마 좋은 일이었습니다. 그리고 적어도 이렇게나마 우리가 알게 되었고요. 그래서…… 그 소식을 말씀드리려고요. 그리고 친절하게 대해 주신 것에 다시 한번 감사드립니다."

레이먼드는 깊은숨을 내쉬고는 수화기를 내려놓았다.

"이제 가야 돼요." 밀리에게 말했다.

"알겠다."

그러나 밀리는 미동도 하지 않았다.

"아침으로 뭘 좀 드셨어요?"

"뭘 넘길 수가 없어. 안 먹었어."

"그라놀라 바 드리면 가는 길에 드시겠어요?"

"널 위해 적어도 시도라도 해보마."

밀리는 일어날 준비를 하기 위해 몸무게를 앞으로 옮겼고, 레이먼드는 서둘러 그에게 가서 팔을 들어올려 밀리가 손으로 잡을 수 있도록 했다. 그가 발로 일어서는 동안 체중을 감당했다.

레이먼드는 매번 그렇게 할 때마다 감당하는 체중이 줄어드는 것처럼 느껴졌다.

"여기예요!" 레이먼드가 밀리에게 말했다. "할머니, 이사벨이에요!"

다른 목소리들로 시끌벅적한 나머지 그의 목소리는 거의 들리지도 않았다.

둘은 법원 복도에 있었다. 오전 9시 3분 전이었다. 복도에는 개별 법정으로 들어가는 문이 줄지어 있었다. 법정마다 예정된 재판이 3분 뒤에 일제히 시작될 것이다.

양복을 차려입은 남자, 여자 들이 서류 가방을 들거나 작은 손수레를 끌며 서둘러 오갔다. 손수레는 바퀴 달린 여행 가방보다는 조금 무겁고 복잡해 보이는, 사건 기록을 실은 것이었다. 제복을 입은 정리들과 배심원들이 삼삼오오 무리를 짓고 있었다. 모든 사람이 모든 일에 대해, 그리고 모두가 동시에 말을 하는 것 같았다.

레이먼드는 안전을 위해 밀리의 어깨를 오른팔로 감싸고 왼손으로 그의 팔꿈치를 잡았다.

레이먼드는 이사벨의 시선을 끌려고 손을 들었다. 그리고 밀리를 돌아보았다. 때맞춰 뒤쪽에서 캐리어를 끌고 가던 남자가 밀리와 너무 가깝게 있었다. 레이먼드는 거의 부딪힐 뻔한 어떤 여자를 피하고자 갑자기 몸을 휙 돌렸다. 그때 남자의 캐리어가 밀리의 발을 향해 빠르게 돌진했다. 레이먼드는 오른팔로 밀리를 세게 붙잡고 재빨리 끌어당겨 그의 발이 다치지 않도록 했다.

"어휴, 세상에." 밀리가 지금 막 무슨 일이 일어났는지 명확히 알지 못한 채 말했다.

"이봐요, 조심해야죠!" 레이먼드가 남자를 향해 소리쳤다. "캐리어로 할머니를 칠 뻔했잖아요."

남자는 레이먼드를 어깨 뒤로 돌아보았을 뿐 아무 말도 하지 않았다. 그의 표정은 무심했다. 이 세상에 오직 자신만이 있는 듯했고, 레이먼드나 밀리는 안중에도 없는 듯했다. 남자는 다시 앞을 보더니 가던 길을 계속 갔다.

레이먼드가 깊은숨을 들이쉬며 마음을 안정시키고자 애썼다. 그는 앞에 서 있는 이사벨을 보기 위해 고개를 들었다.

"몇 호실인지 내가 알아. 따라와." 이사벨이 말했다.

"부모님이 함께 오실 줄 알았는데." 레이먼드는 아직 움직이지 않은 채 말했다. "아시다시피, 진통이 올지도 모르잖아요."

"독감에 걸리셨어. 나으시기 전까진 근처에도 갈 수가 없어."

"그렇지만 진통이 오면……."

"그러면 유일한 희망이 레이먼드, 네가 아닐까 싶은데." 이사벨이 말했다.

그들은 함께 사람들의 바다를 헤치며 걸었다. 레이먼드는 이사벨이 조급해하는 걸 느낄 수 있었다. 이사벨은 신경이 날카로웠고 정신이 다른 곳에 팔려 있었다. 그리고 밀리의 속도에 맞춰 걸음을 늦추기는 쉽지 않아 보였다. 이사벨은 몇 걸음 걷다가 멈춰 서서 그들을 기다려야 했다. 레이먼드는 불안이 파도처럼 밀려와 이사벨을 덮치고 있음을 느낄 수 있었다. 레이먼드는 그 불안에 전염되고 있었다. 그러나 할 수 있는 일이 없었다. 밀리는 최대한 빨리 걸을 뿐이었다. 밀리에게 더 빠르기를 요구하는 건 현실적이지도 않고 온당하지도 않았다.

한편, 똑같은 생각이 계속 레이먼드의 머릿속을 맴돌았다.

진통이 시작되지 않게 해주세요. 진통이 시작되지 않게 해주세요.

제복을 입은 젊은 여자가 이사벨의 앞을 가로막고 섰다. 레이먼드는 이 여자가 경찰인지 법원 직원인지 알 수 없었다. 여자는 마치 종교적 기적이라도 본 것처럼 얼굴이 환해지며 이사벨의 배를 바라보았다. 이사벨은 멈추지 않을 도리가 없었다. 여자가 손을 뻗어 이사벨의 배를 만졌다.

레이먼드가 얼굴을 찌푸렸다. 이사벨이 그런 일을 싫어한다는 걸 알고 있기 때문이다. 사실 누군들 싫어하지 않으랴. 누구든 아주 낯선 사람이 자기 배를 만지는 걸 좋아하지 않으며, 임신부라고 예외는 아닐 것이다. 어쨌든 자기라면 그럴 듯싶었다.

"아, 예정일이 언제인가요?" 여자가 숨소리와 함께 높은 소리로 물었다.

레이먼드는 이사벨이 이 질문에 답하는 데 진력이 났음을 알았다. 그래서 대신 대답했다. "5일 전요."

"우리는 *저길* 가야 합니다." 이사벨이 559호실을 가리키며 말했다.

"예, 저도 같이 갈게요." 여자가 말했다.

그들은 모두 안으로 들어갔다.

레이먼드는 법정이 복도와 다를 바 없이 사람들로 넘쳐날 것이라 예상했다. 자리는 없고 서 있기만 하는 방일 것이라 생각했다. 귀퉁이에 서 있거나 마룻바닥에 앉아야 할 것으로 생각했다. 아니면 아주 뒷자리에 앉거나.

그러나 법정은 낮은 출입구의 반대쪽에만 사람들이 몰려 있었다. 관계자석, 벤치 쪽. 일반 방청객을 위한 자리에는 피고인과 그의 변호사, 그리고 그 뒤쪽으로 금발의 삼십 대 남자와 여자만 있었다. 레이먼드는 그 여자 피고인을 잘 보려고 노력했다. 그 여자의 인상 같은 것을. 그러나 머리색이 어두운 여자의 뒷모습만으로는 별로 알아낼 것이 없었다.

이사벨이 좌석 앞줄로 가는 통로로 그들을 이끌었고, 검사, 혹은 검사 역할을 맡은 지역 변호사라고 추측되는 사람 바로 뒤쪽 의자에 앉았다. 레이먼드는 이 사건을 기소한 사람을 알아내고 그 세부 사항을 기록하는 것이 좋겠다고 생각했다. 그리고 주의 깊게 메모하는 것도. 제출해야 할 보고서의 기한이 재판이 끝나는 날까지였기 때문이다. 교장 선생님은 그 요구 사항을 마지막 순간에 들이밀었다.

그들은 조용히 무언가를 기다리며 앉아 있었다. ……여하튼 레이먼드는 무엇을 기다리고 있는지 알 수 없었다. 다음에 어떤 일이 시작될지 기다려야 했다.

"모두 어딜 갔어요?" 이사벨에게 속삭이듯 물었다.

이사벨이 그에게로 눈을 돌렸다. 그 눈 속에서 레이먼드는 완전히 혼란스러운 표정을 읽었다. 마치 이사벨에게 자신이 고대의 죽은 언어로 말을 하기라도 한 것처럼. 어쩌면 그가 경멸하게 된 라틴어로.

"모두?"

"예."

"어떤 모두 말이니?"

"그러니까…… 여기에 다른 사람들이 있을 거라고 생각했어요. 재판에 관심 있는 사람들이요."

이사벨이 쓰디쓴 웃음을 지으며 말했다. "우리만의 세상에 온 걸 환영한다. 루이스는 죽었고, 그래도 세상은 잘 돌아가고 있어. 그가 없는데도 아주 멋지게 굴러가고 있지." 그러고 덧붙였다. "사실 우리 말고는 루이스한테 어떤 일이 일어났는지 아무도 관심이 없어."

레이먼드는 배심원 선정에 관해 논의된 거의 2시간 동안의 일을 노트북에 주의 깊게 기록했다. 실제로 오간 말들뿐만 아니라 자기 생각과 재판 절차 역시 꼼꼼하게 관찰하며 옮겨 적었다. 언제 펜과 종이를 사용하게 될지 몰라 염려하면서, 성가실 정도로 줄곧 노트북의 배터리 잔량 표시를 확인했다. 만약 점심을 먹을 때 충전할 곳을 찾지 못한다면 어쩔 수 없을 일이었다.

검사와 변호사가 모두 예비 배심원들에게 질문했다. 레이먼드는 그 질문들이 무엇을 의도하는지 알 수 있었다.

강도질을 당한 적이 있습니까? 폭력의 피해자였던 적이 있습니까? 총기 소지자입니까? 총기규제법에 찬성합니까, 반대합니까? 이 주에서는 시행하고 있지 않지만 플로리다주와 몇몇 다른 주에서 시행하고 있는 정당방위법을 들은 적이 있습니까? 그 법에 대해 어떻게 생각하십니까?

검사와 변호사는 배심원 후보 중 누구든 거부할 수 있었다. 명확한 이유로, 혹은 이유를 제시하지 않고서도. 만약 이유를 제시하지 않는다면 제한된 수 안에서만 거부할 수 있었다.

레이먼드는 "이유 없는 기피들"이라고 자판을 쳤다. "양측에서 세 사람."

그러나 그 정도는 책만 읽어도 알 수 있는 것들이었다.

레이먼드가 스스로 관찰한 건 이것이다. 비록 이런 단어를 써서 정리하지는 않았지만, 표면적으로 보면 저런 방식은 편견을 제거하기 위한 것이었다. 그러나 수면 아래에서 레이먼드는 검사와 변호사가 편견을 아주 잘 알고 있으며, 그들이 남겨둔 배심원들 역시 편견을 의식하고 있는 것으로 보였다. 그들의 전체적인 일이 편견에 기대어 진행되고 있는 듯했다. 법정에서 편견은 아주 객관적인 척하는 경기에서 전략적으로 활용되고 있는 와일드카드처럼 느껴졌다. 모든 사람이 어떤 편견을 가지고 있으며, 그것이 진행 과정의 일부인 것 같았다. 그리고 변호사도 그것을 원하는 것 같았다.

의뢰인의 이익에 반하지 않도록.

교묘한 점은 그 자리의 사람들이 모두 자신들의 편견을 공공

연하게 말하지 않는 척한다는 것이었다. 방청객들은 그들의 행간을 읽어야만 했고, 그들이 행간을 정확하게 읽기를 바라야만 했다.

“시작하기 전에 한 가지를 아주 분명히 하고 싶습니다.” 검사가 말했다. 레이먼드가 머릿속으로 ‘자신들의’ 변호사라고 생각한 사람이다. “저는 자기방어를 목적으로 허가받은 권총을 가지고 다니는 것에 반대하지 않습니다.”

레이먼드는 ‘모두 진술: 검사’라는 말을 키보드로 쳤다.

그 사람은 말을 하면서 앞뒤로 왔다 갔다 하며 배심원들에게서 잠시 등을 돌렸다가 다시 마주 보며 자신의 주장을 이어갔다.

“물론 우리는 모두 자신을 보호할 권리를 갖고 싶어 합니다. 그리고 우리는 그 권리를 가져야만 합니다. 그렇지만 우리의 그 권리에 관해 재미있는 점이 있습니다. 굳이 보고 싶지 않지만 직면해야 할 사실이 있습니다. 만약 우리가 어떤 식으로든 평화로운 가운데 함께 살아가기를 바란다면 아주 명백하게도 그 권리를 가져야만 합니다. 우리 모두는 이 도시에서 서로의 권리 위에서 살고 있지만 때로는 우리의 그 권리가 충돌할 때도 있습니다.

권리에 대해 학교에서 처음 배운 것은 무엇입니까? 권리에 대해 제가 처음 배운 건 알고 있습니다. 그것을 배운 건 유치원 때였습니다. 제 유치원 선생님은 우리에게 다른 아이의 코끝을 향해 주먹을 휘두를 권리에 대해 가르쳤습니다. 기억하는지요?

그러면 여기 앉아서 이렇게 생각할 수도 있습니다. 내가 위험하다고 생각하면 난 총을 쏠 권리가 있다고. 그러나 당신의 이웃 역시 당신이 *그에게* 위험하다고 생각한다면 *당신에게* 총을 쏠 권리를 가지고 있을까요? 여러분은 이 질문으로 총이 두 가지 다른 극단에서 서로 정말 다르게 보인다는 점을 알 수 있을 것입니다.

이제 정말 중요한 질문을 하겠습니다."

검사는 재빨리 배심원 쪽으로 몸을 돌렸다. 그리고 한 사람, 한 사람을 바라보았다. 가능한 한 많은 사람과 눈을 마주치려고 했다.

레이먼드는 배심원석에 라틴계 남자 혹은 여자가 한 사람이라도 있기를 여전히 바랐다. 배심원 후보 명단에는 세 사람이 있었으나 세 사람 모두 피고인 측 변호사에 의해 거부되었다. 표면적으로는 전혀 무관한 이유 때문에.

"만약 당신의 이웃이 잘못을 했다면? 만약 당신은 그저 도우려고 했을 뿐인데 상대방은 당신이 자신에게 어떤 식으로든 위해를 가하려 한다고 오해한다면, 그래서 당신에게 총을 쏜다면? 당신의 삶을 끝내버린다면? 당신의 배우자와 아이들로부터 당신을 영원히 떠나게 한다면? 그는 그런 권리를 가지고 있을까요? 안전하게 길을 걸어다닐 당신의 권리는 어떻게 된 건가요.

보세요. 전 침대 옆 협탁 서랍에 권총을 두고 있습니다. 만약 누군가가 침입해서 저에게 혹은 아내에게 위해를 가하려 한다면…… 제가 말할 수 있는 것은 그 사람이 죽고 사는 건 운명이라는 점입니다. 그러나 총을 들고 다니며 사용할 면허증은 엄청난 책임을 동반합니다. 그리고 그 책임은 아주 단순한 것입니다. 신사 숙녀 여러분, 여러분은 정당해야만 합니다. 여러분은 분명히 지갑을 돌려주려고 했던 남자에게 책임을 져야만 합니다. 강도와 선한 사마리아인의 차이는 분명합니다. 여러분은 총을 쏘는 것을 잠깐 기꺼이 멈춰야만 합니다. 심지어 단 1초 만이라도. 여러분이 맞닥뜨린 상황이 어떤 상황인지 사실을 알 때까지만이라도. 물론입니다. 그 짧은 몇 초를 기다리는 것조차 위험하다고 여길 수 있습니다. 어쩌면 실제로 그럴 수도 있습니다. 그러나 그 위험을 감수하지 않겠다는 것은 여러분 자신의 권리를 너무 비중 있게 생각하는 것이며, 다른 남자의 권리에 대해 충분히 생각하지 않는 것입니다. 그건 그저 자신만을 생각하는 것입니다. 우리는 모두 우리 자신을 가장 먼저 생각합니다. 인간이기 때문입니다. 어쩌면 그것은 잘못된 일이 아닐지도 모릅니다. 그러나 우리는 최소한 다른 사람에 대해 몇 초만이라도 생각해야 합니다. 왜냐하면, 아시지 않습니까? 루이스 벨레즈에게는 그날 밤 집으로 갈 권리가 있었습니다. 아이들을 키울 권리가 있었습니다. 아내가 세 번째 아기를 낳는 순간 그 옆에 있을 권리가 있었습니다."

그는 멈추었다. 말을 멈췄고, 얼굴을 마주 보는 걸 멈추었다. 그리고 이사벨에게 눈을 돌렸다. 배심원들의 눈이 그의 시선을 쫓아왔다.

레이먼드도 이사벨을 보았고, 그들의 시선 아래 이사벨이 움찔거리는 것을 보았다. 이사벨의 얼굴이 빨갛게 달아오르는 모습을 보았다.

"벨레즈 씨는 그러한 권리들을 폭력적으로 빼앗겨 버렸습니다. 피고인인 햇필드 씨는 그날 아침 살인을 생각하며 일어났을까요?" 그가 멈추었다. 피고인 쪽을 보았다. 그때까지 레이먼드는 여전히 피고인의 뒤통수만 볼 수 있을 뿐이었다. "그가 벨레즈 씨에게 나쁜 의도를 품고 그의 죽음을 계획했습니까? 물론 아닙니다. 그는 그저 두려웠을 뿐입니다. 그러나 두려워했건 아니건 우리는 여전히 치명적인 힘을 사용하기 전에 합리적인 판단을 해야만 합니다. 만약 그러지 않는다면 거기에는 대가가 뒤따라야만 합니다. 정당한 대가가, 그렇지만, 그러함에도 무고한 생명의 값어치가 우선이며, 그다음에 질문을 해야만 합니다. 이 재판이 진행되는 동안 저는 배심원 여러분이 그 대가가 무엇일지 정당하고 합리적인 판단을 내려줄 것을 믿고자 합니다.

고맙습니다, 신사 숙녀 여러분, 재판장님. 감사합니다."

검사가 자리로 돌아가자 레이먼드는 듣는 데 열중한 나머지 기록하는 걸 잊고 있었음을 알아차렸다. 그는 피고인의 변호사가 일어나서 모두 변론을 하기 전에 최대한 빨리 적으려고 했다.

"배심원 신사 숙녀 여러분, 저는 여러분이 상상력을 발휘해보기를 요구합니다. 저녁 무렵 길을 따라 걸어가고 있는데, 낯선 사람이 뒤를 쫓아와서 당신의 어깨를 잡으면 어떻게 하시겠습니까?"

"내 남편은 여자의 어깨를 잡지 않았어요!"

바로 옆자리에서 튀어나온 이사벨의 목소리에 레이먼드는 깜짝 놀랐다. 그의 상태를 고려하면 놀라운 속도로 일어섰다.

"그는 어깨를 두드렸을 뿐이에요!" 이사벨이 소리 질렀다. "두 목격자가 그렇게 말했다고요!"

판사가 의사봉으로 탁자를 힘껏 두드렸다.

"조용히 하세요!" 판사가 그에게 호통을 쳤다. "그렇게 한 번 더 감정을 폭발시키면 법정모욕죄로 처벌받게 됩니다. 이제 앉으세요."

이사벨은 움직이지 않았다. 조각처럼 얼어붙은 채 서 있었다. 약간 비틀거리며, 마치 아무도 들을 수 없는 목소리를 듣기라도 하는 것처럼 허공을 응시한 채로.

"앉으라고 했잖아요!" 판사가 다시 으르렁거렸다.

이사벨이 판사를 마주 보려고 얼굴을 돌리고, 레이먼드의 심장을 거의 멈추게 만든 두 단어를 말했다. 그 말은 실제로 심장을 멈추게 했지만 고작 한 박자 반을 멈추게 했을 뿐이었다.

"양수가 터졌어요." 이사벨이 한 말이었다.

이사벨의 배를 만졌던 제복 입은 사람이 그들을 법정 밖으로, 로비 아래로 데리고 나왔다.

그는 뉴욕시 경찰이었다. 레이먼드는 함께 나란히 걸으면서 보았다. 배지가 보였다. 제복 주머니에 달린 이름표에 'J. 트루스데일'이라고 적혀 있었다.

레이먼드는 적어도 열 번 넘게 뒤를 돌아보았다. 법정에 밀리만을 남겨두기가 쉽지 않았다. 밀리 자신이 그렇게 하라고 말은 했지만. 레이먼드가 돌아올 때까지 꼼짝 않고 앉아 있겠다고 약속했다. 그러나 자신의 도움 없이 밀리를 세상에 남겨두는 건 정말 내키지 않았다.

트루스데일 경관이 그들에게 법정 로비에 서 있도록 했다.

"순찰차가 저쪽 귀퉁이에 주차되어 있습니다. 여기서 기다리시면 차를 가지고 오겠습니다."

레이먼드는 이사벨의 팔꿈치를 잡았다. 그는 이사벨이 서 있을 수 있도록 붙잡고 있는 것이 오직 자신뿐임을 알고 잠시 어지러움을 느꼈다. 이사벨의 얼굴은 핏기 없이 창백했고, 두려움과 고통으로 굳어 있었다.

"진통." 이사벨이 쉰 목소리로 말했다.

이사벨의 얼굴이 고통으로 일그러졌고, 레이먼드는 그 통증이 자신의 배 속을 거쳐 허벅지 안쪽까지 달리고 있음을 느꼈다. 그가 상상할 수 있는 것에 대한 본능적인 반응.

"괜찮아." 1~2분 뒤에 이사벨이 말했다. "됐어."

그러나 '괜찮아'는 곧 어김없이 찾아올 진통을 느끼기 직전까지일 뿐임을 레이먼드는 알았다.

레이먼드는 병원 분만실의 바퀴 달린 침대 옆에 앉아 이사벨에게 작은 종이컵에 든 얼음 조각을 먹게 하고 있었다.

"이제 가봐야지." 이사벨이 말했다.

"괜찮으실 것 같아요?"

"레이먼드, 주변을 둘러봐. 여긴 산부인과 병동이야. 분만하는 임신부를 도와줄 모든 것이 바로 여기에 있어. 병원 사람들 모두가 날 도우려고 있는 거지. 어떻든 여기까지 같이 와줘서 정말 고마워. 정말로. 사실 아깐 무서웠고 누군가가 필요했어."

레이먼드는 자신이 어떻게 하고 싶은지 생각했다. 자신의 내면이 두 가지 생각으로 즉각 나뉘는 걸 느꼈다. 정확히 반반이었다.

"아기가 나올 때까지 기다리면 안 될까요?"

"몇 시간 걸려. 하루 종일 걸릴 수도 있고."

"*하루 종일*요?"

"어쩌면. 나도 정확히는 몰라."

"그럼 할머니한테 돌아가야겠네요."

"오늘 법정이 문을 닫으면 할머니를 여기로 모시고 와. 아직 아기를 낳지 않았으면 나랑 같이 기다릴 수 있을 거야. 만약 낳았다면 그를 볼 수 있을 테고."

이사벨이 말하는 동안 레이먼드는 일어섰다. 막 문 쪽으로 움직이려다가 한마디 말이 그의 움직임을 멈추게 했다.

그를.

"아기가 남자애란 걸 알고 있었어요?"

"그래. 잠깐만 기다려봐. 말하고 싶은 게 있어."

마지못해 레이먼드는 침대 옆에 있는 흰 플라스틱 의자에 다시 앉았다. 밀리에게로, 법정으로 돌아가려고 마음의 시계를 맞쳤기에 그 목표를 지연시키는 것이 힘들었다. 그러나 이사벨은 그에게 할 말이 있다고 했다. 그래서 그는 깊이 심호흡을 하고 말했다.

"예, 됐어요. 말씀하세요."

"임신한 직후부터 난 아기 이름을 뭘로 지을지 거의 결정했어. 루이스 주니어라고 짓기로."

"그러시면 되잖아요."

"나도 그렇게 생각했어. 그런데 내가 잘못 생각했어. 그저께 밤에 꿈을 꿨어. 루이스와 얘기하는 꿈. 오랫동안. 난 거의 1시간 정도라고 느꼈는데 실제로 꿈을 꾼 시간이 얼마나 됐는지는 모르겠어. 꿈이 얼마나 이상한지 알잖아. 뭔가 속은 듯한 느낌."

"맞아요." 레이먼드가 말했다. 비록 제대로 알고 있는지 확신하지는 못했지만.

"우린 온갖 일에 관해 이야기했어. 마치 꼭 실제 같이 살 때 그랬던 것처럼. 마지막에 그가 일어서서 가기 직전에 말했어. '아기 이름을 루이스라고 짓지는 마.'라고."

"왜요? 왜 안 되냐고 물었어요?"

"물론 물었지. 루이스는 그게 아이한테 좋지 않을 거라고 했어. 그 이름은 아이한테 결코 될 수도 없는 무언가가, 어쩌면 루이스는 '누군가가'라고 말했는지도 모르지만, 무언가가 되기를 요구하는 거라고 했어. 마치 루이스의…… 죽음이 남겨둔 빈자리를 메우기를 요구하는 것처럼. 그리고 모두가 원했던 그가 결코 될 수 없기에 아기는 슬프게 자랄지도 모른다고 했어."

"아, 이해할 수 있을 것 같아요. 실제 살아생전에 루이스가 말했을 법한 말이네요."

"그래, 맞아. 아주 현실적인 꿈이었어."

"그럼 아기 이름을 뭐라고 지으시려고요?"

"진통." 이사벨이 소리쳤다.

레이먼드는 그의 이마에서 배어 나오는 구슬 같은 땀방울을 보았다. 가까운 탁자에 놓인 티슈로 땀을 닦아주었다. 끔찍한 비명이 그에게서 튀어나왔고, 레이먼드의 배 속을 빈틈없이 얼어붙게 했다. 그러고 이사벨은 이를 악문 채 고통에 찬 숨을 들이쉬고 내쉬고를 반복했다. 꽤 긴 시간 동안. 레이먼드에게도 고통스러운 시간이었다.

진통이 이제 더 오래 지속되고 있었다.

어떻게 *하루* 동안이나 이런 일을 겪을 수 있을까?

"됐어." 고통이 잦아들자 이사벨이 말했다. "괜찮아. 아니, 나는 아기 이름을 진통으로 짓지는 않을 거야. 그런 걱정은 안 해도 돼. 난 루이스한테 물어봤어. '그럼 아기 이름을 뭘로 지을까?' 그가 대답했어. '그 착한 아이의 이름을 따서 지어. 밀리의 새 친구.'"

"저요?" 믿을 수 없다는 목소리로 레이먼드가 물었다.

"그렇게 말했어."

"우아, 정말 멋진데요. 그렇지만…… 레이먼드는 괴짜 같은 느낌의 이름이에요. 그렇게 생각되지 않으세요? 전 늘 그렇게 생각했어요."

"그래도 레이는 멋진 이름이잖아."

"맞아요." 레이먼드가 말했다. "제 막내 동생 말고는 아무도 저를 그렇게 부른 적이 없다는 게 놀랄 일도 아니죠."

이사벨이 조금 웃었다. 아니면 이사벨이 그랬기를 레이먼드는 바랐다.

그러고 침묵에 잠겼다. 레이먼드는 또 다른 진통이 올 것에 대비해 마음을 다잡았다. 그러나 아마도 조금 일렀나 보다. 자신이 돌아오기를 기다리고 있을 밀리가 끌어당기는 것을 느꼈다. 동시에 그는 자신에게 부여된 명예로 가슴이 부풀어 오르고 뜨거워지는 것을 느꼈다.

"그런데 한 가지 걸리는 게 있어요." 그가 덧붙였다. "다른 두 아이는 스페인식 이름을 가졌잖아요."

"이 아이는 다를 수도 있지 뭐."

"자기 가족과 다르다는 건 힘든 일일 수 있잖아요. 들어본 적이 있는 이름이 좋을 것 같아요. 레이먼드를 스페인식으로 부르는 이름이 있나요?"

"물론. 라몬이 있어."

"그게 더 좋을 것 같아요. 꼭 라몬이라고 지어주세요."

"그렇게 생각해?"

"확실히요. 전 항상 이사벨이 제 이름을 따서 아기 이름을 지었다는 걸 기억할게요. 여하튼 믿을 수 없이 멋진 일이에요. 그리고 아기도 나머지 가족과 어울리는 것 같다고 느낄 거고요. 그건 정말 큰 문제거든요. 제 말씀대로 해주세요."

레이먼드는 숨이 차게 달려와 다시 법정으로 돌아왔다. 그런데 법정으로 들어가는 문이 닫혀 있음을 알고는 깜짝 놀랐다. 문고리를 몇 번이고 흔들었다. 치솟는 절망감으로 문을 부술 듯 밀었다.

복도를 이리저리 둘러보았으나 순찰을 하듯 어슬렁거리는, 제복을 입은 직원을 제외하고는 누구도 보이지 않았다.

"실례합니다!" 레이먼드는 공황 상태에 빠진 나머지 자신의 목소리에조차 놀라며 직원을 불러 세웠다. "모두 어딜 간 거죠?"

"점심시간이라 휴정이야." 남자가 답했다.

"법정에 친구를 두고 나왔어요. 제가 돌아올 때까지 꼼짝 않고 앉아 기다리기로 했어요. 서로 잃어버리면 안 되는데. 둘 다 전화를 가지고 있지도 않거든요. 그분을 안에 둔 채 문을 걸어 잠근 건 아니겠죠?"

"오, 그럴 리는 없어." 직원이 레이먼드 쪽으로 가까이 다가오며 말했다. "청소하는 분들이 방을 비운 게 확실해."

"그럼 그분은 어디 있나요?"

레이먼드는 목청껏 소리쳤다. 레이먼드는 자기 자신으로부터 뒤로 물러섰고, 말 그대로 제정신이 아님을 깨달았다. 익숙하지 않은 느낌이었다. 자기 자신을 이렇게나 압도적으로 감정적인 상태가 된 채 정신이 나가도록 내버려둔 적이 없었다.

"글쎄, 모르겠네. 그래도 심호흡을 좀 해봐. 대부분의 사람은 여기에서 걸어갈 거리에 있는 네댓 군데의 레스토랑으로 가. 그렇지만 나라면 구내식당부터 찾아볼 거야. 구내식당은 건물 뒤편 1층에 있어."

"고맙습니다." 레이먼드는 말을 끝내기도 전에 다시 달려 나갔다.

그는 조금 전의 단거리 마라톤에서 아직 숨도 고르지 못한 상태였다.

머리를 구내식당으로 밀어 넣자마자 밀리가 보였다.

밀리는 삼십 대쯤으로 보이는 남자, 여자와 함께 식탁에 앉아 있었다. 그 사람들은 자신들과 함께 법정을 지켜보던 사람들이었다. 통로 반대쪽에 있었던 사람들. 피고인 측.

레이먼드는 어깨를 문에 기대고 한참 동안 숨을 들이마셨다. 다시 정상적으로 호흡할 수 있게 되어서야 그동안의 공포가 잦아들었다.

그제야 그는 밀리에게 다가갔다.

"오, 레이먼드." 밀리가 얼굴을 그가 있는 쪽으로 돌리며 말했다. "하느님, 고맙습니다. 돌아왔구나. 이사벨은 괜찮니?"

그는 밀리가 어떻게 자신이 온 것을 알았는지 물을 참이었다. 그러나 기억이 떠올랐다. 왼쪽 신발을 끄는 소리 때문이었다.

"예, 이사벨은 괜찮아요. 병원에 있어요. 할머니가 어디 계신지 몰라서 죽을 만큼 무서웠어요."

그는 식탁에서 네 번째 의자를 꺼내 앉았다.

"이런. 직원이 네게 메시지를 주지 않았어?"

"아뇨. 직원한테 물었는데 아무것도 모르고 있었어요."

"다른 직원인가 보다. 내가 메시지를 남긴 사람은 여자였어. 유감이네. 거기 있겠다고 말하고는 가버렸구나. 실망이다. 네게 그런 두려움을 느끼게 해서 정말 미안하구나, 레이먼드. 그렇지만 사실 다른 방도가 없었어. 점심시간 동안 그들은 실내를 청소했고, 난 그들이 오는 것도 보지 못했어. 그렇지만 네게 내가 아주 무례했네. 용서하렴. 이분들은 피터 햇필드 씨, 메리 제인 햇필드 씨야. 피터와 메리 제인, 이 사람은 내 멋진 친구 레이먼드랍니다. 피터와 메리 제인이 점심을 먹으러 여기로 날 데려와 줬고, 우린 좋은 대화를 나누고 있었어."

레이먼드는 그들을 쳐다보았으나 어떤 말도 건네지 않았다. 그들도 눈을 돌렸다. 조금 불편한 듯했다. 아마도 부끄러운 건지도 몰랐다.

햇필드. 피고인의 친척들.

"아," 레이먼드가 말했다. "만나 봬서 반갑습니다."

그러나 사실은 반갑지 않았다.

햇필드들 역시 침묵 속에서 고개만 끄덕였을 뿐이었다. 레이먼드는 햇필드라는 가문과…… 그 다른 가문의 이름은 기억할 수 없었지만, 다른 가문이 몇 세대에 걸친 불화로 유명하다는 것을 어떤 곳에서 읽은 것을 기억해냈다. 아이러니하게도 그것이 떠올랐다.

"그런데 이사벨은 어때? 아기를 낳았어?"

"아직요. 제가 나올 때까지는 낳지 않았어요. 오래 걸릴 수 있다고 말했어요. 저더러 할머니랑 함께 있으라고 했어요. 그리고 재판이 끝나면 병원으로 와서 아기를 볼 수 있을 거라고, 아니면 함께 기다리자고 했어요. 뭐, 상황에 따라서요."

피터와 메리 제인은 냅킨으로 입을 닦는 시늉을 해 보였고 그것을 비어 있는 접시에 내려놓았다. 마치 식사가 끝났다는 걸 강조하듯이. 접시는 이미 깨끗했다. 그들은 일어섰다.

"우린 이제 가보겠습니다." 피터가 말했다. "할머니가 준비되면 여기 친구가 이제 도울 수 있겠죠?"

"문이 아직 잠겼을 텐데." 밀리가 말했다. 그는 자기 시계를 들고 돌출된 수정을 손으로 만졌다. "아직 2시가 안 됐는데."

"오후 재판이 열리기 전에 잠시 산책을 할까 합니다." 메리 제인이 말했다.

그들은 서둘러 가버렸다.

레이먼드는 그들이 가는 걸 보고는 얼굴을 밀리에게로 돌렸다. 그는 처음으로 밀리가 무언가를 먹었다는 사실을 알았다. 밀리 앞에 놓인 빈 접시에는 남겨둔 작은 샌드위치 조각만 놓여 있었다.

"이상해요." 레이먼드가 말했다.

"어떤 게 이상하다는 거니?"

"저 두 사람요. 성이 햇필드예요. 루이스한테 총을 쏜 여자와 친척이에요."

"그래, 맞아. 저들은 그 여자의 아들과 딸이야."

"그런데 할머니는 여기 앉아 그들과 점심을 드셨네요."

"그래. 그들은 법정을 청소할 때 내가 어려움에 처해 있는 걸 볼 줄 알 만큼 좋은 사람들이다. 그들이 여기로 날 데리고 왔어."

"그리고 할머니는 좋은 대화를 나눴다고 말씀하셨어요."

"그래, 우린 그랬다."

"뭘 얘기하셨어요?"

"아, 그냥 이러저러한 일. 충격 사건은 아니고. 우리는 그 주제만은 피했어. 그렇지만 그 밖의 모든 얘길 아주 많이 했지."

"그 여자의 아들, 딸과 같이 점심을 드시는 게 불편하다고 느끼진 않으셨어요?"

"그래, 여러 가지로 불편하긴 했어. 그렇지만 그들이 그 엄마는 아니라고 생각했어. 만약 누군가가 엄마가 한 일 때문에 널 비난한다면 어떨 것 같니?"

"오," 레이먼드가 말했다. "전 그런 식으로 볼 수 있다는 생각은 하지 않았어요."

13. 단지 사실만을

—

“아들러 씨, 문제가 되는 그날 오후 목격한 것을 여기 법정에서 말씀해주시겠습니까?” 검사가 물었다.

“예, 그러죠.” 랄프 아들러가 답했다.

그는 머리가 검고 가늘며, 뚱뚱한 오십 대 남자였다. 상한 생선 냄새를 맡은 듯한 표정을 짓고 있었다. *아니야, 법정에 있다는 스트레스 때문일 수도 있어.* 레이먼드는 생각했다. *그리고 그런 참혹한 폭력 행위를 목격하고 그것을 다시 떠올려야 한다는 건 힘든 일임이 분명해.*

“저는 3번가를 걸어 내려가고 있었습니다. 그들 뒤였어요. 모두가 아는 그 희생자와 여자. 피고인이라고 불러야 할지 그 여자라고 불러야 할지…… 어쨌든 전 그들 뒤에 있었어요. 모두 같은 방향으로 걸어가고 있었죠. 그러니까 희생자, 루이스 벨레즈 씨가 저보다 그 여자에 더 가까웠습니다. 걸음이 빠른 사람이었죠. 그래서 점점 여자와의 거리가 좁혀졌어요. 그래도 그는 그 여자한테 관심을 전혀 기울이지 않았습니다. 그냥 길을 걸어 내려갔어요. 그렇지만 그가 여자를 따라잡겠다라는 건 알 수 있었어요. 여자가 어깨 뒤로 슬쩍슬쩍 넘겨다봤거든요. 마치 아주 신경 쓰인다는 듯이요. 그리고 저도 여자를 유심히 봤죠. 왜냐하면 여자가 신경이 날카롭다는 걸 알 수 있었거든요. 그래서 그럴 만한 이유라도 있나 보려고 했어요. 그런데 어떤 이유도 찾을 수가 없었습니다. 벨레즈 씨는 여자에게 전혀 관심이 없었기 때문이에요."

피고인의 변호사가 일어섰다. "이의 있습니다, 재판장님. 증인의 추측일 뿐입니다. 목격자는 벨레즈 씨가 관심이 있었다거나 의뢰인이 걱정할 이유가 없다는 것을 판단할 자격이 없습니다."

"제겐 아들러 씨가 자신이 본 것을 공유하려는 것으로 들리는데요." 판사가 말했다. "그래서 변호사의 이의를 기각합니다. 그렇지만 배심원들은 이 이야기가 상황에 대한 목격자의 평가일 뿐임을 참조하시길 바랍니다."

피고인의 변호사가 머리를 저으며 앉았다.

레이먼드는 이 모든 말과 상황을 받아 적으려고 애쓰며 손이 거의 보이지 않을 속도로 자판을 쳤다. 점심시간에 노트북 배터리를 충전할 기회가 없었기에 배터리 잔량은 39%로 내려가 있었다.

"계속하시죠, 아들러 씨." 검사가 말했다.

"아, 그러죠. 그러고 나서 한동안 여자는 매 초마다 뒤돌아봤어요. 그리고 가방인지 뭔지를 뒤지기 시작했어요. 아시잖아요. 온갖 게 다 들어 있는. 물론 가방 속을 볼 수는 없었지만 여자가 허겁지겁 찾는 모습으로 알 수 있었어요. 거기 들어 있는 뭔가를 발견하기가 어려워 보이더라고요. 그러다 여자가 뭔가를 꺼냈어요. 지금은 그게 총이란 걸 알아요. 근데 그때는 최루액 스프레이나 후추 스프레이 같은 건 줄 알았어요. 아주 큰 총이 아닌 건 분명했어요. 왜냐하면 여자가 손에 쥔 게 무언지 볼 순 없었거든요. 그런데 다시 생각해보면 충분히 큰 총이 아니었을까 싶어요. 남자가 죽었으니까요."

"이의 있습니다, 재판장님." 피고인 변호사가 다시 말했다. 그는 이번에는 마치 진력을 다해서 지친 사람처럼 연기를 하며 아주 천천히 일어섰다.

"계속하세요, 아들러 씨. 가능하면 본 사실들을 말씀해주시고 평가는 자제해주시길 당부드립니다."

"죄송합니다, 재판장님. 어쨌든 여자는 꺼냈어요…… 그러니까 그걸, 말하자면, 왜냐면 그때는 그게 총이라는 걸 몰랐기 때문에…… 여자가 가방에서 그걸 꺼낼 때 무언가를 떨어뜨렸어요. 거기에 있던 다른 게 딸려 나온 거죠. 그리고 그게 길에 떨어졌어요. 여자는 모르는 것 같았어요. 그런데 희생자, 벨레즈 씨가 바로 그걸 봤어요. 그전에는 그 여자에게 관심을 기울이지 않았는데, 제가 보기에는 관심이 없었는데, 그런데 그가 떨어진 지갑을 봤어요. 그게 그 여자의 존재를 일깨워준 것 같아요. 손지갑 같은 것이었어요. 동전 지갑 같은 것. 가방과 함께 딸려 있는 동전 지갑 있잖아요. 본 것만 말할게요. 왜냐하면 나중에 여자가 그걸 가방이라고 했어요. 좀 이상하긴 했어요. 가방은 겨드랑이에 끼고 있었거든요. 그런데 여자는 그 지갑이자 동전 지갑을 겸한 그걸 가방이라 말하더라고요.

어쨌든, 벨레즈 씨가 그걸 집었어요. 여자가 떨어뜨린 걸 집은 거죠. 그러고 여자를 불렀어요. 곧장 여자한테로 가지 않았어요. 바로 달려가서 어깨를 치지 않았어요. 그는 여자를 돌려세우려고 불렀어요. 계속해서. '부인'이라고 불렀어요. 점점 크게 불렀죠. 나중에는 이렇게 크게 소리쳤어요. '부인, 이게 떨어졌어요! 뭔가 떨어뜨렸어요!' 틀림없이 그는 열 번도 넘게 이렇게 외쳤어요. 아마 열두 번일지도 몰라요. 길엔 몇 사람밖에 없었어요. 앞서 증언한 부인도 그중 한 분이었죠. 그리고 결코 앞으로 나서지 않는 커플이 있긴 했어요. 그래도 전 그들 중 한 사람을 기억해요. 우린 서로 마주 보면서 눈짓을 나눴거든요. '뭐지, 저 여자 귀머거린가? 아니면 왜 저러지?'" 그리고 그는 피고인에게로 눈길을 돌린 채 덧붙였다. "미안합니다. 나중에 난청이란 게 밝혀졌지만 그걸로 비난할 의도는 없어요. 우리가 생각했던 걸 말할 뿐이에요. 아니면 어쨌든 제가 생각했던 걸요."

"괜찮아요, 아들러 씨. 계속하시죠." 검사가 말했다.

"그래요. 그는 계속해서 점점 더 크게 소리를 질렀어요. 젠장, 소용이 없었어요. 죄송합니다. 빌어먹을. 그래서 그 사람이 가서 여자의 어깨를 두드렸어요. 그렇지만 맹세코 그 사람은 실제로 두드리지는 않았어요. 그냥 두드리려고 팔을 뻗었을 뿐이었어요. 그런데 그때 여자는 이미 몸을 돌리고 있었어요. 어둑어둑할 때였고, 거의 어둠이 내린. 그다음에 제가 기억하는 건 총구가 번쩍이는 거였어요. 총구에서 튀어나오는 불꽃이 그렇게 어두운 데서도 정말 잘 보였어요. 총소리도 들렸겠죠. 진짜 큰 소리가 났을 거예요. 그렇지만 어찌 된 건지 들었던 기억은 안 나요. 어떻게 총구가 불을 뿜었는지만 기억해요. 그래서 정신을 못 차릴 정도로 무서웠어요. 세상에나. 전 바로 그의 뒤에 있었거든요. 벨레즈 씨 바로 뒤에요. 저한테도 총을 쏠 것만 같았어요. 그래서 길 옆으로 몸을 날렸죠. 균형을 잃고 넘어졌고, 건물에 부딪혔어요. 어깨도 다쳤고. 그러고 다시 봤죠. 여자는 계속 총을 쏘고 있었어요. 탕, 탕, 탕. 생각했어요, 도대체 이게 뭐냐? 남자가 진짜 지갑을 훔치려고 했다 하더라도……. 사람이 사람한테 어쩌면 저렇게 총을 많이 쏠 수 있지?"

피고인의 변호사가 다시 일어서려고 전전긍긍했지만 입을 열 기회를 얻을 수는 없었다.

"미안합니다," 목격자가 말했다. "맞아요. 알고 있어요. 사실만 얘기하라. 미안해요. 제가 좀 감정적이 됐네요. 그걸 목격한 건 정말 끔찍한 경험이거든요. 벨레즈 씨와는 비교할 수도 없지만. 그래도…… 맙소사, 또 내가 추측을 말했네. 알겠어요, 알아요. 단지 사실만을 말하죠."

피고인의 변호사는 한숨을 쉬고 무겁게 몸을 낮췄다.

레이먼드는 밀리를 보았다. 눈을 꽉 감고 있었다.

"괜찮으세요?" 그가 속삭였다.

"피곤하네." 밀리가 소리를 내지 않고 입 모양으로만 말했다.

밀리는 단순히 피곤한 것 그 이상으로 보였다.

"계속하시죠, 아들러 씨." 검사가 말했다.

"그러니까, 제 생각엔 총알이 더 남아 있지 않을 때까지 계속해서 총을 쏘았다고 생각해요. 몇 번이고 발사 없이 방아쇠 당기는 소리만 들렸거든요. 남은 총알이 없을 때 나는 소리요. 그런데도 여자는 계속해서 방아쇠를 당겼어요. 그리고 벨레즈 씨는 땅에 쓰러져 있었고요. 피가 엄청 많이 흘렀어요. 시간이 지날수록. 그런데도 여자는 계속 총을 아래로 겨누고 방아쇠를 당겼어요. 클릭, 클릭, 클릭. 그래서 생각했죠…… 아, 맞다, 생각을 말하면 안 되는 거지."

"그다음에 일어난 일만 말씀해주시죠, 아들러 씨. 총격이 끝난 뒤의 일을요."

"그래요, 길 가던 사람들이 모두 빙 둘러섰어요. 현장을 그저 쳐다보면서. 모두가 충격에 빠졌다고 생각해요. 저도 엄청난 충격을 받았으니까요. 그런데 이 여자, 피고인은 우리 모두를 둘러보면서 말하기 시작했어요. '봤죠? 이 사람이 내 지갑을 훔치려고 했어. 봤죠, 이 남자 손에 있잖아요. 내 지갑이. 다들 남자가 지갑을 빼앗으려는 걸 봤죠? 당신들이 목격자야.'"

"그 여자에게 말했나요? 당신이 본 건 그게 아니라고 그에게 말했어요?"

"아뇨, 판사님. 말했듯이 저는 충격을 받은 상태였어요. 그런데 갑자기 경찰이 나타났어요. 진압 경찰이라고 생각했어요. 아마 총소리를 듣고 달려온 것 같았어요. 그러니까 그들 눈으로 총격을 직접 본 건 아니라고 생각해요. 왜냐하면 무슨 일이냐고 물었거든요. 그리고 여자가, 피고인이 우리한테 말했던 것과 같은 말을 경찰한테 말하기 시작했어요. '아, 이 남자가 내 지갑을 가져갔어요. 보세요. 보다시피, 이 사람 손에 있잖아요.' 저는 계속 생각했어요. 이 경찰이 만약 그 말이 사실이라 하더라도 총을 쏘아서 사람을 죽이면 안 된다고 여자한테 말해야 한다고요. 그런데 여자한테 아무 말도 하지 않았어요. 그저 무전을 켜고 지원 요청을 하고 있었죠. 그리고 나서…… 여하튼 이 점은 사실 잘했다고 생각하지 않아요. 그렇지만…… 저는 기분이 아주 나빴어요. 제가 본 것 때문에요. 더는 개입하고 싶지 않았어요. 그냥 빠져나갔죠."

"당신은 현장을 떠났군요."

"그랬습니다."

"그런데 언제 목격자 증언을 하겠다고 결심했나요?"

"한 이틀 뒤, 밤에 그 사건을 꿈으로 꿨어요. 악몽을 꿨어요. 그런 사건을 목격한다는 건 정말 끔찍해요. 그러다 그 주변에 있던 누구도 목격자로 증언을 하지 않을지도 모른다는 걱정이 들기 시작했어요. 그 남자의 가족도 걱정되기 시작했고요. 그에게도 아이들이 있을 수 있고, 나중에 보니 가족이 있더군요. 그러나 아이가 없다고 해도 부모는 있을 텐데. 만약 그가 강도라고 여자가 말했는데 아무도 그렇지 않다는 말을 하지 않는다면 어떻게 되겠어요? 그것이 사랑했던 사람이 죽은 다음에 남겨진 사실이라면 정말 끔찍한 일이잖아요. 그래서 경찰서로 가서 제가 본 걸 말한 거예요."

검사는 잠깐 그저 서 있기만 했다. 침묵이 법정 전체에 울려 퍼지는 것을 그대로 둔 채. 목격자가 말하고 싶은 것이 더 있을지도 몰라서 기다려주는 듯했다.

"고맙습니다, 아들러 씨. 오늘 여기에 참석해서 시민의 의무를 다해주셨습니다." 목격자는 그저 고개를 끄덕였다. 그러자 검사가 덧붙였다. "더는 질문 없습니다, 재판장님."

판사가 눈길을 변호인석으로 돌렸다.

"목격자에게 반대 심문 하시겠습니까?"

"예, 존경하는 재판장님."

피고인의 변호사가 다시 일어났다. 훨씬 더 힘겹게. 실제로 피곤하거나 아픈 것이 아닌가 하는 생각도 들었다. 그러나 레이먼드에게는 연기처럼 느껴졌고 분노가 솟구쳤다. 변호사는 이 모든 것이 자신에게 얼마나 괴로운지 보여주려 하고 있었다.

루이스의 폭력적인 죽음이 그렇게 심하게 당신을 힘들게 한다니 유감이네요. 그 남자가 증인석으로 다가갈 때 레이먼드에게 든 생각이었다.

"그럼, 아들러 씨." 그는 효과를 기대하는 듯 잠시 멈추었다. 레이먼드 마음의 시계로는 너무 길게 느껴졌다. "당신은 햇필드 부인이 벨레즈 씨가 가방을 훔치려 했다는 말을 모두에게 했다고 여러 번 말했어요. 부인은 어깨 위에 있던 가방이 아니라 그 사람 손에 있던 지갑과 동전 지갑 겸용인 것을 말한 거지요."

"예, 맞아요."

"배심원들이, 당신은 부인이 거짓말을 하고 있다고 느꼈다고 추론할 수도 있지 않을까 염려되는군요."

"난 여자가 거짓말을 한다고 느꼈어요."

이번에 아들러의 말은 단정적이었고 강했다. 그는 판사 쪽을 보지도 않았다. 돌려 말하지도 않았고 사과하지도 않았다.

레이먼드는 피고인의 뒤통수를 보았지만 당연하게도 뒤통수는 그에게 어떤 말도 하지 않았다.

"강력한 진술이군요, 아들러 씨. 제 의뢰인은 여기 자신의 무죄를 위해 싸우고 있습니다. 그 진술에 담긴 편견에 대해 재고해주실 것을 권고합니다."

"편견이 아니에요. 내가 본 것이지."

"그런데 왜 부인이 실제로 그것이 진실이라고 생각했을 수도 있다는 생각은 하지 않습니까? 부인은 지갑을 떨어뜨린 걸 몰랐어요. 그리고 벨레즈 씨를 내려다보고는 자신의 지갑이 그의 손에 있다는 걸 알게 되지요. 어떻게 지갑이 거기에 있게 되었다고 생각할까요? 그리고 또 이야기하는 중에 그가 말 그대로 손에 지갑을 쥐고 있었다고 했죠? 여섯 발의 총을 맞은 다음에 그걸 떨어뜨렸을 것이라 생각하는데요."

"아뇨, 그는 떨어뜨리지 않았어요. 물론 그렇게 생각할 수도 있겠죠. 그렇지만 정반대였어요. 그 총격이 그로 하여금 더 세게 움켜쥐게 했을 걸로 생각해요. 그랬으니까 길에 쓰러진 다음에도 여전히 손안에 있었겠죠."

"좋아요, 됐어요. 어쨌든. 그럼 다시 원래의 질문으로 돌아가 보죠. 햇필드 부인은 자신의 말이 진실이라고 생각했다고 보지는 않나요?"

"그렇지 않아요."

"그런 생각은 전혀 하지 않았다?"

"그렇습니다."

"어떻게 그렇게 확신하는지 법정에서 말해주시겠어요?"

"그럴 시간이 없었기 때문입니다. 여자가 그를 향해 방향을 돌렸을 때 그는 그저 어깨 쪽으로 손을 내뻗고 있었어요. 그리고 여자는 겨드랑이에 가방을 꽉 끼고 있었어요. 총을 발사한 다음에도 정말 단단하게 그걸 끼고 있었어요. 총이라는 말이 적절하지 않나요? 아니면 어쨌든 나중에 내가 알게 된 건 총이었어요. 여자가 쏘아 죽이기 전에 그가 지갑에 손을 댈 방도가 없었어요."

*이건 피고인 측에 나쁘게 작용할 것이다*라고 레이먼드는 거칠게 타이핑을 하면서 생각했다. 오타가 수없이 많았지만 고칠 시간이 없었다. *괜찮아.*

"죄송합니다만 아들러 씨. 질문은 벨레즈 씨가 햇필드 부인의 가방에서 지갑을 꺼낼 시간이 있었느냐 없었느냐가 아니에요. 제 질문은 부인이 의도적인 거짓말을 하고 있다고 그렇게 확신하는 이유가 무엇인가 하는 점입니다. 그 진술은 부인이 고의로 거짓말을 했다는 것을 암시하는 것이며, 의뢰인이 유죄라고 주장하는 겁니다. 당신은 스스로 충격에 빠졌다고 말했어요. 충격은 혼란을 야기하곤 하죠. 그건 사람의 시간 감각도 뒤틀어놓죠. 이 모든 일이 아주 빠르게 진행되기도 했고요. 햇필드 부인은 내려다보았고, 지갑을 훔치려 한다고 생각했던 남자의 손에 지갑이 있었어요. 그가 그랬다고 부인이 생각하는 걸 이해하지 못하겠어요?"

"그가 훔치려 했다는 걸 여자가, 빌어먹을, 그렇게 확신했으니 우리 모두가 이 진창에 있는 걸 거요!"

레이먼드는 숨을 낮게 내뱉는 소리를 들었다. 탄식 소리를. 밀리와 배심원 중 한 여자에게서.

"존경하는 재판장님."

"다시 한 번 경고하는 바입니다, 아들러 씨." 판사가 말했다. "조심해서 말씀하세요."

아들러 씨는 사과하지 않았다. 다만 말없이 앉아 있었다.

"그럼 다시 한번 묻겠습니다, 아들러 씨." 변호사가 말했다. "제 눈을 똑바로 보면서 말씀해주세요. 증인은 어떻게 피고인이 겪은 사건에 대해서, 그것도 순간적으로 흥분한 상태에서 진실을 말하지 않는다고 주장할 수 있습니까?"

증인은 계속 조용히 앉아 있었다. 몇몇 배심원이 좌석에서 불편한 듯 몸을 움찔거릴 정도로 시간이 흐른 다음이었다.

"좋아요……." 아들러 씨가 마침내 입을 열었다. "추측건대 그 여자 머릿속에 든 생각을 알 수는 없다고 봅니다."

"바로 그게 핵심입니다. 더 질문 없습니다, 재판장님."

레이먼드는 선로를 따라 움직이는 전철의 익숙한 흔들림을 느끼며, 밀리와 함께 지하철에 앉아 있었다.

밀리를 슬쩍 보자 마치 기절해서 쓰러진 것처럼 좌석에 기대어 축 늘어져 있었다. 그는 팔을 뻗어 어깨를 감싸 쥐고 밀리를 다시 똑바로 앉히려 했다. 그제야 밀리가 갑작스럽게 스스로 깨어났다.

"아," 밀리가 말했다. "이런."

"괜찮으세요?"

"잠깐 졸았나 보다. 그냥 너무 피곤해서. 레이먼드, 정말 아주 긴 하루였어. 하루 만에 이렇게 많은 일을 겪은 건 몇십 년 만인 것 같구나."

"예, 맞아요. 정말 그러실 거예요. 피곤한 것 말고는 괜찮으세요?"

"그래."

둘은 말없이 몇 초간 가만히 있었다.

"힘드시면 바로 집으로 갈 수도 있어요." 레이먼드가 말했다.

"오, 그건 아냐. 우린 이사벨을 혼자 둘 수 없지. 아기를 낳고 있을 거야. 재판이 끝나면 거기로 가기로 했잖아. 그러니 거기로 가야 해. 내가 죽는 한이 있더라도."

"그렇게 말씀하진 마세요."

"말이 그렇다는 거다."

침묵. 레이먼드는 대꾸할 기력이 없었다. 그 역시 지치고 화가 난 상태였다. 밀리만큼은 아닐지 몰라도. 그래도 충분히.

"그래도 미안해." 밀리가 말했다. "우리 모두에게 힘든 시간이구나. 더 가벼운 표현으로 말하도록 노력하마. 게다가…… 아름다운 어린 새 생명을 만난다면 새로운 힘을 얻게 되지 않을까 싶구나. 세상에 새 생명을 보는 것보다 정신적으로 더 좋은 일이 어디 있겠니?"

지하철역에서 길 쪽으로 난 계단을 절반 남짓 올랐을 때 레이먼드는 문제에 봉착했음을 알았다.

멈춰 서서 밀리를 기다렸다. 그가 호흡을 가다듬을 수 있도록 했다. 많은 시간이 걸리겠지만 계단을 모두 올라갈 수 있을 것이다. 그러나 남아 있는 마지막 에너지를 쏟아부어야 할 터였다.

문제는 지하철역에서 병원까지 일곱 블록 남짓 걸어야 한다는 점이었다. 레이먼드가 기억을 되살려 세어본 결과였다.

그리고 병원에서 다시 집으로 돌아가야만 했다.

그는 손을 밀리의 등에 대고 조금 밀어올리는 듯했다. 위로. 그나마 잘 작동하는 듯싶었다.

얼마 뒤 함께 도로에 올라서자 밀리는 고개를 숙인 채 숨을 헐떡였다. 레이먼드는 주변을 둘러보고 택시를 잡을까 생각해보았다. 그러나 수중에 돈이 많지 않았고, 밀리한테도 돈이 얼마나 있는지 알 수 없었다. 아무리 이런 상황이라 해도 그것을 묻는 건 옳은 일이 아닌 듯싶었다.

"병원까지는 일곱 블록 남았어요." 레이먼드는 마음을 모질게 먹고 나쁜 소식을 전했다.

"오, 레이먼드, 잘 모르겠다. 너무 먼 거리인 것 같긴 한데. 그래도 해보마. 할 수 있을지는 모르겠다만."

"택시를 탈 만큼 충분한 돈이 제겐 없어요. 할머니는요?"

"글쎄. 지갑을 뒤져봐야겠는걸. 이젠 택시비가 얼마나 드는지도 사실 모른단다. 넌 아니?"

"정확히는 몰라요. 늘 아빠가 내서요."

레이먼드는 처음으로 감당하기 힘든 상황을 자신이 만들었음을 깨달았다. 아주 심각한 상황이었다. 집에서도 너무 멀리 왔다. 밀리가 할 수 있는 것보다 더 많은 걸 하도록 요구하고 있었다. 이런 생각이 해일처럼 몰려와 그를 덮쳤다. 그는 자신이 벌인 일을 어떻게 수습해야 할지 알 수가 없었다.

값비싼 가죽 가방을 들고 말쑥하게 차려입은 신사를 향해 저쪽 모퉁이에서 택시가 다가오는 모습이 보였다. 레이먼드가 그 남자의 얼굴을 보았고, 그 남자 역시 뒤돌아 그를 보았다. 레이먼드는 그가 그렇게 보는 이유를 알 수 없었다. 자신들이 그 남자의 관심을 끌 만한 행동을 했는지 알 수 없었다. 그는 자신들과 고작 몇 걸음 떨어진 곳에 서 있었고, 어쩌면 자신들의 대화를 들었을지도 모른다는 생각이 들었다.

"이 택시를 타요." 남자가 택시 뒷문을 열고 뒷좌석을 가리키며 말했다.

"하지만 우린 가진……."

레이먼드가 '돈'이란 단어를 마저 꺼내기도 전에 남자가 악수를 청하듯 오른손을 내밀었다. 레이먼드는 이상한 몸짓이라고 생각했다. 기묘한 순간에 만남의 의례를 하려 하다니. 그렇지만 손을 마주 내밀어 남자의 손을 잡고 흔들었다.

손을 잡자마자 그는 접힌 지폐를 느꼈다. 살며시, 보이지 않게 지폐가 손바닥을 누르는 것을 느꼈다.

"고맙습니다." 레이먼드가 말했다.

그런데 남자가 그 말을 들었는지도 알 수 없었다. 그는 이미 또 다른 택시를 잡기 위해 손을 올리며 길 아래로 가고 있었다.

"좋은 소식이에요." 레이먼드는 택시 뒷좌석으로 밀리를 이끌면서 말했다. "택시를 탈 수 있게 됐어요."

"오, 이렇게 고마울 수가. 그러니까 네게 택시를 탈 만큼 돈이 있다는 걸 알았니?"

"예, 그렇다는 걸 알았어요."

"얼마라도 내가 보충해주마."

"걱정 마세요. 얼마간의 돈이 지금 막 생겼어요. 그거면 충분해요. 다 해결됐어요."

레이먼드가 병실 안으로 고개를 들이밀자 이사벨이 그를 보고 있는 걸 알았다. 잔뜩 지친 채. 막 전쟁에서 살아남은 것처럼. 거의 부상병처럼. 그러나 빛이 나고 있었다. 팔에는 작은 새로 태어난, 담요로 둘러싸인 아기가 있었다.

"아, 아기가 있어요!" 레이먼드가 말했다.

그 소식을 들은 밀리의 발걸음이 눈에 띄게 빨라졌다.

둘은 함께 병실 안으로 들어갔다.

"모두 와주셔서 정말 기뻐요." 이사벨이 말했다. "만나야 할 사람이 있어요. 라몬이에요."

밀리를 이끌며 레이먼드는 더욱 가까이 다가섰다. 그는 얼굴을 가까이 대고 아기의 얼굴을 내려다보았다. 그는…… 믿을 수가 없었다. 믿을 수 없을 정도로 작았다. 믿을 수 없을 정도로 완벽했고. 이렇게나 완벽하게 작은 존재가 있을 수 있다는 사실을 있는 그대로 받아들이기가 어려웠다.

"아, 예뻐요!"

"어찌 생겼나 말해주렴." 밀리가 말했다.

"그래요. 해볼게요. 말로 아기를 제대로 묘사하긴 불가능해요. 그래도 해본다면, 아기의 머리는 숱이 거의 없긴 한데 부드러워 보이고 까매요. 정수리에 조금 나 있어요. 그리고 작은 입술과 귀가 아주 완벽한 모양을 하고 있어요. 보기만 해도 상처를 입힐까 두려워요. 그리고 피부는 거의…… 뭐든 비춰 볼 수 있을 것 같아요. 정말 새롭고 완벽해요. 볼 아래로는 작은 정맥도 볼 수 있어요. 정말이지 아름다워요. 제 말씀은, 피부가 진짜 좋아요. 충분해요. 정말 새로워요."

"여기," 이사벨이 밀리에게 말했다. "손을 줘보세요."

할머니가 조심스럽게 손을 뻗었고 이사벨이 그 손을 잡고 라몬의 부드러운 머리카락 위로 이끌었다. 밀리가 천천히 아기의 머리를 쓰다듬었다. 눈은 감고 먼 곳에서 들리는 음악을 듣기라도 하듯 목을 길게 뽑은 채였다. 그러고 아기의 볼과 코를 아주 부드럽게 어루만졌다.

레이먼드는 밀리의 얼굴을 보고 있었기 때문에 모든 것이 변화하는 순간을 알아보았다. 서서히 황홀경이 사라지고 무언가로 대체되고 있었다. ……그게 무엇인지 알 수는 없었다. 왜 그런지도 알 수 없었다. 그러나 좋은 느낌은 아니었다. 왜 그런지 밀리는 그 순간 새로운 감정의 질곡 속으로 떨어지고 있었다.

*아마 그저 정말 피곤해서 그럴 수 있다*고 생각했다.

그를 플라스틱 의자에 앉게 도와주었다.

"재판정에서 내가 놓친 부분을 이야기해줄래?" 이사벨이 말했다.

레이먼드는 새로 태어난 작은 얼굴을 계속 바라보면서 또 다른 의자를 끌어왔다. 루이스 벨레즈를 가장 가까이에서 보고 있다는 것을 깨달았다.

"글쎄요. 저도 오전 시간 대부분은 놓쳐서요." 레이먼드가 말했다. 밀리가 또 다른 세상에서 길을 잃은 것 같았기 때문이다. "오후에는 증인 중 한 사람을 심문했어요. 그 사람이 말한 것이 좋았어요. 그 증인은 피고인이 그 사건에 대해 거짓말을 하고 있다는 걸 아주 명확하게 얘기했어요. 판사와 몇 번 실랑이를 벌일 만큼 아주 직설적으로 말했어요. 자신의 의견을 말해선 안 되는 거였지만 자신의 의견을 말했어요. 여하튼 해냈어요. 그때는 검사의 뜻대로 잘 진행되리라 생각했어요. 그런데 반대 심문의 마지막에 피고인 측 변호사가 다시 모든 것을 원점으로 되돌렸어요."

이사벨의 웃음기가 사라졌다. "그래. 그게 그 사람들 일이지." 이사벨이 말했다. 그는 벽 쪽으로 얼굴을 돌리고 있는 밀리에게로 얼굴을 돌렸다.

"할머니, 레이먼드와 제가 아침에 놓친 건 뭔가요?"

밀리가 깊은 잠에서 깨어난 듯 그들을 향해 얼굴을 돌렸다.

"미안. 다시 말해줄래?"

"아침에 레이먼드가 놓친 것이 있나 해서요."

"오, 많지 않아. 증인 두 사람 중 첫 번째 증인 걸 들었는데, 두 번째 증인과 그리 다르게 말하지 않았어. 그런데 자신이 본 것에 대해 더 머뭇거렸어. 그게 주된 차이점이었고. 사건 전반에 관해 자기 의견이 있었다 하더라도 그 증인은 말하지 않았지."

그들은 잠시 조용히 앉아 있었다. 그때 레이먼드는 열린 병실의 문을 두드리는 소리를 들었다. 고개를 돌렸더니 아침에 병원까지 데려다준 젊은 여자 경찰관이었다. 돌이켜보면 차를 탄 것이 몇 주 전에 일어난 일처럼 느껴졌다.

"들어가도 되나요?" 경찰관이 물었다.

레이먼드는 경찰의 출현에 여전히 불편함을 느끼는지 알려고 이사벨을 보았다. 그러나 이사벨의 표정은 열려 있었고 부드러워 보였다.

"예, 물론이죠. 들어와요." 이사벨이 답했다. "오늘 아침에 안전하게 여기로 데려다주셔서 고마웠어요. 인사드릴 기회가 닿아서 정말 기뻐요."

경찰관은 마치 교회에 들어오듯이 천천히, 조심스럽게 침대 가까이로 다가왔다.

"제가 여기 온 게 기분 나쁘시지 않기를 빌었어요. 아침에 당신을 처음 봤을 때 다소 무례하게 굴었다는 것 알아요. 제가 임신 2개월째거든요. 그래서 너무 흥분한 나머지 주체할 수가 없었어요. 그때는 당신이 누군지 몰랐거든요. 그저 곧 출산하게 될 거라는 것만. 그리고 그 뒤에 당신이 남편을 잃은 분이라는 걸 알았어요. 전…… 그냥, 뭔가 도움이 되고 싶었어요."

"여기로 시간에 맞춰 데려다준 것만으로도 도움이 됐어요." 이사벨이 말했다. "아기는 라몬이에요."

경찰관이 부드럽게 라몬의 머리를 쓰다듬었다. "예쁘네요." 그러고서 물었다. "오늘 밤에 여기 계실 건가요?"

"아뇨, 그럴 수가 없어요. 보험이 그리 넉넉지 않아서요. 여동생이 일 끝나면 데리러 오기로 했어요."

"어휴, 어쩌나. 병원에서 하룻밤 자는 게 좋을 텐데."

"그렇지만 살림이 빠듯해서요."

"내일 법정에는 가지 않으실 건가요?"

"아마 못 갈 듯싶어요. 나중에 레이먼드랑 할머니께 전해 들으려고요. 아마 모레쯤 갈 수 있을 거예요. 아, 판사가 정말 좋아하겠네요. 안 그래요? 작정한 건 아니었지만 처음엔 말할 기회를 준 것도 아닌데 제가 큰 소리를 쏟아냈잖아요. 그런데 이젠 새로 태어난 빽빽거리는 아기와 함께 돌아가면……."

"그래요, 둘이 동시에만 그러지 않는다면……." 경찰관이 말했다.

"예, 이번엔 안 그럴 거예요. 조용히 있어야죠. 그 일은 저도 창피해요." 잠시 동안 이사벨은 팔에 안긴 아기를 내려다보았다. "그렇지만 진실을 말하지 않긴 어려워요."

"맞아요. 그게 법정의 문제예요. 판사와 배심원들이 자신들의 생각만으로 옳고 그름을 결정한다는 거요. 그렇지만 진실은 이미 존재하고, 그들도 실제 일어난 일을 바꿀 순 없어요. 그들은 고작해야 그 일이 잘못된 일인지 아닌지를 결정할 뿐이에요. 그들이 잘못된 결정을 내린 것이 어디 한두 번이 아니잖아요."

경찰관도 침묵에 잠겼다. 대화의 방향을 이렇게 잡은 것을 후회하는 듯싶었다.

다른 누구도 그 뒤를 이어 말하려고 하지 않았다.

"그럼," 경찰관이 다시 말했다. "전 이만 가보겠습니다."

그는 돌아서서 더 어떤 말도 없이 방을 나갔다.

레이먼드가 벌떡 일어서서 그를 따라 복도까지 나갔다.

"잠깐만요." 그를 뒤에서 불렀다. 이름은 기억나지 않았다.

그가 멈춰 서더니 돌아섰다.

"부탁드릴 게 있어서요." 레이먼드가 말했다.

"말해보렴."

"정말 큰 부탁이에요. 안 된다고 말씀하셔도 괜찮아요."

"그래, 한번 말해봐."

"오늘 법정에 제가 모시고 간 친구, 나이 드신 여자분요. 그분이 정말 지쳤어요. 제 말씀은 오늘 하루가 그분에게 얼마나 힘들었을지 겁이 날 지경이에요. 그래서 혹시 지하철역까지 우릴 태워주실 수 있는지 궁금합니다."

레이먼드는 그의 얼굴이 부드러워지는 걸 보았다. 배 속의 깊은 두려움이 그에 따라 부드러워졌다. 그리고 그는 자신들—자신과 밀리—걱정이 해결될 것임을 알았다.

"내가 그보다 더 나은 제안을 할게." 경찰관이 말했다. "집에까지 태워다주마. 네가 어디에 살든 집에까지 안전하게 데려다줄게."

밀리는 순찰차 뒤에 탄 채 잠에 떨어졌다. 그런데 차가 잠시 멈추었다 출발할 때 갑자기, 레이먼드가 보기엔 어떤 까닭도 없이 깨어났다.

"라몬." 밀리가 말했다.

"라몬이 왜요?"

"그 이름, 레이먼드와 같은 것 아니니? 그걸 스페인식으로 지은 것?"

"맞아요, 예."

"우연히 그렇게 된 거니?"

"아뇨, 우연은 아니에요."

밀리는 다시 잠에 빠진 게 아닌가 생각될 정도로 오랫동안 침묵에 잠겼다.

레이먼드는 밀리의 몹시 지친 얼굴을 스쳐보며 지나치는 건물들과 거리의 사람들을 보았다. 저물녘이었고 거의 어두워졌다. 하루 중 루이스가 총에 맞은 시간. 레이먼드는 그 어스름 속에서 총구에서 뿜어 나오는, 번쩍이는 불꽃이 어떨지 궁금했다. 한편으로는 결코 알고 싶지 않았다.

"알고 있니?" 밀리가 갑자기 말해 그를 놀라게 했다. "넌 이 세상에 네 자취를 만들어가고 있어."

"그렇게 생각하세요?"

"그렇게 알고 있다." 밀리가 말했다.

그러더니 갑자기 다시 잠에 떨어졌다. 코 고는 소리가 들려서 알 수 있었다.

14. 어떤 사람인가

—

레이먼드는 다음 날 아침 정확히 8시에 밀리네 현관문을 두드렸다.

"들어와, 레이먼드." 밀리가 대답했다. 목소리가 이상할 정도로 멀고 작게 들렸다.

레이먼드는 열쇠로 문을 열고 들어갔다.

"어디 계세요?" 텅 빈 거실 주변을 둘러보며 불렀다.

밀리가 아침 단장을 하느라 욕실에서 마지막 손질을 하고 있기를 바랐다.

"침실에 있다. 들어와도 좋아." 밀리가 말했다.

레이먼드는 문으로 걸어가 멈춰 서서 안을 들여다보았다.

밀리는 여전히 침대에 있었다.

머리는 길게 늘어뜨린 채 땋지도 않았다. 깃이 넓은 잠옷을 입고 있었다. 관절염에 걸린 두 손으로 가슴께까지 담요를 끌어올린 채 누워 있었다. 루이제는 밀리의 오른쪽 허리께에 몸을 말고 누운 채 레이먼드를 올려다보았다.

레이먼드는 실망의 파도 한가운데에서도 한 점 밝고 작은 순간 또한 찾아냈다. 그는 밀리가 전날 밤 잠옷을 챙겨 입고 제대로 잘 정도의 힘은 남은 상태로 잠자리에 들었다는 사실이 행복했다.

"준비가 아직 안 되셨네요." 레이먼드가 말했다.

"난 안 가려고."

"예?"

"미안하다. 그런데 갈 수가 없다. 정말 그럴 수가 없어. 너무 힘들어."

"몸이 힘드신 거예요?"

"그래, 맞아." 밀리가 답했다. "몸도 그렇고. 물론 너도 가기 힘들면 갈 필요 없다. 그래도 간다면 잘 기록해서 내가 놓친 걸 다소라도 말해주겠니? 그냥 대체적인 흐름만이라도. 중요한 전개만. 세세한 건 듣고 있기가 너무 힘들더라. 넌 오늘 우리를 대표해서 거기에 가는 유일한 사람이겠네. 만약 간다면 말이다."

"내일은 가시겠어요?"

"판사가 선고하는 날 가려고 생각했어. 그들이 어떤 결정을 내릴지 듣고 싶구나. 내일 아니면 모레, 언제쯤일 거라 생각하니? 아니면 더 늦게?"

"전혀 모르겠어요."

"그래, 내게 알려줘. 부탁이다. 할 수 있다면 말이다. 미안해, 레이먼드. 네가 나랑 같이 갔으면 한다는 걸 알아. 그런데 내겐 죽음과 죽어가는 것에 얽힌 너무 오래된, 음울한 과거가 있어. 어떤 것이 그 기억을 되살려내면 그것이 내 안에서부터 다리를 꺾어놓을 거야. 지금 루이스의 죽음만으로도 너무 힘든데, 과거와 현재가 결합하기라도 하면 견딜 수 없을 지경이 된단다."

레이먼드는 문설주에 어깨를 기댄 채 잠시 서 있었다. 밀리가 자신의 과거에 대해 더 많은 것을 자발적으로 들려주기를 바라면서. 그것이 무산되자 자신이 용기를 내어 질문할 수 있는 사람으로 성장했더라면 하고 바랐다.

그러나 그 어떤 것도 이루어지지 않았다.

"가기 전에 여쭙고 싶은 게 하나 있어요." 레이먼드가 말했다. 그러나 그것은 한층 소박하고 한층 쉬운 질문이었다. 적어도 그런 질문이기를 바랐다. "지난밤에 할머니가 아기를 만났을 때 할머닌 아주 기뻐하셨어요. 그러다 갑자기…… 기쁘게 보이지 않았어요."

"그래, 맞아."

그는 더 묻는 게 옳을지 염려하면서 몇 초 동안 조용히 기대고 서 있었다. 그럴 필요가 없었다.

"처음엔 아기한테 완전히 빠져들었어, 얼마나 완벽하고 순수하며 연약한지. 정말 한동안은 놀라운 존재인 듯했어. 그런데 아기가 이제 막 태어난 세상이 걱정되기 시작했다. 이 아이에게 어떤 일이 일어날까? 이 아이에게 세상이 또 무슨 짓을 할까? 이 아이한테서 이미 빼앗아 간 것이 얼마나 많은지를 보렴. 엄마한테서 나오기도 전에 이미 아기가 처한 상황을 둘러봐봐."

그는 기다렸다. 그러나 밀리는 더 말하고 싶어 하지 않는 듯했다. 그는 밀리의 라디오 시계를 보았고, 시간 여유가 많지 않다는 걸 알았다. 더욱이 세상에 대한 밀리의 평가를 부정할 낙관적인 어떤 말도 떠오르지 않았다.

"알겠어요, 그냥 쉬세요. 나중에 들러서 어떻게 됐나 말씀드릴게요."

"햇필드 부인," 변호사가 그의 고객에게 말했다. "길을 걸을 때 왜 보청기를 꺼두었는지 배심원들에게 설명해주시겠어요?"

오전 법정이 개정되고 거의 3시간이 지났다. 거의 모든 시간이 그 피고인의 변호사가 제기한 질문에 피고인이 대답하는 것으로 이루어졌다.

레이먼드는 노트북을 내려다보고는 입력한 것이 많지 않다는 걸 알았다. 그 여자가 말을 많이 하지 않았기 때문이다. 사실 여자는 아주 많은 말을 했다. 그러나 레이먼드 생각으로는 그 많은 말들이 전혀 새롭지 않았다.

레이먼드는 오전 시간 동안 있었던 모든 내용을 단 한두 문장으로 요약할 수 있으리라 느꼈다.

나를 보세요. 나는 선량한 사람입니다. 당신과 똑같은 사람이에요.

그러나 자신의 노트북에 그런 말을 입력하는 게 기묘하게 느껴졌다. 게다가 그는 그들의 주장이 먹혀들고 있다고 생각되지 않았다. 여자는 자신과 같은 사람이 결코 아니었으며, 선량한 사람이라고 생각되지도 않았다. 여자는 방어적이었다. 그것이 보고 느낄 수 있었던 전부였다. 방어적이라는 것.

여자가 다시 말을 하기 전 짧은 순간 얼굴을 쳐다보았다. 여자는 빰이 크고 둥글었다. 포동포동한. 아주 뾰족한 코나 턱과는 기묘할 만큼 대조적이었다. 갈색 눈은 작았고, 이상할 만큼 가운데로 모여 있었다.

"믿어주세요. 보청기를 쓰는 사람이라면 이해할 거예요. 주변의 모든 소리가 크게 증폭돼요. 정말 짜증 나는 소리예요. 짜증난다고요. 알죠?"

"됐습니다." 변호사가 말했다. "모두 이해한다고 생각해요. 더는 질문 없습니다."

레이먼드는 진술을 끝내기에는 어색한 지점이라고 생각했다. 변호사가 해냈다고 느끼고 있는 것이 도대체 무엇인지 알 수 없었다.

그는 재빨리 몇 가지 메모를 했고, 증인석과 피고인에게 다가가는 검사를 보려고 고개를 들었다.

"전 제가 이해하고 *있는지* 전혀 알 수가 없습니다." 검사가 말했다. "그래서 이 점을 명료하게 하고 싶어요. 배심원들도 마찬가지로 혼란스러워할 것이기에."

"뭘 이해 못 해요?" 여자가 물었다.

방어적이다.

"주변 소리를 견딜 수 있을 정도로 보청기의 음량을 낮춰둬야 하는 것 아닌가요?"

"보청기를 쓰지 않는 사람은 이해할 수가 없어요."

"그건 제 질문에 대한 답이 사실은 아니잖아요. 우리가 이해할 수 있도록 말해주세요."

"정말 삐걱거리는 소리라고요. 음량을 최대한 낮추어도. 자동차 소리와 그 모든 소리가요. 잡음 같은, 인공적인 기계음이에요. 정말 짜증 나는 소리라고요."

"그걸 착용하는 것이 안전에 중요한 도움이 될 거라 생각하는데요."

"어떤 점에서요?" 여자는 의심하는 듯한 말투로 물었다. 마치 검사가 여자한테 무언가를 팔려고 하는 것처럼. 팔려는 사람보다 여자가 더 잘 알고 있는 무언가를.

"길을 건너고 있는데 차가 다가온다면 어떻게 하나요?"

"난 양쪽을 다 봐요."

"그렇겠지요. 그런데 만약 운전자가 경적을 울린다면 그 소리를 못 듣나요?"

"차가 내 바로 앞에 있다면 경적이 울리는 소리를 듣겠죠."

"그런데 부인은 벨레즈 씨의 소리를 듣지 않았습니다."

"못 들었어요."

"지금은 그걸 후회합니까? 제 말은 당신이 보청기를 꺼두었기 때문에 한 남자가 생명을 잃었어요. 저라면 그 결정 때문에 한시도 잠을 이루지 못할 것 같은데요."

"검사님이 뭘 의도하는지 모르겠네요." 여자가 말했다. 안위를 위해 자신의 피부 깊숙이 파묻히려는 듯이.

"피고인은 주변 교통이 복잡할 때 보청기가 주는 불편함에 관해 몇 번이나 진술했습니다. 그 진술이 제게는 아주 특별하게 들렸습니다. 그래서 그에 관해 몇 가지 더 질문하고 싶게 만들었습니다. 희생자의 부인, 벨레즈 부인이 오늘 아침에는 이 법정에 있지 않습니다. 어제 출산을 했기 때문입니다. 그런데 만약 그분이 여기 있다면? 만약 저 신사분 옆자리에 앉아 있다면?"

배심원 모두의 눈이, 그리고 피고인과 그의 장성한 자식들의 눈이 레이먼드에게로 향했다. 레이먼드는 잠시 뒤를 돌아보았지만 거기엔 아무도 없었다. 바로 *자신이* 질문 속의 신사였다.

"불편함을 피력하는 당신의 말을 들으며 마음속으로 고통스러울 거라 생각지 않습니까? 제 말씀은 당신이 계속해서 보청기가 아주 짜증 난다고 말하고 있다는 것입니다. 그런데 그 보청기가 한 남자의 생명을 구할 수 있었을 것입니다. 한 남자가 생명을 잃은 다음에도 여전히 당신은 자신의 편리함에 대해 생각하고 있다는 인상을 배심원들에게 주고 싶어 한다고는 단연코 생각하지 않습니다."

"이의 있습니다, 존경하는 재판장님." 변호사가 말했다. 그는 일어서기 위해 애쓰지도 않았다. 그는 자신이 제기하는 이의가 무엇 때문인지를 밝히지도 않았다.

"검사 측," 판사가 검사를 향해 얼굴을 찌푸리며 말했다. "어떤 의도이건 서둘러서 마무리해주시기 바랍니다."

"알겠습니다, 존경하는 재판장님. 극히 직접적으로 질문하겠습니다. 햇필드 부인, 이 불행한 사건이 일어난 다음에도 그 길에 여러 차례 나갔습니다. 맞습니까?"

"그랬습니다."

"보청기를 켰습니까, 껐습니까?"

"껐죠."

"한 남자가 생명을 잃은 다음에도."

"난 그 사건이 일어날지 알 수가 없었어요."

"그렇지만 지금은 사건이 일어났습니다. 그리고 당신도 그걸 알고 있습니다."

"그건 기이한 사고였어요. 일생에 한 번 있을까 말까 한. 다시 일어날 일은 아니죠."

"당신은 여전히 외출할 때 권총을 가지고 다니나요?"

"물론이죠. 바깥은 위험하고, 그리고 검사님이 말하듯 이 '불행한 사건'만 봐도 그걸 증명하잖아요."

레이먼드가 타이핑을 멈추고 올려다보았다. 검사의 표정을 보았다. 법정에 침묵이 내려앉았다. 그리고 이상하리만큼 길게 떠다녔다.

검사가 자기 생각을 끌어모으듯 말했다.

"햇필드 부인, 솔직히 말씀하신 거죠? 이번 총격이 당신이 거리에서 위험에 처한 것을 입증한다고요? *당신이* 위험한 사람임을 입증한 것이라고는 생각하지 않습니까?"

"이의 있습니다, 존경하는 재판장님."

"철회합니다. 햇필드 부인, 이제 하나만 더 질문하겠습니다. 그러고 나면 점심을 위해 휴정할 것으로 생각됩니다. 정말 중요한 질문입니다. 그러니 대답하기 전에 잠시라도 시간을 갖길 바랍니다. 후회하십니까?"

"뭐라고요?"

"아주 직접적인 질문입니다. 사건이 일어난 것에 대해 후회하십니까?"

"그래요. 물론 후회하죠. 검사님은 날 어떤 종류의 사람이라고 생각하세요? 내가 괴물 같은가요? 그런데 난 괴물이 아니에요! 물론 그 사람이 죽어서 미안해요. 그러나 난 그 다급한 순간에 할 수 있는 최선의 결정을 내렸어요."

"그러니까 피고인은 그걸 여전히 좋은 결정이었다고 생각하는군요?"

"최선이었다고 생각합니다."

"그러니까 한 일에 대해 후회하지 않는다?"

정지. 레이먼드는 피고인 측 변호사의 뒷모습을 바라보았다. 그가 박차고 일어나서 이의 제기하기를 기다렸다. 그는 그렇게 하지 않았다.

"검사님은 내게 거슬리는 말을 너무 많이 하는군요. 검사님은 내가 생각하는 것이나 내가 느끼는 것을 전혀 모르잖아요. 그런데 어떻게 내게 그런 말들을 할 수 있어요?"

"좋아요. 햇필드 부인, 정말 알고 싶다면 말씀드리지요. 제가 어떻게 그러한 추측에 도달했는지 말씀드리겠습니다. 그 피해자에 대해 언급하면서 그가 죽은 것에 대해 미안하다고 말했어요. 그리고 즉시 '그러나'라는 말을 덧붙였어요. 게다가 더욱 중요한 건 사람이 깊이 후회하는 어떤 일을 저질렀을 때는 행동의 변화를 가져오는 것이 일반적이죠. 사람들은 자신의 어떤 부분, 어떤 행동이 어떤 결과를 이끌어냈는지를 압니다. 그리고…… 어쨌든, 다시는 그런 결과를 만들지 않기를 분명하게 원한다면 그에 걸맞은 변화를 원하는 것이 인간의 본성인 듯합니다."

변호사가 미간을 좁히며 쿵 소리와 함께 의자를 뒤로 빼고 앉았다.

"그런 뜻이라면 아주 불쾌하군요." 여자가 말했다.

"정말 다시 한번 질문하겠습니다. 만약 표현상 나쁜 선택일지 몰라도 아주 명확한 질문입니다. 아마 그렇겠지만요. 당신은 벨레즈 씨에게 일어난 사건에 대해 후회하십니까?"

"난 그때 할 수 있는 최선의 결정을 내렸습니다."

"그래요. 알겠습니다. 지금이 점심 휴정을 하기에 적절한 시간인 듯합니다, 존경하는 재판장님."

레이먼드는 구내식당에서 칠면조 샌드위치를 주문하고 계산을 하기 위해 줄을 서서 기다렸다. 샌드위치를 플라스틱 식판에 놓고 계속 바닥만 내려다보았다. 그리고 이유는 알 수 없었지만 스테인리스 포크와 스푼, 나이프를 집었다. 샌드위치를 먹는 데 아무런 소용이 없는 도구였다. 그렇지만 너무 당황한 나머지 다시 갖다 둘 생각도 하지 못했다.

계산대에서 돈을 내고 줄에서 벗어나 주변을 둘러보았다. 앉을 자리가 없었다. 비어 있는 식탁이 하나도 없었다.

식당 밖에 앉을 만한 곳을 찾아야겠다고 생각하며 문 쪽으로 향했다. 계단참에라도 앉을 작정이었다. 그러나 문을 지키고 선, 제복을 입은 경비가 다시 안으로 돌아가라고 했다.

"그걸 들고는 여기서 나갈 수가 없습니다."

"샌드위치값을 치렀어요."

"그렇지만 접시며 식판의 값을 낸 건 아닙니다. 그리고 포크며 나이프도. 미안합니다. 여기서 앉아 드셔야 합니다."

"앉으라고요?" 앉을 수 있다는 말에 의문을 제기하는 어조로 되물었다. "앉을 자리가 없잖아요?"

"다 차지 않은 식탁을 다른 사람과 함께 쓸 수는 있습니다."

"하지만 전부 찼잖아요."

"아뇨, 저기 한 자리는 비어 있네요."

그는 두 사람이 차지하고 있는 4인용 식탁을 가리켰다. 불행하게도 그 두 사람은 피터와 메리 제인, 식욕을 거의 강탈할 뻔한 여자의 아들과 딸이었다.

레이먼드는 한숨을 쉬고는 그들이 앉은 식탁으로 걸어갔다.

밀리가 할 수 있다면 나도 할 수 있어.

그들이 올려다보았다. 고개를 끄덕였다. 그러곤 재빨리 고개를 돌렸다.

만약 레이먼드가 만화책에서처럼 그들의 머리 위에 말풍선으로 생각을 표현하라는 요청을 받았다면 이렇게 적었을 것이다. "오, 안녕. 당신이군요. 만나서 반가워요. 이제 꺼져."

레이먼드는 꺼지지 않았다.

"죄송합니다." 그가 말했다. "말 그대로 정말 앉을 자리가 없네요. 여길 빼고는요."

피터는 마치 레이먼드가 틀렸음을 입증이라도 하려는 듯 목을 기린처럼 길게 빼고 식당을 두루 둘러보았다.

"그렇군." 그가 말했다. "그럼…… 여기 앉아야겠네."

"예, 고맙습니다."

레이먼드는 앉아서 칠면조 샌드위치에 자신의 에너지를 모조리 쏟아부었다. 샌드위치에서 결코 눈을 떼지 않았다. 부담스러운 침묵이 이어졌다. 그들이 앉은 식탁 위가 진동하는 것 같았다. 레이먼드는 그 상태를 무너뜨리지 않았다.

그들은 족히 5분 정도 어색한 침묵 속에서 식사를 했다.

"우리 어머니도 좋은 점이 아주 많아." 피터가 갑자기 입을 열었다.

"당연 그러시겠죠." 레이먼드가 눈을 샌드위치에서 떼지 않고 말했다. 전혀 그렇게 생각하지는 않았지만.

"어머니는 자신이 잘못했다고 말하지 않는 점 한 가지가 문제야. 아니, 그러니까 그거 말고는 모든 점에서 완벽하다는 뜻은 아니야. 그래도 대체로 합리적인 분이라고 할 순 있어. 어머니는, 어머니가 잘못했다고 생각하는 사람들이 말하는 그런 종류의 사람은 아니거든. 내 생각에 이런 생각 차이는 세대 차이에서 온 문제 같아. 그 한 가지 문제만 아니라면 어머니는 좋은 분이야."

"엄마에 대해 왜 그렇게 말해?" 메리 제인이 물었다. 그는 완전히 화가 나 있었다. 그 점이 레이먼드에게 음식을 팽개쳐버리고 뛰쳐나가고 싶게 했다. "문제는 엄마만이 아니야. 변호사가 문제야. 그 사람이 엄마한테 잘못했다고 말하지 못하게 시켰으니까."

"누가 그렇게 말했어?" 피터가 여동생에게 물었다. "그걸 사실로 알고 있는 거야? 어머니가 그렇게 말했어?"

"아니. 엄마는 말할 필요도 없어. 그건 말 그대로 상식이니까. 증언대에 서서 자신이 잘못을 했다고 순순히 인정하는 건 안 되니까. 엄마는 감옥에 가게 될 수도 있어."

"그건 위험한 전략이야." 피터가 말했다.

또 다른 침묵이 지배했다. 처음보다 훨씬 더 어색한 침묵.

레이먼드는 무언가 말해야 하는 게 아닌가 생각했다. 그러나 잠시 뒤 그래서는 안 된다고 생각했다. 몇 번이고 말을 할지 말지 왔다 갔다 했다. 마침내 말을 한 건, 말을 할지 말지 이어지던 고민이 그를 미치게 만들기 직전이기 때문이었다.

"반성하는 모습을 보여주면 재판이 훨씬 쉽게 진행될 거라고 들었어요."

메리 제인이 식탁을 밀치며 일어서서 발을 쿵쿵거리며 나가버렸다. 머뭇거리지도 않고 뒤돌아보지도 않고 곧바로, 식당 밖으로.

레이먼드는 숨을 깊이 들이쉬었다가 긴장을 토해내고 싶었다. 그러나 긴장은 여전했다.

"글쎄, 전략이라는 말이 나왔으니 말인데." 피터가 말했다. "난 어머니랑 34년을 살았어. 그분은 우리 어머니고, 난 어머니를 사랑해. 그런데 난 어머니가 그 말을 하는 걸 한 번도 들은 적이 없어. '내가 잘못했다.' 그리고 난 지금 그런 점이 어머니를 규정하는 방식에 대해 염려하고 있어. 특히 어머니를 전혀 모르는 사람들이 마음대로 규정하는 걸."

레이먼드는 입안 가득 든 칠면조 샌드위치를 씹으며 삼키려고 했다. 샌드위치는 처음부터 너무 퍽퍽했다. 솜뭉치를 한입 가득 삼키려 하는 것과 같은 느낌이었다. 그리고 심지어 그것을 씻어 내릴 음료수도 없었다.

"두 분과 밀리는 어제 어떤 이야길 나눴나요?" 샌드위치를 삼키고 난 다음 레이먼드는 비로소 물었다.

"아, 그냥 여러 가지. 그분 멋진 할머니던데. 왜?"

"그냥 궁금해서요. 이런 일을 어떻게 감당하고 계시는지 궁금해서요. 전 너무…… 힘들거든요."

"네 잘못이 아니야. 그건 동생과 내 잘못이야. 우리가 그 말을 꺼냈지. 그래서는 안 되는 거였는데. 법정에서 아침 내내 어머니의 증언을 듣고 있는 게 정말 힘들어. 그 증언을 듣는 사람들이 어머니에 대해 어떻게 생각할까 걱정스럽고. 어머니를 존중해 달라고 사람들한테 말하고 싶은 걸 참는 것도 힘들어. 물론 우린 배심원들한테 말을 할 수도 없어, 그러니……."

"맞아요. 제가 생각하는 건 중요하지 않아요."

"난 동생을 찾으러 가야겠다."

그는 식탁에서 일어나 점심으로 먹던 스파게티를 반 넘게 남겨두고 나갔다. 레이먼드는 의자 등받이에 몸을 기대며 깊은 한숨을 쉬었다. 눈을 질끈 감았다.

이 같은 일을 어떻게 했는지를 할머니에게 물어보아야겠다. 햇필드 가족과 어제 점심을 함께 먹은 것과 같은 일. 무언가 비밀이 있음이 틀림없다.

레이먼드는 아마도 92살의 경험이 비밀이라고 판단했고, 그러고 그건 물어본들 도움이 될 게 없을 거라는 결론을 내렸다.

점심시간이 지난 뒤 다시 검사가 피고인을 심문했다.

"전 총격 사건의 세부적인 사항을 조금 더 깊이 파고들어가 보려고 합니다." 그가 말했다.

햇필드란 성을 가진 여자는 명백한 혐오감을 드러내며 의자 등받이에 몸을 기댔다. "이미 수백 번도 넘게 말했는데 뭘 더 말해야 할지 상상도 못 하겠네요."

"조금만 참으시죠. 어제 아들러 씨가 말한 것에 관해 묻고 싶습니다. 그는 당신이 돌아서서 지갑을 들고 있는 벨레즈 씨를 보고 지갑을 훔쳤다고 판단하는 것 자체가 불가능했을 것이라 말했습니다. 왜냐하면 시간이 없었기 때문입니다. 벨레즈 씨가 지갑을 훔칠 시간이 없었다는 겁니다. 당신은 가방을 겨드랑이 아래 꽉 끼고 있었습니다. 아들러 씨는 당신이 총을 꺼낸 뒤 가방을 힘껏 겨드랑이 아래 끼고 있었다고 말했습니다."

"맞아요."

"그리고 벨레즈 씨가 거의 붙잡을 수 있을 정도로 당신을 따라잡았습니다."

"보세요, 난 검사님이 의도하는 걸 알아요. 그렇지만 난 거짓말을 하지 않았어요. 나는 돌아섰고 그의 손에 있는 동전 지갑을 보았어요. 난 그걸 지갑이라고 잘못 봤어요. 혼동하는 걸 원하지 않아요. 난 그가 강도라고 결론을 내렸고 그에 따라 행동했어요."

"저는 당신이 사건이 일어난 순서를 착각하고 있다고 생각합니다."

"아니에요." 여자가 말했다. "난 정확하게 기억하고 있어요."

"그렇지만 정반대되는 증거가 있습니다. 당신은 그와 얼굴을 맞대려고 돌아서기 전에 이미 총을 한 발 쐈어요."

여자의 얼굴이 놀라움으로 하얗게 질렸다.

"그 말은 완벽하게 웃기는 소리예요. 어떻게 내가 돌아서기도 전에 총을 쏠 수 있었겠어요?"

"저야 모르죠." 검사가 말했다. "당신이 저에게 말해줘야 합니다." 그는 자신의 공책과 파일들이 쌓여 있는 자리로 걸어갔다. "존경하는 재판장님, D, E1, 그리고 E2를 증거로 제출하고자 합니다."

그는 두 장의 사진과 서류 같은 것을 판사에게 제출했고, 판사는 그것을 자세히 들여다보고는 고개를 끄덕인 다음 돌려주었다.

그는 그것들을 들고 여자에게 다가갔고, 여자는 그와 그가 내미는 것들을 피해 뒤로 물러앉았다. 마치 그 모든 것이 독을 뿜어내기라도 하는 듯이.

"사건을 취재한 신문기자는 기사에서 당신이 벨레즈 씨의 몸에 총을 여섯 발 쏘고 총을 비웠다고 했습니다. 그런데 그 기사가 아주 정확하지는 않았습니다. 여기 범행이 일어난 다음 시신을 찍은 사진을 보면 분명 다섯 군데의 총알 자국이 있습니다. 그리고 전 검시관의 보고서를 가지고 있는데 그 보고서 역시 같은 내용입니다."

"그래요, 난 다른 한 발이 어디로 갔는지는 몰라요. 어디 빗맞았겠죠."

"예, 그랬습니다. 당신은 거의 45도 각도로 다른 곳을 쏘았습니다. 저는 첫 번째 총을 쏜 지점을 찍은 사진도 가지고 있습니다. 경찰이 첫 번째라고 결론을 내린 사진을요. 총알은 총격이 일어났던 시간에 당신이 지나가던 건물에 맞았습니다. 당신이 완전히 뒤돌기 직전, 오른쪽에 있던 건물입니다.

"그래요? 그럼 내가 맞히질 못했네요. 내가 말한 대로 난 제정신이 아니었어요."

"그런데 당신은 남자를 쏠 수 있게 마주 보고 서기도 전에, 당신 왼쪽을 향해 45도 각도로 한 발을 쏘았어요."

"그래서 뭐가 어쨌단 말입니까?"

"저는 당신이 돌아서면서 한 발을 쏘았다고 말하고 있는 겁니다."

"예, 좋아요. 나는 무서웠어요. 그래서 내가 뭘 어쨌다는 거예요?"

"당신이 돌아서지 않았다면 그건 당신이 그의 손에 있는 손지갑을 보지 않았다는 뜻입니다."

그는 여자가 무슨 말을 할지 몰라 기다렸다. 여자는 말하지 않았다. 여자의 얼굴이 더욱 창백해진 듯했다.

검사는 침묵을 채우며 말을 이어갔다.

"조금 전에 당신은 돌아섰고, 손지갑이 그의 손에 있는 걸 보았고, 강도라고 결론을 내렸고, 그에 따라 행동했다고 말했습니다. 그러나 분명 당신은 총의 방아쇠에 손가락을 단단히 걸고 벨레즈 씨와 얼굴을 마주하기도 전에 총을 쏘았습니다. 저는 당신이 지나치는 건물을 망가뜨리려는 의도로 그렇게 하지 않았다는 것을 알고 있습니다. 그래서 저는 당신이 겁에 질려 있었고, 당신 자신을 방어하기 위해 모든 것을 준비하고 있었다고 해석할 수밖에 없습니다."

"맞아요," 여자가 말했다. 머뭇거리며. 마치 그것이 덫일 수도 있다는 듯이. "전 그랬어요."

"왜죠?"

"*왜냐고요?*"

"그래요. 왜죠? 왜 당신은 그렇게 두려웠나요? 왜 당신은 앞질러서 당신 자신을 방어하기 위해 총을 쏘아야겠다는 결론을 내렸나요?"

"말했잖아요. 강도라고 생각했다고."

"그렇지만 우리는 지금 막 결론을 내렸습니다. 아직은 그렇게 생각할 근거가 당신에게는 없었다고요."

"물론 내가 그랬어요. 그 사람이 나한테 가깝게 다가오고 있었어요. 그는 손을 뻗고 있었고요. 나를 건드리려고 했어요."

"어떻게 알았습니까?"

"그 사람이 다가오는 걸요?"

"예."

"얼굴을 조금 돌려서 곁눈으로 봤어요. 어쨌든 그가 손을 뻗은 행동을 본 것과 그가 범행을 저지를 거라고 확신하게 된 것 사이에 어떤 차이가 있나요? 난 그냥 그의 행동을 내가 원하지 않는다는 걸 알았어요. 그게 어떤 행동이든지요."

여자는 숨이 찬 듯 말을 멈추었다. 말을 하며 여자는 분명 아주 많은 에너지와 긴장을 쏟아부었다. 레이먼드는 자기도 모르게 나무 의자에 반쯤 걸터앉아 있는 자신을 발견했다. 그는 나무 의자의 모서리가 엉덩이를 찌르는 듯한 느낌을 받았다.

"알겠습니다." 검사가 말했다. "그러니 조금 뒤로 돌아가보겠습니다. 당신이 먼저 지갑에서 총을 꺼냈을 때로 돌아가보죠. ……그때 벨레즈 씨가 잘못한 건 무엇입니까?"

놀란 듯한 정지.

"잘못이라고요?" 여자가 되물었다. "질문이 뭔지 모르겠네요."

"당신은 그가 당신에게 손을 뻗었기 때문에 총을 쏘았다고 했습니다."

"예."

"그럼 당신이 가방에서 총을 꺼냈을 때…… 그는 무엇을 하고 있었나요?"

"그냥…… 걷고 있었죠."

"그럼 왜 당신은 총을 꺼냈나요?"

"그 사람이 점점 가까이 다가왔으니까요."

"당신 말은 그가 당신보다 더 빨리 걸었다는 걸 뜻합니까?"

"예, 그렇지만…… 뭔가가 위협적이라고 느꼈어요."

"무엇이?"

"설명할 수 있을지 모르겠어요."

"예, 설명할 수 있기를 바랍니다, 햇필드 부인. 왜냐하면 저는 우리가 자신에게 어떻게 위협이 되는지 설명할 수 없는데도 사람을 쏘아 죽일 수 있는 사회에 살고 있다고 생각하지 않습니다. 적어도 우리는 그러지 않기를 바랍니다."

"이의 있습니다, 재판장님." 피고인의 변호사가 일어서려고 애쓰며 말했다. "증인을 괴롭히고 있습니다."

"기각합니다. 정당한 심문입니다. 증인은 대답할 필요가 있습니다."

법정 내 침묵. 거의 다섯을 헤아릴 동안.

"난 사람을 잘 볼 줄 알아요. 뭔가 문제가 있을 때는 느낌으로 알아요."

"햇필드 부인, 만약 그게 사실이라면 이번 사건은 당신이 그렇지 않다는 끔찍한 사례입니다. 제 말은 이번 사건은 피고인의 그 놀라운 능력을 입증하는 데 쓸 수가 없다는 것입니다. 벨레즈 씨는 당신이 떨어뜨린 물건을 주워 주려고 했습니다. 당신은 그에 대해 이보다 더 잘못 생각할 수는 없을 것입니다. 그의 사람됨에 대한 당신의 판단은 진실과 너무 동떨어져 있습니다. 잠시나마 이렇게 생각해봅시다. 누군가가 길에서 당신 뒤에 있습니다. 당신은 그 사람의 동기를 판단합니다. 무엇에 근거해서?"

아득해지는 침묵.

"피고인은 질문에 답해주세요." 판사가 말했다.

"사실은 잘 모르겠습니다. 그냥 느낌입니다."

"예, 느낌이라. 이 느낌을 조금 더 깊이 파헤쳐보겠습니다. 만약 길에서 제가 당신 뒤에서 걸어가고 있다면 당신은 저를 위협적이라고 판단합니까?"

"모르겠어요. 아마 아닐 겁니다."

"햇필드 부인, 그것으로 답은 됐습니다. 당신은 법정에서 사람을 잘 볼 줄 안다고 말했는데 말이에요."

"검사님도 마찬가지로 남자이긴 합니다. 그렇지만 분명 돈이 많을 겁니다."

"흥미롭군요. 그러니까 부자는 덜 위협적입니까?"

"내 말을 비틀지 마세요."

"당신이 한 말을 정확하게 바꿔 표현한 거라 생각하는데요."

"내 말은…… 당신이 내게 강도질을 할 이유가 없잖아요? 당신은 돈이 있으니까."

"그럼 가난한 사람은 훔치고 부자는 그러지 않는다고요?"

"그렇게 말하진 않았어요. 당신이 훔칠 이유가 없다고 말했을 뿐이에요."

"그럼 만약 돈이 많은 사람은 *더 많*은 돈을 훔치는 일에 흥미가 없다면 전 왜 케이맨제도의 해외 계좌에 무엇이 있는지 호기심이 생기는 걸까요?"

"이의 있습니다, 재판장님." 변호사가 일어서며 말했다.

"기각합니다." 판사가 말했다. "피고인이 위협을 잘 볼 줄 안다고 주장했을 때 스스로 이 일련의 질문을 시작한 것입니다."

피고인 측 변호사는 한숨을 쉬고 다시 의자에 주저앉았다.

"이 젊은 신사분은 어떻습니까?" 레이먼드가 노트북에서 눈을 떼고 자신을 바라보는 사람들을 보기 위해 얼굴을 들었다. "만약 이분이 당신 뒤에서 걸어오고 있다면 당신의 판단력은 뭐라고 말할까요?"

"모르겠어요. 그에 대해 아는 게 전혀 없어요."

"루이스 벨레즈 씨에 대해서도 마찬가지로 아는 게 전혀 없었습니다. 어제 이 젊은 청년과 함께 법정에 있었던 아주 나이 많은 여성분은 어떤가요. 그분을 기억하나요?"

"기억은 해요."

"그분이 당신 뒤에서 걸어오고 있다면요?"

"그건 터무니없는 질문이에요."

"왜죠?"

"그 여자는 세발자전거를 타고 있는 3살배기 아이도 따라잡을 수가 없기 때문이에요. 그 여자는 게다가 볼 수도 없어요. 그런 여자가 어떻게 내게 위협을 가할 수 있나요?"

"그럼 위협을 가하는 건 신체적인 능력에 달린 거네요."

"그래요. 맞아요. 그 사람은 덩치가 큰 사람이었어요. 덩치가 큰 사람은 날 해칠 수 있죠."

"어떻게 알았습니까?"

"뭘 어떻게 알아요?"

"그 사람이 덩치가 큰 사람이란 걸 어떻게 알았습니까? 당신은 아직 몸을 돌리지도 않았는데요."

"지나가면서 유리창에 비친 모습을 봤어요."

"알겠습니다. 아주 자세히 비쳤을 거라고는 생각할 수가 없네요. 특히 그때는 거의 어두워졌을 때거든요."

"그래도 잘 보였어요. 상당히 자세하게. 난 그 사람을 정말 잘 볼 수 있었어요. 그 남자에 대한 모든 것을요. 그는 컸어요. 아마도 저보다 몸무게가 50킬로그램이나 더 나갈 거예요."

"저는 당신보다 30킬로그램은 더 나가겠네요. 그런데 당신은 제가 위협적이지 않다고 말했습니다. 30킬로그램이든 50킬로그램이든 당신보다는 많이 나가는데요."

"난 검사님이 의도하는 걸 알아요." 햇필드가 내뱉듯이 말했다. "그리고 전혀 고맙지가 않네요."

"제 의도는 무엇입니까?"

"검사님은 편견으로 몰아가려고 해요."

"제가요?"

"그렇다는 걸 검사님도 아시잖아요. 이제 나랑 게임은 그만하시죠. 보세요. 내가 아는 전부는 그 사람이 남자고 그 사람이 덩치가 크다는 거예요. 난 알지도 못해요, 그 사람에 대해서요. 아시잖아요. 인종이나 국적, 내가 어떻게 알겠어요? 그런 걸 살펴보지도 않았어요."

"그런데 당신은 유리창에 비친 모습으로 그를 보았다고 말했습니다. 당신은 그 모습이 아주 자세히 보였다고 말했습니다. 그에 대한 모든 것을 보았다고 말했습니다."

"검사님은 정말 짜증 나는 사람이네요." 여자가 귀에 들릴 정도로 혐오감을 뿜어내면서 말했다.

"제가 하는 질문은 모두 그의 어떤 부분이 당신에게 위협적으로 느껴졌는지를 알기 위해 루이스 벨레즈에 관해 당신이 알 수 있을 법한 점을 살펴보고자 하는 것입니다. 당신은 그가 남자이고, 체격이 컸고, 라틴계 사람임을 알았습니다."

"그게 이유는 아니죠. 검사님이 고려하지 않는 다른 이유도 있어요. 느낌 말이에요. 때때로 어떤 사람들은 위협적인 느낌을 줘요. 그리고 왜 그런지는 정확히 지적할 수 없어요. 검사님도 잘 아시잖아요."

"그러나 햇필드 부인, 그 사람은 위협적인 사람이 아니었어요. 당신이 그걸 잘못 생각했다는 것을 우리는 아주 명확하게 입증했습니다. 그는 아마 당신 뒤를 걸은 사람들 가운데 가장 위협적이지 않은 사람이었을 겁니다. 그는 선한 사마리아인이었습니다. 그는 당신이 중요한 것을 떨어뜨렸음을 당신에게 알리려고 했습니다. 그는 사랑하는 남편이자 아버지였습니다. 일주일에 세 번씩 30분도 넘게 걸리는 거리를 지하철로 왕복하며 눈먼 늙은 부인을 도와주고 심부름을 한 사람이었습니다."

"그런 걸 내가 어찌 알았겠어요!"

피고인은 이제 소리를 지르고 있었다. 레이먼드는 최대한 빨리 입력을 했다.

"그렇지만 당신은 스스로 사람을 아주 잘 볼 줄 안다고 했습니다. 당신은 때때로 어떤 사람은 정말 위협적인 느낌을 준다고 말했습니다. 무언가가 당신 판단력을 완전히 망가뜨렸고, 난 그것이 무엇이었는지 근원을 알아내고자 하는 것입니다."

"당신은 그냥 내 꼬투리를 잡으려고 하는 거잖아!" 여자는 이제 일어섰다. 마치 허락 없이 법정을 걸어 나가기라도 할 것처럼. "난 좀 쉬어야겠어요. 휴식 시간을 가져도 되죠?"

"그럴 필요 없습니다, 존경하는 재판장님." 검사가 말했다. "더는 질문 없습니다."

"아, 세상에. 그 사람 정말 유능한 사람이구나!"

레이먼드는 오후 재판을 지켜보는 동안 노트북에 입력한 내용을 이제 막 밀리에게 읽어주었다.

밀리는 여전히 침대에 있었다. 레이먼드는 식탁에 있던 의자 하나를 끌어와 침대 곁에 두고 앉아 있는 참이었다.

노트북 덮개를 닫으며 고개를 들었다.

"그럼 오늘 한 내용은 그게 전부니?" 밀리가 물었다.

"아뇨, 계속 이어졌어요. 그렇지만 그 뒤로는 일일이 메모하지 않았어요. 흥미를 끌 만한 내용이 없었어요. 별로 달라진 게 없는 것 같았어요. 그 여자의 변호사가 다시 여자한테 질문했지만 불리한 내용을 수습하려는 시도였을 뿐이에요. 변호사는 실수하는 것이 얼마나 흔한 일인지를 계속 질문해댔어요. 아주 선량한 사람들도 어떻게 실수를 하는지. 그다음에는 처음 사건 현장에 있었던 경찰이 심문을 받았는데 덧붙일 내용이 많지 않았어요. 실제 사건이 일어난 건 보지 못했으니까요. 그저 몇 번이고 반복적으로 진술했을 뿐이에요."

"그럼 나머지 재판 일정은 어떻게 되니? 혹시 아니?"

"글쎄요. 변호사랑 검사는 오늘로 자기들 일을 다 마쳤어요."

"그럼 배심원들이 내일 심의를 한다고? 정말 빠르구나."

"최후 진술을 한 다음 배심원들의 심의가 있지 않을까요?"

"아, 최후 진술. 맞아. 어쨌든 배심원들은 심의를 내일 시작하겠구나."

"그런가 봐요." 레이먼드는 밀리가 참석할 수 있을 정도로 기력을 회복하지 않은 것 같다고 생각하며 말했다.

"그렇다면 내가 가야겠다."

"정말 가실 거예요?"

"가야만 하니 가야지."

"법정에서 전화 드릴게요. 어떻게 됐는지 알려드릴게요."

"아니다." 밀리가 말했다. 놀랄 정도로 단호하게. 질문의 여지가 없을 때 사용하는 '아니다.'였다. "판사가 판결을 내릴 때 거기에 있어야만 해. 아, 그건 그렇고, 친절한 여자분이 전화를 했더라.”

“어떤 분요?”

“자기 남편 역시 루이스 벨레즈라 하던데. 발신번호 표시로 여기 번호를 알았다고 하더라.”

“아, 예. 그분 *정말* 좋은 분이에요.”

“그래, 정말 좋은 분 같더라. 우린 오랫동안 얘길 나눴어. 그 사람도 신문에서 루이스 얘길 이미 읽었다고 하더라. 그래서 무슨 일이 일어났는지 알고 있었대. 그래도 다시 너한테서 소식을 들어서 기뻤다는구나. 그 사람이 일요일에 같이 저녁을 먹자고 우릴 초대했어. 원하는 날 언제든 오라 하더라. 우리가 가고 싶은 날이 언제 일요일인지만 전화로 알려주면 두 사람 몫을 더 준비하겠다고 했어. 네가 정말 좋아하는 초콜릿 케이크도 다시 만들겠다고 하던데.”

“할머닌 초대에 응하고 싶으세요?”

“마다할 이유가 없지. 지금껏 살면서 내가 좋아하지 않는 루이스 벨레즈는 만난 적이 없어.”

15. 객관적 현실 혹은 서로 다른 관점

—

"결론적으로 피고인의 변호사는 피고인을 법을 준수하는 한 사람의 시민으로 덧칠하기 위해 대단한 노력을 기울인 걸 저는 잘 알고 있습니다. 물론 비난받을 일은 아닙니다. 사실 누구도 범행을 저지르기 전까지는 어떤 잘못도 없습니다. 누구나 처음 법을 어기기 전까지는 깨끗한 기록을 가지고 있습니다." 검사가 말했다.

레이먼드는 그가 피곤해 보인다는 생각이 들었다. 만약 희생자가 그의 가족이라고 해도 이 재판으로 이렇게 스트레스를 받을까에 대해 잠시 의문이 들었다. 아니면 이 재판의 결과가 승소나 패소로 기록되어 그의 경력에 문제가 되는 것에만 사실 관심이 있는 건 아닐까 하는 생각도 들었다. 아니면 전혀 관계가 없을지도 모른다. 어쩌면 전날 늦게까지 회식을 했는지도 몰랐다.

레이먼드는 이사벨을 보았다. 이사벨은 아기를 팔로 안은 채 부드럽게 어르고 있었다. 라몬은 칭얼대고 있었다. 아기가 칭얼대는 소리를 모든 사람이 듣고 있었지만 애써 못 들은 척하고 있다는 걸 레이먼드는 알 수 있었다. 아기에 대해 생각하느라 검사가 이어서 무슨 말을 했는지 그만 놓치고 말았다.

라몬이 기어이 울음을 터뜨렸다. 이사벨이 안정시키려고 연이어 흔들었지만 소용이 없었다. 이사벨은 법정을 나가려고 자리에서 일어섰다. 그러자 검사가 그에게 앉으라는 손짓을 했다.

"안 됩니다." 그가 말했다. "당신은 여기 있을 권리가 있습니다. 아기 역시 여기 있을 권리가 있습니다. 아기는 배심원들에게 중요한 사실을 일깨워줄 것입니다. 아기는 아버지 없이 자랄 것입니다. 피고인의 변호사는 배심원 여러분에게 자신이 햇필드 부인이라면 어떨지를 상상해보라고 요구할 것입니다." 그는 배심원들을 향해 얼굴을 돌리며 말했다. "그 운명적인 아침에 어떤 잘못을 하려고 계획도 하지 않고 집을 나섰는데 감옥에 갈 시간을 기다리는 심정을 상상해보라고 요구할 것입니다. 저는 대신 여러분들이 벨레즈 부인이나 아기라면, 아니면 다른 두 자녀 중 한 아이라면 어떤 심정일지 상상해보기를 부탁드립니다. 여러분은 그럭저럭 살아가면서 같이 노후를 계획할 작정이었습니다. 그런데 누가 위험한 사람인지를 안다고 주장하는 한 여자가 나타났습니다. 이 여자는 당신이 사랑하는 사람을 죽였습니다. 그러고는 법정에 나타나 척 보면 그 사람이 위협이 되는지 아닌지를 안다고 여전히 주장하고 있습니다. 그러나 당신이 사랑한 사람은 결코 위협적이지 않음을 알고 있습니다. 지금은 모든 사람이 그 사실을 알게 되었습니다. 그러나 너무 늦었습니다. 한 여자가 내린 잘못된 결정이 당신의 삶을 산산이 조각내고 말았습니다. 그리고 다시는 되돌릴 수 없게 만들었습니다. 그는 자신에게 전혀 해가 되지 않는 남자를 쏘아 죽이고는 여러분에게 사고라고 말할 것입니다. 그러나 그 사고는 이 부인과 아이의 삶을 참담하게 바꾸는 결과를 초래했습니다. 총을 쏜 사람에게는 어떤 대가를 안겨주어야 할까요?

신사 숙녀 여러분, 제 말씀은 그렇습니다. 우리 주변에선 많은 사고가 일어납니다. 지금도 일어나고 있을 겁니다. 만약 그가 총을 실수로 떨어뜨렸는데 발사되었다면 그것은 순전히 사고일 것입니다. 그러나 그는 방아쇠를 당겼습니다. 여섯 번이나. 매 순간 자발적인 의지로. 그리고 그는 틀렸습니다. 미안합니다만, 여러분이 같이 뉴욕에 살고 있는 한 사람에게 여섯 발의 총을 쏘았다 해도 여러분에겐 잘못이 없을 수도 있습니다. 그러자면 그 사람이 당신을 해치려 했다는 것이 명백해야만 합니다. 아니면 적어도 당신을 해치려 했다고 *생각하게* 만든 아주 명확한 증거를 제시할 수 있어야만 합니다. 그렇지 않다면 그것은 의도적인 살인입니다.

분명 우리는 모두 더 안전한 도시에서 살고 싶어 합니다. 우리는 모두 더 안전한 세상에서 살고 싶어 합니다. 그런데 루이스 벨레즈는 우리의 안전에 위협을 가하는 사람이 아니었습니다. 권총을 가진 여자는 그것을 너무 빨리 사용했습니다. 그 여자는 우리가 늘 다니는 거리를 훨씬 더 위험하게 만든 사람입니다. 여자는 길거리에서 이 총격 사건을 초래한 장본인입니다. 여자는 무고한 남자를 죽였습니다. 그렇다면 반드시 죗값을 치러야 합니다. 생명의 가치는 얼마나 될까요? 여러분이 알려주시길 바랍니다."

검사는 자기 자리로 돌아갔다.

레이먼드는 기다렸다. 모두가 기다렸다. 검사는 한마디도 더 하지 않았다. '감사합니다, 배심원 여러분. 여기까지입니다.'에 해당하는 어떤 말도 하지 않았다.

그는 그냥 자리에 앉았다.

"예, 됐습니다." 피고인의 변호사가 힘겹게 일어서며 말했다. "제 차례인 듯하군요. 존경하는 배심원 여러분, 여러분은 이성적인 분들입니다. 제 의뢰인을 보십시오. 마음속으로 여러분은 이 분이 살인자가 아님을 알고 있습니다."

레이먼드는 그 말에 대해 몇 문장의 메모를 했다. 그렇게 말하는 것이 아주 기이하게 여겨졌기 때문이다. 어떻게 누군가를 죽였는데 살인자가 아닐 수 있는가?

"이분은 두 장성한 아이의 어머니입니다. 매주 목요일마다 브리지게임을 합니다. 교회를 다니기도 합니다. 이제 여러분께 묻겠습니다. 이 선량한 분을 감옥에 넣는 것이 정의를 실현하는 일인가요? 30일 혹은 60일, 90일? 며칠이라 할지라도요? 이분을 보십시오. 여러분에겐 이분이 감옥에 넣어야 할 종류의 사람으로 보이십니까?"

침묵이 뒤따랐다. 개인적인 관찰을 메모하느라 레이먼드의 손가락들이 키보드 위를 날아다녔다.

'변호사는 감옥에 넣어야 할 '종류'의 사람이 있고 넣지 말아야 할 또 다른 '종류'의 사람이 있다고 주장하는 듯하다. 무엇에 근거하여? 그들이 저지른 범죄 행위에 바탕을 두어야 할 것 같은데, 우리는 그것을 볼 수가 없다. 그러면 여기에서 보게 되는 건 무엇일까?' 레이먼드는 썼다.

"물론 아닙니다." 변호사가 지나치게 큰 소리로 외쳤다. "우린 어떤 사람이 우리 사회에 위험하다고 생각하면 감옥에 넣습니다. 제 의뢰인은 사회에 전혀 위험이 되지 않습니다. 여러분은 저와 마찬가지로 그 사실을 알고 있습니다. 이분은 결코 다시는 누군가를 해치지 않을 것입니다. 이번 일은 사고였습니다. 배심원 여러분, 끔찍한 사고였습니다. 그런데도 이분을 처벌하는 쪽을 선택하시겠습니까? 이분은 이미 충분히 벌을 받았습니다. 마치 일반적인 범죄자처럼 재판을 받고 있습니다. 자유를 박탈당할지도 몰라 두려워하고 있습니다. 매일 아침 끔찍한 실수를 후회하며 일어나야만 합니다. 이분에게 이보다 더한 것을 어찌 요구할 수 있겠습니까?

여러분 역시 이분이 될 수 있습니다. 그걸 생각해보시길 바랍니다. 만약 여러분이 이분 입장이라면 누군가가 어떻게 대해주기를 원하십니까? 여러분은 배심원실에서 황금률을 조금이나마 견지해주시길 바랍니다. 전 우리가 별일 없으리라는 것을 정확하게 알고 있습니다. 여러분이 올바른 결정을 할 것이라 믿고 있기 때문입니다."

이 말과 함께, 수많은 희망을 담고 그렇게 오랫동안 기다려왔던 재판이 끝났다.

레이먼드는 제대로 된 준비도 없이, 그렇게 빨리 재판 이후의 세계 속으로 떠밀려갔다.

"다들 일어나셔서 근처 산책이라도 하시죠." 검사가 말했다. 방청석의 경계인 난간 손잡이에 기댄 채 직접 말했다. "몇 시간 걸릴 겁니다."

"제 친구가 여기 있어요. 밀리 할머니세요. 이분은 몇 시간을 걸어 다닐 수가 없어요."

"전 엊그제 애를 낳았고요." 이사벨이 덧붙였다.

"아주 오래 걸릴지도 모릅니다. 제 말씀은 오늘 결론을 내릴지 아닐지조차 알 수 없다는 겁니다. 식당에라도 가셔서 커피든 뭐든 한잔하셔야 할 겁니다. 배심원이 돌아오면 제가 내려가서 모두에게 알려드리겠습니다. 약속하지요."

"좀 이상하지 않나요?" 레이먼드가 물었다. "제 말씀은, 재판이 모두 끝났다는 게."

텅 빈 식당의 식탁에 앉아 그와 밀리는 우유와 설탕을 섞은 홍차를 마셨다. 이사벨은 생수를 병째 들고 골똘히 생각에 잠긴 채 홀짝이고 있었다. 아기는 엄마의 어깨에 기댄 채 깊이 잠들었다.

"전 마치……." 레이먼드가 다시 입을 열었다. 그는 그러다가 중단하고는, 마치 어떻게 느끼는지를 새삼 생각해야만 했다. 아니면 적어도 그 느낌을 말로 표현해야만 했다. "마치 재판을 준비하는 데 이 모든 시간을 보낸 것처럼 느껴져요. 그런데 그러느라 정작 제 삶을 준비하는 걸 잊어버린 것 같은 느낌이에요."

밀리가 놀라울 정도로 힘껏 고개를 끄덕였다. "잘 표현했구나, 레이먼드. 네가 말하고자 하는 바를 아주 정확하게 이해할 수 있겠다."

"그래도 재판은 잘 진행되었다고 생각지 않으세요?"

감히 셋 중 누군가가 그렇게 평가한 건 처음이었다. 세 사람이 모두 선고에 관한 생각에 사로잡혀 있는 건 분명했다. 그러나 레이먼드는 그것에 대해 생각하게 만든 말을 꺼낸 것 자체가 좋은 생각이었는지는 알 수가 없었다.

"내 생각도 그래." 이사벨이 말했다. "검사가 제 역할을 다했다고 생각해. 그가 말한 걸 들은 척도 않고 여자를 내보내줄 수도 있긴 하지만." 그러고서 이사벨은 긴 침묵에 빠져들었다. 몇 초 동안. 그 뒤 덧붙였다. 확신 없이 작은 목소리로. "그렇게 되진 않겠지?"

"모르겠어요." 레이먼드와 밀리가 거의 동시에 말했다.

이사벨이 두 사람 모두를 바라보았다. 한 사람씩 차례대로.

"결과가 좋을 거라고 생각하진 않으신다는 건가요?" 이사벨이 물었다.

"아냐. 난 기대하고 있어." 밀리가 말했다. "검사는 아주 훌륭했어. 만약 삶이 공평하다면 우린 좋은, 만족할 만한 결과를 얻을 거야."

또다시 이어지는 긴 침묵.

"그럴까요?" 고요함을 더 견딜 수 없었던 레이먼드가 물었다.

"때로는 그렇고, 때로는 그렇지 않을 수도." 이사벨이 말했다.

그들은 한동안 침묵 속에서 각자의 음료를 마셨다. 1분 남짓 지났을까, 아니면 3분.

그러다 레이먼드는 카페테리아 출입문에 서 있는 검사를 보았다.

"배심원들이 돌아왔어요." 검사가 말했다.

그가 돌아섰다.

"잠깐만요." 레이먼드가 불러 세웠다. "잠깐만요. 그건 무슨 뜻인가요?"

"배심원들이 돌아왔다고." 검사는 복도를 계속 걸어가면서 어깨 뒤로 외쳤다.

"잠깐만요! 묻고 싶은 게 있어요."

"난 빨리 가봐야 돼." 그가 소리쳤다. 그러고 계속 걸었다.

레이먼드는 얼굴을 이사벨에게로 돌렸다. "검사한테 물어볼 게 있어요. 2층에서 봬도 될까요? 할머니가 거기로 다시 가실 수 있도록 도와주실래요?"

"물론이지."

이사벨이 말을 끝내기도 전에 레이먼드는 달렸다. 그는 육상

선수처럼 숨이 찰 만큼 복도를 달렸다.

“잠깐만요.” 검사를 따라잡으면서 불렀다.

레이먼드는 헐떡이며 걸음을 늦추었고 검사 옆에 조금 떨어져 걸었다. 둘은 레이먼드가 밀리를 만나기 전에 항상 걸었던 속도로 빨리 걸었다.

“배심원들이 왜 이렇게 빨리 돌아왔어요?”

“나도 모르겠다. 곧 알게 되겠지.”

“고작해야…….”

“38분 걸렸어.”

“통상적으로 그건 뭘 뜻하는 거예요? 의견을 나누는 데 고작 38분밖에 걸리지 않았다는 건요?”

“그건 각자 어떤 결정을 내릴지를 이미 대부분 정하고 있었다는 걸 뜻해. 그러니 아주 좋거나 몹시 나쁠 수 있어.”

“그렇군요.” 레이먼드가 말했다. “고맙습니다. 전 그만 친구들한테 돌아가보겠습니다.”

검사가 앞서서 걸어갔다.

한마디 말도 없이.

“배심원 여러분, 결론을 내렸나요?”

“예, 그렇습니다, 재판장님.” 배심원장이 말했다.

미칠 듯 느린 속도로 진행되는 의식이었다. 먼저 집행관이 느릿느릿 배심원장에게 걸어가 종이를 건네받았다. 그는 그 종이를 재판장에게 전해주었다. 재판장은 그 종이를 뚫어져라 보았다. 레이먼드에게는 영원할 것처럼 느껴지는 시간이었다. 그러고 나서 재판장은 고개를 끄덕인 다음 종이를 집행관에게 돌려주었고, 그는 그것을 배심원장에게 가져다주었다.

레이먼드는 양쪽에 앉은 이사벨과 밀리한테서 파도처럼 뿜어져 나오는 불안감을 느꼈다. 그들의 불안감이 레이먼드 자신의 불안감과 위험할 정도로 뒤섞였다. 그는 자신이 잠시 동안 숨을 쉬지도 않은 채 멈춰 있다는 걸 깨달았다. 전혀 숨을 쉬지 않았다. 그는 산소를 보충하기 위해 헉 소리를 내며 숨을 들이켜야만 했다.

"뭐라고 하셨습니까?" 누군가가 배심원장에게 물었다.

레이먼드는 밀리의 얼굴을 보고 있었기에 누가 그렇게 말했는지 알지 못했다.

"비비안 일레인 햇필드 사건에서…… 고의적인 살인 혐의로…… 피고인은……." 레이먼드는 잠시 말을 멈추는 순간순간 때문에 자기가 죽을지도 모른다는 생각이 들었다. 숨이 막혀왔다. 그는 앞으로 몸을 숙여 공기를 빨아들이려고 했지만 숨을 들이쉴 수가 없었다.

"무죄입니다."

거의 모든 사람이 법정을 떠난 뒤에도 레이먼드, 밀리, 이사벨과 라몬은 몇 분 동안 그대로 앉아 있었다. 서로 어떤 말도 나누지 않았다. 무슨 말을 할 수 있겠는가. 침묵은 살아 있기라도 한 듯 실체가 되었고, 물리적인 것이 되었다. 침묵은 그들과 나란히 긴 의자에 앉아 있는 네 번째 어른처럼 자신의 현존으로 그들 모두를 압도했다.

"우리도 집에 가야겠다." 밀리가 한참 뒤에 말했다.

그들은 일어섰다. 빈 법정을 함께 걸어 나왔다. 천천히. 레이먼드는 복도에 서 있는 검사를 발견했다. 그는 벽에 등을 기대고 다리를 꼰 채 서서 휴대전화로 통화를 하고 있었다.

"두 분 잠시만 기다려주시겠어요?" 레이먼드가 두 친구에게 요청했다.

그들은 대답하지 않았다. 그렇지만 기다려줄 것임이 분명했다. 레이먼드는 검사에게 가깝게 다가갔다. 자신이 이야기하고 싶은 것이 있음을 알리기에 충분할 만큼 다가갔다. 무례하게 보이거나 전화 통화를 엿들을 정도로 가까운 거리는 아니었다.

"나중에 다시 통화합시다." 검사가 전화기에 대고 말한 뒤 전화를 끊었다. 전화기를 가슴 안쪽 주머니에 넣고는 레이먼드를 보았다. 눈으로 재빨리 레이먼드를 훑어보았다. "나한테 할 말이 있나 보구나."

"예, 검사님."

"내가 널 실망시켰다고 말하러 온 거라면 그럴 필요 없다. 나는 나 자신에 대해 네가 말하려는 것보다 더 최악의 비난들을 쏟아붓고 있거든. 정말이야."

"절 실망시키셨다고 생각지 않습니다. 정말 훌륭하게 하셨다고 생각해요."

남자가 다소 씁쓸하게 웃었다. "만약 훌륭하게 한 게 맞는다면 그 여자는 적어도 여섯 달은 감옥에서 썩어야 했을 게다."

"검사님은 잘해내셨다고 생각해요. 그런데 배심원들이 그걸 무시하고 결정을 내린 거죠. 어쨌든 저한텐 그렇게 보여요. 그런데 정말 묻고 싶은 게 있습니다. 전 학교에 이 재판에 대한 보고서를 써내야만 해요. 그래서 이 전체적인 일에 대한 일종의 결론을 내려야만 하는데, 아무것도 손에 쥔 게 없어요."

그건 진실이기도 진실이 아니기도 했다. 그렇다, 보고서를 써야만 한다. 그렇다, 좋은 보고서를 쓰고 싶다. 그는 이 3일간의 결석을 정당화할 만큼 높은 점수를 받고 싶었다. 그러나 그는 선생님들과 급우들을 위해서가 아니라 스스로 이 사건에 대해 이해하고 싶었다. 그는 자신과 자신이 지닌 평화에 대한 인식을 위해서라도 이해하고 싶었다.

"제 말씀은, 전 정말……." 레이먼드가 덧붙여 말했다. 검사가 말을 하지 않고 있었기에. "저는 전혀 이해할 수가 없어요."

"전혀 이해할 수 없는 사람들의 모임에 온 걸 환영한다."

"왜 배심원들이 그런 결정을 내렸는지 전혀 모르세요?"

"아, 내 이론이 있긴 해." 그가 멈추었다. 한숨을 쉬었다. 마치 자신이 원한 것보다 더 오래 대화를 해야 하는 상황을 받아들이듯. "좋아, 내가 생각하는 걸 말해주마. 그렇지만 네 보고서에 내 말을 인용하진 마라. 만약 내 말에 동의한다면 자네가 관찰해서 얻은 결론이라고 해. 그건 부족주의야."

"부족주의라뇨?"

"그건 우리 뇌가 발전해온 방식이야. 동굴에 살던 원시인들의 사고방식. 그러니까…… 아니다. 사고가 아니지. 더 맞는 말은…… 반응이야. 문제는 그 반응이 많은 생각에 의해 나오는 게 아니라는 점이야. 감정적인 자동 반응이지. 이렇게 진행되는 거지. 순전히 무의식적으로. '내가 심판해야 할 이 사람은 우리 부족인가 다른 부족인가.' 만약 그 여자가 우리 부족이라면 잘못은 용서받을 수 있어. 젠장, 누구나 실수를 할 수가 있어. 실수는 이례적인 게 돼. 왜냐하면, 우리니까. 그리고 우린 좋은 사람들이니까. 그런데 만약 그 여자가 그들이라면 잘못은 처벌을 받아야 돼. 왜냐하면, 그들이니까. 그들이 잘못한 건 그저 그들이 항상 그래왔던 방식을 증명해줄 뿐이야. 그래서 난 배심원들한테 호소하려고 했어. 법을 지키는 부족으로서. 우리는 사람한테 총을 쏘아서는 안 된다는 것을. 그리고 우리가 그 문제에 직면해 있다는 것을. 그런데 효과가 없었어. 효과가 없어서 정말 미안해. 내가 실망시켜 미안해하더라고 네 친구들께도 전해주면 좋겠다. 지금 네가 날 용서한다면."

그는 복도 저쪽으로 걸어갔다.

레이먼드는 허겁지겁 어깨에서 가방을 끌어당겨 다시 노트북을 꺼내려고 했다. 이제 막 검사가 한 말을 메모 속에 빠짐없이 입력해두고 싶었다. 그러나 얼핏 이사벨과 밀리를 돌아보았고, 그들이 얼마나 넋이 나간 상태로 지쳐 있는지를 알았다. 그들은 지금 집으로 가야만 한다는 걸 알았다.

게다가 검사가 지금 자신에게 들려준 말이 두뇌 곳곳을 태울 듯이 뜨겁게 각인되었기에 어디로 날아가버릴 것 같지는 않다는 생각도 들었다. 그 말들을 곧 잊어버리려면 운이 아주 좋아야만 할 것이었다.

레이먼드는 저만큼 가던 검사가 멈춰 서서 자신을 바라보더니 다시 돌아오고 있는 모습을 보았다. 마치 그의 마음속에 더 많은 할 말이 있는 것처럼. 검사가 가까이 다가왔다.

"그리고 또 한 가지 관련된 일이 있어. 이것도 역시 인용하지는 마라. 배심원들은 벨레즈가 *되는* 것보다 벨레즈를 *두려워하는* 게 더 상상하기 쉬웠던 거야. 내가 편견이란 시각에서 밀어붙이지 말았어야 했어. 피고인을 밀어붙임과 동시에 배심원들 역시 밀어붙였기 때문이지. 그리고 그때 이미 난 그걸 알았어. 그렇게 하는 그 순간 잘못하고 있다는 걸 말이야. 그렇지만 정말…… *거기* 있었어. 그들의 두려움이 거기에 가득 차 있었어. 모든 사람의 얼굴에. 난 그걸 못 보는 척하면서 배심원들의 응석을 받아주지 않았어. 나한테 있는 자기 조절 능력의 결핍 때문에 너랑 네 친구들이 지금 대가를 치르고 있는 거지. 오늘 밤 네가 어디 있든 알고 있으렴. 난 그 결정 때문에 술을 진탕, 아주 진탕 마시고 있을 거라는 걸."

레이먼드가 입을 열었지만 어떤 말도 나오지 않았다.

여하튼 너무 늦었다. 검사는 이미 가버렸다.

"제가 아빠 집에 가기 전에 챙겨드려야 할 다른 건 없나요?"

밀리는 소파에 앉아 고양이를 쓰다듬고 있었다. 무기력하게. 밀리의 모든 모습이 무기력해 보였다. 레이먼드는 그가 숨 쉬는 것조차 주저하고 있다는 생각이 들었다. 마치 들숨과 날숨의 사이사이마다 숨 쉴 만한 가치가 있는지 고민하는 것 같았다.

"아니, 레이먼드. 고맙다, 소중한 친구. 넌 내 말을 오해 없이 들어주리라 믿는다. 난 사실 혼자서 생각할 시간을 갖는 게 좋겠다고 간절히 생각하고 있단다."

"지금 자리를 비켜드리면 뭘 좀 드실 거예요?"

한숨에 뒤이은 긴 침묵. 밀리의 한숨.

"넌 너무 좋은 친구라 내가 거짓말을 할 수가 없구나." 마침내 밀리가 말했다.

"닭고기 수프를 데워드리면 어떨까요? 컵에 담아드릴게요. 뭘 드시는 것보다 마시는 게 더 좋을 듯싶어요."

"그렇게 하는 게 네게 중요하다면 그렇게 해. 마실게."

레이먼드는 부엌으로 들어가 프라이팬을 꺼냈다. 그러고 수프 통조림을 땄다.

"뉴맨 씨랑은 무슨 얘길 나눈 거니?" 밀리가 소리를 조금 높여 물었다.

"누구요?"

"지역 변호사 사무실에서 나와준 그 검사."

"아, 그 사람 이름이 뉴맨이에요? 재밌는 이름이네요. 사실 잊어버리기 전에 노트북을 열고 모든 걸 정리해야 돼요. 그 사람은 배심원들이 왜 그런 결정을 내렸는가에 관한 이론을 얘기해줬어요."

레이먼드는 팬 아래 불을 켰다. 그 안에 통조림 내용물을 절

반쯤 부었다. 그러고는 밀리와 마주 보고 대화하기 위해 부엌 문간에 기대어 섰다.

"그 사람은 일종의 부족주의 때문이라고 말했어요. 피고인은 그들 부족 사람이고, 그 여자가 어떤 잘못을 저질러도 그들한테는 여전히 착한 사람이라는 거예요. 루이스는 다른 부족에서 온 사람이고, 그래서 어쨌든 항상 그가 잘못한 게 된대요. 왜냐하면 다른 부족 사람들이 늘 그렇게 해왔기 때문에요. 그 말을 생각하면 할수록 할머니가 제게 말씀해주신 게 계속 떠올라요."

"내가 무얼 말했다고?" 꿈꾸는 듯 밀리가 물었다. 마치 멀리 떨어져 있는 듯이. "기억이 안 나."

"제가 할머니랑 처음 만났을 때 얘기예요. 할머니랑 얘기하려고 멈춰 섰죠. 그러자 할머니가 대부분의 사람들은 멈춰 서지 않는다고 말씀하셨어요. 왜냐하면 할머니는 '그들'이고, '우리'가 아니기 때문이라고 하셨어요. 물론 인종에 대해 말씀하신 건 아니라 생각해요. 사람들이 전부터 알고 있는 것에 집착하는 방식을 말씀하신 것 같아요."

"레이먼드, 세상에는 많은 부족이 있단다. 그런데 난 내가 그런 말을 했는지 기억이 안 나네. 그렇지만 내가 했을 법한 말이기는 하다."

레이먼드는 1~2분 동안 조용히 기대 서 있었다. 커튼 너머를 멍하니 바라보며. 길 건너편 건물들이 음이 소거된 풍경으로 어렴풋이 보였다. 그러다 수프가 다 끓었나 살펴보았다. 밀리는 뜨거운 것보다 따뜻한 것을 좋아한다.

"제가 이 수프를 할머니께 드리고 가면…… 마시겠다고 약속해주실래요?"

"약속하마."

레이먼드가 밀리 앞 커피 테이블에 수프를 놓았다.

"더는 할 게 없는 게 분명해요?"

"오, 레이먼드. 넌 이미 많은 걸 했어. 다른 사람들을 위해 뭔가를 하는 건 좋아. 그렇지만 오로지 다른 사람들만 생각해서는 안 돼. 남을 보살피듯 너 자신도 보살펴. 너도 역시 이 결과에 화가 많이 났을 거야. 그러니 말해보렴. 이 일에 대해 어떻게 생각하니?"

"말씀드렸어요."

"그럼 이렇게 말해볼까. 이 일에 대해 네가 어떻게 느끼는지는 말하지 않았단다."

"이 일에 대해 어떤 걸 느낄 권리가 제겐 없어요. 어떻게 그럴 수 있겠어요? 전 루이스를 알지도 못해요. 할머니랑 이사벨이야말로 어떤 감정을 느낄 권리가 있어요." 레이먼드는 이 화제에 대해 더 말하려고 했지만 제대로 나오지 않았다. "전 그냥 아빠 집으로 가서 보고서를 쓸 거예요. 월요일 아침까지는 완성하려고요. 그리고 주말까지 해야 할 다른 숙제도 좀 있어요. 밀쳐뒀거든요. 아시잖아요…… 이사벨이 아기를 낳고 이러저러한 일이 많았잖아요."

"그래, 좋아. 가서 일해."

"일요일 저녁에 와서 뵐게요." 레이먼드가 말했다.

"아빠 집에서 오는 길에? 그럴 필요 없어."

"제가 그럴 거라는 것 아시잖아요."

"레이먼드," 그가 서둘러 문밖으로 나서기 직전에 밀리가 말했다. "넌 권리가 있어. 넌 무엇이든 느낄 권리를 언제나 가지고 있다."

레이먼드는 월요일 아침 교실에 들어가기 전, 교장 선생님이 시켰던 대로 사회 선생님에게 보고서를 냈다. 내심 뿌듯하기도 했지만 선생님이 어떤 생각을 들려줄지 빨리 듣고 싶었다.

"오, 돌아왔구나. 빨리 왔네." 에반스 선생님이 말했다.

선생님은 보고서를 읽거나 훑어본다기보다 그냥 휙휙 넘겼다. 선생님은 육십 대쯤 되었고, 피부가 지나치게 창백하고 매끈했다. 나이가 들면서 피부는 종잇장처럼 얇아졌고 거의 투명하게 비칠 정도였다. 학교 현관에서 차까지 챙이 넓은 모자를 쓰고 다녔는데, 심지어 구름이 잔뜩 낀 날도 그렇게 했다.

"일곱 쪽이나 되네." 선생님이 인상적이라는 듯 말했다. "아주 야심찬데."

"할 말이 많았나 봐요."

"점심시간에 읽어보도록 할게. 오후 수업 시간에 교실로 오면 점수를 알려줄 수 있겠다."

사회 수업 시간, 레이먼드는 늘 앉던 자리에 앉아 기다렸다. 조금 이른 시간이었다. 1시 6분 전이었다. 교실에 다른 아이는 없었다.

"이제 막 끝내는 중이야." 쳐다보지도 않고 선생님이 말했다.

"괜찮습니다. 기다릴게요."

1분도 채 되지 않아 선생님은 다시 표지로 돌아가더니 빨간 펜으로 무언가를 휘갈겨 적었다. 그러고 레이먼드가 앉은 자리로 와서 멈춰 섰다. 책상 위에 보고서를 떨어뜨렸다.

점수를 내려다보았다.

C 마이너스였다.

"*C 마이너스?*"

"더 나은 점수를 받을 거라 생각했니?"

"예. 훨씬 더요."

"어쩌니, 안됐구나. 그렇지만 이게 내 정직한 의견이야. 넌 정말 아주 꼼꼼하게 기록했더라. 그래서 그나마 그 점수를 준 거야. 무엇보다 네가 내린 결론이 내키지 않았어. 결론이 다소 엇나갔다는 생각이 들었어. 무엇보다 배심원들이 그렇게 결정을 내린 것에 대해 네가 왜 다른 결론을 내려야 된다고 생각하는지 도대체 모르겠더라. 거기에 있는 사람들은 자신들의 시민적 의무를 하는 거잖아. 그들은 직접 사실을 들었고, 그들이 최선이라 생각한 결정을 한 거야. 넌 17살이고 배심원들이 결정을 내릴 때 함께 있지도 않았어. 그런데 여기에선 우리와 그들이란 이론에 바탕을 두고 어떻게 사람들이 사실을 다르게 보는지를 이야기하고 있어. 그냥, 우리의 검증된 사법체계를 배심원들보다 자신이 더 잘 안다고 생각하는 십 대의 글로 읽혔어."

레이먼드는 한동안 멍한 상태로 앉아 있었다. 그러다 선생님의 말씀 중 한 지점이 불현듯 떠올랐다.

"잠시만요. 그러니까 부족주의에 관한 생각이 전부…… 선생님께는 17살 학생이니까 생각할 만한 것으로 읽히셨다는 건가요?"

"그래, 맞아. 이를테면 그 생각은 조금 신세대다운 것이기도 했어. 네 이론은 현실이 완전히 주관적이라는 거잖아. 그런데 객관적인 현실은 늘 존재해. 안 그래? 그 배심원들은 그걸 찾으려고 노력했고."

선생님과 논쟁을 하기 위해 입을 열려고 했다. 선생님은 그 자리에 없었지 않았느냐고 말하기 위해. 그리고 만약 현실이 주관적이지 않다면 만나본 적도 없고 심지어 본 적도 없는 사람들에게 완벽한 시민적 정직함을 부여할 필요가 굳이 있겠느냐고. 어쩌면 고작 17살밖에 되지 않은 자신의 부족주의 이론이 마흔살 된 지역 변호사한테서 빌려온 것이라는 점도 말해야 할지 몰랐다.

레이먼드는 다시 입을 닫았다. 그 순간 아주 명확하게 깨달았기 때문이다. 선생님은 이미 결정을 내렸음을. 무슨 말을 하더라도 바꿀 수 없으리라는 것을.

그날 수업이 끝나고 번스타인 선생님의 영어 교실에 머리를 들이밀었다.

선생님은 칠판을 지우고 있었다. 하루를 마무리하고 퇴근하기 전에 칠판을 닦는 것이었다. 그는 레이먼드와 10살 정도 차이밖에 나지 않을 것 같은 젊은 남자 선생님이었다. 숱 많은 검은 턱수염이 있고, 언제나 미소를 띠고 있었다.

"레이먼드, 내가 도울 게 있니?"

"이런 걸 여쭤봐도 괜찮을지 모르겠어요."

"괜찮아." 선생님은 칠판지우개를 내려놓았다. 그러고 레이먼드에게 모든 주의를 집중해주었다. "언제나 물을 수 있지."

"보고서를 썼어요. 아시죠? 재판에 관한."

"맞아, 그랬지. 어떻게 됐니?"

"잘 안됐어요."

"오, 안됐구나. 그걸 나한테 제출하게 되어 있니? 아무도 말해주질 않았는데."

"아뇨. 사회과 수업을 맡은 에반스 선생님께 제출하게 되어 있어요. 그런데 전 단지…… 보고서에 대해 의견을 더 듣고 싶어요. 읽어보시고 어떻게 생각하는지 말씀해주셨으면 합니다. 그냥 논픽션 글쓰기 과제를 봐주시듯이요. 점수를 매겨주셔도 좋아요. 물론 안 그러셔도 되고요. 그저 다른 분의 의견을 듣고 싶을 뿐이니까요."

"그건 문제없어, 레이먼드. 전혀 문제 될 게 없어. 여기에 두고 가. 그럼 오늘 밤 집에 가져가마. 내일 아침 교실로 가기 전에 먼저 여기로 와. 그럼 내 솔직한 의견을 말해줄게."

"아," 레이먼드가 말했다. "미처 생각을 못 했어요." 그 생각을 더 빨리 하지 못한 것이 바보처럼 느껴졌다. "출력해 와야 돼요."

그는 하마터면 "깨끗한 인쇄물로요."라고 덧붙일 뻔했다. 그러나 그 전에 재빨리 고쳐 말했다. "하나 더 출력해야 돼요."라고.

번스타인 선생님이, 사회 선생님이 적어놓은 학점이나 곳곳에 휘갈겨 쓴 메모를 보지 않았으면 했다. 다른 누군가의 의견으로 선생님 머릿속이 뒤섞이지 않도록. 새 의견을 듣고 싶었다.

"사무실로 같이 내려가보자." 선생님이 말했다. "거기 있는 프린터를 쓸 수 있을 거야."

"저하고 같이 슈퍼에 가실 수 없다는 거예요?" 레이먼드가 물었다.

밀리는 레이먼드 맞은편의 식탁에 힘없이 늘어져 있었다. 차를 마시지도 않았다. 과자를 먹지도 않았다.

"더 쉬어야겠어. 너 혼자 슈퍼에 가서 물건을 사 와준다면 정말 고맙겠다."

"그럴게요. 그렇지만 조만간 다시 신선한 공기를 마시러 외출하도록 해요."

"그래. 나중에. 그보다 다른 얘길 해야 할 것 같은데. 오늘 보고서는 제출했니? 점수를 받으려면 얼마나 걸릴까?"

"벌써 받았어요."

"별로 만족스럽지 않은가 보네."

"선생님이 끔찍한 점수를 줬어요."

"F 같은 거?"

"아뇨! 그 정도로 끔찍하진 않아요. 그럼 미쳐버렸을 거예요.

C 마이너스. 제겐 그것도 끔찍해요. 성적에 반영되는 거거든요. 평균 점수를 끌어내릴 거예요."

"뭐가 마음에 들지 않았대?"

"선생님은 배심원들이 훌륭하고 정직했다고, 사실을 귀 기울여 들었고 자신들에게 맡겨진 시민의 의무를 다했다고 생각하길 원해요. 그리고 현실이 주관적인 건 아니라고도 했어요."

"오, 알겠다. 객관적 현실 같은 게 있다고 믿는 사람이구나."

레이먼드는 과자를 씹다가 멈추었고, 과자가 입에 가득 든 채 잠시 앉아 있었다. 그러다 그 상태로는 대꾸할 수 없었기에 다시 씹고는 재빨리 삼켰다.

"할머니는 그렇다고 생각지 않으세요?"

"어렵지. 아주 논쟁적인 지점이야. 그렇지만 지금의 과학은 객관적인 현실이 존재하지 않을지도 모른다는 좋은 사례들을 말해주고 있어."

"어떤 과학요? 학교에서 그런 과학은 전혀 배우지 않았어요."

"그럴 거야. 그걸 학교에서 가르치진 않을 것 같구나. 한층 새로운 과학, 양자역학 같은. 정말 새로운 과학이지. 루이스가 그 주제를 다룬 오디오북 몇 권을 가져다줬어. 아주 매혹적인 내용이다만, 네가 그걸 이해하려면 조금 미치는 게 아닐까 하는 지점까지 생각을 확장해가야 할 게다. 핵심적인 생각은, 사물이 관찰자 없이는 존재하지 않는다는 거야. 관찰자가 어떤 종류의 일이든 그걸 제 모습에 맞도록 자리 잡게 하는 데 중요한 역할을 한다는구나. 그보다 더 많은 내용이 있긴 하지만 그렇게 전문적으로 파고들 필요는 없을 것 같아. 내가 한 사건을 목격했다고 치자. 난 하나의 관점을 가졌고, 너도 그 사건을 목격했다면 넌 전적으로 다른 의견을 가지겠지. 그럼 서로 논쟁을 하고, 하고, 또 하겠지. 그렇지만 결국엔 진리는 단지 우리가 두 가지 서로 다른 지점에 서 있다는 것뿐이야. 그러니까 난 내가 본 각도에서 사건을 보지, 네 각도에선 볼 수 없어. 어쨌든…… 모든 각도가 물리적이거나 논리적이진 않다는 거야. 대략 그런 얘기야."

레이먼드는 이 대화가 밀리의 행동에 활기를 불러일으켰다는 생각에 들뜬 채 조용히 과자를 먹었다. 그는 조용히 기다리며 기회를 살폈다.

"저랑 같이 슈퍼에 가요." 레이먼드가 말했다. "재밌을 거예요. 예전처럼. 오가는 중에 이런 이야기도 나눌 수 있고요."

"오, 레이먼드. 안 돼. 날 위해 혼자 가줘. 난 몸이 썩 좋지 않아. 그리고 정말 너무 피곤하단다."

레이먼드가 자신의 일에 다소간 마음을 쓰며 방에 있을 때였다. 그때 모든 것이 터져나왔다. 그리고 폭발했다.

시작은 아무것도 아닌 일이었다. 그는 수학 교과서를 노트북 옆에 두었다. 그 주변에는 몇 권의 책과 메모지 더미들이 널려 있었다. 책상을 정리하는 게 평소처럼 잘되지 않았다. 그래서인지 책이 바닥으로 미끄러졌다. 그는 한숨을 쉬었다. 그러고 책을 집었다. 책상 위에 내려놓았으나 책은 다시 미끄러져 떨어졌다.

그다음에 일어난 일은 레이먼드가 책상 위에 있는 모든 것을 한 팔로 쓸어버렸다는 것이다. 노트북 컴퓨터가 쾅 소리를 내며 카펫 위에 떨어졌다. 종이들이 흩어졌다.

그러나 그조차 충분치 않았다. 그 상황은 레이먼드가 내면에 담아두었던 불씨를 터뜨리는 일이 되었다. 그는 책장으로 비틀거리며 다가가 책들을 깨끗이 쓸어 바닥에 내팽개쳤다. 그는 마치 제자리에 놓으려는 듯 다시 한 묶음의 책을 집어 든 다음 이번에는 벽을 향해 힘껏 내동댕이쳤다.

고개를 드니 열린 방문 앞에 손으로 문고리를 잡은 채 엄마가 서 있었다. 엄마는 옆구리에 아기인 클라리사를 안고 있었다. 어린 여자아이의 눈이 두려움으로 커져 있었다.

레이먼드는 집어 던지기를 멈추고 손에 가득 든 책들을 바닥에 떨어뜨렸다.

"그래," 엄마가 말했다. "난 재판이 어떻게 됐나 물어볼 작정이었다. 그런데 물을 필요가 없을 것 같네."

레이먼드는 15분 일찍 학교에 도착해 곧바로 번스타인 선생님의 교실로 달려갔다. 말 그대로 내달렸다.

선생님은 차가운 난방기에 기댄 채 휴대전화로 통화를 하면서 창가에 서 있었다. 레이먼드에게 기다리라는 뜻으로 손가락을 들어 보였다.

레이먼드의 보고서는 책상 위에 놓여 있었다. 그는 가까이 다가갔다. 그리고 허락을 받기 위해 선생님을 다시 보았다. 번스타인 선생님과 눈이 마주쳤고, 선생님은 고개를 끄덕였다. 그리고 개인적인 통화를 마저 끝내려고 돌아섰다.

레이먼드는 두근거리는 마음을 안고 보고서에 다가갔다.

표지에 크고 붉은 글씨로 A 플러스가 씌어 있는 걸 보았다. 그 아래에는 "아주 우수함"이라고 적혀 있었다.

그 밖에 또 덧붙인 메모가 있는지를 보기 위해 첫 장부터 훑어보았다.

"훌륭한 관찰들." 결론 아래에 적혀 있었다.

그가 쓴 다른 곳도 전부 수정되지 않고 그대로 남아 있었다. 그는 앞에 선 선생님을 보려고 고개를 들었다. 선생님은 더는 통화를 하고 있지 않았다.

"아주 인상적인 보고서라 생각했어." 번스타인 선생님이 말했다. "부족주의가 사법체계에 영향을 끼친 것 같다는 네 생각은 내가 볼 때 아주 진보적이야. 십 대인 너한테서 이런 관점을 듣게 돼서 놀라기도 했다."

"아, 예. 솔직히 말씀드리면 검사님 중 한 분한테서 들은 것에 바탕을 두고 있어요."

레이먼드는 그의 이름을 말하지 않았기에 그 사람 말을 인용하지 않겠다는 약속은 여전히 지킨 것이라 생각했다.

"괜찮아. 더 잘 이해되는구나. 그런데 그렇다고 해서 네 성적에 대한 내 생각이 바뀌지는 않아. 넌 분명 네가 들은 걸 이해했고, 그걸 아주 잘 엮어냈어. 넌 설득력 있는 사례로 입증했지."

레이먼드는 잠시 무슨 말을 할 수 있을지, 해야 할지 몰라 말없이 서 있었다.

"왜?" 번스타인 선생님이 물었다. "넌 별로……."

"그냥…… 에반스 선생님은 그다지 좋아하지 않으셨어요. 선생님은 제 결론이 17살 아이가 생각해낼 법한 것으로 들린다고 하셨어요. 그 말을 칭찬으로 하신 것 같진 않고요."

"다른 사람은 다르게 볼 수도 있겠지. 그러나 난 내 평가를 고수하고 싶다. 그리고 이 과제를 영어 과목 특별 과제에 넣으려고 한다. 그럼 A 플러스가 네 최종 성적에 포함될 거야."

"와우, 고맙습니다. 에반스 선생님이 주신 C 마이너스랑 균형을 맞추는 데 도움이 될 거예요."

"그 선생님이 C 마이너스를 줬어? 진짜?"

"그런 일로 농담하고 싶진 않아요."

"그리고 그 선생님이 네 결론을 청소년이 할 법한 말로 들린다고 했다고?" 번스타인 선생님이 반복되게 되물었다. "그런데 난 네 나이에 비해 너무 앞선 것으로 들린다고 말했고. 그래서 결국 어른인 검사한테서 얻은 생각에 바탕을 두고 있다는 걸 넌 밝혔고. 재미있네."

"예," 레이먼드가 말했다. "저도 그 부분이 재미있다고 생각했어요. 그 선생님은 세상에 단 하나의 객관적인 현실이 있다고 생각하셨어요. 그리고 좋은 사람들은 의지만 있다면 그걸 모두 볼 수 있다고 했어요."

"흠. 그건 그 선생님이 사는, 예측할 수 있는 멋진 세계지. 거긴 아주 즐거운 세상임이 틀림없어. 난 그런 생각을 하는 그 선생님이 부럽기까지 하다."

레이먼드는 마지막 수업을 마친 뒤 학교 도서관으로 발길을 돌렸다. 마지막 시간을 빼먹고 갈까도 생각했었다. 전에도 한 번 그렇게 했는데, 사서 선생님은 보고하지 않았다. 그러나 그런 일에 행운을 바라는 것이 싫었다.

"어라. 누구신가?" 책에서 얼굴을 거의 들지도 않고 사서 선생님이 말했다. "스페인어 독학은 잘 진행되고 있니?"

"아," 레이먼드가 답했다. "예, 그건 말씀드리기도 싫은데. 그게 일종의…… 특별한 목적이 있어서. 그런데 이젠 필요 없게 됐어요. 그래서 그 공부를 열심히 계속하진 못했습니다."

사실 영어-스페인어 사전을 도서관에 반납한 다음 새로 사전을 사지도 않았다. 더 찾아야 할 루이스 벨레즈가 없었기 때문이었다.

"괜찮아. 난 너무 좋은 일은 진실일 리 없다는 걸 이제 알았어. 배움 그 자체를 위해 무언가를 공부하길 원하는 학생은 없다는 것."

"너무 확신하진 마세요." 레이먼드가 말했다. "전 여기 혹시 양자역학에 관한 책이 있는지 여쭤보려고 왔어요. 이번에는 특별한 사정이 있기 때문이 아니라 배움 그 자체를 위해서예요."

"그래?" 사서 선생님이 말했다. "넌 학생들에 관한 내 믿음을 늘 새롭게 해주네, 레이먼드. 우연인지 여긴 그 주제에 관한 책이 꽤 많아. 이쪽으로 와."

16. 절망

—

“할머니가 걱정되기 시작했어요.” 레이먼드가 말했다. “거의 8일 동안 밖에 나가질 않으셨어요.”

“고작 8일밖에 안 됐어?”

밀리는 침대에 누운 채 그를 올려다보았다. 그가 서 있곤 하던 침실 문이 있는 쪽으로 고개를 돌렸다. 토요일 오전 10시가 지나 있었다. 밀리는 깨어 있었다. 그러나 여전히 일어나지 않았고 옷도 갈아입지 않았다.

“시간이 아주 천천히 흘러가는구나.” 밀리가 덧붙였다. 레이먼드에게는 다소 씁쓸하게 말씀한다는 생각이 들었다.

“전 예전 친구 밀리가 돌아오면 좋겠어요.” 레이먼드는 말하면서도 스스로 놀랐다. 이 말을 몇 번이고 생각했지만 입 밖으로 소리 내 말할 수 있으리라고는 생각지 않았다. "그분이 그리워요."

"그 할미는 여기 있어." 밀리가 가느다란, 덤덤한 목소리로 말했다.

"아뇨, 그렇지 않아요. 그분은 없어요. 재판 이후에 할머니를 본 적이 없어요. 그리고 점점 걱정돼요. 우릴 저녁 자리에 초대해준, 그 선한 벨레즈 씨 가족에게 전화해야겠어요. 우리 내일 거기 가요."

"아니야. 내일은 아니야. 부탁이다, 레이먼드. 다음 일요일에 가자. 아니면 그다음 일요일이나."

"내일이 더 좋겠어요. 충분히 쉬셨잖아요. 안 그래요?"

"몸은 쉬었지. 그런데……."

"지금 바로 그 부인한테 전화해서 내일 우리가 갈 거라고 말씀드릴게요."

"기다려!"

그는 방에서 반쯤 나왔지만 멈춰 섰다. 너무 간곡해서 모른 척할 수 없었다. 밀리는 절망의 끄트머리에 거의 다가선 듯했다.

"가지 마. 전화 걸지 마. 알았어. 밖으로 나를 데리고 나가고 싶다면 좋아. 밖으로 나가자. 그렇지만 당분간 너랑 나 둘만. 부탁이다. 지금 당장 새로운 사람들을 만나고, 많은 사람과 함께 어울리는 건…… 시간이 더 필요해. 내일 어디든 가자. 우리 둘이서만. 2주 남짓 지나면 네 친구와 저녁을 먹으러 갈 수 있을 거야."

"알았어요. 그럼 됐어요. 제 생각엔 그냥……. 어디로 가고 싶으세요?"

"아침까지 생각해보마. 내일 아침에 오면 우리가 어디를 가야 할지, 무엇을 봐야 할지를 말해주마. 다만 우리 둘이서만 가서 보자."

레이먼드는 다음 날 아침 9시에 밀리네 문을 두드렸고, 열쇠로 문을 열었다.

"준비 다 하셨네요!"

밀리는 붉은 드레스와 흰 신발을 신고 법정에 걸치고 갔던 숄을 하고는 소파 귀퉁이에 앉아 있었다. 머리는 단정하게 땋아 내렸고, 땋은 흰 머리가 한쪽 어깨 앞으로 내려와 있었다. 붉고 흰 지팡이는 밀리 옆 소파에 걸쳐 있었다. 그리고 그는 무릎 위에 놓인 지갑을 꼭 쥐고 있었다.

"물론 준비됐지. 어딘가 갈 거라고 했잖아. 그러니 가보자."

레이먼드는 뭔가 어둡고 무거운 것이 떨어져나간 기분이었다. 실제로 몸에 붙어 있던 무언가가 떨어져나간 느낌. 오랫동안 그런 걸 매달고 살아왔다는 것을 이제야 깨달았다. 이제는 거의 둥둥 떠내려갈 위험마저 느낄 정도로 몸이 붕 떠오르는 것 같았다.

할머닌 괜찮으실 거야. 레이먼드는 생각했다. *할머니는 결국 괜찮아지실 거야.*

"그럼 어디를 가고 싶으세요?"

"뉴욕항." 밀리가 대답했다.

"그 항구의 어디요?"

"그건 중요하지 않아."

"배터리 공원까지 지하철을 타고 가요. 그러고 배를 타고 엘리스 아일랜드로 가죠."

"안 돼! 엘리스 아일랜드는 절대 안 돼. 그 해안을 가고 싶을 뿐이야."

"그럼, 어떤 해안요?"

"배터리 공원이 좋겠다. 거기면 딱 맞고 좋아. 그렇지만 배는 안 타. 엘리스 아일랜드도 안 가."

"그러니까 전에도 여길 와보셨겠네요." 레이먼드가 방금 사람들이 떠난 벤치를 보며 말했다.

서둘러 그곳으로 가서 자리를 확보해두려고 밀리의 지팡이를 걸쳐놓았다. 그러고 천천히 그를 데리고 가서 앉혔다.

바람이 드셌지만 봄날 아침답게 상쾌했다. 조금 춥다고 레이먼드는 생각했다. 재킷도 입지 않고 있던 두 남녀가 자리를 옮겨 그들에게 벤치를 넘겨준 것이 추위 때문일 거라는 생각이 들었다. 강을 막고 서 있는 철제 난간을 따라 나란히 놓인 벤치들 가운데 물에 가장 가까운 곳이었다. 벤치엔 등받이가 없었다. 그래서 레이먼드와 밀리는 몸을 앞으로 기울여 누누한 추위에 맞서 몸을 웅크린 채 앉았다.

"그래 맞아, 전에 여기 온 적이 있어." 밀리가 말했다. "내가 처음 여기 온 건 1938년이야. 11살이었지. 식구들하고 엘리스 아일랜드로 가는 배를 타고 뉴욕항으로 왔어. 그게 내가 여기 처음 온 때야."

레이먼드는 밀리가 더 할 말이 있는지 알려고 조용히 기다렸다.

"넌 어째 유난히 조용하구나." 잠시 뒤에 밀리가 말했다.

"그건 그냥…… 할머니가 지난날에 관한 얘길 그동안 전혀 안 하셨잖아요. 그 이야길 하고 싶어 하지 않으신 것 같았어요."

"오늘은 이야기하려고."

잠시 동안 누구도 어떤 말도 하지 않았다.

"그때랑은 아주 많이 달라졌지. 여러모로. 그렇지만 어떤 점에서는 같아. 물론 자유의 여신상은 그대로지. 우리가 앉은 곳에서 그 여신상이 보이니, 레이먼드?"

"아 예. 여기서 아주 잘 보여요."

"배들이 뿡뿡거리는 소리도. 배들은 훨씬 더 현대적으로 변했겠지만 그 소리는 아주 비슷해. 바다 공기와 바람도 전혀 달라지지 않았어. 난 여행 내내 떠돌던 그 공기와 바람을 아주 잘 기억해. 항구의 냄새는 그때가 더 좋았어. 지금처럼 오염되지 않았거든."

"11살 때였는데 정말 세세한 일이 모두 기억나세요?"

"그럼. 나는 아주 작은 것들까지 다 기억나. 단지…… 때로는 궁금하기도 해. 사람들은 기억들을 간직하고 살아. 그런데 그 기억들을 계속 반복해서 머릿속에 떠올리면, 시간이 흐른 다음에는 내가 실제 일을 기억하고 있는 건지 아니면 그저 기억들 자체를 기억해내고 있는 건지 궁금하기도 해."

둘은 또 잠깐 침묵에 잠겼다. 바닷새들이 기묘한 소리를 내며 머리 위를 선회했다. 어쨌든 새들이 낯설다고 생각했다.

"그 당시 보았던 것들이 지금은 보이지 않을지도 몰라. 커다란 돛을 단 범선들이 항구에 정박해 있었는데. 그리고 스카이라인도 달랐지. 그래, 큰 건물들이 많이 들어서 있었지. 그 건물들 모두 연기나 증기를 내뿜고 있었던 건 기억나. 그 당시에는 건물들 난방을 지금하고는 다르게 했거든. 또 건물을 모두 벽돌로 지었어. 금속이나 유리는 쓰지 않았어. 아, 창문은 있었다. 요즘처럼 전부 유리창으로 만들지는 않았지만."

"할머닌 평생을 뉴욕에서 사셨네요." 잠시 뒤 레이먼드가 말했다. 머릿속으로 재빨리 계산했다. "81년을요. 그 뒤로도 여길 와보셨나요?"

"아, 그럼. 여러 번. 그런데 오랫동안 못 왔지. 아마 20년 정도 됐을 거야. 올 때마다 재미있었지. 그렇지만 최근에 방문한 건 기억이 많지 않아. 내 기억은 대부분 처음 찾았을 때의 것이야."

또 다른 침묵의 순간들. 그러나 그 순간들이 레이먼드에게는 평화롭게 느껴졌다. 밀리는 자신의 세계와 그 세계에 대한 자기 자신의 반응을 이해하는 데 도움이 될 이야기를 해줄 것이다. 레이먼드는 느낄 수 있었다. 자신이 무언가를 말할 필요가 없었다. 때가 되면 듣게 될 것이고 그때가 점차 가까워지고 있었다.

마치 그의 생각을 읽기라도 한 듯 밀리가 말했다. "내가 하려는 얘기는 죽은 남편 롤프 말고는 그 누구한테도 하지 않은 얘기야. 물론 내 가족은 아는 얘기지. 그들은 거기 같이 있었거든. 그렇지만 지금은 다들 죽고 없어. 나만 유일하게 남았지. 나는 루이스한테도 이 이야긴 하지 않았어. 지금은 정말 했더라면 좋았을 거라고 생각하지만."

기다렸다. 감히 말을 하지 않았다.

"넌 세계사를 잘 알지?" 밀리가 물었다.

"예, 제법 잘 안다고 생각해요."

"잘됐다. 그러니까…… 난 1927년 독일에서 태어났어. 그리고 이미 말했지만 1938년에 배를 타고 미국으로 왔어."

밀리는 한동안 말을 잇지 않았다. 레이먼드한테서 무언가를 기다리는 듯했다. 어떤 반응을.

그래서 그가 말했다. "떠나오신 건 잘하신 거예요. 그 뒤로 사태가 안 좋아졌잖아요."

"그래, 내 젊은 친구. 사태가 안 좋아졌단 말로는 부족하지. 사태는 우리가 떠난 뒤로 정말 아주 참혹해졌어."

"특히 할머니 가족이 유대인이었다면요."

그렇게 말하기가 두려웠다. 그래서 어떻게 받아들일지 알기 위해 레이먼드는 밀리의 얼굴을 보았다. 밀리는 씁쓸한 미소를 지을 뿐이었다.

"그건 좀 재밌는 일이야. 우린 유대인이기도 하고 아니기도 했어. 아버지는 유대인이 아니었고 어머니는 유대인이었어. 유대교에서는 유대주의를 아이들에게 잇게 하는 사람이 어머니야. 그러니까 그런 의미에서는 맞아. 우리는 유대인이었어. 그러나 조금 세속적인 관점으로는…… 우리가 성장했던 사회의 눈으로는…… 나랑 오빠와 언니, 이렇게 우리 셋은 위험해질 수도 있는 유대인 반쪽이었어. 아주 위험해질 수도 있었지. 그동안 이걸 네게 더 빨리 말하지 않아 지금은 마음이 불편하구나. 왜냐하면 그건 우리 둘이 나누어 가진 공통점이니까. 우린 모두 세상에 관한 기묘한 진실을 알고 있어. 사람들이 널 너의 가장 논쟁적인 반쪽을 가지고만 평가한다는 것을. 네가 편견에 사로잡힌 사람을 만난다면 말이야. 레이먼드, 그 사람은 이렇게 생각하진 않을 거야. '이 사람 레이먼드는 절반은 백인이고, 난 그의 그 절반을 존중할 거야.'라고. 사람들은 그들이 좋아하지 않는 절반으로만 널 판단할 거야. 만약 우리 가족이 독일에 머물렀다면, 그들은 나의 절반을 캠프에 보내고 나머지 절반은 가스실로 보냈을까? 아니야. 분명히 난 죽었을 거야."

갈매기 한 마리가 레이먼드 앞에 내려앉아 그를 보며 뒤뚱거리는 걸음으로 가까이 다가왔다. 마치 그들이 나누는 이야기 내용이 궁금하다는 듯이. 그에게는 그런 듯했다. 그러나 그렇지 않다는 것을 알고 있었다. 대부분 그렇듯이 먹을 것을 달라는 행동이리라.

손을 내젓자 새는 날아갔다.

"가족분들은 어떻게 나오게 되었어요?" 조금 지난 뒤에 레이먼드가 물었다. "나오기가 힘들진 않으셨어요?"

"아, 내 부끄러움에 한 발 더 가까이 다가서야겠구나." 밀리가 말했다.

갑작스러운 기억이 레이먼드의 머릿속으로 밀려들었다. 죄의식이 사람을 찢어발길 수 있다고 밀리가 말했을 때 마치 그가 개인적인 경험으로 그 점을 알고 있는 것처럼 들렸다. 밀리는 자신에게 죄의식을 가져다준 무언가를 했고, 그리고 그에 따른 부끄러움은 수십 년이 지난 뒤에도 여전히 그를 떠나지 않고 있었다. 무슨 일이 있었는지 듣기 위해 레이먼드는 그저 얼어붙은 채 기다렸다.

"아버지는 부유한 사람이 아니었어. 그렇지만 장사를 하는 사람이었고, 우리 가족은 그럭저럭 풍족하게 살았어. 아버지는 상점을 소유하고 있었고, 장사는 이웃들이 그의 아내가 유대인이라고 속삭이기 시작하기 전까지는 아주 괜찮았어. 그러다 사태가 안 좋아졌고, 계속되는 공격으로 가게 문을 닫아야만 했어. 그렇지만 아버지는 따로 얼마간의 돈을 가지고는 있었어. 우리 가족을 위해 평생을 모은 돈이었지. 모두 얼마였는지 말할 필요는 없을 듯하다. 독일의 마르크였고, 그래서 얼마나 되는지 상상하기가 쉽지 않을 거야. 환율은 시시때때로 달랐고 당연히 인플레이션이 진행되고 있었지. 만약 요즘 미국 달러로 말하자면 1만 5천, 혹은 2만 달러 정도 되지 않았을까 싶다. 아버지는 그 돈의 대부분을 관리에게 뇌물로 주었어. 아주 단순했어. 아버지는 그 돈을 현금으로 가지고 있었고, 그걸 부패한 관리의 호주머니에 넣어주었지. 그다음엔 너도 짐작하다시피 우리는 바다를 건너는 증기선에 타고 있었어. 아무것도 없이 모든 걸 다시 시작하기 위해."

"알겠어요……." 레이먼드가 말했다. 그는 밀리에게 죄의식과 부끄러움을 불러일으킨 부분을 기다렸다. 그러나 거기로 밀리를 서둘러 가게 할 의도는 없었다. "그렇게 할머니는 배로 그 먼 길을, 대서양을 건너서 오신 거네요. 제 생각엔 배를 무서워하셨을 것 같은데요."

"왜 그렇게 생각하니?"

"엘리스 아일랜드로 가는 배를 타자고 말씀드렸을 때 할머니가 아주 강하게 '싫다'고 하셨잖아요."

"아, 배 때문이 아니었어. 두려운 건 섬 그 자체였어. 섬은 내겐 아주 두려운 곳이었어. 심지어 부모님들도 무서워하셨어. 난 그걸 볼 수 있었고 느낄 수 있었지. 관리들이 성같이 생긴 이민자 건물에 우리를 가축처럼 몰아넣었어. 그들은 우리를 지배하는 막강한 권력을 가지고 있었고. 우린 무력했지. 정말 최악이었어. 그 전에 우리가 항구로 들어왔을 때 우리는 모두 자유의 여신상을 보려고 배 난간을 붙잡고 있었어. 그 조형물은 아주 멋지고 고무적인 느낌이었어. 그 여신상으로 우리는 이 나라 자체를 먼저 경험하는 셈이었고, 그러니 그건 앞날에 대한 약속 같은 것이었지. 그런데 이 나라 정부 관리들과 마주쳐야 할 때는 달랐어. 난 다시는 그 섬에 발을 디디고 싶지 않아."

"그러니까……." 레이먼드가 말했다.

"그러니까?"

"이 모든 이야기 속의 무언가가 할머니 생각에는 부끄러운 것이고, 할머니는 루이스에게도 그걸 말씀하신 적이 없다고 하셨어요. 그렇지만 전 그걸 듣지 못했어요."

"그래. 네가 이해하기에는 어려울지도 모르겠다, 레이먼드. 그렇지만 난 네가 그걸 이해하면 좋겠어. 그러니 내 입장이 되어서 이해해보려고 힘껏 노력해주렴. 우린 부패한 관리한테 돈을 치르고 다른 모든 사람을 뒤에 남겨두고 독일을 떠났어. 내 모든 학교 친구들을. 학교의 모든 친구는 유대인이었어. 시간이 지나면서 비유대인과 유대인이 섞이는 걸 허용하지 않았거든. 할아버지, 할머니 그리고 모든 친척. 우리는 그들을 거기 그대로 두고 떠나왔어. 우리만 달아났어. 그들을 모두 뒤에 남긴 채."

"그땐 11살이셨어요."

"그래, 11살이었지."

"할머니는 어떤 것도 뜻대로 할 수 없었어요."

"없었지."

"그게 할머니가 부끄럽다고 느끼시는 거라고요? 할 수 있는 일이 전혀 없었는데! 할머니가 뭘 할 수 있었겠어요?"

밀리가 깊은 한숨을 쉬었다. 마치 그의 눈에 띄는 무언가가 있기라도 한 것처럼 항구 너머를 바라보았다. 그러나 그는 그저 듣고 냄새를 맡을 수 있을 뿐이리라.

"7년이 흘렀어. 그리고 물론 너도 알다시피 전쟁은 1945년에 끝났지. 부모님은 그 뒤에 사람들 소식을 들었지만 나와 형제들한테는 그 소식들을 극구 차단하려고 하셨어. 그렇지만 어떻게든 알게 되는 법이지. 전쟁이 끝난 다음 아버지는, 내 생각에는 과거를 그 자체로 남겨두는 것에 만족하셨던 듯싶어. 많은 것을 알아내려고 애쓰질 않으셨거든. 그런데 어머니는 아니었어. 어머니는 모두에게 편지를 썼어. 우리가 독일에서 알고 지냈던 한 사람, 한 사람에게. 어머니는 공책에 그 사람들 주소를 빼곡하게 적어두고 있었지. 유대인이든 아니든 똑같이. 어머니는 모두에게 편지를 썼어. 얼마나 많은 답장을 받았을 거라 생각하니?"

"전……, 전 모르겠어요. 추측도 할 수가 없어요."

"전혀. 한 통도 받지 못했어. 유대인이 아니었던 이웃들한테서조차. 분명 그들 중 누군가는 살던 집에 살아 있었을 테고, 전쟁에서 살아남았을 텐데. 그런데도 그 사람들은 답장하지 않았고, 어머니의 궁금함에 답하지 않았어. 그래서 어머니는 독일로 직접 갔어. 당신 혼자서. 우리야 학교에 다니고 있었고, 그게 아니라도 부모님은 그 덮쳐올 공포를 아이들이 겪게 하지는 않았을 거야. 아버지는 일을 하셔야만 했지. 그렇지만 일이 아니더라도 가시지는 않았을 거야. 어머니는 우리가 알았던 모든 사람, 우리가 가족이나 친구라고 불렀던 모든 사람들 중 누가 살아남았는지 알기 위해 그곳엘 갔어."

레이먼드는 재킷의 깃을 목에까지 아주 단단하게 끌어올리고, 밀리가 이야기를 계속하길 기다렸다. 그는 밀리가 춥지나 않은지 옆으로 흘긋 보았다. 밀리는 니트로 된 숄 속에 편안히 파묻혀 있었다. 젊은 한 무리의 여행객이 레이먼드가 알아들을 수 없는 언어로 웃고 떠들며 난간을 향해 달려왔다. 멀리 서 있는 여신상을 배경으로 서로 사진을 찍어주었다.

밀리는 더 말하지 않았다.

"그래서……," 레이먼드가 시작했다. 조심스럽게. 밀리는 자신이 질문하지 않기를 바랄지도 몰랐다. "그래서 어머님은 살아계신 가족이나 친구를 찾아내셨나요?"

"못 찾았어."

"한 사람도 남김없이 모두 죽은 건가요?"

"글쎄. 우린 몰라, 레이먼드. 알 수가 없단다. 전쟁 중에 캠프로 간 사람들 각자의 운명을 알려고 한 조사 연구는 있었어. 아마 누군가는 우리처럼 빠져나왔을 수 있었을 거야. 누군가는 캠프에서 살아남았을 수 있고, 연합군에 구출돼서 덜 지옥 같다고 느껴지는 다른 곳으로 갔을 수도 있겠지. 그렇지만 그 모든 건 낙관적인 생각이야. 어머니는 아주 현실적인 분이셔서 그들이 '실종되고 죽은 것으로 추정된다'고 말씀하셨어. 만약 누군가가 살아남았다 해도 우린 결코 찾아낼 수가 없었어."

"그렇다면 틀림없이……." 그러나 그는 어떻게 다음 말을 이어야 할지 생각나지 않았다.

"레이먼드, 네가 그걸 상상할 수나 있을지 모르겠다. 네가 알고 있는 모든 사람을 가능한 한 생각해보렴. 네 모든 친구, 학교 선생님들과 학생들, 사촌들과 조부모님들, 고모들, 이모들, 삼촌들. 그들이 모두 죽어버렸다고. 널 남겨두고, 네 직계가족만 남겨두고."

레이먼드는 잠시 동안 상상하려고 해보았다. 상상이 안 되기를 절실하게 바란 것일지도 몰랐다.

"그런데……," 그가 말문을 열었다. "이 이야기의 어떤 부분이 부끄러움과 연결되는 건지 전 아직도 명확하게 모르겠어요. 무엇 때문에 할머니가 죄의식을 느끼시는지……."

"살아남은 것."

침묵. 아마도 열을 헤아리는 동안.

"만약 할머니가 그곳에 남아 그들과 함께 죽었다면," 그가 말했다. "그게 어떻게 그들이 처한 상황에 도움이 되는지를 모르겠어요."

"맞아. 넌 그걸 그렇게 보는구나. 난 이렇게 생각한단다. 살아남은 나는 누구인가? 그렇게 지켜내야 할 만큼 내 삶은 특별한가? 그 질문이 사람을 짓누른단다, 레이먼드. 수백만 명의 사람이 목숨을 잃었어. 그런데 내겐 날 지키는 것이 허용되었고. 처음에 난 그들 몫까지 살아야 한다고 느꼈어. 세계사에서 누구보다 가장 두드러진 삶을 살아야겠다고 생각했어. 마치 그들 모두를 *위한* 삶을 살아야만 하는 것처럼 느꼈어. 그리고 몇 년 동안은 그 생각이 말 그대로 나를 압도할 만큼 자라났고, 그러나 나는 정반대 편으로 떨어졌어. 그러고서 나는 사람이 상상할 수 있는 가장 두드러지지 않는 삶을 살았어. 난 평생을 재봉사로 일했어. 아이도 갖지 않았고. 그렇지만 난 항상 아주 오래 살겠다고 마음을 먹었어. 100살 아니면 그보다 더. 내게 주어진 것을 최대치로 만드는 것이 내 의무였기 때문에. 그러나 여전히 왜 삶이 유독 내게만 주어진 것인가 하는 문제에 사로잡혀 있단다. 넌 그 이유를 알지?"

"왜냐하면…… 할머니의 아버님이 돈이 있었으니까."

"그래. 내 아버지는 고작해야 몇만 달러에 값하는 돈을 가지고 있었고 남들의 아버지는 그렇지 못했기 때문에. 돈이었어, 레이먼드. 돈이 우리를 살렸어. 그건 특권이라고 할 수 있어. 우리는 우리 목숨을 샀고, 그럴 수 없었던 사람들은 짐승처럼 도살당했어. 그게 우리 삶을 더 가치 있게 만드는 것일까? 물론 아니야. 어떤 삶도 인격을 차치하고서는 더 가치 있지가 않아. 그렇지만 난 11살이었어. 내 인격은 또래 친구들의 인격에 비해 전혀 나을 게 없었어."

밀리는 추운지 코를 조금 훌쩍였다. 핸드백에서 손수건을 꺼내 코를 닦았다.

"난 이 특권을 원하지 않았어." 밀리가 덧붙였다. 단호하게.

"모르겠어요. 나치 독일에서 절반의 유대인으로 성장한 것을 특권이라고 할 수 있는지, 그게 특권 속에서 얻어낸 것인지."

"아니, 그렇다고 할 수 있지. 그러니까 지금은 난 이 이야기의 양면을 모두 알고 있어. 그리고 지금 난 잘못된 편에 서 있어. 난 거기에 서 있고 싶질 않아. 내가 몇 번이나 어떤 사람의 어깨를 툭툭 치고 바닥에 흘린 지갑을 돌려줄 수 있을 거라 생각하니? 누군가가 나를 쏘기 전에 얼마나 많은 지갑을 돌려줄 수 있을까?"

"잘…… 모르겠어요."

"아니, 레이먼드. 넌 알아. 누구도 내게 총을 쏘지는 않을 거야. 그들은 내 친구 루이스에게 총을 쏘겠지만 내게는 총을 쏘지 않을 거야. 그리고 다른 편에 있는 사람들, 그 사람들도 심지어 그런 현실을 의식하지 못할 거야. 난 내 특권을 알아. 왜냐하면 그걸 가지고 살아보기도 했고, 그것 없이 살아보기도 했거든. 배심원들도 그런 걸 몰라. 레이먼드, 그들은 *몰랐어.* 사람들이 진실을 심지어 알려고도 하지 않는 세상에서 넌 어떻게 살 수 있겠니?"

그들은 한동안 물가에 계속 앉아 있었다. 족히 10분 아니면 15분 동안.

레이먼드는 밀리의 물음에 대답할 말이 적절하게 떠오르지 않았다. 사람들이 심지어 진실을 알려고도 하지 않는 세상에서 어떻게 살 수 있을지 생각조차 할 수가 없었다.

오후 3시가 조금 지난 시간 레이먼드는 아빠네 집 현관에 도착했다. 그러려고 한 건 아니었는데 레이먼드는 매우 조심스럽게 문을 두드리고 있었다.

부디 아빠가 나오길, 부디 아빠가. 아빠가.

니샤가 나왔다.

자신의 얼굴을 본 니샤가 미간을 찌푸리는 게 보였다.

"네가 오는 주말이 아니잖아." 니샤가 말했다.

젠장. 내가 그걸 모를까 봐서요.

"아빠랑 할 말이 좀 있어요."

"맞아. 그게 바로 네가 격주마다 여기로 오는 이유지. 말콤하고 이야기할 시간을 네게 충분히 주기 위해."

"몇 분이면 돼요."

몇 초 동안 어떤 일도 일어나지 않았다. 어떤 말도 주고받지 않았다. 레이먼드는 니샤가 자신을 안으로 들어가지 못하게 할지도 모른다는 생각이 들기 시작했다.

그때 우렁우렁한 아빠 목소리가 들렸다.

"여보, 누가 왔어?"

두 번째로 어색한 침묵이 흘렀다. 마치 대화나 움직임이 없는 줄다리기 같았다.

레이먼드는 니샤 뒤에 나타난 아빠 얼굴을 보려고 고개를 들었다.

"레이먼드, 여긴 웬일이니?"

"조언을 듣고 싶어서 왔어요."

"급한 일이니?"

"그렇진 않아요. 그래도 제겐 아주 중요한 일이라서요."

아빠가 한숨을 쉬었다. 레이먼드를 향한 한숨으로 보이지는 않았다. 오히려 이 일로 아내와 싸우기 위해 시동을 거는 것에 더 가까웠다.

"조금 기다려라. 윗도리 입고 오마." 아빠가 말했다. "예전에 다니던 가게로 아이스크림이나 사 먹으러 가자."

기다리는 동안 누구도 레이먼드를 안으로 부르지 않았다.

그는 복도에 우두커니 서서 한쪽 귀를 쫑긋하고 열린 문틈으로 들리는 그들의 대화를 들었다.

"갠 내 아들이야."

“난 당신 아내고요.”

“갠 아직 어려. 살면서 믿을 만한 어른이 필요해.”

“나는 오늘 우리를 위해 특별한 저녁을 준비하고 있었어요. 알죠?”

“먹으면 되지. 아직 몇 시간이나 남았잖아.”

“전화로 하면 되잖아요.”

“앞으로 그렇게 하라고 말할게.”

“아뇨. 당신은 그러지 않을 거예요.”

“그렇게 말할게. 내, 말하지.”

“당신은 늘 그렇게 말은 하죠. 그렇지만 결코 누구의 신경도 거슬리게 하지 않으려고 하잖아요.”

“1시간도 안 돼서 돌아올게. 사랑해.”

응답이 없다.

아빠가 갑자기 복도로 튀어나왔고, 레이먼드는 얼른 뒤로 물러섰다.

“다 들은 것 같은데?” 아빠가 말했다.

레이먼드는 어떤 대답도 하지 않았다.

그들은 나란히 엘리베이터 쪽으로 걸었다.

“그런데 왜 전화를 *하지 않았어?*”

“니샤가 받으면 아빠랑 통화조차 못 하게 했을 테고, 오는 것도 막았겠죠.”

“아주 솔직한 말이네. 그랬으면 난 너랑 여기 서서 얘기하는 일도 없겠지.”

레이먼드는 바닐라 플로트를 주문했고 아빠는 바닐라 아이스크림을 작은 컵으로 시켰다. 레이먼드는 아빠가 저녁 식사를 위해 신경 쓰는 걸 알 수 있었다.

그들은 밖이 보이는 유리창 옆 둥근 스테인리스 철제 탁자에 앉았다. 그곳에 앉으니 지구의 전체 인구가 쏟아져 나온 것처럼 많은 사람을 창밖으로 볼 수 있었다. 탁자 표면에는 반짝이는 별들이 볼록하게 튀어나와 있었다. 레이먼드는 말을 하며 손가락으로 별들을 쓰다듬었다.

"그러니까 아빠는 아주…… 완전히…… 그런, 친구가 있다면 어떻게 하실래요? 뭐라고 표현해야 할지 모르겠어요. 실망이라고 할 수 있지만 그보다 더 심한 것 같아요. 마치 그분은 정말 세상에 대해 포기한 것처럼 보여요. 세상이 돌아가는 방식을 있는 그대로 받아들일 수 없어서요."

"네가 찾는 단어가 *절망*은 아닐까?"

"맞아요," 레이먼드가 아빠 얼굴을 똑바로 보며 말했다. "절망."

말콤이 한숨을 깊이 내쉬었다. "이건 아마 네가 듣고 싶어 하는 말은 아닐 거야. 그래도 아주 제한적이겠지만 네가 *할 수 있는* 일이 있어. 넌 들어줄 수가 있어."

"들어주는 거요? 큰 도움이 될 것 같진 않은데요."

"그래, 문제는 그거야. 아들, 네가 다른 누군가를 위해 감정적인 문제를 덜어주려고, 네가 해줄 수 있는 일이 있는지 나한테 묻는 것 같은데. 그런데 불행하게도 대답은…… 네가 할 수 있는 일이 없다는 거야. 사실 다른 누군가의 감정을 덜어주려고 할 때 때때로 어려움에 맞닥뜨리기도 해. 누군가가 네 말을 들어주었으면 할 때 오히려 네 감정에서 벗어나라는 말을 들은 적이 있니?"

"예, 셀 수 없이 많아요."

"우리가 누군가를 염려할 때 우린 그들이 고통에 잠겨 있는 걸 보고 싶어 하지 않아. 그게 정상이고. 그렇지만 세상에 대해 어떤 사람이 절망에 빠져 있을 때, 그러니까 내 말은…… 넌 무엇을 할 수 있을까? 모든 세상을 그가 한결 좋아할 방향으로 네가 바꿀 수가 없는데 말이야."

"예, 없죠." 레이먼드가 말했다.

붉고 흰 줄무늬 앞치마를 입은 웨이터가 아이스크림과 바닐라 플로트를 가지고 나타났다. 그는 그들 탁자의 분위기를 감지한 듯 주문한 것을 놓고는 곧바로 가버렸다.

"재판에 관련된 일이니?" 아빠가 물었다. "총을 쏜 그 여자가 무죄 판결을 받은 일?"

"그렇게 생각했어요. 처음에는요. 그런데 그건 일부분일 따름이고, 다른 일부분은 제 생각에 할머니가 결코 극복할 수 없는 과거의 다른 나쁜 일들 때문이에요."

"그렇구나."

"들어주라고요? 아빤 정말 그걸로 충분할 거라고 생각해요?"

"충분하진 않지."

레이먼드는 바닐라 플로트를 잔뜩 빨아들였다. 빨아들였다기보다는 그러려고 했다. 빨대는 내용물로 가득 찼으나 양껏 들이마시기는 어려웠다. 그러나 괜찮았다. 조금이나마 먹을 수 있었기에.

"아빤 법률에 관해 아세요?" 레이먼드가 아빠에게 물었다.

"많이 알진 못해. 아마도 법률가가 아닌 보통 사람들이 아는 정도만 알겠지."

"지금 그 여자에 대해 우리가 할 수 있는 일이 있어요?"

"어떤 거?"

"항소나 뭐 비슷한 것요?"

"무죄 선고를 받게 하려고 항소하려는 건 아닐 테고. 그럼 내 생각에 넌 유죄 선고를 위해 항소하겠다는 건데. 유죄 선고를 위한 항소는 두 배나 힘든 일이다."

"아, 알겠어요."

"이런 사건의 경우 취할 수 있는 다른 방도가 있는지 변호사랑 얘기해볼 필요가 있지 않을까?"

맞다. 변호사와 이야기할 수 있다.

그러자 생각 하나가 머리에 떠올랐다. 변호사를 한 사람 알고 있다. 루이스 하비에르 벨레즈, 레이먼드에게 자신이 도울 수 있는 일이 있으면 돕겠다고 명함을 건네준 사람. 이제 레이먼드는 그 명함을 어디에 뒀는지 알아내야만 했다. 그리고 이미 명함 없이도 그를 찾은 적이 있지 않은가.

둘은 1~2분 동안 말없이 아이스크림을 먹었다.

“세상에 관심이 있는 널 보니 좋구나.” 아빠가 말했다. “그리고 염려할 사람이 있다는 것도. 그런데 사람들이 무엇이든 겪어야만 하는 일이라면 그걸 겪게 내버려두어야 해. 너는 친구들을 위해 거기에 같이 있기만 하면 되지. 그것이 서로를 위해 때때로 우리가 할 수 있는 일이야.”

레이먼드는 고개를 끄덕였다. 비록 그가 원하던 내용에는 훨씬 못 미치지만.

“아빤 제가 좋게 생각하는 게 뭔지 알아요? 우리가 평상시보다 아주 많은 이야기를 나눈다는 거예요.”

“그래, 그렇지. 그것도 좋은 점이지.” 아빠가 말했다.

“아빠한테 부탁할 사소한 일이 두 가지 더 있어요. 전화 좀 잠시 빌려주실래요? 그리고 다음 일요일에는 아빠랑 조금 일찍 헤어져도 괜찮겠어요? 그날 정오쯤에요.”

아빠가 재킷 호주머니를 뒤지다 얼굴을 찌푸렸다. “저기……전화기를 두고 나왔는데.”

“그럼 돌아가면 제가 집에 들러 전화를 쓸 수 있을까요?”

“단지 전화 한 통 때문에 아파트로 되돌아가는 건 좀 어리석은 일인 것 같다. 넌 집에 가려면 정반대로 가야 되잖아.”

레이먼드는 얼굴을 돌렸다. 창밖으로 바쁘게 지나가는 사람들을 보았다. 그렇게 하면 아빠가 자신의 눈에 비친 실망감을 보지 못하리라 생각했다. 아이스크림을 다 먹은 다음 아빠네 아파트로 돌아가는 건 환영받지 못할 일인 것이다. 아빠는 아내와 그 문제로 싸우고 싶어 하지 않기 때문에.

"그렇지만 내가 할 수 있는 걸 말해주마." 말콤이 지갑을 꺼내며 말했다.

이건 돈으로 도울 수 없어요.

"이 전화카드 가져가. 비밀번호는 이거야. 이걸로 공중전화를 쓸 수 있어. 요금은 곧장 내 전화 요금으로 청구되는 거고. 그리고 일요일에 네가 다른 데 갈 일이 있으면 그렇게 해. 그때까지라도 같이 있으면 되지."

"밀리 할머니가 멋진 초대에 대해 말씀해주셨어요." 레이먼드가 말했다. "초대해주셔서 고맙습니다. 저는 지금도 눈을 감으면 초콜릿 케이크 맛을 떠올릴 수 있어요. 다음 주 일요일이 어떨까 하는데요."

그는 지하철역으로 가는 길에, 붐비는 보도에 칸막이도 없이 설치된 공중전화기 앞에 서 있었다. 소피아 벨레즈 부인이 전화를 받았을 때 자동차 소음이 부인의 목소리를 거의 집어삼킬 듯했다.

"다음 주 일요일이면 괜찮아. 다시 널 볼 수 있다니 정말 좋구나. 12시 30분이나 1시쯤에 친구를 모시고 오렴."

"그럴게요. 좋아요. 그분도 좋아하실 거예요. 그랬으면 좋겠어요. 그분은 정말 몹시……."

그는 절망이란 단어를 어디에 넣어야 할지 알 수 없었다.

"아, 그분이 얼마나 힘들어하실지 잘 알아. 우린 그 재판에 대해 들었어. 루이자가 인터넷에서 보고는 알려주더라. 정말 어떻게 그런 일이. 사건이 일어났을 때도 그러더니 이젠 뉴스에서도 잊혔어. 정말 마음이 아파. 사람들이 더 관심을 가져야 하는데…….”

“그러게요.” 레이먼드가 말했다. “그래야 하죠. 뭐 하나 여쭤봐도 될까요? 친구 중 어떤 사람이 정말 완전히 절망에 빠져 있다면 어떻게 도울 수 있을까요?”

긴 침묵. 적어도 전화선으로는. 레이먼드의 왼쪽 귀에서만은. 세상의 나머지인 오른쪽 귀에서는 엄청난 소음이 거의 그를 압도하고 있음에도.

“정말 어려운 문제구나.” 부인이 말했다. “생각해봐도 되겠니?”

“예, 물론이죠.”

“일요일에 만나면, 뭐라도 할 말이 있지 않을까.”

다음 날 오후 레이먼드는 도서관으로 향했다. 마지막 시간, 아직 자습실에 있어야 할 시간이었다.

도서관에 갈 때마다 그는 도서실을 이용하는 다른 학생들을 발견하길 기대했다. 그러나 여느 때처럼 사서 선생님 말고는 아무도 없었다.

“레이먼드,” 선생님이 말했다. 마치 그의 이름이 조금 아이러니하다는 듯이 입꼬리를 올리며. “넌 지금 어디 있어야 하지?”

“자습실에요.” 대답을 하며 선생님 책상으로 가까이 다가갔다. “그렇지만 진지하게 여쭤어보는 건데요…… 여기서 공부하면 안 될까요? 제 말씀은…… 여긴 *도서관*이니까요."

"물론 괜찮아." 선생님이 답했다. "허가서를 써줄게."

레이먼드는 한층 편안히 숨을 쉬었다. 그는 나무 등받이가 있는 의자를 들어 선생님 책상 가까이에 놓고는 마주 보고 앉았다. 그러고 가방을 뒤져 빌렸던 책을 꺼냈다. 양자역학에 관한 개론서였다.

"이걸 돌려주려고?"

레이먼드는 고개만 끄덕였다.

"전부 다 읽었어? 쉽게 읽을 수 있는 책이 아닌데."

"예. 사실은 쉽지 않았어요. 그렇지만 단어는 빠짐없이 읽었어요."

"그걸 이해했다는 느낌이 들어? 왜 물어보냐면 너보다 나이가 두세 배 더 많은 어른들도 이해 못 하는 사람이 많거든."

레이먼드는 잠시 뒤로 기댄 채 생각했다. 그는 선생님에게 정직한 답변을 하고 싶었다. 그러나 머릿속에 대답이 얼른 떠오르지 않았다. 선생님은 자신에게 진지하게 묻고 있는 듯했고, 그는 거기에 부응하고 싶었다.

"이해한 것 같기도 하고 아닌 것 같기도 해요. 몇 군데는 네댓 번이나 읽어야 했어요. 어떤 대목을 읽을 때는 사물을 제 상상력이나 제 반응을 무시하고서야 있는 그대로 받아들일 수 있다는 걸 알았어요. 그렇지만 어떤 대목에서는…… 우리가 사물을 보고 있지 않을 때 어떻게 그것이 파동이 되고 보고 있을 때는 입자가 되는지에 관한 대목 같은 데서는, 우리가 사물을 보고 있지 않을 때 그 사물은 실재하는 물질이 아니라고 하는 내용이 이해하기 어려웠어요. 그리고 양자의 중첩에 관한 내용도요. 어떻게 하나의 대상이 같은 시간에 한 장소 이상에서 존재하면서 두 대상이 아주 멀리 떨어져 있는데도 어떤 종류의 자극에 같은 반응을 지속할 수 있는지. 그건 두 사물이 아니라 두 장소에 놓인 하나의 사물이잖아요? 만약 제가 더 생각했다가는 머리가 깨질 것 같은 느낌이었어요."

"좋아," 선생님이 말했다. "그럼 넌 이해한 거다."

"마치 그건…… 현실은 우리가 현실로 만들 때만 현실이 된다는 말처럼 들려요."

"그래, 그 비슷한 말이지."

"그럼, 이건 다 진실인가요? 실제 과학과 같은 건가요?"

"말하기 어려워. 새로운 과학이지. 논쟁적인 과학. 그렇지만 새로운 과학은 늘 논쟁적이야. 내 말은 그렇게 아주 새로운 건 아니라는 거야. 그렇지만…… 갈릴레오에 비교한다면……."

그들은 잠깐 말없이 앉아 있었다. 레이먼드는 책을 보았다. 책상 위에 올려둔 책을. 그 표지에는 무언가의 매끄러운 표면에 부딪혀 빛의 파동이 굴절하는 모습을 나타낸 그림이 있었다.

"선생님, 책과 관계없는 질문을 해도 되나요?"

"물론이지." 선생님이 말했다. "왜 안 되겠니." 선생님은 빈 공간을 열어주듯 두 팔을 넓게 펼쳤다. "내 바쁜 스케줄을 네게 맞출 수 있지."

"만약에 친구가 있다 해요. 그 친구가 정말 세상에 대해 완전히 절망하고 있다면 어떻게 하시겠어요?"

"음," 선생님이 말을 시작하며 등을 기댔다. "흥미로운 질문이네. 그럼 그 친구는, 그 친구의 절망은 세상이 끔찍한 일이 벌어지는 곳이 된 것과 관련이 있니?"

"맞아요. 그거예요."

"알겠다. 세상은 늘 그렇단다. 좋아, 그렇다면 난 네가 멋진 일들을 해야 한다고 말할 거야."

레이먼드는 눈을 크게 떴다. "제가요?"

"누군가는 해야 돼. 그리고 너는 그 질문을 한 사람이니까."

"그럼 만약 제가 멋진 일을 한다면……." 그는 거기에서 멈추었다.

"세상은 사람들이 끔찍한 일을 벌이는 곳이란 건 여전히 변함이 없어. 그렇지만 지금 문제는 절망이잖아. 우리는 끔찍한 일들이 우리를 덮칠 때 절망에 빠져. 그럴 때 우리는 세상이 멋지기도 하다는 당연한 것을 잊어버려. 우린 정말 도처에서 끔찍한 것을 봐. 그렇다면 네가 친구를 위해 할 수 있는 일은 멋진 세상을 보여주는 거지. 그 둘은 항상 함께 존재하거든. 세상은 끔찍하지만 동시에 멋지기도 해. 하나가 나머지를 부정하지 못해. 그런데 멋진 일은 우리를 계속 살아가게 하지. 그게 우리를 앞으로 나아가게 해. 내가 이렇게 말할 수밖에 없어서 미안하기도 해, 레이먼드. 그렇지만 세상은 살아볼 만큼 괜찮기도 해."

레이먼드는 대답하지 않았다. 잠자코 앉아 생각만 했다.

"내 대답이 그렇게 별로니?" 조금 지난 다음 선생님이 물었다.

"아뇨. 사실 몇몇 분한테 여쭤봤는데 지금껏 들은 답변 중 가장 훌륭했어요."

17. 어둠 속의 불꽃들

—

레이먼드는 문을 열고 루이스 하비에르 벨레즈가 일하는 곳의 고급스러워 보이는 대기실로 들어갔다. 접수대 뒤에 머리가 검고 눈이 반짝이는 중년의 여자 접수원이 있었다. 분위기가 좋진 않았다. 그가 레이먼드에게 눈길을 돌렸고, 레이먼드는 얼어붙었다.

대기실에는 아무도 없었다. 그래도 누군가가 벨레즈 씨와 함께 안쪽 사무실에 있었다. 레이먼드는 희미하게 웅얼거리는 소리를 들었고 반투명 유리창을 통해 흐릿한 형체를 보았다.

"뭘 도와드릴까요?" 접수원이 물었다. 어조로 미루어 보아 자신을 돕고 싶어 하지도 않고 도울 수도 없음이 명확해 보였다.

"벨레즈 씨를 잠시 만나고 싶습니다."

"약속을 하진 않았죠?"

"예, 안 했어요."

"벨레즈 씨는 예약 없이는 누구도 만나지 않는답니다."

"알아요. 알고 있어요. 전화할까 했지만. 그래도 전 그분을 알아요. 만난 적이 있어요. 그분 집에 간 적도 있어요. 사실 그분의 아내를 알아요. 그렇지만 좀 오래된 일이라, 전화를 걸면 절 기억하지 못할지도 모르겠다고 생각했어요. 그래서 얼굴을 직접 보여드리고 싶었어요."

"어쨌든—" 접수원이 말을 시작했다.

그러나 레이먼드는 계속 말을 이어갔다.

"보세요, 제게 명함을 주셨어요." 레이먼드는 접수원이 볼 수 있도록 명함을 꺼내 보였다. 접수원은 슬쩍 보고는 그의 눈을 보았다.

레이먼드는 말을 계속하면서 눈길을 피했다. "도울 일이 있으면 언제든 말하라고 하셨어요."

접수원이 한숨을 쉬었다. 그가 전화 수화기를 집어 들었을 때 레이먼드는 그의 얼굴을 흘깃 볼 정도로 용감해져 있었다. 그가 언짢아하고 있다고 생각했다. 지금 자신을 상대해야만 하기 때문이었다. 자신을 그냥 돌려보낼 수 없기 때문이었다.

"변호사님," 접수원이 전화를 들고 말했다. "손님 계신데 방해해서 죄송해요. 그렇지만 전화를 하지 말라고는 안 하셨어서. 여기 변호사님을 뵙겠다는 젊은이가 있어요. 약속은 하지 않았다고 하네요. 그렇지만 자기에게 변호사님이 명함을 주셨다고, 그리고 도울 일이 있으면 말하라고 하셨다네요."

접수원이 상대의 말을 귀 기울여 듣는 동안 잠시 침묵이 흘렀다.

"알겠습니다." 그가 대답하더니 수화기를 놓았다.

그가 무슨 말을 할지 기다리는 동안 레이먼드의 가슴이 두근거렸다.

"변호사님이 그것만으로는 누군지 알 수 없다고 하시네요. 그래도 앉아서 기다리면 다음 고객을 만날 때까지 몇 분 틈이 생기니 손님분하고 얘기 나누겠다고 하세요."

벨레즈 씨는 문밖으로 나가 고객에게 작별 인사를 하고 뒤돌아 문을 닫기 전까지 레이먼드에게는 눈길도 주지 않았다.

그러고 나서야 레이먼드에게 완전한 관심을 기울였다.

"오," 그가 말했다. "음, 맞아. 그래, 기억나. 어느 날 집에 갔더니 우리 집 부엌에서 내 아내랑 아침을 먹고 있었지."

"예, 변호사님."

"그렇지만 자네 이름은 기억이 안 나는걸."

"레이먼드입니다."

"그래, 레이먼드. 다음 고객이 올 때까지, 그 사람이 제시간에 온다면 정확히 3분이 있네. 그럼 들어와서 내가 해주기를 바라는 것에 대해 말해봐라. 대신 말은 아주 빨리 해야 돼."

레이먼드는 그를 따라 비싸게 장식된 사무실로 들어갔다. 모든 것이 현대적이었고, 반질거리는 검정 가죽으로 되어 있었고,

군데군데 스테인리스 강철이 있어 번쩍였다. 레이먼드는 벨레즈 씨와 마주 앉는 불편한 자리에 앉았다. 변호사는 그의 거대한 책상 뒤쪽에 앉았고, 의자에 등을 기댄 채 손으로 턱을 만지작거리며 레이먼드를 유심히 보았다. 레이먼드가 말하기를 기다리면서.

레이먼드가 곧바로 입을 열지 않자, 그가 뛰어들었다.

"어떤 일이 일어났는지 난 알아," 그가 말했다. "희생자가 나랑 같은 이름일 때 사건의 세부적인 내용을 모른 척 지나가긴 어렵지. 법조계 동료들이 여러 번 나한테 연락해서는 아직 살아 있다는 소식을 들어서 기쁘다고 말하고는 했어. 자네가 찾던 그 사람임이 틀림없다고 생각했어. 루이스 벨레즈 말이야. 갑자기 사라진. 모든 게 딱 맞아떨어졌지."

"예, 맞아요." 레이먼드가 말했다. 스스로도 분명하게 말하기 힘든 이러저러한 이유로 멍하고 우왕좌왕하고 두렵고 무언가에 압도된 채.

"그리고 재판은 정말 개판이었어."

"아, 변호사님도 아시는군요."

"그래. 무죄 선고로 끝났지. 그래서 자네는 지금 그 방아쇠를 당긴 행복한 시민은 정말 재판에서 이겨서 죗값조차 치르지 않아도 되는 건지, 아니면 그런데도 법이 여전히 할 수 있는 무언가가 있는 건지 궁금해하고 있어."

"맞아요."

"그리고 자넨 내게 물으려고 해. 자네 친구를 돕거나 혹은 루이스의 부인을 돕기 위한 일이 뭔지. 왜냐하면 자넨 도움을 주고 싶어 하는 사람이기 때문이지. 그런데 지금 이 시점에서 자네는 이 세상이 어떠한지를 스스로 알아내려고 해. 내가 맞나?"

"예, 변호사님." '예'라는 대답 말고 더 나은 말을 할 수 있기를 바라며 레이먼드가 대답했다. 그래도 루이스가 한 말은 옳았다.

"법률이 할 수 있는 일이 더 있어. 분명히. 두 가지 방법이 내 머릿속에서 확 떠올랐어. 피해자의 시민권을 박탈한 혐의로 연방법원에 그 여자를 기소할 수 있어. 그러나 사실 누군가가 그 여자를 기소하느냐 안 하느냐는 우리가 통제할 수 있는 범위에 있지 않아."

"조금 이상해요," 레이먼드가 말했다. "누군가를 죽인 일을, 그들에게서 시민권을 박탈했다고 한 표현이요."

"우리 모두가 가진 가장 우선적이고 가장 근본적인 권리는 생명이야. 내 생각으로는 더 나은 선택지가 있기는 해. 민사소송이야. 루이스의 부인은 그 살인자를 민사 법정에 세울 수 있어. 입증의 부담도 다르고, 그래서 이기기가 한결 쉬워. 목표로 하는 건 그 여자의 자유가 아니라 그 여자가 가진 돈이야. 그래서 배심원들을 다소 느슨하게 만들 여지가 많아. 만약 내 의견을 묻는다면 그게 취할 수 있는 최선이야. 그 방아쇠를 당긴 행복한 여자는 벨레즈의 아이들이 4년제 대학을 마칠 때까지 책임을 져야 해. 부인이 혼자서 세 아이 모두를 키우기 위해 전전긍긍하는 동안 그 여자는 집에 앉아 자신의 돈을 쓸 권리를 누린다는 게 말이 되니?"

"만약 그 여자가 그렇게 돈이 많은 게 아니면 어떻게 해요?"

"그럼 그 여자는 초급 대학까지만 세 아이 모두를 책임지게 되겠지. 자네는 루이스의 부인을 알지?"

"예, 변호사님."

"그분께 나를 만나러 오라고 전해."

그의 전화벨이 울렸고, 그는 버튼을 눌렀다. 스피커폰이었다.

"금방 나갈 거라고 말씀드려, 마조리."

"그런데 문제가 하나 있어요." 레이먼드가 일어서며 말했다. "전 그분이 어떨지 걱정……."

"어떤 그분?"

"루이스의 부인요. 그분이 어떻게…… 감당할지 모르겠어요."

"알겠다. 그분은 아마 돈이 넘쳐날 게다." 벨레즈가 레이먼드를 문 쪽으로 이끌며 말했다.

"아니에요. 그렇지 않아요."

"자넨 반어법에 능숙하지 못하군, 레이먼드. 나는 아이가 셋이고 남편이 갑자기 없어진 부인이 돈이 넘쳐나지 않는다는 걸 알아. 만약 그렇다면 총을 쏜 여자한테서 무언가를 얻어내는 게 그리 중요하지도 않을 거야."

둘은 대기실로 나가는 문 앞에서 잠시 멈춰 섰다. 벨레즈는 문손잡이를 잡고 있었다.

"변호사님은 돈이 없어도 그분을 도울 거라고 말씀하시는 거예요?"

"아니야. 이 사건이 승소할 절반의 가능성을 보고 맡는 거야.

만약 내가 지면 난 아무것도 받지 않아. 그렇지만 지지 않을 거야. 내가 이기면 난 배심원들이 책정한 배상금의 일부를 받으면 돼. 그 부인께 전화해서 약속을 잡으라고 전해라."

벨레즈 씨가 문을 활짝 열었다. 그러더니 대기실에 앉아 있던 다음 고객에게 인사를 했다.

레이먼드는 접수대를 지나쳤다. 바깥문을 향해 가면서.

"저기, 레이먼드." 루이스 벨레즈가 부르는 소리를 들었다. 멈춰 섰다. 그러고 돌아섰다.

"오늘 화요일 아니니?" 변호사가 물었다.

"예, 화요일입니다."

"학교는 빠졌어?"

"아닙니다. 봄방학이에요."

"아, 봄방학. 올해는 늦었네."

"예, 변호사님. 올해는 늦었습니다."

레이먼드는 화려한 카펫이 깔린 복도로 나왔다.

엘리베이터를 혼자서 타고 21층에서 내려갔다. 여전히 지금 막 자신에게 일어난 일을 되짚어 생각하면서. 그는 중요한 승리를 거머쥐었다. 그러나 지하철역까지 반 정도 가서야 그것을 완벽하게 깨달았다.

그 모든 일이 너무나 빠르게 일어났기 때문이었다.

"그 청바지 벗어라." 엄마가 말했다. "색깔 있는 빨래를 돌릴 거야. 그러니 네 청바지 모두 가져와."

"이건 입고 있는 거잖아요." 레이먼드가 말했다.

그 말은 명백한 말대꾸였다. 그는 방금 집으로 들어온 참이었다. 그의 머릿속은 아침부터 빙빙 돌고 있었다. 그는 엄마의 거슬리는 말투를 상대할 준비가 제대로 되어 있지 않았다.

"그럼 운동복이나 다른 걸 입어. 네 방바닥에 있는 것도 가져와. 빨리. 이번 주는 내가 하루만 쉰단 말이야. 게다가 세탁기를 여섯 번은 돌려야 할 것 같아."

"내 방바닥에는 아무것도 없어요. 내 방바닥에는 정말 아무것도 없다고요."

엄만 정말 내게 관심이 있기나 한가?

"좋아, 그럼 그 청바지만이라도." 엄마가 말했다.

레이먼드는 이사벨에게 보내는 이메일에 '보내기'를 눌렀다. 그에게 아주 소중한 소식을 전하는 이메일이었다. 그때 엄마가 방문을 벌컥 열었다. 노크도 하지 않고.

"*이건* 정확히 뭐니?" 엄마가 물었다.

몹시 화가 난 목소리였다.

엄마는 얼핏 보아도 종이돈인 것을 들고 흔들고 있었다. 그러나 엄마는 레이먼드가 그것이 얼마짜리인지 알 정도로 가까이 있지 않았다.

"안 보여요." 그가 말했다.

엄마는 그가 앉은 책상으로 성큼성큼 다가와 그의 얼굴에 돈을 바싹 들이밀었다. 돈이 코를 칠지도 몰라 머리를 뒤로 젖혀야 할 지경이었다.

그건 빳빳한 100달러짜리 새 지폐였다.

"이게 네 청바지에 있었어. 청바지를 주기 전에 호주머니를 살펴보지도 않을 정도로 멍청하진 않았잖아."

레이먼드는 처음엔 그것을 멀뚱히 바라보기만 했다. 엄마가 돈을 쥐고는 얼굴 가까이 들이대는 바람에 눈을 깜빡였다. 몇 초 뒤에 그의 머릿속에서 모든 것이 이해됐다.

"와우, 그 사람이 한결 더 능숙해졌네. 전혀 눈치를 못 챘어."

그는 엄마를 올려다보았다. 엄마는 머리가 곧 폭발할 듯 뜨거운 수증기를 내뿜기라도 하는 것처럼 보였다.

"이게 뭔지 내가 알고 싶다고 말해야 하니?" 엄마가 소리쳤다.

"아니, 그건…… 아무것도 아니에요. 그게 아니라…… 어떤 사람이 상대가 돈을 받을 만하다는 생각이 들면 익명으로 돈을 던져줘요."

"그럼 네가 돈을 받을 만하게 한 짓이 정확하게 뭐니?"

"없어요. 그냥 친구를 도우려고 했을 뿐이에요. 난 그저 친구가 필요로 하는 무언가를 위해 아는 사람한테 조언을 구하려고 했을 뿐이에요. 잘못한 건 전혀 없어요."

"약을 팔고 다닌 건 아니지?"

"당연 아니죠."

"그럼 약을 하니?"

"어휴, 엄마. 엄마는 아들에 대해 뭘 알기나 하는 거예요? 엄만 나에 대해 뭘 아는 거예요?"

"네가 요즘 엄청나게 밖으로 나다닌다는 건 알아."

"그냥 친구들하고 어울리는 것뿐이에요."

"그 친구들이 모두 어른들이야. 그 점이 이상해."

엄마가 '그 친구들'이라는 말을 하는 걸 들으니 정말 이상했다. 그렇지만 그걸 말하지는 않았다.

"그 친구 중 누구도 엄마가 나를 나무라는 일과는 관련이 없어요."

잠시 동안 엄마는 가만히 그를 내려다보며 서 있었다. 그러더니 긴 한숨을 들릴 정도로 내쉬었다. 레이먼드는 엄마가 이번 일을 그냥 지나가리라는 걸 알았다.

"알았어, 좋아." 엄마가 말했다. 그러고는 고개를 문 쪽으로 돌렸다.

"음, 엄마?"

"왜?"

그는 요구하지 않았다. 그저 손을 앞으로 내뻗기만 했다. 엄마는 더 깊이 한숨을 내쉬고는 책상으로 돌아와 그에게 100달러짜리 지폐를 건네주었다.

멋진 시도였어. 엄마가 아무 말 없이 나가자 생각했다. 이번에는 엄마에게 말을 하지 않음으로써 원하는 것을 얻어냈다고.

1시간 뒤 '레이먼드예요.'라는 특별한 암호를 사용해 밀리네 문을 두드렸다. 레이먼드는 한 손에 꽃다발을 들었다. 아이리스와 몇 송이의 장미꽃, 그리고 꽃송이 사이에 안개꽃이 있는 꽃다발이었다. 다른 손에는 초콜릿 전문점에서 산 작은 상자를 들었다. 그 상자에는 손으로 정성껏 만든, 아주 비싼 초콜릿이 네 개 들어 있었다.

그것들을 사기 위해 많이 걸어야 했다. 집 근처에는 꽃집이나 초콜릿 전문점이 하나도 없었다.

"레이먼드, 들어와." 문 저쪽에서 밀리가 말했다.

열쇠로 문을 열고 들어갔다.

밀리는 턱이 가슴뼈에 거의 닿을 정도로 고개를 숙인 채 소파에 웅크리고 있었다. 마치 자신의 머리를 들고 있기엔 너무나 많은 노력이 요구되어 그냥 되는대로 내버려둔 것처럼 보였다. 아직 잠옷을 입고 있었고 그 위에 보풀보풀한 푸른색 가운을 걸치고 있었다.

"꽃 냄새가 난다." 밀리가 말했다. 생기가 없다고 레이먼드는 생각했다.

"할머니께 뭔가 드리고 싶어서요."

밀리가 무언가를 말해주기를, 내면의 감각이 깨어나기를 바라며 잠깐 거실 한가운데 서 있었다. 밀리가 어떤 말도 하지 않자 그가 말했다. "이 꽃들을 꽂을 만한 꽃병이나 뭐 비슷한 게 있나요?"

"냉장고 선반 위에. 선반이 아주 높다. 의자에 올라서야 할지도 모르겠네. 롤프가 죽은 다음 높은 곳으로 치웠어. 다른 누군가가 내게 꽃을 가져다줄 거라 생각하지 않았거든."

"전 키가 커요."

"그렇지. 그럼 좋아, 할 수 있나 보자."

레이먼드는 부엌으로 가서 꽃병 세 개 중 하나를 쉽게 꺼냈다. 그러는 동안에도 마음 한구석에서는 할머니의 정신적, 정서적 상태가 자신에게 불러일으키는 고통스러운 감각을 다스려야 했다. 그 감각에 대해 누군가가 묻는다면 언어로 아주 분명하게 설명할 수는 없을 듯했다. 그건 다만 모든 것이 잘못되어버린 듯한 감각이었다.

싱크대에서 꽃병에 물을 부었다. 꽃들을 감싼 포장지를 벗겨서 버렸다. 꽃들을 조심스럽게 꽃병에 꽂았다.

그는 꽃병을 식탁으로 옮겼다.

"향기를 맡게 해주겠니?" 밀리가 작은 목소리로 부탁했다.

"물론이죠. 얼마든지요."

"잠깐 여기로 가져와줄래?"

레이먼드는 꽃병을 밀리가 앉은 곳으로 가져가 소파 귀퉁이에 앉았다. 그러고 그에게 내밀었다. 그는 턱을 들어올렸고 다소 생기 넘치게 보였다. 레이먼드는 그가 코로 숨을 깊이 들이마시는 모습을 지켜보았다.

밀리는 손을 들어 촉각으로 꽃송이를 탐색하기 시작했다.

"장미," 밀리가 말했다. "아이리스. 난 유난히 아이리스를 좋아해. 그리고 이건 안개꽃이니? 꽃을 사다 주다니 정말 고맙구나. 아름다워."

레이먼드는 필요 이상으로 더 길게 앉아 있었고, 밀리가 "*틀림없이 아름다울 거야.*"라고 말할 것이라 기대했음을 깨달았다.

"*아름다워.*"가 아니라. 어떤 것을 보지 않고도 아름답다고 말할 수 있을까에 대해 생각하려고 멈춘 건 처음이었다. 그렇다는 사실을 알게 되어 기뻤고, 할머니도 아름다움을 볼 수 있어서 기뻤다.

"이것도 가져왔어요."

레이먼드는 초콜릿 가게에서 산 작은 상자를 내밀었고, 밀리는 조심스럽게 포장을 벗겼다. 마치 속이 빈 달걀껍데기처럼 부서지기 쉬운 것인 양. 숨을 깊이 들이마셨다.

"아, 냄새가 정말 멋지다. 근래 들어 이렇게 좋은 초콜릿을 먹어본 적이 없어. 그렇지만, 레이먼드. 왜 이렇게 많은 돈을 내게 쓰는 거니? 마음이 편하질 않아. 네가 원하는 데에 돈을 써야 하는 것 아니니?"

"예기치 않게 돈이 조금 생겼어요."

그는 조용히 앉아 할머니가 초콜릿을 베어 무는 걸 보았다.

그러고 다시 말했다. "제가 이런 말을 종종 하죠, 그렇죠?"

"안 그래도 지금 말하려던 참이었어. 네 비밀이 뭐니? 수많은 사람이 알고 싶어 할 게다."

"잘 모르겠어요."

그러나 그는 그것에 대한 생각을 가지고 있었다. 단지 말로 표현할 준비가 되지 않았거나 표현할 수조차 없었다. 그러나 그건 레이먼드가 밀리를 돕기 시작한 뒤에 일어나기 시작한 그 무엇이었다. 자신이 다른 누군가를 돕고자 하는 걸 더 많은 사람이 알게 되자 더 많은 도움을 자신에게 주고 싶어 하는 듯했다.

“이것도 괜찮으시면 좋겠어요. 벨레즈 가족, 그러니까 다른 벨레즈 가족에게 말씀드렸어요. 우리가 이번 일요일 오후에 가겠다고요.”

기다렸지만 밀리는 다만 한숨을 쉴 따름이었다. 거절하지 않은 것만도 진전으로 느껴졌다.

“전 할머니가 다시 두 발로 일어서시도록 정말 돕고 싶어요.” 그가 덧붙였다.

“그래, 네 마음 알아. 그리고 레이먼드, 그래서 미안해. 이 모든 걸 내가 저 뒤쪽으로 밀쳐두기를 네가 바란다는 것 알아. 그렇지만 그 일들은 결코 저편으로 던져둘 수가 없어. 몇십 년을 살아도 말이야. 난 내 정신이 흩어져버린 것처럼 느껴져. 그것들을 다시 모아 나 자신으로 만들기에는 너무 산산조각 나버렸어. 그리고 죄의식을 느껴. 널 위해 더 잘할 수 있기를 바라기 때문이야. 넌 어떻게든 생긴 돈으로 내게 꽃과 초콜릿을 사다 줄 만큼 정말 다정해. 그리고 그게 전혀 도움이 되지 않는다고 말하지는 않을게. 당연히 도움이 되지. 한밤중의 등불처럼 말이야. 달리 말하면 끝없는 밤의 작은 촛불처럼. 네가 있고 너의 사려 깊음이 있다는 건 정말 큰 위안이야. 그렇지만 여전히 길고 긴 밤이기도 해.”

그는 조용히 몇 초 동안 앉아 있었다. 그들 둘 다 그랬다.

“그래도 일요일 오후 식사에 저랑 가실 거죠?”

“그래.” 밀리가 답했다. 가고 싶어서가 아니라 체념 같았다. “가도록 하마. 내가 가는 것이 네게 중요하고, 넌 내게 중요하기 때문이지."

그는 자칫 밀리에게 루이스 하비에르 벨레즈와 그가 맡아줄 민사소송에 대해 말할 뻔했다. 무죄 선고를 받은 총잡이가 루이스의 세 아이 모두를 대학까지 책임지게 될지도 모른다고. 그는 밀리에게 말을 하려고 입을 열었다. 그러나 다시 닫고 말았다. 일이 진짜 그렇게 되는 것이 확실해질 때까지 기다리기로 했다. 할머니가 또 한 번의 실망을 이겨낼 수 있으리라는 생각이 들지 않았다.

"닭고기랑 만두를 좋아하시면 좋겠어요." 소피아 벨레즈가 말했다.

그들은 지금 막 식탁으로 오라는 요청을 받았다. 레이먼드와 밀리는 서로 팔을 잡고 어디에 앉을지 정해주기를 기다리면서 식탁 앞에 서 있었다.

"아, 정말 좋아요!" 밀리가 말했다. 레이먼드는 밀리가 진짜 좋아하는 건지 아니면 예의를 차리기 위해 꾸며내고 있는 건지 알 수 없었다. 만약 꾸며내는 것이라면 정말 그럴듯한 연기였다. "그건 제가 가장 좋아하는 음식 중 하나예요. 늘 남편과 함께 만들어 먹고는 했어요. 그런데 오랫동안 그러질 못했어요."

"저도 좋아요." 레이먼드도 말했다. 지금껏 먹어본 적이 없는 요리일 것 같았기 때문이다.

루이스가 둘을 식탁 가운데 자리로 안내했고, 밀리를 위해 조심스럽게 의자를 빼고 또 잡고 있다가 그가 앉을 수 있도록 넣어주었다. 그들은 가족 모두가 정해진 자리로 와서 앉기를 기다렸다. 대가족이었기에 음식도 엄청났다.

"할머니께서 감사 기도를 하실 게다." 루이스가 말했다.

처음에 레이먼드는 깜짝 놀랐다가 마음을 놓았다. 밀리는 유대인이기에 기독교식 기도를 어떻게 느낄지 알 수 없었다. 그런데 다시 생각해보니 밀리는 기도를 할 필요가 없다. 그저 듣고 있으면 된다. 게다가 할머니는 스페인어로 감사 기도를 할 것이고, 그것이 레이먼드에게는 오히려 잘된 일로 여겨졌다. 더 안전했다.

레이먼드에게 메달을 주었던 십 대 여자아이 루이자가 그의 왼쪽에 앉았다. 루이자가 슬며시 그의 손을 잡았다. 처음에 레이먼드는 너무 놀랐다. 그러나 눈을 들어 주변을 보고서야 모두가 옆 사람과 손을 잡고 있는 걸 알았다. 오른손으로 밀리의 손을 잡았다.

할머니가 네댓 문장의 스페인어로 기도했다. 그러고는 "아멘."이라고 말했다. 레이먼드는 기도 마지막을 영어로 끝낸 것인지 아니면 두 언어가 그 말은 같은 건지 알 수 없었다.

"아멘." 레이먼드가 말했다. 딱히 하지 않을 이유가 없었기 때문이다.

"아멘." 밀리도 말했다.

서로 잡았던 손을 놓자 루이스가 접시에 닭고기와 만두를 담았다. 그 접시는 식탁 끝까지 전달되었다.

"아, 냄새가 정말 기가 막힌대요." 밀리가 말했다.

"예. 제 요리를 마음껏 즐기시면 좋겠어요." 소피아가 말했다. "와주셔서 정말 기뻐요. 레이먼드도 다시 봐서 정말 기쁘고요. 이 친구는 정말 깊은 인상을 우리한테 남겼어요. 그때는 너무 슬퍼 보였죠. 부인이 필요로 하는 도움을 자신이 줄 수 없을까 봐 걱정이 많았거든요. 아시죠? 다른 루이스 벨레즈를 찾는 일 말이에요. 그 뒤에 무슨 일이 일어났는지 들었을 땐……."

부엌은 음식을 담고, 전달하고, 내려놓는 접시 소리 말고는 조용해졌다.

"제가 정말 드리고 싶은 말씀은," 소피아가 허둥거리는 목소리로 다시 말했다. "이처럼 사려 깊은 청년을 친구로 둔 부인이 정말 복이 많다는 거예요."

"제가 그걸 모를 거라 생각하지는 마세요." 밀리가 웃으며 말했다.

그는 닭고기 한 조각을 포크로 집어 들었다. "감사하지 않고 보낸 날이 하루도 없답니다."

밀리는 음식을 먹었고, 모두가 그의 생각이 어떤지 알기 위해 지켜보며 기다렸다. 모두가. 심지어 걸음마 아기조차. 닭고기와 만두에 대한 사랑을 아주 명확하게 밝혔기 때문일 것이다.

"그러니까, 음식 맛이 예전에 해 드시던 것처럼 괜찮은가요?" 소피아가 물었다.

"아뇨, 훨씬 좋아요. 전 요리를 하며 보낸 평생 이렇게 진짜 맛있게 만든 적이 없어요. 스스로 말하는 거지만 전 썩 괜찮은 요리사였는데도요."

"그래요, 좋다고 하시니 정말 기뻐요."

1~2분 동안 모두들 조용히 먹기만 했다. 레이먼드는 음식에 매혹된 느낌이었다. 그런 느낌이 익숙하지는 않았지만 만족스러웠다. 입속으로 밀어 넣는 음식 양이 전보다 더욱 커져 갔다.

소피아가 다시 말을 꺼냈다. "레이먼드가 저한테 한 질문에 대해 줄곧 생각해봤어요." 밀리를 향해 건네는 말이었다.

"저는 그 질문이 뭔지 모른답니다." 밀리가 말했다.

"아, 죄송해요. 이 젊은이가 저한테, 아주 힘겨운 시간을 겪고 있는 사람을 위해 무엇을 할 수 있느냐고 물었어요." 레이먼드는 소피아가 말을 하면 할수록 자신의 얼굴이 뜨겁게 달아오르는 걸 느꼈다.

"그런데 정말 모르겠더라고요. 제가 말씀드릴 수 있는 유일한 건 사람들이 함께 염려하고 있다는 걸 알면 좋겠다는 거였어요. 부인에 대해서만 걱정하는 건 아니에요. 그 사건에 대해, 부인의 친구에 대해. 부인이 잃은 사람요. 또 재판에 대해 생각해보았어요. 재판은 정말 절 몹시 분개하게 만들었어요. 배심원들이 내 친구가 중요하지 않다고 말하는 것처럼 느껴졌거든요. 그래도 이 식탁에 앉아 있는 한 사람, 한 사람에게는 그가 중요하다는 걸 알아주셨으면 했어요."

레이먼드는 밀리가 음식을 씹고 삼키는 모습을 조심스럽게 지켜보았다.

"고맙습니다." 밀리가 말했다. "한결 도움이 되는군요."

"전 부인께서 우리의 진심을 믿어주시길 바랍니다." 루이스가 덧붙였다.

"그럼요, 당연히 믿어요. 루이스가 중요하다는 것이 무엇을 의미하는지 여러분은 이해하고 계시니까요. 제가 염려하는 건 배심원들이 그걸 이해하지 못했다는 겁니다."

그들은 잠시 동안 어색한 가운데 조용히 먹기만 했다.

그때 할머니가 스페인어로 빠르게 말하기 시작했다. 레이먼드는 참을성 있게 기다렸다. 할머니가 말을 끝내기를, 그리고 누군가가 통역해주기를. 스페인어를 계속 공부했더라면 하는 생각이 잠깐 스쳤다.

할머니가 말을 마무리하고 끝내자 밀리가 레이먼드를 놀라게 했다. 밀리가 직접 "Recuerdo también.(저도 기억한답니다.)"라고 대답했기 때문이다.

레이먼드는 잠시 밀리를 바라보았다. 식탁에 앉은 모두가 그랬다.

"스페인어를 하세요?" 레이먼드가 물었다.

"조금 해. 루이스한테 몇 가지 표현을 가르쳐달라고 했어. 처음에 가르쳐달라고 한 말은 'Lo siento, no hablo muy bien español.(죄송합니다만, 전 스페인어를 잘 못합니다.)'였어. 스페인어를 쓰는 사람들한테 그 언어를 잘 모르는 점에 대해 사과하고 싶었거든. 이 도시의 모든 다른 사람들은 오히려 반대로 한다는 걸 알게 되었기 때문이었지. 말하자면, 영어를 못 하는 게 잘못인 것처럼 느끼게 만들잖아. 그러다가 그걸로는 충분하지 않다고 생각했어. 쉽게 배울 수 있는 거라면 배우면 될 것을, 못한다고 사과한다는 게 우습잖아."

"루이스가 할머니를 얼마나 좋아했을지 알겠어요." 루이자가 말했다.

"아, 그건 서로가 그랬지요, 아가씨. 난 정말 그를 사랑했어요. 그는 내게 아들 같았죠. 비록 나이는 손주뻘처럼 어렸지만요. 그는 나한테 가족 이상이었어요. 그는…… 딱 맞는 말인지 모르겠는데, 내 삶의 영웅이었어요. 맞아요. 지나친 말이 아니에요. 그는 내 영웅이었어요. 여기 이 세상에는 남자답다는 걸 과시하려는 사람들로 가득 차 있어요. 하지만 사람들은 남자답다는 게 어떤 건지 실제로는 잘 몰라요. 사람들은 그저 남자를 거칠고, 감정이 없고, 배신하지 않는 사람이라고 생각해요. 그런데 루이스가 나타나선 남자는 친절하기를 두려워하지 않는 사람이라고 정의했어요. 그 자신이 그렇게 살았고요. 그건 정말 용기를 필요로 해요. 그렇게 생각하지 않으세요?"

"용기가 필요하죠." 루이스가 대답했다. 레이먼드에게는 그 대답이 조금 회한이 잠긴 듯이 들렸다. 마치 그 산의 정상에 도달할 방법을 이미 알고 있던 사람이 말한 것처럼.

"할머니가 뭐라고 말씀하신 거예요?" 대화를 조금 덜 무거운 방향으로 이끌기를 바라면서 레이먼드가 물었다.

"그래. 내가 잘못 들었을 수도 있지만," 밀리가 말했다. "할머니가 어린 소녀였을 때 이웃 사람들이 실의에 빠진 사람을 위해 블록 파티를 열어주었다고 말씀하시는구나. 세상은 사람을 보살피지 않지만 이웃들에게 알려지면 이웃들은 보살핀다는 거야. 나도 그걸 기억하고 있다고 말씀드렸어. 레이먼드, 지금 사는 곳으로 처음 이사를 왔을 때 거기 이웃들도 그렇게 했단다. 어떤 사람이 직업을 잃게 되었는데, 그의 아내는 첫아기를 막 낳은 직후였어. 그 부부는 집세조차 못 내고 쫓겨날 지경이었지. 그래서 이웃들이 블록 파티를 열어서 그들에게 기금을 모아주었단다. 다시 일할 때까지 쓸 만큼 넉넉하지는 않았지만 당장 버텨낼 정도는 됐어. 그런데 내가 할머니 말씀을 잘못 이해한 걸 수도 있어. 내 스페인어는 절대 완벽하지 않아서 어쩌면 할머니가 말한 그대로가 아닐지도 몰라."

"아뇨, 맞아요." 할머니가 스페인어 억양이 심하게 묻어나는 영어로 말했다. "그게 제가 말씀드리려고 한 것이에요."

"영어를 하시네요." 생각 없이 말이 나왔다. 레이먼드는 할머니가 영어를 못 한다고 짐작한 것이 부끄러웠다.

"그래," 할머니가 말했다. "하긴 하지. 하지만 내 집에서는 모국어로 말하고 싶어. 내게 익숙한 말로."

"그럼요, 이해할 수 있어요." 레이먼드가 말했다.

이해할 수 있었다. 집에 있는 동안은 편안한 것이 중요했다.

"어떻게 이럴 수가 있니!" 소피아가 조리대에서 소리를 질렀다. "누가 아이스크림을 싱크대에 올려뒀니?" 그는 고개를 돌렸다. "도대체 누구냐?"

레이먼드는 루이스 주니어가 저지른 일임을 이미 알고 있었다. 눈앞에 있는 그 아이가 움츠러들었고, 껍데기 속으로 목을 감추려는 거북이처럼 옷깃에 파묻힐 것처럼 고개를 숙이고 있었다.

소피아 역시 알아차렸고 질책하는 눈길로 그를 바라보았다.

"죄송해요, 엄마." 아이가 거의 들리지도 않게 말했다.

"냉장고에서 꺼내 도대체 뭘 어떻게 한 거니?"

"그냥 한 숟가락 퍼 먹었을 뿐이에요."

"그래, 그것만으로도 충분히 잘못한 거다!" 소피아가 소리쳤다. "그런데 왜 조리대에 그걸 그냥 방치해둔 거니? 어떻게 그리 부주의해? 다시 집어넣는 걸 어떻게 모를 수 있어?"

"잊었어요." 얼굴이 발갛게 달아오른 루이스 주니어가 말했다.

"네 방으로 가." 그의 아빠가 말했다.

아이는 식탁에서 슬며시 빠져나갔다.

"먹을 만하진 않아?" 루이스가 아내에게 물었다.

"아니, 전부 못 먹게 됐어."

"그럼 케이크만 먹고 아이스크림은 못 먹는 거군." 루이스가 말했다. "할 수 없지 뭐."

"그래도 오늘은 특별한 손님을 모신 특별한 날이잖아. 초콜릿 케이크에 바닐라 아이스크림을 발라서 대접하고 싶었는데!"

"제가 빨리 가게 가서 사 올게요." 루이자가 말했다.

정적.

그러자 소피아가 물었다. "혼자 가려고?"

"엄마, 대낮이에요. 아니면 레이먼드랑 갈 수도 있죠. 그래야 엄마 마음이 편하다면."

"나?" 레이먼드가 물었다. 그런 다음 곧바로 후회했다. 그는 오른쪽으로 기대 조용히 밀리에게 물었다. "제가 잠시 없어도 괜찮으시겠어요?"

"물론이지," 밀리가 말했다. "난 이렇게나 좋은 분들하고 이야기를 나눌 거니까."

"알았어요." 레이먼드가 루이자에게 말했다. "좋아. 같이 가자."

가게로 가는 길에 둘은 말을 거의 하지 않았다. 그저 걷기만 했다. 그러나 아이스크림을 사서 돌아오는 길에 레이먼드는 루이자가 자신을 빤히 보고 있다는 걸 알 수 있었다. 주변 시야로 그걸 알아차렸다. 그 아이의 눈길이 그를 불편하게 했다. 모른 척할 수가 없었다.

"저기," 루이자가 머뭇거리며 입을 열었다. "묻고 싶은 게 있어. 날 만날 걸 알고 있어서 그걸 하고 온 거니? 아니면 늘 하고 있니?"

"메달? 항상 하고 다녀."

"그래, 좋아. 근데 지난번에 네가 가고 난 다음에 걱정을 많이 했어. 전화번호가 있었다면 전화했을 거야."

"몰랐어, 그런 줄. 그렇지만 날 걱정할 필요는 없어. 밀리를 걱정해야 돼. 난 힘들지 않았어. 난 그저 그분을 걱정했을 뿐이야."

"그렇지만 난 그분을 모르잖아. 넌 알고."

레이먼드는 대답하지 않았다. 쉽 대답게 솔직하게 마음대로 하는 말이, 배심원들이 말했을 법한 말과 너무 많이 비슷하게 들렸기 때문이다.

"그런데 그분은 괜찮아지고 계셔?" 루이자가 물었다.

"모르겠어. 지금은 안 괜찮으셔."

"그분을 그렇게 보살피다니 정말 착하구나."

"그분은 내 친구야."

루이자가 그를 갑자기 멈춰 세웠다. 말 그대로 그의 한쪽 소매를 잡고 인도 위에 멈춰 세웠다. 하마터면 아이스크림을 떨어뜨릴 뻔했다. 그들은 서로 마주 보고 섰다. 1~2초간 어색하게. 레이먼드는 루이자가 자신의 얼굴을 올려다보고 있다는 걸 알 수 있었다. 그렇지만 그는 눈길을 계속 바닥에 두고 있었다.

"왜?" 다소 방어적으로 그가 물었다.

루이자가 발끝을 세우더니 그의 입술에 짧게 입을 맞추었다. 그러고 다시 제대로 서더니 여전히 그의 얼굴을 빤히 들여다보았다.

"아, 세상에." 루이자가 말했다. "넌 내가 이렇게 하는 걸 원치 않는구나. 미안해. 난 네가 부끄러워서 그렇지, 날 좋아하는 줄 알았어."

"좋아해." 그가 말했다.

"그렇지만 이렇게는 아닌 거고?"

"그래."

침묵. 루이자는 그의 소매를 놓았고, 레이먼드는 다시 걸었다.

빨리. 따라잡으려고 루이자가 달려왔다.

"다른 좋아하는 사람이 있어? 그런 거야?"

"아니야." 다른 이야기를 했으면 하며 레이먼드가 말했다.

"너보다 나이 많은 여자를 좋아하는 거니?"

"아니야."

"넌 누구도 이렇게는 좋아하지 않아?"

"그래."

"하지만 넌 그런 경험은 있지? 안 그래? 내 말은, 넌……, 몇 살이니? 16살?"

"17살."

"아. 알겠어. 네가 원하지 않으면 더는 얘기하지 말자."

"고마워." 레이먼드가 말했다. 그러고는 아래를 내려다보며 서둘러 걸었다.

하마터면 뚱뚱하고 키 작은 남자와 부딪힐 뻔했다. "야! 잘 보고 다녀, 꼬마야!"

"죄송합니다." 레이먼드가 중얼거린 뒤 다시 서둘렀다.

"저기, 기다려!" 루이자가 뒤에서 그를 불렀다. "난 그렇게 빨리 못 걸어."

그는 루이자에 맞춰 속도를 늦췄지만 그것도 쉽지 않았다. 집으로 돌아가고 싶었고, 루이자와 단둘이 있고 싶지 않았다.

"그러니까 진짜로," 루이자는 그 문제에 대해 이야기하지 않기로 약속한 적이 있느냐는 듯이 다시 물었다. "넌 정말 누구도 그렇게는 좋아하지 않는다고? 그리고 좋아한 적도 없다고?"

"맞아." 그가 옆구리로 아이스크림의 냉기를 느끼며 말했다. 너무 세게 붙잡고 있었던 것이다.

"그러니까, 그런…… 것처럼? 그런 사람들과 비슷하다고?"

"그래."

"그러니 넌 정말 결코……." 루이자는 더 말하지 않을 것처럼 말끝을 흐렸다. 레이먼드는 그가 이쯤에서 멈춰주기를 분명히 바랐다. "……가족을 갖지도 않겠다는 거야?"

"난 가족을 가질 수 있어. 밀리는 내가 원하는 어떤 종류의 가족이든 가질 수 있다고 말했어. 난 가질 수 있어……. 모르겠어. 나랑 같은 방식으로 생각하는 누군가와, 혹은 여러 친구와."

"그런데 아이는 원치 않아?"

"난 그 문제에 대해 깊이 생각해본 적이 없어. 내 말은, 내가 아이를 가질 거라고 상상해본 적이 없다고."

"아," 루이자가 말했다. "그렇구나. 나는 네가 어떤 사람이든 너를 불편하게 하려는 의도는 없었어." 그러나 그는 이미 레이먼드를 불편하게 했다. "네가 원한다면 다른 이야기를 하자."

"그래, 부탁이야." 레이먼드가 말했다. 그리고 덧붙였다. "그렇지만 날 좋아해줘서 고마워. 어쨌든."

그들은 남은 길을 말없이 걸었다.

디저트를 먹은 다음 레이먼드와 밀리는 거실 소파에 함께 앉아 있었다. 차가 나오기를 기다리면서. 걸음마 아기를 제외하고 루이자를 포함한 모든 아이는 숙제를 하기 위해 각자의 방으로 갔다. 그것이 레이먼드에게는 다행으로 느껴졌다.

밀리가 기대며 아주 가까이에서 그에게 속삭였다.

"안 좋은 일이라도 있니?"

"아뇨." 그가 말했다.

"그럼 됐어. 나중에 말하자."

소피아가 우유와 설탕을 들고 거실로 서둘러 왔고 그것들을 그들 앞에 놓인 커피 탁자에 놓았다.

"아까는 정말 몹시 당황했어요." 소피아가 말했다.

"무엇 때문에요?" 밀리가 물었다.

"오, 모든 게 다요. 전 우리를 행복한 가족으로 봐주시기를 원했어요. 뭐 사실 우리는 행복한 가족이죠. 우리를 그렇게 생각하시도록 속이려고 했다는 게 아니라, 모든 게 엉망이 됐어요."

"모든 게 엉망이 되는 동안 전 어디 있었는데요?" 밀리가 물었다.

밀리는 점점 지쳐가는 듯했다. 목소리로 그걸 알 수 있었다.

"엉망이잖아요. 보셨죠? 아이스크림도 그렇고. 루이스 주니어한테 식탁을 떠나라고 한 것도."

"*그게요*? 어휴, 세상에. 그런 일은 아무것도 아니에요. 난 그런 일에 대해 다른 생각을 하지 않았어요. 아이잖아요. 아이들은 그렇게 해요. 아이들 두뇌는 여전히 발달하는 중이에요. 원래 아이들은 그래요."

"알겠어, 소피아?" 루이스가 말했다. 그는 이제 막 앉으려고 거실로 오는 중이었다. 그 말소리를 듣고 레이먼드는 루이스도

대화를 듣고 있었다는 걸 알았다. “내가 말했잖소. 이분들보다 당신이 더 안 좋게 여기는 것 같다고.”

그는 팔걸이가 있는 의자에 큰 덩치를 앉히고 두 손을 배에 올렸다.

“어휴, 세상에. 그래요.” 밀리가 말했다. “그런 자잘한 어려움조차 없는 가정은 어디에도 없어요. 그렇게 말한 사람이, 누구더라……. 어디에서 나온 말인지 이젠 기억할 수가 없네요. 그렇지만 누군가가 말했어요. 혼자 있고 싶거나 가족을 갖고 싶다는 걸 결정하는 건 외로움과 짜증 중에서 하나를 선택하는 것과 비슷하다고.”

소피아가 웃었다. 기분이 조금 나아진 듯이 보였다.

“어쨌든 괜찮아요. 덕분에 젊은이들이 데이트할 기회를 주었으니까요. 루이자는 지난번에 레이먼드가 여길 다녀간 뒤로 계속 레이먼드 얘길 했어요.”

“아,” 밀리가 말했다. “알겠어요. 그건 많은 걸 설명해주네요.”

더 감출 것이 없다는 느낌 속에서도 레이먼드는 더 많은 이야기를 하지 않으려고 조심했다.

“모두 이해해주셨으면 해요.” 10분 남짓 지난 뒤 밀리가 말했다. “사실 너무 피곤해서요. 외출하면 쉬 피곤해져요. 그리고 너무 많이 먹었나 봐요. 근래 들어 이렇게 많이 먹기는 처음이에요. 그리고 모든 음식이 아주 맛있어서 정말 빈틈없이 꽉 채웠다니까요. 그래선지 지금은 금방이라도 곯아떨어질 것 같아요.”

"왜 그렇게 말씀하세요. 거의 드시지도 않았는걸요!"

레이먼드는 소피아가 그렇게 말하지 않았더라면 하고 생각했다. 만약 밀리를 알고 있었더라면 나이 든 할머니가 그로서는 보기 드물게 많은 양을 먹었다는 걸 알 것이다.

"이해합니다." 루이스가 말했다. "물론 그러시겠죠. 그렇지만 언제 꼭 다시 와주시겠다고 약속하시죠. 이건 양보 못 합니다."

그는 일어서서 소파로 걸어왔다. 밀리가 일어설 수 있도록 도왔다.

"약속할게요." 밀리가 답했다. "모두 환대해주셔서 정말 고맙습니다. 더 있고 싶은데 무척 피곤해서요."

레이먼드는 밀리의 팔에 자신의 팔을 끼웠다. 그의 발이 중심을 잡지 못할 경우를 대비했다. 아주 피곤할 때는 그럴 가능성이 높았다. 루이스가 레이먼드의 어깨를 툭툭 쳤다. 레이먼드가 돌아보자 루이스 손에 20달러짜리 지폐가 들려 있었다. 아마도 그 아래 한 장 더 있을 것이었다.

"택시를 타고 가야겠다." 루이스가 말했다.

"고맙습니다." 레이먼드는 돈을 받았다.

혼자였다면 당연히 거절했을 것이다. 지하철을 탔을 것이다. 그러나 밀리는 지쳤고, 그래서 받았다.

둘은 택시 뒷자리에 함께 탔다. 레이먼드는 눈을 요금기에서 떼지 못했다.

비가 조금씩 내리기 시작했고, 택시 창문의 물방울들이 만들어낸 무늬 뒤로 거리가 미끄러지듯 지나갔다. 젖은 아스팔트 위로 타이어가 닿는 *질척이*는 소리가 들렸다.

연인들은 우산을 쓰고 손을 꼭 잡은 채 거리를 따라 걷고 있었고, 우산이 없는 사람들은 뛰어가고 있었다. 길모퉁이에서 레이먼드는 어떤 커플이 길 위에 서서 서로 마주 보며 날씨와 아랑곳없이 소리치며 다투는 모습도 보았다.

"할머니는 제가 가족을 가지게 될 거라 생각하세요?" 레이먼드가 밀리에게 물었다.

"아, 그게 널 괴롭히는 문제구나. 그래, 물론 가질 게다. 네가 그러고 싶다면."

"그렇다면 어떤 종류의 가족을요?"

"레이먼드, 그건 네가 물어야 할 마지막 질문이야. 그건 그리 중요하지 않은 부분이니까. 네가 원하는 어떤 가족이든 가능해. 만약 정서적인 친밀감을 더 원한다면 너는 널 있는 그대로 이해해주는 친구를 만나게 될 거야. 네가 아이들을 키우고 싶다면 그렇게 하면 돼. 네가 낳거나 아니면 입양을 할 수도 있고. 아니면 네 친구 아이들의 가장 멋진 삼촌이 될 수도 있을 거야. 가족의 핵심은 사랑이야. '어떤 종류'나 '어떻게 꾸려가지' 같은 건 전혀 중요하지 않아. 그런 자잘한 점들이 전혀 중요하지 않다는 걸 모르니까 그런 걸 걱정하는 거야."

18. 첼리스트

—

레이먼드는 아빠네 아파트에서 나와 지하철역으로 걸어가던 중 그 소리를 처음으로 들었다. 뮤지컬에 삽입된 곡을 현악기로 직접 연주하는 소리였다. 그 소리는 마치 배 속에 현이 살아 있고, 보이지 않는 활이 그 현을 떨리게 만들기라도 하듯 배 속에서 생생하게 느낄 수 있는 울림을 가지고 있었다. 아름다운 저음을 내는 곡이었고 견딜 수 없을 정도로 슬픈 곡이었다. 그 음악이 즉각 눈물을 솟아나게 만들어 깜짝 놀랐다.

그는 보도 한가운데에 서서 연주자가 보일 때까지 주변을 둘러보았다. 지하철역 계단 가까운 곳 모퉁이에서 등받이 없는 간이의자에 앉아 중년의 남자가 첼로를 연주하고 있었다. 헝클어진 반백의 머리를 한 그는 윗머리엔 숱이 없었지만 주변부 머리는 풍성했다. 그의 앞에는 뒤집어진 모자가 놓여 있었고 그 속에 몇 푼 안 되는 지폐가 떨어져 있었다.

가까이 다가갔다.

남자가 그를 올려다보고는 살짝 미소를 지었다. 그러곤 다시 악기로 주의를 돌렸다.

레이먼드는 연주를 듣기 위해 마음 놓고 편히 주저앉았다. 이번에는 느리고 심금을 울리는 클래식 곡이었다. 들으면 들을수록 눈물을 참기가 더 힘들어졌다. 연주곡이 감추어져 있는 레이먼드의 슬픔을 찾아내고 그것을 빛 속으로 끄집어내는 듯했다. 한쪽 소매로 눈물을 훔쳤다.

주머니에서 5달러짜리 지폐를 꺼내 남자의 모자에 떨어뜨렸다. 연주자가 받은 종이돈 중에서 금액이 가장 큰 돈이었다.

한편 첼리스트는 마지막 악보를 꺼냈고 거리는 잠시 조용해졌다. 음악의 관점에서 보았을 때 그렇다는 것이다. 도시의 소음은 여느 때와 다르지 않았지만 작은 소음조차 상대적으로 더 반갑지 않았다.

"고마워." 남자가 레이먼드의 얼굴을 깊이 응시하며 말했다. 레이먼드는 첼리스트와 눈을 마주치지 않으려고 애썼다. "정말 선물이나 다를 바 없어. 이걸로 점심 끼니를 해결할 수 있거든."

침묵. 레이먼드는 그 침묵을 무너뜨리고 싶지 않았다. 연주자가 다시 연주해주기를 바랐다. 그러나 그는 레이먼드의 얼굴에서 무언가를 찾기라도 하는 듯 계속 얼굴을 바라볼 뿐이었다.

"음악이 자넬 슬프게 한 것 같군." 남자가 말했다.

"그런 것 같아요." 여전히 연주해주길 기대하며 레이먼드가 대답했다.

"그렇지만 첼로 연주를 듣기 전에 이미 마음속에 슬픔을 지니고 있었어."

"그걸 어떻게 아셨어요?"

"첼로는 놀라운 악기야. 사람들의 벽을 무너뜨리고 벽 속에 갇혀 있던 슬픔을 표면으로 끌어낼 수가 있지. 그래서 내가 첼로를 연주하는 거야. 애초에 마음에 있지도 않은 걸 끌어낼 수는 없어."

그러고 남자는 다시 연주를 시작했다. 레이먼드는 이번에는 시멘트 바닥에 퍼질러 앉아 들었다. 눈물이 다시 흘러나왔지만 멈출 수가 없었다. 그래서 한동안 그냥 내버려두었다.

음악이 그의 배 속에 실제적인 신체적 감정을 만들어내는 듯했다. 음악과 함께 오르내리는 일종의 통증. 악곡이 희미해지고 멈출 때마다 그 주변에서 떠다니는.

연주가 끝났을 때 첼리스트의 활은 정지된 상태였고 현들이 잠잠해졌다. 레이먼드는 물었다.

"만약 그 음악이 벽을 허물고 그로부터 무언가를, 마음 아픈 무언가를 제게서 끌어낸다면 왜 전 그 음악을 듣기 위해 여기 앉아 있는 건가요? 왜 다른 쪽으로 피해 가지 않는 거죠?"

"그걸 느끼는 게 더 낫기 때문이지."

"마음을 아프게 하는데도요?"

"마음을 아프게 한다면 특히나 더. 잊지 마, 그건 애초에 거기에 있었던 거야. 그리고 내 오랜 친구가 말하고는 했어. 담고 있는 것보단 꺼내놓는 게 더 낫다고."

그러고 그는 또 다른 곡을 연주했다.

활이 다시 멈추고 마지막 음이 희미해져 어떤 소리도 들리지 않게 되었을 때 레이먼드가 또 다른 질문을 했다.

"1시간쯤 여기에 계실 건가요? 아니면 얼마나요?"

"얘야, 난 여기 온종일 있을 거란다."

"잘됐네요. 고마워요. 다시 올게요."

"어서 외출할 준비를 하셔야 돼요." 밀리에게 말했다. "제발요. 꼭 모시고 가고 싶은 곳이 있어요."

밀리는 머리를 빗질도 하지 않아 헝클어뜨린 채 풀어 헤치고 있었고 잠옷 차림 그대로 소파에 기대어 앉아 있었다. 고양이는 무릎 위에서 가르랑거렸다.

"오, 레이먼드." 밀리가 한숨을 깊이 내쉬고 나서 말했다. "혼자 슈퍼에 다녀오면 안 되겠니?"

"제가 모시고 가려는 곳은 슈퍼가 아니에요."

"그럼 어디니?"

"나중에 말씀드릴게요. 절 믿고 가보시면 돼요."

"벌써 오후야. 오후에는 쉽게 피곤해진단다."

"그럴 만한 가치가 있어요. 그러니 제발 절 믿어보세요."

말을 하면서 할머니가 자신을 거부하지 않으리란 걸 알았다. 그들 사이의 말 없는 약속은 밀리를 위해 최대한 할 수 있는 걸

하고, 가능하면 최소한의 걸 요구해야 한다는 것이다. 무언가를 하자고 밀리에게 요청했을 때 만약 그것이 합리적이고 그의 체력으로 할 수 있는 것이면 적어도 해보려고 시도하곤 했다.

밀리는 또 한 번 한숨을 깊이 내쉬었다. 그러고 소파 아래로 고양이를 내려놓고 온 힘을 들여 일어섰다. 레이먼드가 그를 돕기 위해 팔을 내밀었지만 알아채지 못한 듯했다.

"좋아, 10분만 기다리렴. 기다리는 동안 고양이 밥도 주면 좋겠구나." 침실 쪽으로 천천히 움직이면서 밀리가 말했다.

"어젯밤에 꿈을 꿨어." 미드타운으로 가는 전철에서 밀리가 말했다.

그가 계속 말을 하리라 생각하고 레이먼드는 기다렸다. 그러나 밀리 또한 레이먼드가 꿈 이야기를 정말 듣고 싶어 하는지 알려고 기다리는 듯했다.

"어떤 꿈이었어요?" 잠시 뒤에 레이먼드가 물었다.

"내 친구 애나에 관한 꿈이었어. 애나리제 슈미트. 독일에서 살 때 학교에서 가장 친한 단짝이었지. 꿈속에서는 여전히 그때, 내가 마지막으로 보았을 때의 모습이었어. 그러니까 나는 아흔이 넘은 나이이고, 애나는 여전히 어린 여자아이였지. 그런데도 마치 우리가 또래 친구인 듯이 애나가 내게 말했어. 상당히 냉정하게 말했어."

잠시 멈춤. 레이먼드는 질문을 해야 하나 생각했다. 그런데 밀리가 목청을 가다듬더니 말을 이었다.

"애나는 세상이 기쁨을 주는 순간에만 세상 속에 뛰어드는 내 모습이 아주 이기적이라고 말했어. 물론 지금 겪는 것처럼 세상은 잔인할 수 있다고도 했고. 애나가 내게 물었어. 자신은 92살까지 살 수만 있었다면 뭐든지 할 수 있었을 거라는 걸 알고 있느냐고 물었어."

"와우." 레이먼드가 말했다.

밀리는 이야기를 끝마친 듯했다. 레이먼드는 그가 지금 알려준 꿈 내용 때문에 화가 났는지를 알기 위해 그의 옆얼굴을 보았다. 그의 얼굴은 긴장하고 있지 않았고 평온했다.

지하철이 터널을 통과하면서 흔들리는 몇 분 동안 레이먼드는 질문을 마음속에 담은 채 앉아 있었다. 그러자 질문이 자신을 압도하고 짓누르며 기어이 튀어나왔다.

"그저 꿈일 뿐이라고 생각하세요?"

"꿈은 현실과 반대라고 말하고 싶은 거니?"

"모르겠어요. 어떻게 말해야 할지 모르겠어요. 죽은 애나가 할머니께 진짜 말하고 싶어 하는 것의 반대가 뭔지."

밀리가 그 말을 곱씹는 동안 둘은 침묵에 잠겼다.

"내 생각은 이렇단다. 그 말이 애나리제 슈미트의 영혼이 한 말인지 아니면 나 자신이 머릿속에서 한 말인지는 그다지 차이가 없다는 거야. 그 말이 옳은가 하는 것만이 중요하지."

"아," 레이먼드가 말했다. 그러고 잠시 뒤에 물었다. "그 말이 옳아요?"

"내 생각엔 옳아. 그래."

밀리가 지하철역 밖으로 걸음을 옮겼다. 미드타운의 대기 속으로. 레이먼드는 손으로 그의 등을 조금 밀었다. 도울 작정으로. 그는 마지막 계단에서 멈춰 섰다. 길과 높이가 나란해졌다. 그가 턱을 높이 치켜들었다. 바람 속에 마법의 향기라도 있다는 듯이.

"음악 소리가 들려." 밀리가 말했다.

첼리스트의 연주가 계속되고 있었다.

"저도 들려요. 저 소리 좋아해요. 아름답다고 생각해요. 슬프지만 아름다워요."

"조금 더 가까이 가서 들을까?"

둘은 첼리스트 가까이 다가가 조용히 서 있었다. 연주하는 동안 첼리스트는 고개를 들지 않았다. 음악 속에 전적으로 빠져들어 있는 듯했다.

레이먼드는 조용히 울고 있는 모습을 보기 위해 친구를 넘겨다보았다. 크고 방울진 눈물이 밀리의 주름진 볼과 턱 끝을 따라 연이어 흘러내리고 있었다. 그 모습을 보자 다시 흐느낌이 새어나왔다.

밀리는 레이먼드에게 가깝게 기대고는 까치발을 하고 레이먼드의 팔뚝에 자신의 체중을 실었다. 그렇게 가능한 한 그의 귀 가까이에 대고 속삭였다. 연주자를 방해하고 싶지 않은 듯했다.

"네가 내게 보여주고 싶어 하는 걸 내가 가로막고 있는 거니? 넌 날 어디로 데려가려고 했어?"

"여기예요." 그도 속삭여 대답했다. "여기가 할머니와 오려던 곳이에요."

밀리는 발꿈치를 다시 내려놓았다. 그러곤 두 손을 기도하듯 얼굴로 가져가더니 가슴께로 내렸다.

첼리스트가 연주를 끝내고 레이먼드를 올려다보았다. 알아본다는 의미의 웃음을 띠며.

"다시 왔구나."

"친구를 데려왔어요." 레이먼드가 말했다.

"고맙구나. 영광이다. 대부분의 사람은 거의 신경도 안 써. 사람들이 우습지 않니? 난 필하모니에서 연주를 하곤 했어. 사람들은 티켓값으로 큰돈을 치르고는 했지. 아주 많은 돈을. 그런데 지금은 여기 앉아서 같은 곡을 연주하는데 대부분의 사람은 지나가면서 내게 25센트짜리 동전조차 던져주려고 하질 않아. 같은 음악인데 말이야. 돈을 얼마나 지불하는가 하는 차이밖에 없는데 말이야."

"뉴욕 필하모니에서 연주했어요?" 경이로움이 담긴 긴장된 목소리로 밀리가 물었다.

"아, 아니에요. 그 필하모니가 아니고요. 그렇게 대단한 곳은 아니었어요. 그저 작은 도시. 지금은 그 도시가 어딘지 말하고 싶지 않네요. 뉴욕이라 생각하셨다니 들으면 실망하실 거예요."

그들은 잠시 침묵했다. 첼리스트는 앉아 있고 레이먼드와 밀리는 서 있었지만 그는 새 곡을 시작하려 들지 않았다.

"아버지가 첼로를 연주하셨어." 밀리가 말했다. "내가 어릴 때.

그러다 뉴욕으로 이사하고 난 다음에는 결코 그 악기에 손을 대지 않으셨어. 가지고 오시긴 했지만 케이스에서 그걸 한 번도 꺼내지 않으셨지. 돌아가시는 날까지. 그러니 그 악기 연주를 듣는 건 내게 여러 감정을 불러일으켜. 이 얘길 네게 들려준 적은 없지 않니, 레이먼드?"

"예, 없어요."

"그럼 우연의 일치인 건가?"

"저는 단지 아름답다고 생각했어요. 슬프지만 아름답다고."

"맞아, 그게 내가 이 악기를 사랑하는 이유야. 삶을 완벽하게 본뜬 거지. 정말 정확한 비중의 아름다움. 정말 정확한 비중의 슬픔." 첼리스트가 말했다.

그러고 그는 활을 들고 다시 연주를 시작했다. 밀리의 볼 위로 더 많은 눈물이 흘러내렸다.

연주가 이어지는 중간에 어떤 웨이터가 길옆 카페에서 그들에게로 걸어왔다. 그의 손에는 직물 시트가 덧씌워진, 정교하게 깎아 만든 나무 의자가 들려 있었다.

"앉고 싶어 하실 듯해서 가지고 나왔어요." 그가 밀리에게 말했다. "가시기 전에 돌려주시면 됩니다."

그들은 함께 고맙다는 인사를 건넸다. 그러고 레이먼드는 밀리의 팔을 잡아 조심스럽게 의자에 앉혔다. 앉자마자 밀리가 거의 신음을 토하듯 한숨을 내뱉었다. 분명 더는 서 있지 않아도 된다는 안도의 한숨이었다.

"정말 편하구나." 밀리가 옆에 쪼그리고 앉은 레이먼드에게 조용히 말했다. "나만을 위해 연주하는 콘서트에 온 것 같구나. 콘서트에 가본 지도 몇십 년이 된 듯한데."

밀리는 가방을 열고 지갑을 찾았다. 지갑을 열고 지폐 몇 장을 꺼냈다.

"이건 얼마짜리니?"

"모두 5달러짜리예요."

"10달러짜리는 없니?"

"예, 5달러짜리만 있어요."

밀리는 그 가운데 두 장을 뽑아 레이먼드에게 건네주었다. "이걸 저분의…… 돈을 모으기 위해 사용하는 게 뭐든 거기 두고 오렴."

레이먼드가 첼리스트의 모자에 종이돈을 넣었다.

남자가 갑자기 연주를 멈추었다. 악곡이 진행되는 중에 바로. 그는 활을 들고 있지 않은 손으로 실제 모자라도 들고 있는 양 손을 들어올렸다가 아래로 내리면서 밀리에게 고맙다는 표시를 했다.

"이분은 보질 못하세요." 레이먼드가 말했다.

그러자 레이먼드는 밀리가 빨간 띠를 두른 흰 지팡이를 들고 오지 않았다는 걸 비로소 알았다. 아마도 너무도 지친 나머지 가지고 나올 정신이 아니었을 것이다. 아니면 자신의 발 앞에 놓인 길에 관한 모든 것을 레이먼드에게 전적으로 맡기고 있어서인지도 몰랐다.

"내가 뭘 놓친 거니?" 밀리가 물었다.

"몸짓으로 감사의 인사를 드렸습니다." 첼리스트가 말했다. 그는 잠시 무릎에 팔꿈치를 기댔다. 더 연주할 의지를 잃어버렸거나, 중도에 그만둔 곡의 실마리를 잃어버린 듯했다.

"여기 부인의 친구분이 음악에 깊은 감정적인 반응을 보였어요." 그가 밀리에게 말했다. "많은 사람이 그러기도 합니다. 음악이 이 소년을 울게 했어요. 이 소년이 부인을 여기로 모셔 온 것도 울 수 있게 하려고 한 게 아닐까 생각합니다. 그냥 추측이긴 하지만요. 나쁜 의미로 말씀드린 건 아닙니다."

"당신이 나쁜 의미로 말했다고 생각하지 않아요."

"제 생각엔 아마도 카타르시스가 부인에게 좋을 거라고 소년이 생각한 게 아닐까 해서요. 제 관찰에 바탕을 둔 추측일 뿐이긴 합니다만."

"제 친구가 마음에 뭔가 맺혀 있어서 울었는지도 모르겠네요. 그런데 눈물조차 흘리지 못하는 것보다 눈물을 흘리는 게 오히려 더 낫지 않을까요?"

"맞아요," 첼리스트가 말했다. "그럼 전 처음부터 다시 시작하는 게 좋을 것 같습니다. 한 번 놓쳐버리면 그 작품의 끈을 다시 찾을 수가 없거든요."

거의 2시간 동안 그들은 길에 앉아서 그의 연주를 들었다. 누구도 콘서트가 끝날 시간이라고 말하고 싶어 하지 않는 듯했다.

"그래, 그 사람이 추측한 게 맞는 거니?" 집으로 돌아오는 전철 안에서 밀리가 물었다. "네 생각엔 내가 마음 놓고 울 필요가 있다고 생각했어?"

"할머니가 우실 거라고 생각은 안 했어요. 그것에 대해 생각해본 적도 없고요. 그냥 제가 울었어요. 할머니가 어찌 하실지는 생각하지 않았어요. 그냥 음악이 아름답다고 생각했어요. 할머니와 나눌 수 있는 이 세상의 아름다운 일에 대해 줄곧 생각해왔거든요. 그런데 보통은 세상의 아름다움을 보질 못하시잖아요. 이런 음악은 저만큼이나 즐길 수도 있으리라 생각했고 할머니께도 들려드리고 싶었어요."

밀리는 느낌만으로 더듬어 따뜻한 손을 그의 볼에 가져다 댔다. 그러고 가볍게 톡톡 두드린 뒤 잠깐 그 상태로 있었다. 그리고 다시 그의 볼을 두드리고 손을 무릎에 내려놓았다.

"전 음악이 할머니를 위한 또 다른 빛이기를 바랐어요. 아시잖아요, 기나긴 밤의 시간 속에 계신다는 것요." 그가 덧붙였다

"항상 더 밝아져 가고 있단다." 밀리가 말했다. "내 생각엔 그 첼리스트가 말한 게 흥미롭더구나."

"어떤 말요?"

"그의 악기가 삶과 똑같은 비율로 슬픔과 아름다움을 지니고 있다는 말. 그래서 지금도 여기 앉아 생각하고 있어. 나란 사람은 삶의 균형이 잘못됐다고 거창하고 전면적으로 선언할 수 있는 사람인가? 내가 그런 일에 대해 신보다 더 잘 알 수 있다고 생각하기 위해서는 대단한 자아를 가져야만 해."

"할머닌 신을 믿으세요?"

레이먼드는 자신이 그 답을 이미 알고 있었는지 아닌지 궁금

했다. 아마도 알고 있는 듯했다.

"어떤 존재를 믿기는 해." 밀리가 답했다. "어떻게 세상이 존재해야 할지를 나보다 분명 더 잘 알기를 바라는 어떤 존재 말이다."

19. 블록 파티와 석양

—

현관으로 가고 있는데 엄마가 부엌에서 머리를 쑥 내밀었다.

"또 나가?" 너무 밝은 나머지 다소 부자연스럽게 들리는 목소리였다.

"예." 레이먼드는 더 많은 말이 필요 없기를 바라며 대답했다.

"친구들과 함께?"

"예."

"그 할머니? 아니면 아빠를 잃은 그 가족? 아니면 여전히 아빠가 있는 같은 이름을 가진 다른 가족?"

"예."

엄마는 의아한 표정으로 그를 바라보았다. "마지막 질문은 '예, 아니요'로 대답하라는 질문이 아니었는데."

"사실 방금 한 질문이 다 마찬가지죠. 심문받을 이유가 있나요?"

그러자 엄마의 표정이 바뀌었다. 의기소침해졌다. 약하고 상처받은 모습이었다. 레이먼드는 엄마의 그런 모습에 익숙하지 않았고, 그래서 죄의식을 조금 느꼈다.

"그건 절대 아니었어."

레이먼드는 문고리를 손으로 잡은 그대로 잠깐 멈추었다. 거의 휘청거릴 뻔했다. 적어도 머릿속에 든 생각은 그랬다. 더 하려던 말이 있는지 들으려고 기다리면서.

"네 생활에 관심이 있다는 걸 보여주고 싶었어." 엄마가 덧붙였다.

"오, 알겠어요. 죄송해요."

문을 열었다. 그러나 엄마는 할 말이 남아 있었다.

"널 더 잘 이해하려고 노력하겠다고 말했는데. 그리고 노력해왔고. 그런데 대부분 실패하고 있다는 생각이 들긴 하지만."

대화가 잠깐 멈춘 상태로 머물러 있었다. 레이먼드는 이 불편함으로부터 벗어난 자유를 간절히 갈망하면서 문밖으로 한 걸음 내디뎠다. 그러나 그러면서 밀리가 자신에게 했던 말을 기억해냈다. 바탕이 되는 가족, 특히 엄마와 평화롭게 지내야 한다는 말을.

그는 머리를 다시 안으로 들이밀었다. "그래도 노력해줘서 고마워요."

"그리고 대체로 실패했고." 엄마가 말했다.

"그렇지만, 여전히…… 노력해줘서 고마워요."

밀리의 팔을 잡고 이끌고 가던 중, 그들은 이사벨과 세 아이를 길모퉁이에서 만났다. 이제 여섯 명이 된 그들은 함께 루이스와 소피아 벨레즈, 그리고 그들의 가족이 사는 아파트를 향해 걸었다.

처음에는 조용히 걷기만 했다.

"그러니까 우리는 저녁을 먹기 위해 거기엘 가는 건가요?" 잠시 뒤에 이사벨이 물었다.

"그렇지 않을까요?" 레이먼드가 말했다. "그분들이 이사벨을 만나고 싶어 해요. 이사벨의 아이들도요. 그런데 소피아가 아주…… 뭐라고 말해야 할지 잘 모르겠어요. 아주 흥분해서 말씀하시더라고요. 계속 주장했어요. 우리 전부 와야만 한다고. 그리고 지난 일요일도 다음 일요일도 아니고 꼭 이번 일요일이어야 한다고요. 그래서…… 모르겠어요. 더 많은 일이 있는 것처럼 들리긴 하더라고요. 그렇지만 더 말을 해주진 않았어요. 그래서 두 분께 무슨 일이라고 말씀드리지는 못하겠어요. 그렇지만 그 이상의 뭔가가 있는 건 분명해요."

레이먼드는 밀리의 한숨 소리를 들었고, 그가 더 많은 일이 없기를 바란다는 걸 알았다. 그는 분명 더 많은 일로 감정의 소용돌이를 겪고 싶어 하지 않았다.

"그분들이 정말 엄청나게 큰 식탁을 가지고 있길 바라야겠군. 엄청나게 많은 사람이 저녁을 먹어야 할 테니까. 좋아. 그리고 너한테 할 말이 있어. 지금이 말하기에 딱 적절한 타이밍처럼 느껴지는데. 그러면, 말할게. 정말 좋은 소식이야."

"난 조금 좋은 소식이라고 늘 말하는데." 밀리가 말했다.

"레이먼드, 오늘 아침에 그 변호사를 만났어. 네 친구 말이야. 그가 오늘이 일요일인데도 사무실에서 날 만나자고 하더라고. 그리고 사건을 맡아주겠대. 그는 우리한테 정말, 정말 좋은 조건을 제시했어. 승소하면 배상금의 95%를 우리한테 주겠대. 그 나머지만 수임료로 받겠다고 하고. 그래서 우리가 이기기 전까지는 한 푼도 줄 필요가 없대. 우리가 이길 거라고 확신한다고도 했어. 그래서 오늘 온종일 정말 흥분 상태로 보내고 있어."

"잠깐, 잠깐만." 밀리가 말했다. "그게 도대체 무슨 얘기지? 왜 나는 전혀 알아들을 수가 없지?"

"오, 레이먼드가 벌써 말씀드렸다고 생각했어요."

레이먼드는 부끄러움이 밀려오는 바람에 힘겹게 침을 삼켰다. 부끄러움을 삼켜버리려는 듯이. "일이 제대로 잘되어가는 걸 알게 되면 말씀드리고 싶었어요." 목소리를 작게 해서 말했다. "말씀드리기엔 너무 이르다고 생각했어요."

"너한테 변호사 친구가 있니?"

"예. 비슷해요. 그 사람도 제가 만나러 갔던 루이스 벨레즈 중 한 사람이에요. 물론 아니라는 게 밝혀진."

그들은 몇 걸음 말없이 걸었다. 그들의 구두가 바닥에 닿아 내는 소리와 자동차 소리만 들렸다.

"그렇지만 재판은 이미 끝났잖아." 밀리가 말했다.

"아, 이번엔 민사소송이에요." 이사벨이 말했다.

"아, 민사소송. 알겠다."

"우린 그 여자가 돈이 얼마나 많은지는 몰라요." 이사벨이 말했다. "그래도 소송이 진행되는 과정에서 우리가 그걸 알아낼 권리를 갖게 될 거래요. 변호사 말로는 법원이 그 여자가 먹고 사는 데 필요한 돈만 남겨둘 거래요. 물론 많이는 아니고요. 임대료와 식료품, 각종 사용료 같은 거요. 사치품은 다시는 가질 수 없게 한대요. 살아가는 데 필요한 것 이상은 배상금으로 전부 저랑 아이들 것이 될 거라네요. 만약 우리가 이긴다면요. 그리고 변호사는 우리가 이길 거라고 확신하고 있어요."

"그렇다면 그 여자도 자신이 한 일에 대한 대가를 *치르게* 되는 거구나." 밀리가 감정에 북받쳐 쉰 목소리로 말했다.

"그런 것 같아요."

"그건 *정말* 좋은 소식이다!"

그들은 각자 저마다의 생각에 사로잡힌 채 반 블록 정도를 또 침묵 속에서 걸었다. 아이들조차 자신들 머릿속 생각에 사로잡힌 듯 보였다.

조금 뒤 밀리가 말했다. "가까운 곳에 스틸 드럼을 연주하는 밴드가 있나 보다. 들리니?"

레이먼드에게는 들리지 않았다. 레이먼드는 이사벨 쪽을 보았지만 그에게서도 뭔가 들린다는 기척은 없었다.

"저한텐 들려요!" 에스테반이 소리쳤다.

그러고 반 블록을 더 지나간 뒤에 레이먼드에게도 소리가 들렸다.

그들은 루이스와 소피아가 사는 아파트의 길모퉁이를 돌았다. 그러자 족히 서른 명은 되어 보이는 사람들이 거리에 나와 있었다. 아마 수가 더 많을지도 몰랐다. 인도에만 있는 것도 아니었다. 차도에도 있었다. 블록 양쪽 끝에 경찰이 통행을 차단할 목적으로 쳐두는 나무로 된 바리케이드가 놓여 있었다.

그 블록의 한가운데에서 한 밴드가 스틸 드럼을 연주하고 있었다. 그들 뒤쪽으로는 큰 식당에서 쓸 법한 규모의 바비큐 그릴에서 연기가 피어오르고 있었다. 사람들은 붉은 종이컵에 든 것을 조금씩 마시며 돌아다니고 있었다. 예쁘게 차려입은 어린 여자아이 두 명이 밴드의 음악에 맞춰 춤을 췄다.

소피아가 레이먼드와 친구들을 발견하고, 그들이 예기치 못한 광경에 멈춰 서 있는 곳으로 급히 달려왔다.

"우리 블록 파티에 오신 것을 환영합니다." 소피아가 말했다.

"블록 파티를 여셨어요? 누구를 위한 건데요?" 레이먼드가 물었다.

"물론, 여러분 모두죠." 소피아가 말했다. "아님 누구겠어요?"

소피아가 그들이 앉은 탁자로 와서 맴돌았다. 누군가가 접이식 탁자를 블록 가운데의 인도에 설치해주었다. 심지어 밝고 푸른 종이 테이블보가 덮여 있었고 바람에 날리지 않도록 귀퉁이에 테이프를 붙여놓았다. 그리고 네 귀퉁이마다 헬륨 풍선이 묶여 있었다.

"지금은 사람이 많지 않아요." 소피아가 말했다. "그래도 핫도그와 햄버거가 준비되어 있어요. 또 요리가 본격적으로 시작되면 냄새 때문에 더 많은 사람이 내려올 거예요." 소피아는 분명 참석자가 많지 않은 점 때문에 스트레스를 받고 있었고, 레이먼드는 그 스트레스를 알아차릴 수 있었다. "그리고 이웃 중 한 사람이 자기 일터에서 만든 맥주 두 통을 기부했어요. 아마 그것도 사람들을 불러모으지 않을까 싶어요. 지금도 사람들이 창문으로 내려다보고 망설이고 있어요. 누구나 뒤섞일 만큼 사람들이 모이길 기다리는 것 같아요. 그러니 제 생각엔 사람들이 많이 올수록 더 많이 올 거예요."

"걱정하지 마요." 밀리가 부드럽게 말했다. "얼마나 많은 사람이 참석하든 그 점이 전혀 중요하지 않을 만큼 정말 멋진 일이에요."

"우린 기금도 모으고 있어요." 소피아가 말했다. "온종일. 아이들을 위해서요. 그리고 우리가 처음 사람들을 초대했을 때 많은 사람이 건네주기도 했어요. 많은 사람이 비록 올 수는 없어도 기금은 보태주었어요. 그래서 엄청 많은 사람이 오지 않더라도 그 점에서는 좋은 출발을 한 셈이에요."

그러고서 소피아는 한 순간도 더는 압박감을 참을 수 없다는 듯 서둘러 자리를 떴다.

삼십 대 중반으로 보이는 한 남자가 탁자로 다가왔다. 머리를 완전히 밀었고, 턱수염은 있는데 콧수염은 없는 아프리카계 미국인이었다.

"당신이 남겨진 부인이시군요." 그가 이사벨에게 말을 걸었다. 질문처럼 들리지는 않았다.

"예." 이사벨이 답했다.

"그냥 저는 남편분이 돌아가신 게 너무 안타깝다는 말씀을 드리고 싶어서 왔습니다. 배심원들이 그걸 이해하지 못한 것도 유감이고요. 그렇지만 아주 많은 사람이 부인의 편이란 걸 알아주시길 바랍니다. 얼마나 상심이 크실지, 그리고 그 판결이 그런 식으로 처리된 게 얼마나 잘못된 건지를 모두 잘 알고 있답니다."

그는 이사벨에게 손을 내밀었고, 이사벨 또한 답례로 손을 내밀어 마주 잡았다. 남자는 정확하게 손을 잡고 흔들지는 않았다. 그저 손을 잡고 약간 쥐었을 따름이었다. 이사벨은 입을 열었지만 어떤 말도 하지 않았다.

"괜찮습니다." 그가 말했다. "아무 말씀 하지 않으셔도 됩니다. 전 다만 부인이 그걸 알아주시기를 바랄 뿐입니다. 그리고 기금 모금함에 수표를 넣겠습니다. 많지는 않지만 제가 할 수 있는 만큼입니다. 그냥 아이들을 위해서요."

그는 이사벨의 손을 놓고 돌아서 걸어갔다.

레이먼드가 고개를 들자 나이 든 할머니와 젊은 커플이 그 남자 뒤쪽에 서 있었다. 이사벨에게 말을 건넬 차례를 기다리고 있었다.

나이 든 할머니가 먼저 앞으로 나왔다.

"얼마나 상심이 클지, 나도 얼마나 마음이 아픈지 말하려고 왔어요. 남편분이 다른 사람에겐 중요하게 여겨지지 않을 수도 있겠지만 내게는 아주 귀한 분이었어요. 비록 한 번도 만나보진 못했지만 말이에요. 나도 꼭 부인 같은 나이에 아들만 셋이었어요. 지금은 이렇게 노인이 됐지만. 그래서 다 이해해요."

"고맙습니다." 이사벨이 말했다.

그러고 나서 마지막으로 커플이 다가왔다. 그런데 이미 그때는 그들이 더는 마지막이 아니었다. 줄은 그들 뒤로 한층 길어져 있었다. 이제 길에는 쉰 명 남짓 되는 사람이 나와 있었으며, 스무 명 정도는 족히 되는 사람들이 이사벨과 이야기를 나누기 위해 줄을 서 있었다. 배심원들은 그다지 마음을 쓰지 않았는지 몰라도 자신들은 애도를 표하고 염려하고 있음을 분명히 전하고 싶어 했다.

"누군가가 그건 할머니의 상실이기도 하다고 사람들한테 말해야 해요." 레이먼드가 밀리에게 속삭였다.

"절대 안 돼." 밀리가 귀엣말을 되돌려주었다. "지금은 이사벨의 시간이야. 이사벨이 온전히 받을 수 있게 해. 루이스의 남겨진 부인과 아이들을 제외한 그 누구와도 이건 관계가 없어. 이렇게나 많은 사람이 염려하고 있다는 걸 알게 된 것만으로도 기뻐. 그러니 오늘만큼은 내 일이 아니야."

파티가 시작된 지 1시간 남짓 지나자 밴드가 바뀌었다. 스틸드럼 밴드는 가수가 있는 4인조 악단으로 대체되었고, 그들은 팝송을 연주하면서 신청곡을 받기도 했다.

"느린 곡요!" 이사벨이 소리쳤다.

그러고 아기를 11살인 딸 마리아 엘레나한테 맡기고는 에스테반에게 손을 내밀었다.

"에스테반은 느리게 추는 춤을 좋아해요." 이사벨이 말했다.

엄마와 아들이 손을 잡고 일어서서 길 가운데에서 함께 춤을 추던 다른 세 커플과 합류했다.

에스테반의 머리는 고작해야 이사벨의 허리를 간신히 넘겼지만 그런데도 그들은 다정하게 서로를 바라보았다. 어쩌면 그랬기 때문인지도 몰랐다. 레이먼드는 구경하던 사람 몇몇이 휴대전화로 그들의 모습을 사진 찍는 걸 보았다.

"오." 레이먼드가 갑자기 탄성을 질렀다. 갑작스러운 생각에 이끌렸기에. 그는 밀리에게 손을 내밀었다. "저하고 춤추시겠습니까?"

"기꺼이 받아들이지요." 밀리가 답했다.

밀리는 핫도그 하나, 햄버거 반 개, 반쯤 차 있는 맥주 두 잔을 먹고 마신 상태였다. 음식과 술의 조합이 만들어낸 무언가가 그의 기분을 좋게 한 듯했다.

레이먼드는 일어서서 그의 손을 잡고 길 쪽으로 이끌었다.

"아셔야만 할 게, 전 끔찍한 몸치예요." 레이먼드가 말했다.

"난 그게 중요하다고는 전혀 생각 안 해. 거의 20년 만에 내 댄스 파트너 중 가장 훌륭한 파트너가 생겼어. 우릴 이겨낼 상대가 없을걸."

밀리는 왼팔을 그의 허리춤에 놓고 오른손으로 그의 손을 잡았다. 두 사람 사이에 건듯 부는 바람을 느끼며 서 있었다. 레이먼드는 안쓰러울 정도로 춤을 이끌려고 시도해보았다.

"죄송해요." 박자를 한참 놓쳤을 때 그가 순간적으로 말을 내뱉었다.

"미안해하지 않으려고 노력한다고 생각했는데."

"아, 맞아요. 그래요."

그는 또 '죄송하다'는 말을 덧붙일 뻔했다. 그러나 때맞춰 정확하게 자신을 다잡았다.

"내가 춤을 좀 췄지." 밀리가 노래 사이에 말했다.

"뭐를 어떻게 하셨다고요?"

"그냥 표현이 그래. 춤을 꽤 잘 췄다는 말이야. 아니면 적어도 열정적인 춤꾼이란 말이지."

밀리는 레이먼드를 등지고 혼자 길 한복판에서 춤을 추기 시작했다. 다리를 앞뒤로 흔들다가 때때로 한쪽 다리를 뒤쪽으로 차 올리기도 하고 앞으로 차기도 했다. 팔을 옆으로 쭉 뻗어 손바닥을 펼치고 손가락을 세워 보이기도 했다. 그리고 한 바퀴 완전히 돌아 보였고, 다시 또 돌기도 했다. 사람들이 밀리가 춤추는 모습을 보고 휴대전화로 영상을 찍기도 하면서 그 주변에 둥글게 모여들었다. 밀리가 무릎을 모았다가 떨어뜨리는 동작을 하며 손을 그들 앞에서 앞뒤로 교차할 때에는 모여든 사람들이 박수로 환호했다.

그때쯤에는 거리에 사람들이 족히 여든 명은 되어 보였다.

밀리가 춤을 멈추더니 헐떡이며 섰고, 사람들은 갈채와 함께 환호했다. 그의 얼굴은 웃음으로 가득 찼다. 레이먼드는 예전에는 한 번도 밀리한테서 그런 모습을 본 적이 없는 것 같았다. 잠시 뒤에 그들은 그의 춤이 끝났음을 받아들였다.

"「뛰뛰는 토끼」 노랠 연주해요!" 낯선 사람이 밴드를 보고 소리쳤다. "그 노래는 모두가 다 아니깐요."

밴드는 그 노래를 알고 있었다. 그들은 연주했다. 파티에 참석한 절반 넘는 사람이 길을 따라 구불거리며 인간띠를 만들었고, 음악이 그들을 가리킬 때마다 춤을 멈추고 세 번씩 깡충 뛰어올랐다. 레이먼드는 밀리 바로 뒤에서 손을 밀리의 어깨에 올리고 있었다. 세 번 남짓 뛰뛰기를 하였을까, 밀리가 갑자기 힘이 빠지더니 쓰러지려고 했다.

레이먼드는 본능적으로 그를 붙잡아 일으켜 세웠다.

"가서 앉아야겠다." 그가 말했다.

레이먼드는 밀리를 줄 밖으로 데리고 나와 탁자로 돌아갔다. 탁자는 말끔하게 치워져 있었다. 그가 의자에 앉도록 도왔다.

"괜찮으세요?" 레이먼드가 절망감을 느끼며 물었다. 공포스러웠다.

"괜찮아. 잠시 숨을 가다듬어야겠다."

둘은 몇 분 동안 말없이 앉아 있었다. 뱀처럼 긴 줄을 만든 채 깡충거리며 뛰어오르고 있는, 춤추는 사람들을 보며. 레이먼드는 어쨌든 그 모습을 보고 있었다. 그가 할머니를 돌아보았을 때 밀리는 눈을 크게 뜨고 있었다. 몸은 미동도 하지 않았다. 의자에 몸을 깊이 파묻은 채 어떤 것도 보고 있지 않았다.

레이먼드의 심장이 목구멍으로 튀어나오려는 듯 쿵쾅거렸다.

"할머니!" 그가 밀리의 어깨를 흔들며 소리쳤다.

"왜?" 밀리가 되물었다. "왜 소리를 지르는 거니?"

"아." 레이먼드의 숨이 그제야 갑작스럽게, 그리고 자기도 모르게 밖으로 튀어나왔다.

"아, 괜찮으시구나. 깜짝 놀랐어요."

"내가 죽기라도 한 줄 알았니?"

"그냥, 지금 막 할머니…… 전혀 움직이지도 않으시고 눈이 활짝 열린 채. 아무것도 보고 있지 않으신 것처럼……."

"레이먼드," 밀리가 입을 열었다. 다소 놀리는 듯한 어조로. "난 맹인이잖니."

"아, 맞아요. 그래요, 제가 정말 멍청했어요. 보통 때랑 다르게 보이셔서. 그냥 지치셔서 그런 건데."

밀리는 손을 탁자 너머로 뻗어 레이먼드의 손을 잡고 토닥였다.

"넌 나를 쉽게 처치할 수 없을 게다, 친구야. 할 수 있다면 100살까지는 살 거야. 어쩌면 더 오래 살지도 몰라."

"그렇게 말씀하시니 좋아요."

"이 말은 전에도 한 적이 있어."

"예, 말씀하신 것 같네요."

날이 어둑해졌을 때 루이스가 다가왔다. 기금 모금함을 가져왔고, 공식적인 일종의 의례와 함께 그것을 이사벨에게 건네주었다.

"셀 때마다 수가 조금씩 다르네요." 루이스가 부끄럽다는 표정으로 말했다. "그래도 7천 달러는 넘는 듯싶어요."

"정말 고맙습니다." 이사벨이 말했다.

"들어봐요," 루이스가 답했다. 목소리는 무거웠다. "나한테도 아이가 넷 있어요. 난 7천 달러가 요즘 같은 때 오래가지 못하리라는 걸 잘 알아요."

"아뇨, 정말 고마워요. 너무 큰 돈이에요. 많은 도움이 될 거예요. 그리고 50달러만 모아주셨어도 고맙기는 마찬가지였을 거예요. 이 모든 분이 해주신 염려가 정말 큰 힘이 되니까요."

"그래요, 그게 바로 블록 파티를 하게 된 이유랍니다." 루이스가 말했다. "그게 핵심이지요."

해가 저물 때쯤 레이먼드와 밀리는 함께 천천히 지하철역을 향해 걸었다. 이사벨과 아이들은 파티를 위해 뒤에 남았다. 그러나 밀리는 하루치 경험을 충분히 다 하고도 남았다.

석양이 그들 앞에, 건물들 사이에 머물러 있었다. 레이먼드는 한쪽 팔을 들어올려 눈앞을 가려야 할 정도였다. 그는 밀리에게는 빛이 전혀 성가시지 않은지 궁금했다. 빛을 느끼기는 하는지 궁금했다.

"난 지금 우리가 오래된 서부영화의 한 장면 속에 있는 것 같구나." 밀리가 말했다.

"무슨 말씀인지 모르겠어요."

"결국에 주인공들은 항상 석양 속으로 걸어 들어가잖아. 아니면 실제로는…… 말을 타고 석양 속으로 가는 건가? 그렇지만 우린 말이 없으니 이렇게 해야겠지."

레이먼드는 웃었다.

둘은 한동안 말없이 걷기만 했다.

"걷는 게 괜찮으신 거 확실하죠?" 레이먼드가 물었다.

"물론이지. 말했잖아. 춤추고 난 뒤에 몇 분 그저 쉬어야 해서 그랬던 거라고. 날 아주 끔찍하게 허약한 사람으로 대하지는 마. 내가 씩씩한 늙은 새가 아니었다면 여기 있지도 못했을 거야. 내가 수명에 대해서 적어도 100살까지는 살 거라고 말한 걸 벌써 잊은 거니?"

"아뇨, 기억해요. 그런데 최근에…… 모르겠어요. 매사에 아주 완벽히 지쳐 계셨어요. 마음이 바뀌신 거라 생각했어요."

"그래, 만약 내가 그랬다면, 다시 원래대로 바뀌었다고 해야겠네."

"무엇이 할머니를 바꿔냈는데요?"

"아, 한 가지만은 아니야."

"모든 여러 작은 불빛들처럼요?"

"그저 이 늙은이를 기쁘게 해주고 세상에 맞설 수 있도록 그 모든 불빛을 피워 올리려고 아주 많은 시간을 보낸 너 같은 친구들이 그랬다라는 게 적절할 거야. 세상은 거친 곳이란다, 친구야. 그것에 대해 마음을 바꿀 만큼 준비가 된 건 아니야. 그렇지만 우리는 그 속에 살고 있다는 것에 감사해야 하기도 해. 그게 우리 앞에 놓인 도전인 듯싶은데."

"예, 때로는 힘들겠지만." 레이먼드가 말했다.

"그래. 조금 더 있는 그대로 말한다면 대부분의 시간이 힘든 시간일 게다. 그러나 우리에겐 서로가 있어. 우리에게 서로서로가 아니라면 달리 뭐가 있겠니? 서로가 없다면 무엇을 할 수 있을까? 견뎌낼 수 없을 거야."

"저도 그렇다고 생각해요." 레이먼드가 말했다.

"게다가 내겐 좋은 친구가 있어. 그리고 네가 좋아하든 아니든 이십 대 어디쯤에까지 네게는 내가 있을 테고."

"전 좋아요." 레이먼드가 말했다.

"세상은 나한테서 아주 많은 걸 빼앗아 가버렸어." 잠시 멈춘 뒤에 밀리가 말을 이었다. 침묵이 빚어내는 여백. "아니, 어쨌든, 대부분의 시간을 그렇다고 느꼈어. 그런데 세상이 내게 널 줬어. 그리고 너와 함께 네가 문 앞에 가져다준 모든 것을 받았지. 이사벨과 아름다운 세 아이, 그리고 우리에게 블록 파티를 열어준 루이스 벨레즈, 아이들이 돈을 받을 수 있게 만들어줄 변호사인 루이스 벨레즈, 그리고 내 곁에 앉아 나와 따스하게 체온을 나누고, 가르릉거리고, 결코 내 발에 밟히지는 않는 사랑스러운 작은 고양이, 그리고 개인적인 첼로 연주회도! 그리고 여기에서 네가 너 자신의 삶을 살아가고 있다는 것. 물론 날 위해 이러저러한 일을 하느라고 시간을 너무 많이 쓰는 게 문제긴 하지만. 이 모든 건 정말 한 묶음의 멋진 일들이란다, 레이먼드. 그것으로 충분하지 않다고 누가 말할 수 있겠니? 삶이 너무 많은 것을 가져가고 너무 적은 것만을 준다고 말할 수 없지. 난 그냥 여기에서 살아. 세상을 내가 운영하는 게 아니야. 그래서 다행이야. 잘은 모르지만."

"할머니는 제가 만나본 그 누구보다 지혜로우세요."

"그래, 하지만 충분하진 않단다, 친구야. 나는 세상이 존재하는 방식을 이해하지 못해. 어떻게 존재해야 하는지는 더욱 모르고. 그렇지만 내가 받은 것, 그게 결코 작은 축복이 아니라는 걸 고맙게 생각할 정도로 현명하기는 해."

해가 졌고, 그들은 함께 계속 걸었다. 천천히. 석양 속으로. 지금 그들을 위해 세상이 준비하고 있는 것이 무엇이든 아랑곳하지 않고. 그 속으로.

소설의 힘과 아름다움을 다시 생각하며

소설은 이야기다. 주인공이 전에 없던 상황 속에서 모종의 사건에 말려든다. 그리고 그 속에서 갈등을 겪고 마침내 우여곡절 끝에 사건은 해결된다. 그러는 가운데 세상을 보는 주인공의 눈은 한결 깊어지고 넓어지며, 독자 또한 이 세상이 어떤 문제에 직면하고 있으며 그런 세상을 어떻게 살 것인가 하는 질문을 던지게 된다. 더욱이 소설 속 주인공이 이제 막 성장하고 있는 청소년이라면 사건의 새로움과 인식의 충격은 그만큼 선명할 수밖에 없다.

캐서린 라이언 하이드(Catherine Ryan Hyde)의 이 작품 『물고기에게 물에 관해 묻는 일 Have You Seen Luis Velez?』은 소설의 문법, 청소년소설의 문법을 엄밀히 준수하는 작품이다. 작가는 『트레버 Pay It Forward』 『테이크 미 위드 유 Take Me With You』 『두 번째 심장 Second Hand Heart』 등의 빼어난 작품을 썼으며, 황폐한 세상에 맞서 희망의 전언을 전하고자 하는 작품으로 유명한 베스트셀러 작가이다. 특히 그의 작품 『트레버』는 영화 「아름다운 세상을 위하여」(미미 레더 감독, 2000)로 제작되어 전 세계 관객에게 큰 감동을 안겨준 바 있다. 이 작품 『물고기에게 물에 관해 묻는 일』 역시 작가의 빼어난 솜씨를 유감없이 보여주는 작품으로 손색이 없다.

작품은 아흔두 살의 홀로 남겨진 맹인 할머니 밀리와 역시 혼자 서성이는 열여섯 살 소년 레이먼드의 만남으로 시작된다. 그동안 할머니를 쭉 돌봐왔던 자원봉사자 루이스 벨레즈라는 이가 어느 날부터 갑자기 사라졌기에 할머니는 그예 견딜 수 없는 상황에 내몰려 아파트 복도를 오가는 사람들에게 '루이스 벨레즈를 아느냐?'고 묻기에 이른다. 모두가 못 본 척 스쳐가기만 하는데 같은 아파트에 사는 고등학생 레이먼드가 그를 돕기 시작한다. 둘은 나이와 인종, 성별 등 모든 차이에도 아랑곳없이 인간과 삶을 마주하는 진지함과 다감함이란 공통점으로 가까워지고, 주인공 레이먼드는 갑작스레 더는 찾아오지 않는 루이스 벨레즈를 찾는 프로젝트를 할머니를 위해 시작한다.

프로젝트를 진행하며 레이먼드는 수많은 루이스 벨레즈를 만나고 현실적 삶의 도저한 비극과 마주친다. 그리고 비극의 중심에는 세상 사람을 '우리'와 '그들'로 명확하게 구분하는 '부족주의'가 있음을 깨닫는다. '우리'라고 한다면 설혹 잘못했을지라도 너그럽게 감싸주고, '그들'에게는 가혹한 무관심과 비난을 거침없이 행사한다는 뿌리 깊은 의식이다. 루이스 벨레즈 역시 그 희생양이며, 할머니와 레이먼드 역시 세상 사람들에게는 '그들'로 치부되기에 충분한 이유들을 지녔다. 작가는 '부족주의'가 만연한, 혐오와 차별이 만연한 현대 사회를 어떻게 극복할지를 문제 삼는다. 작품에서 이 문제의 해결책은 할머니의 절망을 지켜보는 주인공 레이먼드가 마주치는 사람들에게 도움을 청하고 이들 각자는 저마다 할머니가 결코 혼자가 아님을 보여주는 '사람들의 관심', 할머니의 곁을 지키며

들어주는 '경청', 절망을 갈음할 만큼의 삶의 빛과 아름다움을 보여주는 '작은 실천' 등으로 모색된다.

이 작품을 번역하며, 나는 몇 번이고 눈가를 훔쳤는지 모른다. 무엇보다 인간에 대한 섬세한 사랑이 이 작품에는 있기 때문이었다. 감당하기 힘든 상황 속에서도 기품을 잃지 않는 인간의 힘. 서로를 위한 구체적인 작은 몸짓. 그저 살아 있다는 사실만으로도 충분히 특권을 누리고 있음에 대한 깊은 성찰. 작품 속 감추어진 주제가 삶의 결 속에서 생생하게 드러날 때마다 나는 감동에 젖을 수밖에 없었다.

이 작품은 주인공 레이먼드가 열여섯 살이란 점에서 성장소설이며, '부족주의'라는 우리 사회에 내재된 혐오와 편견, 차별의 근원에 대한 성찰을 던지고 있다는 점에서 사회소설이고, 그것을 넘어서는 방안을 모색하고 있다는 점에서 희망을 견지하는 휴머니즘 소설이다. 단단한 구성, 힘찬 주제, 적절한 인물과 사건의 조화 등 내재된 아름다움으로 이 작품은 여전히 수많은 독자에게 다가가고 있다. 우리네 독자들 역시 소설의 힘과 아름다움을 새삼 이 작품을 통해 누리고 또 느꼈으면 하는 것이 번역자의 소박한 바람이다.

유례없이 힘겨운 한 해,
희망의 연대로 넘어서기를 바라며
2020년 겨울 이진경

지은이 캐서린 라이언 하이드Catherine Ryan Hyde

미국의 베스트셀러 소설가. 『테이크 미 위드 유 Take Me With You』 『흔들리고 있는 소녀를 보거든 Don't Let Me Go』 『두 번째 심장 Second Hand Heart』 『트레버 Pay It Forward』 등을 비롯해 35종이 넘는 빼어난 소설을 발표했고, 황폐한 세상에 맞서 희망의 전언을 전하고자 하는 작품으로 수많은 독자들과 평단의 사랑을 받고 있다. 전미도서관협회가 선정한 '오늘의 소설'로 추천되고 30개국 이상의 나라에서 번역 출간된 장편소설 『트레버』는 2000년에 영화 「아름다운 세상을 위하여」로 제작되어 전 세계 관객에게 큰 감동을 안겨준 바 있다. 그는 레인보우상을 두 차례 받았으며, 'Pay It Forward' 재단을 설립해 사회적인 활동에도 적극적으로 참여하고 있다. www.catherineryanhyde.com

옮긴이 이진경

대구가톨릭대학교 영어교육과 교수. 서울대학교 영어교육과를 졸업했다. 그동안 『소년과 두더지와 여우와 말』 『아주 특별하게 평범한 가족에 대하여』 『레인 레인』 등 많은 영미권 소설과 그림책을 우리말로 옮겼다.

뒤란에서 소설 읽기 001

물고기에게 물에 관해 묻는 일

초판 1쇄 발행 2020년 12월 30일
지은이 캐서린 라이언 하이드 **옮긴이** 이진경 **편집** 최훈 **디자인** 이경신 **인쇄** 아트인
펴낸이 김두엄 **펴낸곳** 뒤란 **등록** 2019년 7월 19일 제2019-000092호
주소 07208 서울시 영등포구 선유로49길 23 IS비즈타워2차 1503호 **전화** 070-4129-4505
전자우편 ssh_publ@naver.com **블로그** sangsanghim.tistory.com **인스타그램** @sangsanghim_publ

ISBN 979-11-969251-3-0 03840